D0790629

# MOI, MALALA, JE LUTTE POUR L'ÉDUCATION ET JE RÉSISTE AUX TALIBANS

74-DJ

13,95$

08-36

CATION ET JE RÉSISTE AUX TAL

19/02 0190

...a Yousafzai est née en 1997 dans la vallée du Swat au Pakistan. À l'âge de onze ans, elle racontait sa vie de petite fille pakistanaise sous le joug des talibans dans un blog pour la BBC en ourdou. Protégée par le pseudonyme « Gul Makai », elle évoquait souvent le combat de sa famille pour l'éducation des filles. Malala Yousafzai a reçu de nombreuses distinctions, notamment le Prix international des enfants pour la paix, le prix Simone de Beauvoir pour la liberté des femmes, le prix Sakharov pour la liberté de l'esprit du Parlement européen et le prix Nobel de la paix en 2014. À travers le Fonds Malala, elle continue de promouvoir l'accès à l'éducation pour tous les enfants non scolarisés autour du monde.

Christina Lamb est grand reporter au *Sunday Times*. Elle couvre le Pakistan et l'Afghanistan depuis 1987. Diplômée d'Oxford et de Harvard, elle est l'auteur de plusieurs ouvrages et a reçu quantité de prix, dont celui de meilleur correspondant étranger britannique à cinq reprises ainsi que le prix Bayeux, qui récompense le meilleur correspondant de guerre européen.

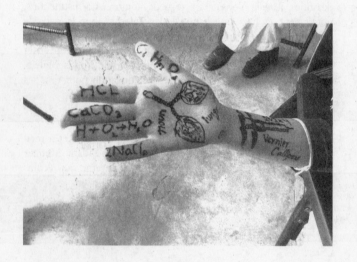

# MALALA YOUSAFZAI

*avec la collaboration de Christina Lamb*

# *Moi, Malala,*
## *je lutte pour l'éducation*
## *et je résiste aux talibans*

TRADUIT DE L'ANGLAIS PAR PASCAL LOUBET

*Préface et interview de Malala Yousafzai*
*par Judy Clain inédites*

# CALMANN-LÉVY

*Titre original :*

I AM MALALA,
THE STORY OF THE GIRL WHO STOOD UP FOR EDUCATION
AND WAS SHOT BY THE TALIBAN

L'auteur et l'éditeur se sont efforcés de garantir l'exactitude des informations figurant dans ce livre. Les événements, lieux et conversations reposent sur les souvenirs de l'auteur. Les noms et particularités de certains individus ont été modifiés afin de protéger leur vie privée.

L'auteur remercie les archives Jinnah (jinnaharchive.com) pour l'utilisation des extraits de l'œuvre de Quaid-i-Azam M. A. Jinnah, et Rahmat Shah Sayel pour l'utilisation de ses poèmes. Pour l'aide dans la traduction de *tappas* pachtounes, elle remercie également les amis de son père, M. Hamayun Masaud, M. Muhammad Amjad, M. Ataurrahman et M. Usman Ulasyar.

© Salarzai Limited, 2013.
*Carte :* © John Gilkes, 2013.
© Calmann-Lévy, 2013, pour la traduction française.
ISBN : 978-2-253-19495-8 – 1re publication LGF

*À toutes les filles qui ont affronté l'injustice
et ont été bâillonnées.
Ensemble, nous nous ferons entendre.*

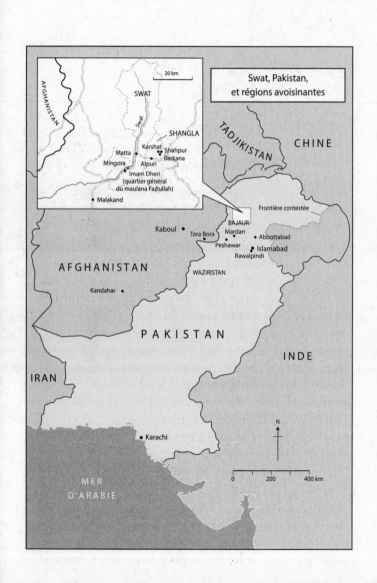

Swat, Pakistan,
et régions avoisinantes

AFGHANISTAN

SWAT

Swat

SHANGLA

Karshat
Matta        Shahpur
Mingora  Alpuri  Barkana

Imam Dheri
(quartier général
du maulana Fazlullah)

Malakand

20 km

TADJIKISTAN

CHINE

Frontière contestée

BAJAUR

Kaboul        Mardan
         Tora Bora        Abbottabad
              Peshawar      Islamabad
                          Rawalpindi

AFGHANISTAN

WAZIRISTAN

Kandahar

PAKISTAN

INDE

IRAN

Karachi

N

MER
D'ARABIE

0        200        400 km

Une année s'est écoulée depuis la sortie de mon livre, et deux depuis ce matin d'octobre 2012 où les talibans ont tiré sur moi dans le bus scolaire qui me ramenait chez moi après les cours. Ma famille a connu bien des bouleversements. Nous avons été déracinés de notre vallée montagnarde du Swat, au Pakistan, et transportés dans une maison de briques de Birmingham, la deuxième ville la plus importante d'Angleterre. Parfois, cela me paraît si étrange que j'ai envie de me pincer. J'ai à présent dix-sept ans et la seule chose qui n'a pas changé, c'est que je n'aime toujours pas me lever le matin. Le plus étonnant, c'est que c'est la voix de mon père qui me réveille désormais. Il est le premier à se lever chaque jour et il prépare le petit déjeuner pour ma mère, mes frères, Atal et Kushal, et moi. Bien entendu, il tient à ce que cela se sache, et il raconte en long et en large qu'il a pressé des oranges, préparé des œufs au plat, réchauffé du pain pita et sorti le miel du placard. « Ce n'est qu'un petit déjeuner ! » lui dis-je pour le taquiner. Pour la première fois de sa vie, il fait également les courses, même s'il déteste cela. Lui qui ne connaissait même pas le prix d'une bouteille de lait va si fréquemment au supermarché qu'il connaît tous les rayons par cœur ! « Je suis devenu comme une femme, un vrai féministe ! » plaisante-t-il. En réponse, pour rire, je lui jette ce qui me tombe sous la main.

Après quoi, mes frères et moi filons chacun dans nos lycées. Et ma mère, Toor Pekai, va elle aussi en classe, et c'est là le plus grand changement. Elle suit des cours cinq jours par semaine pour apprendre à lire, à écrire et aussi à parler anglais. Ma mère n'a reçu aucune instruction et c'est peut-être pour cela qu'elle nous a toujours encouragés à aller à l'école. « Ne vous réveillez pas comme moi un beau jour en vous rendant compte que vous êtes passés à côté de tant de choses », dit-elle. Elle fait face à de nombreux problèmes dans son quotidien, parce que, jusqu'à récemment, elle avait des difficultés à communiquer quand elle allait faire des courses, se rendait chez le médecin ou à la banque. Acquérir cette instruction lui permet de prendre de l'assurance, afin de pouvoir s'exprimer au dehors et pas seulement à la maison avec nous.

Il y a un an, je croyais que nous ne nous sentirions jamais chez nous ici, mais à présent je commence à considérer Birmingham comme mon foyer. Ce ne sera jamais le Swat, qui me manque chaque jour, mais désormais, quand je pars en voyage puis que je reviens dans cette nouvelle maison, j'ai vraiment l'impression que c'est la mienne. J'ai arrêté de penser à la pluie incessante, même si cela me fait rire d'entendre mes amies d'ici se plaindre de la chaleur dès qu'il fait vingt, vingt-cinq degrés. Pour moi, c'est comme le printemps. Je me fais de nouvelles amies dans mon lycée, même si Moniba demeure ma meilleure amie et que nous nous racontons les dernières nouvelles sur Skype pendant des heures. Quand elle parle des fêtes dans le Swat, elle me donne terriblement envie d'être là-bas. Parfois, je parle avec Shazia et Kainat, les deux autres filles sur lesquelles on a tiré dans le bus, et qui sont maintenant à l'Atlantic College, au pays de Galles. C'est dur pour elles d'être si loin et au sein d'une culture si différente, mais elles savent que c'est une merveilleuse occasion qui leur est offerte de vivre leur rêve et d'aider leur communauté.

Le système scolaire d'ici est très différent de celui que nous connaissions au Pakistan. Dans mon ancienne école, j'étais considérée comme la « bonne élève ». J'étais persuadée que je serais toujours la meilleure et que je serais toujours la première, que je me donne du mal ou pas. Ici, en Grande-Bretagne, les professeurs attendent davantage de leurs élèves. Au Pakistan, nous avions l'habitude de rédiger de longues réponses. Nous pouvions écrire ce que nous voulions ; parfois, les professeurs se lassaient de nous lire avant d'arriver à la fin, mais ils nous donnaient quand même une bonne note ! En Angleterre, les questions sont souvent plus longues que les réponses. Peut-être que les professeurs pakistanais étaient moins exigeants parce que le simple fait d'assister à un cours était déjà un énorme défi à relever. Nous n'avions pas de laboratoires, d'ordinateurs ni de bibliothèques. Nous avions seulement un professeur avec un tableau blanc, face aux élèves et à leurs livres. Au Pakistan, j'étais considérée comme un rat de bibliothèque parce que j'avais lu huit ou neuf livres. Mais quand je suis arrivée au Royaume-Uni, j'ai fait la connaissance de filles qui en avaient lu des centaines. À présent, je me rends compte que je n'ai pas lu grand-chose et j'ai envie de lire ces centaines de livres moi aussi. L'année prochaine, je passerai mon GSCE (le certificat général de l'enseignement secondaire), puis je passerai mes A-levels, l'équivalent du baccalauréat, et j'irai, je l'espère, à l'université pour étudier la politique et la philosophie.

J'ai encore l'espoir de pouvoir retourner dans le Swat revoir mes amis, mes professeurs, mon école et ma maison. Peut-être qu'il faudra du temps, mais je suis sûre que ce sera possible un jour. Je veux retourner dans mon pays natal pour rendre service à la population. Je rêve de devenir un jour une femme politique influente au Pakistan. Malheureusement, Maulana Fazlullah, l'homme qui commandait les talibans du Swat qui m'ont tiré dessus, dirige à présent tous les talibans du Pakistan. Cela rend encore plus risqué mon retour au pays. Mais même s'il n'y avait aucune menace, je suis convaincue que je dois faire des études pour m'endurcir et me préparer pour le combat que je devrai certainement mener contre l'ignorance et le terrorisme. J'ai comme projet d'en apprendre davantage sur l'histoire, de rencontrer des gens intéressants et d'écouter leurs points de vue.

L'école et les manifestations où je suis invitée m'occupent beaucoup, mais je me suis fait des amies et nous bavardons pendant les récréations et à l'heure du déjeuner. Elles aiment parler sport, alors que je préfère lire le *Times* et *The Economist*. De toute façon, nous n'avons pas beaucoup de temps : les études, ici, cela représente énormément de travail !

Grâce aux extraordinaires médecins anglais, je me porte bien. À ma sortie de l'hôpital, durant ma convalescence, je suivais des séances de kinésithérapie une fois par semaine et j'avais besoin de beaucoup d'aide. Selon les médecins, mon nerf facial est à présent guéri à 96 %. L'implant cochléaire a amélioré mon audition et il est possible qu'une nouvelle technologie plus efficace soit bientôt disponible. Je n'ai plus de migraines et je fais du sport, même si tout le monde veille à ne pas lancer la balle trop près de ma tête ! Je suis assez douée dans certaines disciplines comme le cricket et le rounders, une version anglaise du base-ball, même si, évidemment, mes frères disent le contraire.

Eux se sont bien adaptés, mais je me chamaille avec Kushal plus que jamais. Atal nous fait rire. Il emploie un langage ampoulé et déborde de tant d'énergie qu'il nous épuise tous.

Récemment, nous nous sommes disputés parce qu'il avait pris un iPod que l'on m'avait offert. « Malala, je te l'ai pris parce que je sais que tu en as déjà deux.

— Le problème, ai-je répondu, c'est que tu ne peux pas prendre quelque chose sans demander la permission. »

Atal, qui a la faculté de pleurer facilement, a fondu en larmes.

« J'ai besoin de quelque chose pour me réconforter, a-t-il gémi. J'habite une maison qui est comme une prison. Malala, tout le monde dit que tu es la fille la plus courageuse du monde, mais moi je dis que tu es la plus cruelle ! Tu nous as fait venir ici et tu ne me donnes même pas un iPod ! »

Beaucoup de nos amis restés au Pakistan doivent se dire que nous avons beaucoup de chance de vivre en Angleterre dans une belle maison en briques et d'aller dans de bons lycées. Mon père est attaché à l'éducation auprès du consulat pakistanais et conseiller spécial de l'ONU pour l'éducation. Ce serait le rêve pour beaucoup de jeunes Pakistanais ambitieux.

Mais quand vous êtes exilé loin de votre terre natale, où vous et vos ancêtres sont nés, où vous avez des siècles d'histoire, c'est très douloureux. Vous ne pouvez plus toucher votre terre ou y entendre le murmure de la rivière. Les hôtels de luxe et les entrevues dans des palais ne peuvent pas remplacer la sensation du pays natal.

Je l'associe très bien à ma mère. Physiquement, elle est à Birmingham, mais mentalement, elle est dans le Swat. Le mal du pays qu'elle éprouve est terrible. Parfois, elle passe plus de temps dans sa journée à parler au téléphone avec sa famille et ses amis du Swat qu'avec nous.

Récemment, la Royal Society of Medicine a organisé une cérémonie à Londres en hommage aux médecins qui m'ont sauvé la vie, et ma mère a siégé sur la scène pour la première fois de sa vie, ce qui a été un grand événement pour elle.

Nous avons tous été bouleversés par l'accueil chaleureux qui a été réservé dans le monde entier tant à nous qu'à ce livre, lequel a permis à beaucoup de gens de connaître notre histoire.

Quand des prix me sont décernés, j'envoie l'argent dans le Swat pour aider les enfants à suivre des études, et aider les adultes à fonder de petites entreprises – ouvrir une boutique ou acheter un taxi – pour qu'ils puissent subvenir aux besoins de leurs familles. Nous avons reçu un abondant courrier. Même une lettre d'un vieux Japonais qui disait : « Je suis un pauvre vieillard, mais je veux vous aider. » Il nous avait joint un billet de 10 000 yens, mais il n'a pas laissé d'adresse d'expéditeur, si bien que nous n'avons pas pu le remercier.

Avec la Fondation Malala, je suis allée au Kenya où l'on construit une école pour la population de la région du Massaï Mara. Les gens y sont stupéfiants – grands, farouches, enveloppés dans des couvertures écarlates –, et ils nous ont raconté des histoires que j'ai eu peine à croire. Elles sont encore plus étonnantes que nos légendes pachtounes. Aucun des anciens n'a d'instruction, mais, maintenant, tous les enfants suivent des cours. Ce n'est pas facile, car le gouvernement n'offre la gratuité de l'enseignement que jusqu'à la troisième. Après quoi, les familles doivent payer.

Les Massaï nous ont dit que, jusqu'à une date récente, les garçons étaient circoncis et devaient aller dans la brousse tuer au moins deux lions et en rapporter les dépouilles. Les anciens leur arrachaient alors les deux dents du devant – imaginez combien ce doit être douloureux – et, s'ils ne pleuraient pas, ils étaient consacrés guerriers massaï.

De nos jours, leurs coutumes ont changé. Les Massaï nous ont expliqué que, s'ils tuaient tous les lions, la faune sauvage disparaîtrait. Par conséquent, ceux qui deviennent des guerriers aujourd'hui sont ceux qui sont les plus instruits, et non plus les tueurs de lions. Il y a même des femmes massaï guerrières. Et ils n'excisent plus les filles.

J'ai passé mon dix-septième anniversaire au Nigeria pour témoigner de ma solidarité aux écolières kidnappées en avril 2014 dans leur dortoir au milieu de la nuit par les militants de Boko Haram. Ces filles qui ont mon âge rêvaient toutes de devenir médecin, enseignante ou scientifique. C'étaient des filles à part et très courageuses, car seulement 4 % des filles du nord du Nigeria terminent l'école. Le monde a tendance à passer rapidement à d'autres préoccupations et je ne veux pas qu'on les oublie. Nous allons monter là-bas un autre projet de la Fondation Malala.

Dans le cadre de son travail de lobbying, la fondation est allée à Washington rencontrer Barack Obama. Nous avons été présentés à Michelle Obama et à leur fille aînée, Malia, et on nous a offert du miel des ruches de la Maison-Blanche. Ensuite, Barack Obama nous a fait visiter le bureau ovale, qui est plutôt petit. Il nous a accueillis et nous a écoutés avec beaucoup d'attention.

Lorsque nous avons été invités à nous rendre à la Maison-Blanche, nous avons répondu que nous n'acceptions qu'à une condition : si c'était une simple séance de photos, nous n'irions pas, mais si Obama prêtait l'oreille à ce qui nous tenait à cœur, nous nous y rendrions. Le message en retour disait : Vous pouvez aborder tous les sujets. Et c'est ce que nous avons fait ! L'entrevue a été très sérieuse. Nous avons parlé de l'importance de l'éducation. Nous avons discuté du rôle des États-Unis qui soutiennent des dictatures et procèdent à des attaques de drones dans des pays comme le Pakistan.

J'ai dit à Barack Obama qu'au lieu de chercher à éradiquer le terrorisme par la guerre, il ferait mieux de recourir à l'instruction.

L'année dernière, j'ai milité inlassablement pour promouvoir l'enseignement, par le biais de ma fondation. Je me suis rendue dans des zones de conflit pour faire prendre conscience aux gens des souffrances des enfants privés d'éducation. J'ai lancé des programmes en Jordanie, au Pakistan, au Kenya et au Nigeria. Je me suis adressée aux dirigeants du monde entier et je les ai exhortés à augmenter le budget de l'éducation dans leurs pays respectifs, tout en poussant les nations les plus puissantes à augmenter l'aide à l'enseignement qu'elles accordent aux pays en voie de développement. Nos tâches ne cessent de se multiplier, et je sais qu'il reste énormément à faire. Je remercie Dieu de m'avoir donné cette cause pour laquelle combattre. C'est à présent l'œuvre de ma vie, ma mission et mon rêve.

Avec la Fondation Malala, j'ai décidé de mener campagne pour l'instruction des Syriens réfugiés en Jordanie. Je me suis rendue à la frontière syrienne et j'ai vu les foules de réfugiés fuyant vers la Jordanie. Ils avaient traversé le désert pour arriver là sans rien emporter d'autre que les vêtements qu'ils avaient sur le dos. Dans les camps, la plupart des enfants ne sont pas scolarisés. Parfois, il n'y a même pas d'école, ou il est dangereux de s'y rendre. Souvent, au lieu d'aller en classe, les enfants travaillent parce que leur père a été tué. J'en ai vu travailler le long des routes par une température étouffante, ou demander qu'on les emploie à porter de lourdes pierres afin de pouvoir nourrir leurs familles.

J'ai éprouvé un immense chagrin. Quel péché ont-ils commis, qu'ont-ils fait pour être obligés d'émigrer, pourquoi ces enfants souffrent-ils aussi cruellement ? Pourquoi sont-ils privés d'instruction et d'un environnement pacifique ?

J'ai fait la connaissance de Mizune, une fille de mon âge. Chaque jour, elle va de tente en tente pour convaincre les parents d'envoyer leurs enfants à l'école. Elle m'a confié qu'elle voulait devenir journaliste pour pouvoir faire comprendre aux gens ce qui est en train de se passer. Je lui ai demandé : « Si tu pouvais faire quelque chose, qu'est-ce que ce serait ? » Elle m'a répondu : « Je veux revoir ma maison et faire cesser ces guerres. »

Nous avons parlé à de nombreuses organisations et attiré l'attention sur la situation dramatique des réfugiés afin qu'ils soient mieux soutenus. Nous avons également lancé des projets sur le terrain pour aider à intégrer les réfugiés syriens dans les écoles de Jordanie.

Moi aussi, je suis une réfugiée, forcée de vivre loin de ma patrie. Comme dit mon père, nous sommes peut-être les réfugiés les plus privilégiés du monde, avec une belle maison et tout ce qu'il nous faut, mais nous avons toujours le mal du pays. Beaucoup de choses ont changé au cours de l'année dernière, mais je suis toujours la même Malala, celle qui allait à l'école dans le Swat. Ma vie a changé, mais pas moi. Si vous posiez la question à ma mère, elle dirait : « Eh bien, peut-être que Malala est devenue plus sage, mais c'est toujours la même fillette turbulente et désordonnée qui se plaint toujours de ne pas avoir fini ses devoirs. » Il y a des choses, même infimes, qui ne changent jamais.

Malala Yousafzai

*Prologue*

Je viens d'un pays qui est né à minuit. Quand j'ai failli mourir, il était juste midi passé.

Il y a un an, j'ai quitté ma maison pour aller à l'école et je n'y suis jamais retournée. J'ai reçu une balle tirée par un taliban, et c'est inconsciente que j'ai été évacuée par avion du Pakistan. Certains disent que je ne retournerai jamais chez moi, mais au fond de mon cœur, je suis convaincue que je reviendrai. Je ne souhaite à personne d'être arraché du pays qu'il adore.

À présent, chaque matin, quand j'ouvre les yeux, je me languis de mon ancienne chambre où se trouvent toutes mes affaires, les vêtements éparpillés par terre, mes trophées sur les étagères. Au lieu de cela, je suis dans un pays qui a cinq heures de retard, en termes de décalage horaire, sur le Pakistan et ma région natale de la vallée du Swat qui me sont tous les deux si chers. Mais mon pays a des siècles de retard sur celui où je vis. Ici, il y a tout ce dont on peut imaginer avoir besoin. L'eau courante à tous les robinets, chaude ou froide, à volonté ; la lumière d'un simple geste, jour et nuit, sans besoin de remplir des lampes de pétrole ; des fours qui n'ont pas besoin d'être alimentés par une bouteille de gaz que l'on doit courir acheter au bazar. Ici, tout est si moderne que l'on peut même obtenir des plats déjà cuisinés et emballés.

Quand je regarde au-dehors depuis ma fenêtre, je vois de hauts immeubles, de longues rues remplies de véhicules qui roulent en bon ordre, des haies et des pelouses vertes, et des trottoirs impeccables. Je ferme un instant les yeux et je suis de retour dans ma vallée – les hautes cimes enneigées, les collines verdoyantes et les rivières bleues et fraîches – et mon cœur sourit en se remémorant les habitants du Swat. Mon esprit me transporte dans mon école où je retrouve mes camarades et mes professeurs. Je rejoins ma meilleure amie Moniba, et nous nous asseyons côte à côte pour rire et bavarder comme si je n'étais jamais partie.

Et puis, je me souviens que je suis à Birmingham, en Angleterre.

Le jour où tout a changé était le mardi 9 octobre 2012, un jour qui n'était déjà pas bien rose, étant en plein milieu des examens, même si, en fille studieuse, je les redoute moins que certaines de mes camarades.

Ce matin-là, nous sommes arrivées dans l'étroite ruelle boueuse donnant sur Haji Baba Road en une procession de rickshaws aux couleurs vives qui crachotaient de la fumée d'échappement, chacun transportant cinq ou six filles. Depuis les talibans, il n'y avait plus de panneau indiquant l'école, et l'on ne pouvait deviner ce qui se cachait derrière la porte en laiton encastrée dans un mur blanc en face de la scierie.

Pour nous autres filles, il s'agissait d'une porte magique qui donnait sur notre petit monde à nous. Nous avons franchi le seuil, nous nous sommes débarrassées aussitôt de nos foulards comme le vent disperse les nuages un jour de beau temps, puis avons gravi les marches en courant. En haut, se trouvaient une cour et les salles de classe. Nous avons laissé tomber nos sacs à dos et nous sommes regroupées pour le rassemblement du matin en plein air, le dos tourné vers les montagnes, au garde-à-vous. Une fille cria : « *Assaan bash !* », c'est-à-dire « repos ! », et nous avons claqué des talons en répondant : « Allah. » Puis elle reprit : « *Hoo she yar !* », soit « garde-à-vous ! », à quoi nous avons de nouveau claqué des talons : « Allah. »

Cette école a été fondée par mon père avant ma naissance et, sur le mur, figurent fièrement les mots KHUSHAL SCHOOL en lettres rouges et blanches. Nous allions à l'école six matinées par semaine et, à quinze ans, en troisième, nos cours consistaient à psalmodier des équations chimiques, à étudier la grammaire ourdoue, à écrire des rédactions en anglais illustrant des principes moraux comme « Qui va lentement va sûrement », ou à dessiner le schéma de la circulation sanguine : la plupart de mes camarades voulaient être médecins.

Difficile d'imaginer que l'on puisse considérer cela comme une menace. Pourtant, hors des murs de l'école régnaient non seulement le vacarme et la folie de Mingora, la principale ville du Swat, mais aussi ceux qui, comme les talibans, estiment que les filles ne doivent pas s'instruire.

Ce matin avait débuté comme tous les autres, bien qu'un peu plus tardivement. En période d'examens, les cours commençaient à 9 heures au lieu de 8, ce qui était une bonne chose, car j'aime dormir et que ni le chant des coqs ni l'appel des muezzins ne me tirent du sommeil. Mon père s'employait à me secouer.

— C'est l'heure de te lever, *Jani Mun*, disait-il.

Cela signifie « mon âme » en persan, et il m'appelle toujours ainsi de bon matin.

— Encore quelques minutes, *Aba,* s'il te plaît, le suppliais-je en m'enfouissant sous l'édredon.

Ensuite, ma mère, Toor Pekai, est arrivée. Elle me surnomme *pisho*, « chaton ». C'est à ce moment que j'ai pris conscience de l'heure et que je me suis écriée :

— *Bhabi,* je suis en retard !

Dans notre culture, chaque homme est un « frère » et chaque femme une « sœur ». Quand mon père fit visiter pour la première fois l'école à ma mère, tous les enseignants s'adressèrent à elle en l'appelant *Bhabi*, « épouse de mon frère ». Le surnom est resté, tout le monde l'appelle *Bhabi* depuis.

Je dormais dans la pièce toute en longueur devant la maison, uniquement meublée d'un lit et d'une commode. Les meubles avaient été achetés avec une partie de l'argent reçu en récompense de ma campagne en faveur de la paix dans notre vallée et pour le droit des filles à l'instruction. Sur les étagères étaient rangées les coupes remportées en tant que première de ma classe. À une poignée de reprises, j'avais été battue par ma rivale Malka-e-Noor. Et j'étais bien décidée à ce que cela ne se reproduise pas.

L'école n'était pas loin de chez moi à pied mais je m'y rendais en car depuis le début de l'année précédente. Le trajet ne prenait que quelques minutes en surplomb du fleuve aux relents pestilentiels. Nous passions devant l'immense affiche promouvant la clinique du cheveu du Dr Humayun, où, plaisantions-nous, l'un de nos professeurs chauves avait certainement dû se rendre car des touffes de cheveux lui ont poussé du jour au lendemain sur le crâne. J'aimais bien prendre le bus parce que je ne finissais pas en sueur comme lorsque je marchais, et que je pouvais bavarder avec mes amies et Usman Ali, le chauffeur, que nous appelions *Bhai Jan*, « frère », et qui nous faisait toutes rire avec ses histoires insensées.

J'avais commencé à prendre le bus, car ma mère craignait pour ma sécurité si je me rendais seule à l'école. Toute l'année, nous avions reçu des menaces. Certaines étaient des déclarations dans les journaux, d'autres des courriers ou des messages transmis par intermédiaire. Ma mère s'inquiétait pour moi, mais les talibans ne s'en étaient jamais pris à une enfant dans la région, et je craignais davantage qu'ils s'attaquent à mon père, qui s'élevait régulièrement en public contre eux. Zahid Khan, son ami proche et militant de la même cause, avait été abattu en août sur le chemin de la mosquée et tout le monde disait à mon père de faire attention, car il serait le suivant.

On ne pouvait accéder à notre maison par la route. Je descendais du bus à l'arrêt au-dessous, près du fleuve, je passais la grille en fer et montais quelques marches. Comme mon père, j'ai l'imagination fertile et parfois, durant les cours, mon esprit vagabondait, je me figurais qu'un terroriste viendrait me tirer dessus sur ces marches. Je me demandais ce que je ferais. Enlever ma chaussure pour le frapper avec ? Oui, mais si c'était un taliban, pourquoi aurais-je agi comme lui ? Il aurait mieux valu plaider : « D'accord, abats-moi, mais écoute-moi avant. Ce que tu fais est mal. Je ne suis pas contre toi. Je veux seulement que toutes les petites filles aillent à l'école. »

Je n'avais pas peur mais, la nuit venue, je m'assurais avant de dormir que la grille était bien verrouillée, et j'avais commencé à demander à Dieu ce qui arrive quand on meurt. Je disais tout à Moniba, ma meilleure amie. Nous étions liées depuis notre plus jeune âge, vivions dans la même rue, et nous partagions tout : chansons de Justin Bieber, films de la saga *Twilight*, cosmétiques pour éclaircir le teint. Elle rêvait de devenir créatrice de mode, même si elle savait que sa famille n'accepterait jamais, et elle racontait donc à tout le monde qu'elle voulait devenir médecin. C'est difficile pour les filles dans notre société de devenir autre chose qu'enseignante ou médecin, si tant est qu'elles aient le droit de travailler. J'étais différente : je n'ai jamais caché mon désir de devenir inventeur ou politicienne plutôt que médecin. Moniba savait toujours si quelque chose n'allait pas.

— Ne t'inquiète pas, lui dis-je. Les talibans ne s'en sont jamais pris à une enfant.

Quand on annonça notre bus, nous dévalâmes l'escalier. Toutes les autres filles se couvrirent la tête avant de franchir la porte et de monter par l'arrière. Le bus était en réalité ce que nous appelons une *dyna* : une camionnette, modèle TownAce Toyota blanc avec trois bancs parallèles, un de chaque côté et un troisième au milieu. S'y entassaient vingt filles et trois professeurs. J'étais assise à droite entre mes amies Moniba et Shazia, nos sacs à nos pieds.

À l'intérieur, il faisait chaud et moite. Les jours plus frais tardaient à arriver et seules les lointaines montagnes de l'Hindu Kush étaient givrées de neige. L'arrière de la camionnette n'avait pas de fenêtre, juste une épaisse bâche en plastique qui claquait et était trop jaunie et poussiéreuse pour qu'on puisse voir à travers. Nous distinguions seulement un petit coin de ciel où brillait le soleil, et à cette heure de la journée ce n'était plus qu'une sphère jaune flottant dans la poussière qui voilait tout.

Je me souviens que le bus a tourné à droite au barrage de l'armée comme toujours, puis devant le terrain de cricket désert. Je ne me rappelle rien de plus.

Lorsque je rêve de cet attentat, je vois mon père à bord du bus. C'est sur lui que l'on tire, non sur moi, il y a des hommes partout et je le cherche sans relâche.

En réalité, nous nous sommes arrêtés brusquement. À gauche se trouvait la tombe de Sher Mohammad Khan, ministre des Finances et premier dirigeant du Swat, recouverte de mauvaises herbes, et à droite, l'usine de friandises. Nous étions à 200 mètres du checkpoint.

Nous ne pouvions pas voir ce qui se passait à l'avant. Un jeune homme en vêtements clairs avait barré la route et faisait signe à notre chauffeur.

— C'est le bus de l'école Khushal ? demanda-t-il
à Usman Bhai Jan.

— Oui, répondit le chauffeur.

La question était idiote, le nom était peint sur le
flanc du bus.

— J'ai besoin de renseignements sur certains
élèves, dit l'homme.

— Adresse-toi au secrétariat de l'école, lâcha
Usman Bhai Jan.

Pendant ce temps, un autre jeune homme en blanc
s'était approché de l'arrière de la camionnette.

— Regarde, c'est un journaliste qui vient te demander une interview, me murmura Moniba.

Depuis que j'avais commencé à prendre la parole
aux réunions où s'exprimait mon père en faveur de
l'instruction des filles et contre ceux qui, comme les
talibans, veulent que nous restions cloîtrées, les journalistes venaient souvent me voir, même des Américains,
mais pas comme cela en pleine rue.

L'homme portait une casquette et s'était recouvert
le visage d'un mouchoir comme s'il avait la grippe.
On aurait dit un étudiant d'université. Il se hissa sur
le hayon et se pencha à l'intérieur.

— Qui est Malala ? demanda-t-il.

Personne ne répondit, mais plusieurs filles me
regardèrent. J'étais la seule à ne pas avoir le visage
voilé. Il leva alors un pistolet noir. J'appris plus tard
que c'était un colt 45. Certaines des filles poussèrent
des cris. Moniba me dirait un jour que j'avais serré
sa main.

D'après mes amies, il tira trois coups successifs.
La première balle entra dans mon orbite gauche et

se logea dans mon épaule gauche. Je m'effondrai sur Moniba, du sang jaillissant de mon oreille gauche, si bien que les deux balles suivantes atteignirent les filles assises près de moi. Une frappa Shazia à la main gauche. La troisième traversa son épaule gauche et blessa le bras droit de Kainat Riaz.

Mes amies m'ont raconté que le tireur avait la main qui tremblait.

Le temps que nous arrivions à l'hôpital, mes longs cheveux et les genoux de Moniba se couvrirent de sang.

Qui est Malala ? C'est moi, et ce livre raconte mon histoire.

# PREMIÈRE PARTIE

## Avant les talibans

سوري سوري په ګولو راشي    د بي ننګئ آواز د رامه شه مئينه

*Sorey sorey pa golo rashey*
*Da be nangai awaz de ra ma sha mayena*

« Je préfère recevoir ton corps
criblé de balles avec honneur
Qu'apprendre ta lâcheté sur le champ de bataille »

# 1

## Une petite fille est née

À ma naissance, les gens de notre village s'apitoyèrent sur ma mère et personne ne félicita mon père. Je suis arrivée au moment où la nuit laisse place au jour et où la dernière étoile s'éteint, ce qui, pour nous autres Pachtounes, est de bon augure. Mon père n'ayant pas l'argent pour payer l'hôpital ou une sage-femme, c'est une voisine qui aida ma mère à accoucher, et contrairement au premier enfant de mes parents qui se présenta mort-né, je sortis en me débattant et en poussant des cris. Mais j'étais une fille dans un pays où on tire au fusil pour fêter la naissance d'un fils et où les filles sont cachées derrière un rideau, leur rôle se résumant à préparer la nourriture et à produire des enfants.

Pour la plupart des Pachtounes, c'est donc un jour sinistre que celui où naît une fille. Le cousin de mon père, Jehan Sher Khan Yousafzai, fut l'un des rares à nous rendre visite quelques jours après ma naissance. Il offrit même une forte somme d'argent à mes parents en cadeau. En dépit de cela, il avait dessiné l'immense arbre généalogique de notre clan, les Dalohkel, remontant jusqu'à mon arrière-arrière-grand-père. Il n'avait tracé que la lignée masculine.

Mon père, Ziauddin, est différent de la majorité des Pachtounes. Il prit l'arbre et traça à partir de son nom une ligne en forme de sucette. À l'intérieur du cercle, il écrivit *Malala*. Son cousin éclata de rire, stupéfait. Mon père s'en moquait. Il raconte qu'il me regarda dans les yeux à ma naissance et « tomba amoureux ». Il déclara à tout le monde : « Je sais que cette enfant n'est pas comme les autres. » Il demanda même à ses amis de lancer des fruits secs, des bonbons et des pièces de monnaie dans mon berceau, coutume généralement réservée aux garçons.

*\*\*\**

Je reçus le prénom de Malala en hommage à Mala-lai de Maiwand, la plus grande héroïne de l'Afghanistan. Nous autres Pachtounes, nous sommes un peuple fier composé de nombreuses tribus réparties entre le Pakistan et l'Afghanistan. Nous vivons ainsi que nous le faisons depuis des siècles selon un code, le *Pashtunwali*, qui nous oblige à offrir l'hospitalité à tous et où la valeur la plus importante est le *nang*, l'honneur. Le pire qui puisse arriver à un Pachtoune est de perdre la face. Le déshonneur est chose terrible pour lui. Nous avons l'habitude de dire : « Sans honneur, le monde ne vaut rien. » Nous nous battons tellement entre nous que nous employons le même mot – *tarbur* – pour dire « cousin » ou « ennemi ».

Mais nous faisons toujours front commun contre les étrangers qui tentent de conquérir nos terres.

Tous les enfants pachtounes connaissent l'histoire de Malalai qui encouragea l'armée afghane à battre les troupes anglaises lors d'une des plus grandes batailles de la deuxième guerre anglo-afghane de 1880.

Malalai était la fille d'un berger de Maiwand, une petite ville des plaines poussiéreuses à l'ouest de Kandahar. Son père et son promis étaient parmi les milliers d'Afghans qui luttaient pour repousser les Britanniques. Malalai, encore adolescente, alla sur le champ de bataille avec des villageoises pour s'occuper des blessés et leur donner à boire. Elle vit que les hommes perdaient pied et, quand le porteur de drapeau tomba, elle brandit son voile blanc en guise d'étendard et marcha sur le champ de bataille devant les soldats.

« Jeune amour ! scanda-t-elle. Si tu ne tombes pas dans la bataille de Maiwand, par Allah, c'est que quelqu'un t'épargne pour être un symbole de la honte ! »

Malalai fut atteinte par une balle et mourut, mais ses paroles et sa bravoure inspirèrent les hommes à renverser le cours du destin. Ils anéantirent toute une brigade britannique – ce fut l'une des pires défaites qu'essuya cette armée. Les Afghans furent si fiers de cette victoire que leur dernier souverain érigea un monument à la victoire de Maiwand au centre de Kaboul. Quand je lus au lycée les aventures de Sherlock Holmes, je ris de voir qu'il s'agit de la bataille au cours de laquelle le Dr Watson est blessé avant de devenir l'associé du célèbre détective. Malalai est la Jeanne d'Arc des Pachtounes. Beaucoup d'écoles afghanes portent son nom.

Mon grand-père, qui était un érudit et un chef religieux du village, n'approuva pas le choix de mon père.

— C'est un prénom triste, déclara-t-il. Il signifie « accablée de chagrin ».

Quand j'étais bébé, mon père me chantait souvent une chanson du célèbre poète Rahmat Shah Sayel de Peshawar. Le dernier couplet finit ainsi :

> *Ô Malalai de Maiwand*
> *Relève-toi pour faire entendre aux Pachtounes*
> > *[le chant de l'honneur.*
> *Tes paroles poétiques changent le cours des mondes*
> *Je t'en conjure, relève-toi.*

Mon père racontait l'histoire de Malalai à tous nos visiteurs. J'adorais l'entendre, tout comme les chansons qu'il me chantait, tout comme la manière dont mon prénom flottait dans le vent quand on le prononçait.

*** 

Nous habitions dans le plus bel endroit du monde. Ma vallée, celle du Swat, est un céleste royaume de montagnes, de cascades et de lacs cristallins. BIENVENUE AU PARADIS annonce un panneau quand on arrive dans la vallée. Autrefois, le Swat s'appelait Uddiyana, « jardin ». Nous avons des champs de fleurs sauvages, des mines d'émeraudes et des rivières gorgées de truites.

La région est surnommée la Suisse de l'Orient. On y trouve la première station de ski du Pakistan. Les riches Pakistanais viennent en vacances savourer chez nous l'air pur, les paysages et nos festivals de musique et de danses soufies. Tout comme nombre d'étrangers, que nous appelons *angrezans*, c'est-à-dire « Anglais », quelle que soit leur origine. Même la reine d'Angleterre est venue – et elle a séjourné dans le Palais-Blanc construit par notre roi, le premier wali du Swat, dans le même marbre immaculé que le Taj Mahal.

Notre histoire est elle aussi particulière. Aujourd'hui, le Swat fait partie de la province du Khyber Pakhtunkhwa, le KPK, comme nous l'appelons, pour simplifier, mais auparavant, le Swat était séparé du reste du Pakistan. Nous étions autrefois une principauté, comme nos voisins du Chitral et du Dir. Nos souverains prêtaient allégeance aux Anglais, mais ils gouvernaient leurs pays en toute indépendance.

Quand les Anglais accordèrent à l'Inde son indépendance en 1947 et la divisèrent, nous rejoignîmes le Pakistan nouvellement créé en demeurant autonomes. Nous adoptâmes la roupie pakistanaise, mais le gouvernement du Pakistan ne pouvait intervenir qu'en matière de politique étrangère. Le wali administrait la justice, maintenait la paix entre les tribus belliqueuses et collectait l'*ushur* – un impôt de 10 % du revenu – avec lequel il construisait routes et écoles.

Nous n'étions qu'à cent soixante kilomètres à vol d'oiseau d'Islamabad, mais nous aurions pu tout aussi bien nous trouver dans un pays différent. Il fallait au moins cinq heures de route par la passe du Malakand, un vaste cirque montagneux où autrefois, nos ancêtres, menés par le mollah Sadullah, surnommé le Fakir Fou, défirent les troupes anglaises dans les rochers déchiquetés. Parmi eux se trouvait Winston Churchill, qui en tira un livre. L'un des pics continue de porter son nom, même s'il ne fut pas très élogieux à l'égard de notre peuple. Au bout de la passe se trouve un temple à coupole verte où les randonneurs jettent de l'argent en gage de reconnaissance pour l'avoir franchie sans encombre.

Personne de ma connaissance n'était allé à Islamabad. Avant que surviennent les problèmes, la plupart des gens, comme ma mère, n'étaient jamais sortis du Swat.

\*\*\*

Nous habitions à Mingora, la plus grande – et véritable – ville de la vallée. Autrefois, c'était une simple bourgade, mais beaucoup de gens sont venus s'y installer des villages environnants, aussi est-elle devenue sale et bondée. On y trouve hôtels, universités, un parcours de golf non loin et un célèbre bazar où l'on vend nos broderies traditionnelles, des pierres précieuses et tout ce que l'on peut imaginer. Le fleuve Marghazar la traverse en serpentant, son eau est d'un brun opaque à cause des sacs plastique et des déchets qui y sont déversés, et non plus limpide comme les rivières des régions montagneuses ni comme le large Swat à l'extérieur de la ville, où les gens allaient pêcher la truite et au bord duquel nous allions les jours de congés.

Notre maison était dans le quartier de Gulkada, ce qui signifie « lieu fleuri », mais qui s'appelait naguère Butkara, ou « lieu des statues ». Près de notre maison s'étendait un champ semé de ruines mystérieuses – statues de lions accroupis, colonnes brisées, sculptures sans tête, et, plus étrange que tout, des centaines d'ombrelles en pierre.

Nous sommes musulmans depuis le XIe siècle, époque à laquelle le sultan Mahmoud de Gazni vint en Afghanistan et régna sur nous. Mais dans l'Antiquité, le Swat était un royaume bouddhiste. Les bouddhistes y étaient arrivés au IIe siècle et leurs souverains régnèrent sur la vallée pendant plus de cinq cents ans. Selon des explorateurs chinois, il y avait quatorze cents monastères bouddhistes sur les rives du Swat. La mélodie enchantée des cloches des temples résonnait dans la vallée. Les temples ont disparu depuis bien longtemps, mais presque partout, où que vous alliez dans le Swat, parmi les primevères et autres fleurs sauvages, vous en trouverez des vestiges. Nous adorions jouer à cache-cache dans les ruines de Butkara où les rois et saints bouddhistes sont ensevelis. Il nous arrivait même de pique-niquer devant la statue d'un gros bouddha souriant assis en tailleur sur une fleur de lotus. Selon bien des légendes, le Bouddha lui-même venait souvent ici parce que c'était un endroit très paisible, et un peu de ses cendres auraient été enterrées dans la vallée, dans un stupa géant.

Butkara est un lieu magique, idéal pour les parties de cache-cache ! Un archéologue étranger de passage nous a dit qu'autrefois c'était un lieu de pèlerinage, plein de temples splendides à coupoles dorées. Mon père a écrit un poème, *Les Reliques de Butkara*, qui résume à la perfection la coexistence possible entre le temple et la mosquée :

> *Quand la voix de la vérité s'élève des minarets,*
> *Le Bouddha sourit*
> *Et la chaîne brisée de l'histoire est reconstituée.*

*\*\*\**

Nous habitions à l'ombre de l'Hindu Kush. Notre maison à un étage était en béton. À gauche, un escalier menait à un toit en terrasse assez vaste pour que nous puissions y jouer au cricket étant enfants. C'était notre terrain de jeux. Au crépuscule, mon père et ses amis montaient s'y asseoir pour prendre le thé. Parfois, je m'installais le toit pour regarder les fumées qui s'échappaient des cuisines voisines et écouter le chant des grillons. Tout autour de nous s'élevaient les montagnes où l'on chassait le bouquetin et le coq de bruyère.

Notre vallée regorge d'arbres fruitiers comme le figuier, le grenadier et le pêcher, et dans notre jardin poussaient raisins, goyaves et kakis. Devant la maison se trouvait un prunier qui donnait des fruits tout à fait délicieux. Entre les oiseaux et nous, c'était toujours à celui qui irait le plus vite pour les manger : les oiseaux adoraient cet arbre. Même les piverts y venaient.

Aussi loin que remontent mes souvenirs, ma mère parlait aux oiseaux. Derrière la maison se dressait une véranda où les femmes se réunissaient. Comme nous savions ce qu'était la faim, ma mère préparait toujours plus de nourriture qu'il n'en fallait et la distribuait aux pauvres. S'il y avait des restes, ils étaient pour les oiseaux. En pachto, nous aimons chanter des *tappas*, des poèmes de deux vers, et tout en éparpillant le riz, elle chantonnait celui-ci : « Ne tue pas de colombes dans le jardin ; si tu en tues une, les autres ne viendront plus. »

J'aimais m'asseoir sur le toit et rêvasser en contemplant les montagnes. La plus haute de toutes est le mont Ilam, en forme de pyramide. C'est une montagne sacrée pour nous, elle est si haute qu'elle porte presque toujours un collier de nuages cotonneux. Même en été, elle est couronnée de neige. À l'école, nous avons appris qu'en 327 av. J-C, avant même que les bouddhistes arrivent dans le Swat, Alexandre le Grand, alors en chemin entre l'Afghanistan et l'Indus, avait envahi la vallée avec des milliers d'éléphants et de soldats. Les Swatis s'étaient enfuis dans la montagne, convaincus qu'elle était si haute que leurs dieux les y protégeraient. Mais Alexandre était un chef patient et déterminé. Il se contenta de construire une rampe depuis laquelle ses catapultes et flèches pouvaient atteindre le sommet de la montagne. Après quoi, il la gravit afin de s'emparer de Jupiter, symbole du pouvoir.

Depuis le toit, je regardais les montagnes changer au gré des saisons. À l'automne, des vents frais descendaient des sommets. En hiver, tout n'était que neige blanche et de longues stalactites de glace pendaient des toits comme des poignards que nous nous amusions à casser. Nous cavalions partout et nous faisions des bonshommes de neige, des ours de neige, et jouions à attraper des flocons.

Au printemps, les eucalyptus étaient en fleur et quand les pétales s'échappaient, ils recouvraient tout de blanc, tandis que le vent portait l'odeur âcre des rizières.

Je suis née en été, et c'est peut-être pour cela que c'est ma saison préférée, même si dans notre ville de Mingora, il est chaud et sec et que le fleuve, où sont déversées les ordures, empeste.

Nous étions très pauvres. Nous habitions dans les deux pièces d'une cabane délabrée en face de l'école que mon père et son ami avaient fondée. Je dormais dans une pièce avec mes parents et l'autre était réservée aux invités. Nous n'avions ni salle de bains ni cuisine. Ma mère préparait les repas sur un feu à même le sol et faisait sa lessive au robinet de l'école. Notre maison était toujours remplie de monde.

Mon frère Khushal est né deux ans après moi. Comme moi, il a vu le jour à la maison car nous ne pouvions pas nous permettre l'hôpital et, comme l'école de mon père, il reçut le prénom du héros pachtoune Khushal Khan Khattak. Ma mère, qui espérait un garçon, ne put cacher sa joie à sa naissance. Moi, je le trouvai tout petit et maigre, un roseau que le vent aurait pu briser. Mais c'était la prunelle de ses yeux, sa *niazbeen*. Tous ses désirs étaient des ordres pour elle. Il voulait constamment du thé, notre thé traditionnel avec du lait, du sucre et de la cardamome, mais elle finit par en avoir assez et lui en prépara un tellement amer qu'il en fut dégoûté.

Elle rêvait de lui acheter un nouveau berceau – le mien nous avait été donné par des voisins, mon père n'ayant pas d'argent, et il était déjà de troisième ou quatrième main. Mais mon père refusa. « Si Malala a dormi dans ce berceau, il peut dormir dedans lui aussi ! »

Puis, presque cinq ans plus tard, naquit un autre garçon, Atal, à l'œil vif et curieux comme un écureuil. Après cela, déclara mon père, nous étions au complet. Trois enfants, c'est peu pour le Swat, où la plupart des familles en comptent sept ou huit.

Je jouais beaucoup avec Khushal car il n'avait que deux ans de moins que moi, mais nous ne cessions pas de nous bagarrer. Il allait systématiquement pleurnicher dans les jupes de ma mère, tandis que moi, je me plaignais auprès de mon père. « Qu'y a-t-il, *Jani* ? » demandait-il. Comme lui, je suis désarticulée et je peux plier mes doigts complètement en arrière sans difficulté, et mes talons cliquettent lorsque je marche, ce qui exaspère les adultes.

Ma mère est très belle et mon père l'adore comme un vase de porcelaine fragile ; il n'a jamais levé la main sur elle, contrairement à bien des hommes chez nous. Son nom, Toor Pekai, signifie « chevelure de jais », bien que la sienne soit châtain : mon grand-père, Janser Khan, avait entendu ce nom sur Radio Afghanistan juste avant sa naissance. J'aurais aimé avoir sa peau blanche, ses traits fins et ses yeux verts, mais j'ai hérité du teint mat, du nez épaté et des yeux bruns de mon père. Dans notre culture, nous avons tous des surnoms : hormis *pisho*, « chaton », que me donne ma mère depuis ma naissance, certains de mes cousins m'appelaient *lachi,* c'est-à-dire « cardamome ». On surnomme souvent les personnes à peau sombre « blanc » et les petits, « grand ». Notre sens de l'humour est particulier. Dans notre famille, on appelait mon père *khaistar dada,* ce qui veut dire « beau ».

Un jour, à quatre ans, j'ai demandé à mon père :

— *Aba,* tu es de quelle couleur ?

— Je ne sais pas, répondit-il. Un peu blanc, un peu noir.

— C'est comme quand on mélange du lait et du thé, conclus-je.

Cela le fit beaucoup rire, mais enfant, il était si complexé d'avoir la peau mate qu'il allait aux champs se procurer du lait de bufflonne et s'en passait sur le visage, pensant que cela lui éclaircirait le teint.

C'est seulement quand il fit la connaissance de ma mère qu'il se réconcilia avec son physique. Être aimé d'une fille aussi belle lui redonna confiance.

Dans notre société, les mariages sont généralement arrangés par les familles, mais le leur fut une histoire d'amour. Je ne me lassais pas d'entendre le récit de leur rencontre. Ils venaient de villages voisins, dans une vallée lointaine du Shangla, et se croisaient dans la cour quand ma mère et sa famille rendaient visite à sa tante, l'épouse de l'oncle de mon père, qui vivait à côté de chez lui. Ils pouvaient se voir suffisamment pour savoir qu'ils se plaisaient, mais pour nous, déclarer ce genre de choses est tabou. Aussi lui envoyait-il des poèmes qu'elle ne pouvait pas lire.

— J'admirais son esprit, disait-elle.

— Et moi, sa beauté, répondait-il en riant.

Surgit un problème majeur. Mes deux grands-pères ne s'entendaient pas. Aussi lorsque mon père fit part de son souhait de demander la main de ma mère, les familles ne firent pas mystère de leur mécontentement. Mon grand-père paternel dit à mon père que la décision lui revenait et consentit à prendre le barbier en guise d'intermédiaire pour s'adresser à mon grand-père maternel (conformément à l'usage chez les Pachtounes). Janser Khan refusa. Mais mon père, en homme têtu, persuada mon grand-père de dépêcher le barbier une deuxième fois. La maison de Janser Khan, sa *hujra*, était fréquentée par des personnes impliquées en politique et mon père s'y trouvait assez régulièrement pour qu'ils puissent faire connaissance. Mon grand-père maternel le fit patienter neuf mois avant de céder.

Ma mère vient d'une famille de femmes fortes et d'hommes influents. Sa grand-mère, mon arrière-grand-mère, devint veuve alors que ses enfants étaient encore petits et que son fils aîné, Janser Khan, était incarcéré en raison d'un conflit tribal avec une autre famille. Janser Khan, mon grand-père, n'avait alors que vingt-cinq ans. Elle parcourut soixante kilomètres à pied pour supplier un cousin puissant d'œuvrer à sa libération. Je suis persuadée que ma mère en serait capable pour nous aider.

Bien qu'elle ne sache ni lire ni écrire, mon père partage tout avec elle, lui raconte ce qui lui est arrivé dans sa journée, le bon comme le mauvais. Elle le taquine beaucoup, lui prodigue des conseils, en particulier en amitié, et elle ne se trompe jamais. La plupart des hommes pachtounes n'agissent pas ainsi, car on considère que faire part de ses problèmes à son épouse est une preuve de faiblesse. « Il demande même à sa femme ! » entend-on en guise de raillerie.

Je vois mes parents heureux et ils rient beaucoup. Les gens qui nous regardent trouvent que nous sommes une belle famille.

Ma mère est très pieuse et prie cinq fois par jour, mais pas à la mosquée, car c'est réservé aux hommes. Elle réprouve la danse car elle estime que cela ne plairait pas à Dieu, mais elle aime s'embellir avec de jolies choses, des broderies, des colliers et des bracelets en or. Je crois que je dois la décevoir un peu car, comme mon père, je ne me soucie ni des vêtements ni des bijoux. Je m'ennuie quand je vais dans le bazar, mais j'aime danser chez moi avec mes camarades de classe.

Enfants, nous passions la majeure partie du temps avec ma mère. Mon père était très occupé, pas seulement à son école, mais aussi au sein d'associations littéraires, de *jirgas*, et s'investissait beaucoup dans les questions d'environnement et de préservation de la vallée.

Mon père vient d'une famille de notables d'un village arriéré, mais grâce aux études et à sa forte personnalité, il a réussi à nous offrir une belle vie et à se faire un nom.

Les gens aimaient l'entendre parler, et j'adorais les soirées où nous avions des invités. Nous nous installions par terre autour d'une longue bâche en plastique où ma mère déposait les plats, et nous mangions de la main droite, comme le veut la coutume, en formant des boulettes de riz et de viande.

Quand la nuit tombait, nous nous asseyions en chassant les mouches à la lumière des lampes à pétrole qui projetaient nos ombres dansantes sur les murs. L'été, il y avait souvent des éclairs et du tonnerre et je me réfugiais contre les genoux de mon père.

Je l'écoutais, fascinée, raconter les histoires de guerres tribales, de chefs et de saints hommes pachtounes, souvent par le biais de poèmes qu'il lisait d'une voix mélodieuse en pleurant parfois. Comme la plupart des habitants du Swat, nous sommes de la tribu Yousafzai (ou Yusufzai, Yousufzai, les transcriptions varient). C'est l'une des plus grandes tribus pachtounes, originellement de Kandahar, mais elle s'étend sur le Pakistan et l'Afghanistan.

Nos ancêtres se sont installés dans le Swat au XVIe siècle ; ils étaient originaires de Kaboul, où ils avaient aidé un empereur timuride à reconquérir son trône. En échange de leur appui, l'empereur leur confia des charges importantes à la cour et dans l'armée. Mais ses amis et parents lui conseillèrent de se méfier de l'ambition des Yousafzai, qui chercheraient à le destituer. Aussi, un soir, il invita tous les chefs à un banquet et ses gardes les assaillirent pendant qu'ils étaient attablés. Environ six cents chefs furent massacrés. Deux seulement en réchappèrent et s'enfuirent à Peshawar avec leurs clans. Après un certain temps, ils allèrent à la rencontre des tribus alliées du Swat, les Swatis et les Dalazaks, afin d'obtenir leur aide pour retourner en Afghanistan. Mais ils furent si épris de la beauté du Swat qu'ils décidèrent d'y rester et en chassèrent les autres tribus.

Les Yousafzai divisaient les terres entre les hommes de la tribu. C'était un système particulier appelé *wesh*, selon lequel tous les dix ans, toutes les familles changeaient de village et où les terres du nouveau village étaient réparties entre les hommes de la famille, afin que chacun puisse travailler des terres tantôt fertiles tantôt mauvaises, dans l'espoir de préserver l'unité des clans rivaux. Les villages étaient dirigés par des khans et les roturiers, artisans et travailleurs, étaient leurs locataires qui devaient payer un loyer – une taxe représentant 10 % de leur récolte. Ils devaient aussi les aider à former leur milice en fournissant un homme armé pour chaque lopin de terre. Chaque khan avait ainsi des centaines d'hommes armés pour faire la guerre, attaquer et piller les autres villages.

Comme les Yousafzai du Swat n'avaient pas de souverain, les querelles étaient sans fin entre eux et au sein de leurs familles. Nos hommes ont tous des fusils, et mon arrière-grand-père racontait les batailles qu'il avait connues étant enfant. Au début du siècle dernier, craignant l'arrivée des Anglais qui contrôlaient presque toute la région, et lassés de ces incessantes effusions de sang, ils décidèrent de trouver un homme impartial qui gouvernerait et résoudrait les conflits.

Après quelques tentatives infructueuses, en 1917, les chefs choisirent comme souverain un homme nommé Miangul Abdul Wadud. Bien qu'il fût totalement illettré, Badshah Sahib, ainsi qu'on le surnomme, parvint à apporter la paix dans la vallée. Prendre son arme à un Pachtoune, c'est comme lui prendre sa vie. Il ne pouvait donc pas les désarmer. Il opta pour la construction de forts dans les montagnes du Swat, et forma une armée.

Il fut reconnu par les Anglais comme chef d'État en 1926 et proclamé wali, ce qui signifie « souverain » dans notre langue. Il fit installer le premier système téléphonique, construisit la première école primaire et mit fin au système du *wesh* car, à cause des permutations entre les villages, personne ne voyait l'intérêt de construire des maisons durables ou de planter des arbres fruitiers, et nul ne vendait de terrains.

En 1949, deux ans après la création du Pakistan, Badshah Sahib abdiqua en faveur de son fils aîné, Miangul Abdul Haq Jahanzeb. Mon père le répète : « Si Badshah Sahib a apporté la paix, son fils a apporté la prospérité. » Nous considérons le règne de Jahanzeb comme l'âge d'or de notre histoire. Il avait été scolarisé dans un établissement britannique à Peshawar, et c'est peut-être à cause de son père illettré qu'il se passionna pour l'école, qu'il en construisit beaucoup, ainsi que des routes et des hôpitaux. Dans les années 50, il mit fin au système des tributs versés aux khans. Mais il n'y avait aucune liberté d'expression et quiconque critiquait le wali était expulsé de la vallée. En 1969, année de naissance de mon père, le wali renonça au pouvoir et nous fûmes rattachés à la province de la Frontière-du-Nord-Ouest du Pakistan, qui, il y a quelques années, a pris le nom de KPK, Khyber Pakhtunkhwa.

Je suis donc née en fière enfant du Pakistan, même si, comme tous les Swatis, nous nous considérons d'abord comme des Swatis, puis des Pachtounes, avant de nous dire pakistanais.

Dans notre rue habitaient une fille de mon âge, appelée Safina, et ses deux frères, d'un âge proche, Babar et Basit. Nous jouions tous au cricket dans la rue ou sur les toits, mais je savais que lorsque nous serions plus âgés, nous autres filles devrions rester enfermées. Nous étions censées faire la cuisine et servir nos frères et pères. Alors que les garçons pouvaient gambader à leur guise dans la ville, ma mère ne pouvait pas sortir sans être accompagnée par un homme de la famille, même si c'était un petit garçon de cinq ans. Telle était la tradition.

J'avais décidé à un âge précoce que je ne voulais pas vivre cette vie. Mon père disait toujours : « Malala sera libre comme l'oiseau. » Je rêvais de grimper au sommet du mont Ilam comme Alexandre le Grand pour toucher Jupiter et même quitter la vallée. Mais quand je voyais mes frères monter en courant sur le toit pour faire des batailles de cerfs-volants, je me demandais quelle liberté une fille aurait-elle jamais.

## 2

## Mon père le faucon

J'ai toujours su que mon père avait des problèmes d'élocution. Parfois, il butait sur un mot et répétait plusieurs fois la même syllabe comme un disque rayé pendant que nous attendions la suite. Il parle d'un mur coincé au fond de sa gorge. Les *m*, les *p* et les *k* étaient des ennemis vicieux qui le guettaient. Je le taquinais en disant qu'il m'appelait *Jani*, parce que c'était plus facile à prononcer que Malala.

Bégayer est un terrible handicap pour quelqu'un qui aime autant les mots et la poésie. De chaque côté de sa famille, mon père a un oncle affligé du même problème. Mais cela a certainement été aggravé par son père, dont la voix était un instrument avec lequel il pouvait à sa guise faire gronder ou danser les mots.

« Crache donc, mon fils ! » rugissait-il quand mon père était coincé au milieu d'une phrase. Mon grand-père s'appelait Rohul Amin, ce qui signifie « esprit honnête ». C'est aussi le saint nom de l'archange Gabriel. Il en était si fier qu'il se présentait aux gens en citant un poème qui en faisait mention. C'était un homme sans patience, dans le meilleur des cas, capable de piquer des rages pour des vétilles, comme une poule égarée ou une tasse brisée. Il devenait écarlate, les veines de son cou gonflaient, et il balançait tout ce qui lui tombait sous la main. Aux dires de mon père, ma grand-mère, que je n'ai pas connue, répétait souvent : « Par Allah, tout comme tu ne nous salues qu'avec une grimace, quand je serai morte, que Dieu te donne une épouse qui ne sourit jamais ! »

Le bégaiement de mon père inquiétait tant ma grand-mère qu'elle l'emmena voir un saint homme alors qu'il était tout petit. Il fallait faire un long trajet en bus, puis continuer à pied pendant une heure pour gravir la colline en haut de laquelle il habitait. Son neveu Fazli Hakim portait mon père sur ses épaules. Le saint homme s'appelait Lewano Pir, c'est-à-dire « saint des fous », car il était réputé pour savoir calmer les déments.

Le saint homme demanda à mon père d'ouvrir la bouche et cracha dedans. Puis il prit du *gur*, de la mélasse noire à base de sucre de canne, et la mâcha. Il la sortit de sa bouche et la donna à ma grand-mère pour qu'elle en administre un peu chaque jour à mon père.

Le traitement ne vint pas à bout du bégaiement. À vrai dire, certains trouvèrent qu'il l'avait aggravé. Aussi, quand mon père eut treize ans et annonça à mon grand-père qu'il allait participer à un concours d'éloquence, celui-ci fut stupéfait.

— Comment feras-tu ? demanda-t-il en s'esclaffant. Tu bégaies tant qu'il te faut deux minutes pour prononcer une phrase.

— Ne t'inquiète pas, répondit mon père. Écris le discours et je l'apprendrai.

Mon grand-père était réputé pour ses discours. Il enseignait la théologie dans le lycée public du village voisin de Shahpur. Il était aussi imam de la mosquée locale. Ses sermons lors des prières du vendredi étaient si appréciés que des gens venaient à pied ou à dos d'âne des montagnes et des hameaux alentour pour l'écouter.

Mon père est issu d'une grande famille. Il avait un frère beaucoup plus âgé, Saeed Ramzan, que j'appelle oncle Khan Dada, et cinq sœurs. Leur village de Barkana était très primitif et ils vivaient entassés dans une maison de bois et de torchis qui prenait l'eau dès qu'il pleuvait ou neigeait. Comme dans la plupart des familles, les filles restaient à la maison tandis que les garçons allaient à l'école. « Elles attendaient seulement qu'on les marie », disait mon père.

L'école n'était pas la seule chose dont furent privées mes tantes. Le matin, si on donnait du lait ou de la crème à mon père, elles n'avaient que du thé. S'il y avait des œufs, c'était seulement pour les garçons. Quand on tuait un poulet pour le dîner, les filles avaient le cou et les ailes, tandis que le blanc délicat était savouré par mon père, son frère et mon grand-père. « Depuis mon plus jeune âge, j'ai senti que j'étais différent de mes sœurs », disait mon père.

Il n'y avait pas grand-chose à faire dans le village de mon père. Il était trop étroit pour qu'on y aménage un terrain de cricket, et une seule famille avait la télévision. Le vendredi, les garçons se faufilaient dans la mosquée et regardaient, fascinés, leur père prêcher du haut de sa chaire pendant une heure devant les fidèles, guettant le moment où sa voix monterait et ferait presque trembler les solives.

Mon grand-père, Baba, comme je l'appelle, avait fait ses études en Inde, où il avait vu de grands orateurs et de grands chefs comme Muhammad Ali Jinnah, Jawaharlal Nehru, le Mahatma Gandhi et Khan Abdul Ghaffar Khan, notre grand dirigeant pachtoune qui lutta pour notre indépendance. Il était présent lors de la libération du joug britannique, à minuit, le 14 août 1947. Il avait un vieux poste de radio que possède encore mon oncle et sur lequel il adorait écouter les nouvelles. Ses sermons étaient souvent illustrés par des événements du monde ou des faits historiques autant que des anecdotes du Coran et des hadiths, les commentaires du Prophète. Il parlait beaucoup politique. Le Swat avait été intégré au Pakistan en 1969, année de naissance de mon père. Beaucoup de Swatis en étaient mécontents, se plaignant notamment du système judiciaire pakistanais qu'ils trouvaient bien plus lent et inefficace que leurs coutumes tribales. Mon grand-père enrageait contre le système des classes, le pouvoir persistant des khans, ainsi que le fossé entre les nantis et les pauvres.

Mon pays n'est pas bien vieux, mais il a déjà essuyé quelques putschs militaires. Quand mon père eut huit ans, le chef de l'armée, le général Zia ul-Haq, s'empara du pouvoir. Notre Premier ministre élu, Zulfikar Ali Bhutto, fut arrêté et traduit en justice pour trahison, puis pendu dans la prison de Rawalpindi. Encore aujourd'hui, on parle du charisme de M. Bhutto, premier dirigeant pakistanais à prendre le parti du peuple, alors qu'il était lui-même un khan possédant de vastes plantations de manguiers. Son exécution choqua l'opinion publique et dégrada l'image du Pakistan dans le monde. Les États-Unis nous retirèrent leur aide financière.

Afin de s'assurer le soutien populaire, le général Zia lança une campagne d'islamisation pour faire de nous un « vrai » pays islamique et consacra son armée à la défense de nos frontières géographiques et idéologiques. Il inculqua à la population que son devoir était d'obéir au gouvernement, parce qu'il suivait les principes de l'islam.

Zia voulait même nous dicter la façon de prier et instaura des *salat*, ou comités de prière, dans chaque district, même dans notre lointain village, et nomma cent mille inspecteurs des prières. Avant cette époque, les mollahs étaient quasiment des sujets de moquerie – mon père racontait qu'aux mariages, ils se contentaient de traîner dans les parages et s'en allaient de bonne heure. Mais sous Zia, ils devinrent influents et furent convoqués à Islamabad, mon grand-père y compris, pour donner des conseils et des sermons.

Sous le régime de Zia, la situation des Pakistanaises devint de plus en plus difficile. Notre fondateur Mohammad Ali Jinnah avait dit : « Aucune lutte ne peut aboutir sans que les femmes y participent aux côtés des hommes. Il y a deux pouvoirs dans le monde. L'un celui de l'épée, l'autre celui de la plume. Il en existe un troisième plus fort encore que les deux premiers : celui des femmes. »

Mais le général Zia instaura des lois selon lesquelles le témoignage d'une femme au tribunal valait la moitié de celui d'un homme. Du coup, nos prisons se remplirent de cas analogues à celui d'une fille de treize ans violée et tombant enceinte, puis envoyée en prison pour adultère parce qu'elle ne pouvait pas produire quatre hommes pour confirmer ses dires !

Une femme ne pouvait même pas ouvrir de compte en banque sans la permission d'un homme. Notre pays avait toujours été champion de hockey, mais Zia obligea les joueuses à porter des pantalons amples au lieu de shorts, puis il finit par interdire aux femmes de pratiquer le moindre sport.

Beaucoup de nos madrasas, ou écoles religieuses, furent ouvertes à cette époque et dans toutes les écoles, le *Deenyat*, les études religieuses, fut remplacé par l'*Islamiyat*, ou études islamiques, que nous connaissons encore aujourd'hui. Nos livres d'histoire furent réécrits pour présenter le Pakistan comme une « forteresse de l'islam », pour laisser croire que nous existions bien avant 1947 et pour fustiger les hindous et les juifs. À les lire, on comprenait que nous avions gagné les trois guerres que nous avions menées et perdues contre notre grand ennemi, l'Inde.

Tout changea quand mon père eut dix ans. Juste après Noël 1979, les Russes envahirent l'Afghanistan. Le général Zia donna asile aux réfugiés afghans qui passèrent les frontières par millions. De vastes camps de tentes blanches apparurent dans notre province principalement autour de Peshawar, il en reste encore aujourd'hui. Notre service d'espionnage militaire, l'ISI, entreprit un vaste programme de formation des réfugiés afghans, recrutés dans les camps, comme combattants de la résistance ou moudjahidin. Les Afghans sont des combattants réputés, mais l'ISI les méprisait. Le colonel Imam, l'officier qui en était responsable, se plaignit que tenter d'organiser les Afghans était « comme peser des grenouilles ».

Avec l'invasion russe, notre dictateur passa du statut de paria international à celui de grand défenseur de la liberté durant la guerre froide. Nous redevînmes les alliés de l'Amérique, puisque la Russie était son grand ennemi, et que la CIA avait perdu sa base principale dans la région quelques mois plus tôt à cause de la révolution islamique en Iran et du renversement du Shah. Le Pakistan prit donc sa place. Des milliards de dollars renflouèrent nos caisses, en provenance des États-Unis et d'autres pays occidentaux. Des armes nous parvinrent, aussi, afin d'aider l'ISI à entraîner les Afghans chargés de lutter contre l'Armée rouge. Le général Zia fut invité à rencontrer le président Ronald Reagan à la Maison-Blanche et le Premier ministre britannique, Margaret Thatcher, au 10 Downing Street. L'un et l'autre ne tarirent pas d'éloges sur lui.

M. Bhutto avait nommé Zia chef des armées parce qu'il ne le trouvait pas très intelligent et pensait qu'il ne représentait pas de menace. Il l'appelait d'ailleurs son « singe » – mais Zia se révéla très retors. Il fit de l'Afghanistan un point de ralliement non seulement pour l'Occident dans la lutte contre le communisme, mais aussi pour les musulmans du Soudan au Tadjikistan, qui le voyaient comme un pays musulman ami agressé par les infidèles. Des fonds affluèrent de tout le monde arabe, surtout d'Arabie saoudite – qui versait des sommes égales à celles envoyées par les

États-Unis –, ainsi que des combattants volontaires, notamment un milliardaire saoudien du nom d'Oussama Ben Laden.

Nous autres Pachtounes sommes divisés entre le Pakistan et l'Afghanistan et ne reconnaissons pas vraiment la frontière tracée par les Britanniques. Aussi, face à l'invasion soviétique, aussi bien pour des raisons nationalistes que religieuses, notre sang ne fit qu'un tour. Les imams en parlaient dans leurs prêches, condamnant les Soviétiques infidèles et exhortant le peuple à se soulever en bons musulmans. C'était à croire que sous le régime de Zia, le djihad était devenu le sixième pilier de notre religion, venant s'ajouter aux cinq autres : la foi en un seul Dieu ; le *namaz,* ou prière, cinq fois par jour ; la *zakat,* ou aumône ; la *roza,* le jeûne depuis l'aube jusqu'au coucher du soleil durant le mois de Ramadan ; et le *haj*, le pèlerinage à La Mecque que tout musulman valide se doit d'accomplir une fois dans sa vie. D'après mon père, l'appel au djihad dans notre région du monde fut largement orchestré par la CIA.

Dans les camps de réfugiés afghans, par exemple, on fournit aux écoliers des manuels rédigés par des universitaires américains qui illustraient les mathématiques avec des images d'armes et donnaient des exemples comme : « Si sur 10 Russes infidèles, 5 sont tués par un musulman, il en restera 5 » ou encore : « 15 balles moins 10 balles égalent 5 balles. »

Certains garçons originaires du village de mon père allèrent se battre en Afghanistan. Un *maulana*, un érudit musulman appelé Sufi Mohammad, arriva au village et demanda aux jeunes hommes de l'accompagner dans sa lutte contre les Russes au nom de l'islam. Beaucoup le suivirent, bon nombre d'entre eux seulement armés de haches et de bazookas. Nul ne se serait douté que des années plus tard, ce *maulana* allait créer les talibans du Swat.

À l'époque de la visite de Sufi Mohammad, mon père avait douze ans, il était donc trop jeune pour se battre. Mais les Russes s'embourbèrent en Afghanistan pendant dix ans, durant la majeure partie des années 80, et devenu adolescent, mon père songea lui aussi à devenir un djihadiste. Bien qu'il ne soit pas très assidu à la prière aujourd'hui, à l'époque, il quittait la maison à l'aube chaque jour pour rejoindre la mosquée d'un autre village et étudier le Coran avec un taliban, terme qui désigne à l'origine tout simplement un étudiant en théologie. Ensemble, ils étudièrent la totalité des 114 sourates du Coran.

Le taliban parlait du djihad dans des termes si glorieux que mon père en fut captivé. L'étudiant ne cessait de souligner que la vie terrestre était brève et qu'il y avait peu d'espoir pour les jeunes hommes du village. Notre famille possédait peu de terres et mon père ne voulait pas finir par aller travailler dans les mines de charbon, au sud, comme beaucoup de ses camarades. C'était un travail pénible et dangereux ; des cercueils de victimes des éboulements revenaient chaque année. Le mieux que pouvaient espérer les jeunes villageois, c'était d'aller en Arabie saoudite ou à Dubaï travailler dans le bâtiment. De ce fait, l'idée d'un paradis doté de soixante-douze vierges devenait attirante. Chaque soir, mon père priait : « Ô, Allah, fais qu'il y ait une guerre entre musulmans et infidèles afin que je puisse mourir pour toi et devenir un martyr. »

Pendant un temps, son identité musulmane lui parut être ce qui comptait le plus dans sa vie. Il commença à signer du nom de Ziauddin Panjpiri (les panjpiris sont les membres d'une secte religieuse) et à se laisser pousser la barbe. C'était, raconte-t-il, une sorte de lavage de cerveau, mais d'une telle puissance qu'il pense qu'il aurait pu devenir un terroriste kamikaze si cela avait existé à l'époque.

Mais depuis son plus jeune âge, il était un garçon réfléchi et il prenait rarement les choses pour argent comptant, même si l'enseignement dans les écoles publiques consistait à apprendre par cœur et pour les élèves à ne jamais douter de leurs professeurs.

À l'époque où il priait pour devenir un martyr, il fit la connaissance du frère de ma mère, Faiz Mohammad, et commença à fréquenter sa famille et la *hujra* de son père. C'étaient des gens très impliqués dans la politique locale, membres de partis nationalistes, et opposés à la guerre. Le poète Rahmat Shah Sayel, auteur peshawari du poème sur mon prénom, décrivit les événements en Afghanistan comme « la guerre entre deux éléphants » – les États-Unis et l'URSS – qui n'était pas « notre guerre » et déclarait que les Pachtounes, telles des fourmis, risquaient de se faire piétiner. Mon père me récitait souvent ce poème lorsque j'étais petite mais je ne le comprenais pas.

Mon père était particulièrement influencé par Faiz Mohammad et trouvait très sensé notamment son désir de mettre fin au système féodal dans notre pays, où les mêmes familles contrôlaient tout depuis des années pendant que les pauvres étaient de plus en plus démunis.

Il se retrouva déchiré entre les deux extrêmes, laïcité et socialisme d'un côté, et islam militant de l'autre. Il finit par se retrouver quelque part au milieu.

\*\*\*

Mon père avait beaucoup d'admiration et de respect pour mon grand-père, et il m'a raconté à son sujet quantité d'anecdotes formidables, mais il m'a également confié que selon lui il ne s'imposait pas les critères d'excellence qu'il exigeait des autres.

Baba était un orateur si apprécié et passionné qu'il aurait pu être un grand dirigeant s'il avait été plus diplomate et moins absorbé par les rivalités avec des cousins ou des connaissances plus nantis. Dans la société pachtoune, il est très difficile de supporter qu'un cousin soit plus apprécié, plus riche ou plus influent que soi. Mon grand-père avait un cousin qui enseignait, comme lui, la théologie. Quand il obtint le poste, il prétendit être beaucoup plus jeune que mon grand-père. Chez nous, on ne connaît pas les dates de naissance exactes – ma mère ignore la sienne, par exemple. On a tendance à compter les années en fonction des événements, comme « l'année du tremblement de terre ». Mais mon grand-père savait que son cousin était en réalité bien plus vieux que lui. Il en fut si fâché qu'il fit le trajet en bus d'une journée entière jusqu'à Mingora pour voir le ministre de l'Éducation du wali du Swat. « Sahib, lui dit-il, j'ai un cousin qui a dix ans de plus que moi et vous l'avez certifié dix ans plus jeune. » Le ministre répondit : « Très bien, *maulana*, que veux-tu que j'écrive pour toi ? Voudrais-tu être né l'année du séisme de Quetta ? » Mon grand-père accepta. Et c'est ainsi que sa nouvelle date de naissance devint 1935, le rendant bien plus jeune que son cousin.

À cause de cette rivalité, mon père fut beaucoup malmené par ses cousins. Ils savaient qu'il était complexé par son physique, parce qu'à l'école, les professeurs favorisaient toujours les beaux garçons au teint clair. Ses cousins arrêtaient mon père quand il rentrait de l'école et se moquaient de lui parce qu'il était petit et mat de peau. Dans notre société, il faut se venger de pareils affronts, mais mon père était beaucoup plus chétif que ses cousins.

Il pensait aussi qu'il ne serait jamais à la hauteur pour mon grand-père. Celui-ci possédait une très belle écriture, et mon père passait des heures à dessiner minutieusement ses lettres mais ce n'était jamais assez bon pour Baba.

Ma grand-mère le soutenait – c'était son préféré et elle avait grande foi en lui. Elle l'aimait tant qu'elle se privait pour lui donner de la viande ou la crème du lait. Mais ce n'était pas facile d'étudier, car il n'y avait pas d'électricité au village à l'époque. Il lisait à la lumière d'une lampe à pétrole dans la *hujra* et un soir, il s'endormit sans remarquer qu'il avait fait tomber la lampe sur le coussin à côté de lui. Heureusement, ma grand-mère le découvrit avant qu'il prenne feu. C'est la confiance absolue de ma grand-mère en mon père qui lui donna le courage de trouver la voie du milieu, un chemin sur lequel il put avancer fièrement, et me guider des années plus tard.

Cependant, elle se fâcha contre lui une fois. À l'époque, de saints hommes de Derai Sadan allaient de village en village en quémandant de la farine. Un jour que ses parents étaient sortis, quelques-uns de ces *sayyeds* vinrent chez eux. Mon père brisa le sceau d'une caisse de maïs pour en remplir leurs bols. Quand mes grands-parents rentrèrent, ils se mirent très en colère et le battirent.

Nous autres Pachtounes sommes réputés pour notre frugalité (bien que nous soyons généreux avec nos invités) mais mon grand-père était particulièrement sourcilleux avec l'argent. Si l'un des enfants répandait accidentellement de la nourriture, cela le mettait en rage. C'était un homme extrêmement discipliné qui ne comprenait pas que ses enfants ne soient pas comme lui.

En tant qu'enseignant, il avait droit à une petite réduction sur les frais d'inscription de son fils pour les activités sportives et celles des scouts. Cette réduction était si faible que la plupart des professeurs ne prenaient pas la peine de l'utiliser, mais il forçait mon père à écrire des courriers pour la réclamer. Au grand dam de mon père, bien sûr. Il attendait devant le bureau du directeur, le front ruisselant de sueur. Une fois reçu, il avait du mal à s'exprimer, son bégaiement empirait. « J'avais l'impression que mon honneur était en jeu pour 5 roupies », me raconta-t-il.

Mon grand-père ne lui achetait pas de livres neufs. Il disait à ses meilleurs élèves de mettre de côté leurs vieux manuels pour mon père à la fin de l'année, puis il l'envoyait chez eux les demander. Il avait honte, mais il n'avait pas le choix s'il ne voulait pas finir illettré. Tous ses livres portaient le nom d'un autre, jamais le sien.

« Ce n'est pas que ce soit mal que de transmettre des livres, disait-il. C'est juste que j'avais tellement envie d'un livre neuf, qui ne porte pas le nom d'un autre et que mon père ait acheté avec son argent. »

L'avarice de mon grand-père a tant contrarié mon père qu'elle a fait de lui un homme très généreux matériellement comme spirituellement. Et bien résolu à mettre un terme à la rivalité entre cousins. Quand l'épouse du directeur tomba malade, mon père donna son sang pour la sauver. L'homme fut stupéfait et s'excusa de l'avoir tourmenté.

Quand mon père me raconte son enfance, il dit toujours que Baba avait beau être un homme difficile, il lui a fait le plus beau des cadeaux : l'instruction. Il envoya mon père au lycée public pour apprendre l'anglais et jouir d'une éducation moderne au lieu de l'envoyer dans une madrasa, même si les gens lui reprochèrent d'avoir agi ainsi, étant lui-même imam.

Il lui transmit également un grand amour de l'étude et du savoir ainsi qu'une vive conscience des droits et des discriminations, que mon père m'a transmise à son tour. Lors de ses sermons du vendredi, Baba parlait des pauvres et des propriétaires terriens féodaux. Il disait que le véritable islam est contre la féodalité. Il parlait persan et arabe et avait un grand amour des mots ; il lui lisait les poèmes de Saadi, Allama Iqbal et Rumi avec tant de passion et de feu que c'était comme s'il s'était adressé à tout l'auditoire d'une mosquée.

Mon père enviait son éloquence, sa voix qui résonnait sans bégayer. Mon grand-père voulait que mon père soit médecin, mais bien qu'il fût un élève très brillant et un poète de talent, il était mauvais en mathématiques et en sciences et n'ignorait pas qu'il était une source de déception.

Pour faire la fierté de son père, il décida de participer au concours annuel d'éloquence du district. Tout le monde le pensa fou. Ses professeurs et amis tentèrent de le dissuader et son père écrivit à contrecœur son discours. Mais il finit par lui offrir un beau texte que mon père répéta et répéta sans cesse. Il enregistra chaque mot en se promenant dans les collines, où il le récitait au ciel et aux oiseaux, car la maison ne se prêtait pas aux révisions.

Comme il y avait peu d'activités dans la région, quand le jour arriva, l'événement attira beaucoup de monde. D'autres garçons réputés bons orateurs prononcèrent leur discours. Vint le tour de mon père. « Je suis monté au pupitre, me raconta-t-il, les mains et les genoux tremblants, j'étais tellement petit que je voyais à peine par-dessus et tellement terrifié que tout était brouillé. J'avais les paumes moites et la gorge sèche. »

Il tenta désespérément de ne pas penser aux consonnes traîtresses qui l'attendaient pour le faire buter et se coincer dans sa gorge. Mais alors qu'il parlait, les mots jaillirent sans encombre dans la salle comme des papillons prenant leur envol. Sa voix ne résonnait pas comme celle de son père, mais sa passion était manifeste et il prit de plus en plus confiance en lui.

À la fin de son discours, il eut droit à des acclamations et à des applaudissements. Mais surtout, alors qu'il allait se faire remettre la coupe du premier prix, il vit son père applaudir, ravi des compliments qu'il recevait. « Ce fut la première chose que j'aie faite qui lui ait donné le sourire. »

Après cela, mon père participa à tous les concours du district. Mon grand-père rédigeait les textes et mon père arrivait presque toujours premier, se taillant dans la région une réputation d'orateur impressionnant. Mon père avait transformé sa faiblesse en une force.

Pour la première fois, mon grand-père commença à faire son éloge devant les autres. Il se vantait : « Ziauddin est un *shaheen* », c'est-à-dire un « faucon », car c'est une créature qui vole bien au-dessus des autres. « Signe désormais de ton nom, Ziauddin Shaheen », lui ordonna-t-il.

Pendant un temps, mon père le fit, mais s'il est vrai que le faucon vole haut, c'est aussi un oiseau cruel. Lorsqu'il s'en rendit compte, mon père préféra signer simplement Ziauddin Yousafzai, le nom de notre clan.

## 3

## Grandir dans une école

Ma mère entra à l'école à l'âge de six ans et cessa d'y aller peu de temps après. Contrairement aux autres petites de son village, elle était poussée à s'y rendre par ses frères et son père. Seule fille de sa classe, elle portait fièrement ses livres et elle prétend qu'elle était plus brillante que ses camarades. Mais elle enviait ses cousines qui jouaient à longueur de temps. À quoi bon aller à l'école si c'est pour passer sa vie à cuisiner, à nettoyer, à élever des enfants ? Un jour, elle vendit ses livres pour 9 annas, acheta des bonbons et décida de ne plus y remettre les pieds. Son père ne la gronda pas. Selon elle, il ne remarqua rien, car il quittait la maison à l'aube, après le petit déjeuner de pain au maïs et de crème, son pistolet allemand attaché sous le bras, pour faire de la politique et régler des querelles locales. En outre, il avait sept autres enfants.

Ce n'est qu'après avoir rencontré mon père que ma mère éprouva quelque regret. C'était un homme let-tré, qui écrivait des poèmes qu'elle ne pouvait lire, et ambitionnait de diriger une école. En tant qu'épouse, elle tenait à le seconder.

Ouvrir une école était le rêve de mon père. Sans relations familiales ou argent, c'était très difficile. Pour lui, rien n'était plus important que le savoir. Il se rappelait qu'il était fasciné par la rivière de son village et se demandait d'où venait l'eau et où elle allait, jusqu'au jour où il avait appris ce qu'était le cycle de l'eau, depuis les pluies jusqu'à la mer.

L'école du village où il était allé était un petit bâtiment et la majorité des cours était donnée sous un arbre à même le sol ou sur une natte boueuse. Il n'y avait pas de toilettes et les élèves allaient dans les champs se soulager. Pourtant, il avait eu de la chance, en réalité. Ses sœurs, mes tantes, n'étaient jamais allées à l'école, à l'instar de millions de filles dans mon pays. L'instruction était un magnifique cadeau à ses yeux.

Pour lui, le manque d'instruction était au cœur de tous les problèmes du Pakistan, permettant aux dirigeants de tromper le peuple, aux mauvais administrateurs d'être réélus, et il estimait que l'enseignement devait être ouvert à tous, riches comme pauvres, garçons et filles.

L'école dont mon père rêvait aurait des bureaux, une bibliothèque, des ordinateurs, des tableaux éducatifs aux murs et, surtout, des toilettes.

Mon grand-père plaçait d'autres espoirs dans son plus jeune fils : il voulait qu'il devienne médecin. Et qu'il contribue au revenu de la maisonnée, étant l'un des deux garçons de la famille. Le frère aîné de mon père, Saeed Ramzan, enseignait déjà depuis des années dans une école dans la montagne. Sa famille et lui habitaient avec mon grand-père et sa deuxième épouse, et en fonction de son épargne, il payait la construction d'une aile supplémentaire en ciment à la maison. Il rapportait des bûches de la montagne et, après les cours, il travaillait dans les champs où notre famille possédait quelques buffles. Il aidait aussi Baba à effectuer des tâches lourdes, comme déblayer la neige sur le toit.

Quand on proposa à mon père une place à l'université Jahanzeb, la meilleure du Swat, mon grand-père rechigna à l'aider à subvenir à ses dépenses personnelles. Sans doute aurait-il été mieux disposé à son égard si mon père s'était destiné à la médecine. La formation qu'il avait reçue à Delhi avait été gratuite : en tant que taliban, il avait logé dans des mosquées où les gens du quartier donnaient nourriture et vêtements aux étudiants.

L'enseignement dispensé à Jahanzeb était gratuit, mais mon père avait besoin d'argent pour son quotidien. Au Pakistan, il n'y a pas de prêt étudiant et mon père n'était jamais entré dans une banque. L'université était à Saidu Sharif, ville jumelle de Mingora, et il n'y avait pas de parents pour l'héberger. Il n'y avait pas d'autre université au Shangla. Et s'il n'allait pas à l'université, il ne pourrait jamais quitter le village et réaliser son rêve.

Au comble du désespoir, mon père versait des larmes de frustration. Sa mère bien-aimée était morte juste avant qu'il finisse le lycée. Si elle avait été encore en vie, elle aurait pris son parti. Il supplia son père en vain. Son seul espoir était son beau-frère de Karachi, marié à une de ses sœurs. Mon grand-père se dit qu'il pourrait recueillir mon père, ce qui lui permettrait d'aller étudier là-bas. Le couple devait bientôt venir au village pour présenter ses condoléances pour la mort de ma grand-mère.

Mon père pria le ciel qu'ils acceptent. Mais mon grand-père posa la question aussitôt après leur arrivée, éreintés par le trajet de trois jours en bus. Son gendre refusa tout net. Mon grand-père fut si fâché qu'il ne leur parla plus de tout leur séjour.

Mon père crut sa dernière chance envolée : comme son frère, il finirait instituteur dans l'école locale. Son frère enseignait dans le village montagnard de Sewoor, à environ une heure et demie d'ascension au-dessus de leur maison. Elle ne disposait pas de locaux propres, l'école était située dans la vaste salle de la mosquée, et abritait une centaine d'enfants allant de cinq à quinze ans.

Les habitants de Sewoor étaient des Gujars, des Kohistanis et des Mians. Ces derniers étaient considérés comme nobles, mais les Gujars et les Kohistanis sont ce que nous appelons des « montagnards », des paysans qui élèvent des buffles. Leurs enfants sont généralement crasseux et méprisés par les gens de notre village, même s'ils sont eux-mêmes aussi pauvres. « Ils sont sales, noirauds et idiots, entend-on. Qu'ils restent illettrés. »

On dit que les enseignants n'aiment pas être affectés dans ces écoles reculées, et ils s'arrangent entre collègues pour qu'un seul d'entre eux ait à y travailler par jour. Si l'école avait deux instituteurs, chacun travaillait trois jours par semaine et signait le registre de présence pour l'autre. S'ils étaient trois, ils n'y allaient que deux jours. Une fois là, le principal objectif était de forcer les enfants au silence avec une longue badine ; les enseignants n'imaginaient même pas que l'instruction puisse leur être utile.

Mon oncle était plus consciencieux. Il aimait les gens des montagnes et respectait leur dure existence. Il allait donc à l'école presque tous les jours et s'efforçait d'instruire les enfants. Après le lycée, mon père commença à l'accompagner et à le seconder. C'est ainsi que sa chance lui sourit. L'une de mes tantes avait épousé un homme de ce village, et l'un de ses parents vint en visite, un dénommé Nasir Pacha. Celui-ci observa mon père. Il avait passé des années en Arabie saoudite à travailler dans le bâtiment, envoyant son salaire à sa famille.

Mon père lui expliqua qu'il sortait du lycée et lui parla de la place qui l'attendait à l'université Jahanzeb. Il ne précisa pas qu'il n'avait pas les moyens de l'accepter, car il ne voulait pas faire honte à son père.

— Pourquoi ne viens-tu pas habiter chez nous ? proposa Nasir Pacha.

« Mon Dieu, cela m'a mis en joie », raconta mon père plus tard. Pacha, son épouse Bakhtmina Jajai, et leurs deux fils devinrent sa deuxième famille. Leur maison était située à Sappal Bandi, beau village de montagne sur la route du Palais-Blanc, que mon père considère comme un lieu romantique et riche d'inspiration. Mon père y alla en car, accompagné de son beau-frère. Le village lui parut si grand qu'il se crut arrivé dans une ville. Accueilli en hôte, il fut exceptionnellement bien traité. Jajai prit la place de sa défunte mère et devint la femme qui compta le plus dans sa vie. Quand les villageois se plaignirent qu'il flirtait avec une fille qui habitait de l'autre côté de la rue, elle le défendit : « Ziauddin est aussi pur qu'un œuf sans poils, dit-elle. Occupez-vous plutôt de vos filles. »

C'est à Sappal Bandi que mon père rencontra pour la première fois des femmes libres, et non pas cachées comme dans son village. Elles avaient un endroit précis au sommet de la montagne où elles se réunissaient pour bavarder. Il était très inhabituel pour des femmes de pouvoir se rassembler en dehors de chez elles. C'est également là que mon père fit la connaissance de son mentor, Akbar Khan, qui, bien que peu instruit, prêta à mon père de l'argent pour qu'il puisse poursuivre ses études. Comme ma mère, Akbar Khan n'avait peut-être guère reçu d'instruction formelle, mais il possédait une autre forme de sagesse.

Mon père évoquait souvent la bonté d'Akbar Khan et de Nasir Pacha, pour illustrer l'idée qu'en aidant quelqu'un qui est dans le besoin, on peut aussi recevoir une aide inattendue.

***

Mon père entra à l'université à un moment important de notre histoire. Cet été-là, alors qu'il arpentait les montagnes, notre dictateur, le général Zia, trouva la mort dans un mystérieux accident d'avion, dont il fut dit qu'il avait été provoqué par une bombe dissimulée dans une caisse de mangues. Peu après, les élections furent remportées par Benazir Bhutto, fille de notre Premier ministre exécuté quand mon père était enfant.

Benazir était notre première femme Premier ministre et la première dans le monde islamique. Soudain, il y eut beaucoup d'optimisme concernant l'avenir.

Des organisations estudiantines qui avaient été interdites sous le régime de Zia devinrent très actives. Mon père s'impliqua dans ce mouvement, se taillant une réputation d'orateur et de débatteur de talent. Il devint le secrétaire général de la Fédération des étudiants pachtounes (PSF), qui réclamait l'égalité des droits pour les Pachtounes, étant donné que dans notre pays, les postes les plus importants dans l'armée, l'administration et le gouvernement sont tous détenus par les Punjabis (lesquels sont originaires de la province la plus puissante).

L'autre grande organisation estudiantine était l'Islami Jamaat i Talba, émanation du parti religieux Jamaat Islami, qui était prépondérant dans de nombreuses universités du Pakistan. S'il distribuait des manuels et des bourses d'études, le passe-temps préféré de ses membres consistait à patrouiller dans les universités pour y faire régner l'ordre et saboter les concerts de musique. Ils faisaient montre d'une très grande intolérance. Le parti, proche du général Zia, avait obtenu de mauvais résultats aux élections. Le président de la branche estudiantine de l'université Jahanzeb était Ihsan ul-Haq Haqqani. Bien que mon père et lui fussent rivaux, ils s'admiraient mutuellement et finirent par devenir amis. Selon Haqqani, mon père aurait été président du PSF et serait entré en politique s'il avait été issu d'une famille de khans. À la fac, les débats et le charisme pouvaient suffire mais, à l'échelle des partis nationaux, il fallait de l'argent.

L'un des débats les plus enfiévrés de cette première année porta sur un roman : *Les Versets sataniques* de Salman Rushdie, parodie de la vie du Prophète se déroulant à Bombay qui suscita une indignation générale.

Le plus étrange, c'est que personne n'avait remarqué la sortie du livre au début : il n'était d'ailleurs pas en vente au Pakistan. Mais plus tard, une série d'articles parurent dans nos journaux ourdous sous la plume d'un mollah proche des services d'espionnage, qualifiant le livre d'injurieux et clamant qu'il était du devoir des bons musulmans de s'en indigner.

Très vite, les mollahs de tout le Pakistan dénoncèrent le livre et réclamèrent son interdiction. Des manifestations violentes eurent lieu. La plus grave se déroula à Islamabad le 12 février 1989, lorsqu'on mit le feu à des drapeaux américains devant le Centre culturel américain (alors que Rushdie et ses éditeurs étaient anglais). La police tira sur la foule, cinq personnes trouvèrent la mort.

L'ayatollah Khomeyni, dirigeant suprême de notre voisin l'Iran, observa attentivement ces mouvements de protestation. Deux jours après, il publia une fatwa, appelant à l'assassinat de Rushdie.

À l'université de mon père se tint un débat agité dans une salle bondée. Beaucoup exigeaient que le livre soit interdit et brûlé et la fatwa exécutée. Mon père considérait aussi le livre comme offensant pour l'islam, mais c'est un ardent défenseur de la liberté d'expression. « D'abord, lisons l'ouvrage et, ensuite, répondons en publiant le nôtre », proposa-t-il. Il conclut son argumentation d'une voix tonitruante, dont mon grand-père aurait été fier :

« L'islam est-il si faible qu'il ne peut tolérer qu'un livre soit écrit contre lui ? Pas l'islam qui est le *mien* ! »

\*\*\*

Pendant les premières années après l'obtention de son diplôme, mon père travailla comme professeur d'anglais à la Swat Public School, une université privée respectée. Mais le salaire était bas, tout juste 1 600 roupies par mois, soit environ une douzaine d'euros, et mon grand-père se plaignait que mon père ne contribue pas au revenu de la maisonnée. Il ne pouvait pas non plus mettre de l'argent de côté pour pouvoir convoler avec sa bien-aimée, Toor Pekai.

L'un des collègues de mon père à l'université, son ami Mohammad Naeem Khan, lui donna généreusement toutes ses économies pour l'aider. Mon père et lui avaient obtenu leur licence puis leur maîtrise d'anglais ensemble. Et ils étaient tous les deux passionnés par l'enseignement. Ils étaient agacés par la Swat Public School, très stricte et très rétrograde. Ni les étudiants ni les professeurs n'étaient censés avoir d'opinion. Les propriétaires y exerçaient un tel contrôle qu'ils voyaient d'un mauvais œil les amitiés entre professeurs.

Mon père brûlait de connaître la liberté que lui procurerait la direction de sa propre école. Il voulait enseigner la réflexion personnelle et détestait le système en vigueur qui récompensait l'obéissance plus que l'ouverture d'esprit et la créativité.

Aussi lorsque Naeem perdit son emploi à la suite d'un conflit avec l'administration, ils décidèrent de fonder une école.

Leur projet de départ était de l'ouvrir dans le village natal de mon père, Shahpur, qui en avait cruellement besoin. « Comme une boutique dans un village où il n'y a pas de commerces », disait-il. Mais quand ils y allèrent en quête d'un bâtiment, ils virent partout des banderoles annonçant l'ouverture prochaine d'une école. Quelqu'un les avait devancés.

Ils décidèrent donc de mettre en place ce que nous appelons un centre d'apprentissage de l'anglais, pensant qu'il y avait une demande à Mingora. Les écoles privées anglaises offraient une meilleure éducation que le système d'État en faillite.

Comme mon père continuait d'enseigner, Naeem arpentait les rues en quête d'un local à louer. Un jour, il appela mon père, tout excité, pour annoncer qu'il avait trouvé l'endroit idéal. C'était le rez-de-chaussée d'un bâtiment de deux étages avec une cour intérieure où les élèves pourraient se réunir, situé dans le quartier aisé de Khwar Mohalla. Les précédents locataires y tenaient également une école, la Ramada School, du même nom que la chaîne hôtelière qui avait inspiré le propriétaire après un séjour en Turquie. Mais leur établissement avait fait faillite, ce qui aurait peut-être dû mettre la puce à l'oreille des deux associés. En outre, le bâtiment se dressait sur une berge de la rivière où les gens jetaient leurs ordures, et l'air empestait quand il faisait chaud.

Mon père alla voir l'immeuble après son travail. La nuit était splendide, les étoiles et la pleine lune brillaient au-dessus des arbres. Il prit cela comme un bon augure. « J'étais tellement heureux ! raconta-t-il. Mon rêve devenait réalité. »

Les deux hommes investirent toutes leurs économies, soit 60 000 roupies. Ils en empruntèrent 30 000 autres pour repeindre le bâtiment, louèrent une cabane de l'autre côté de la route, puis firent du porte-à-porte pour démarcher des élèves.

Hélas, la demande de cours d'anglais se révéla faible. Et il y avait des retenues inattendues sur leurs revenus. Mon père continuait de participer aux débats politiques après l'université et chaque jour, ses camarades militants venaient en visite pour le déjeuner. « Nous ne pouvons pas nous permettre de recevoir tout ce monde ! » se plaignait Naeem. Ils se rendaient également compte que s'ils étaient les meilleurs amis du monde, ils avaient du mal à être associés en affaires.

Pour couronner le tout, un défilé continuel de visiteurs arrivait du Shangla maintenant que mon père avait un endroit pour les héberger. Nous autres, Pachtounes, avons le devoir d'accueillir parents et amis en toutes circonstances, même s'ils tombent extrêmement mal. Nous ne respectons pas l'intimité et le concept de rendez-vous n'existe pas. On peut se rendre chez quelqu'un quand cela *nous* chante et rester aussi longtemps qu'on le désire. Un cauchemar pour qui essaye de démarrer une entreprise. Cela donna une idée à Naeem. Il déclara en plaisantant à mon père qu'ils devraient payer une amende chaque fois que des membres de leur famille viendraient s'installer chez eux. Ziauddin essaya de convaincre les amis et la famille de Naeem de venir chez eux de façon à ce que Naeem lui verse aussi une amende. Au bout de trois mois, Naeem eut son compte. « Nous sommes censés gagner de l'argent en frais de scolarité, se plaignait-il. Au lieu de quoi, les seules personnes qui frappent à notre porte sont des mendiants ! C'est une tâche herculéenne, je n'en peux plus ! »

À ce stade, les deux anciens amis ne se parlaient quasiment plus et ils firent appel à des anciens comme médiateurs. Comme mon père voulait à toute force poursuivre son projet d'école, il accepta de rembourser Naeem de sa part d'investissement – même s'il n'en avait pas les moyens. Un autre ami d'université, Hidayatullah, accepta de racheter sa part et de prendre sa place.

Ils firent du porte-à-porte, pour présenter leur école d'un genre nouveau. Mon père est tellement charismatique qu'Hidayatullah dit que c'est le genre de personne qui se lie avec vos amis si vous l'invitez chez vous. Mais si les gens étaient ravis de lui parler, ils préféraient envoyer leurs enfants dans des écoles déjà établies.

Ils baptisèrent l'école Khushal School en hommage à l'un des grands héros de mon père, Khushal Khan Khattak, le poète guerrier d'Akora, au sud du Swat, qui tenta d'unifier toutes les tribus pachtounes contre les Moghols au XVII<sup>e</sup> siècle. À l'entrée s'étalaient la devise de l'établissement rédigée par Nacem Khan : NOUS NOUS ENGAGEONS À CONSTRUIRE L'AUBE D'UNE NOUVELLE ÈRE, et le blason que mon père avait dessiné, avec une citation célèbre de Khattak en pachto : J'AI CEINT MON ÉPÉE AU NOM

DE L'HONNEUR AFGHAN. Mon père voulait que nous soyons inspirés par le grand homme, mais d'une manière adaptée à notre époque : avec nos plumes, pas des épées. Tout comme Khattak désirait que les Pachtounes s'unissent contre l'ennemi étranger, nous devions nous unir contre l'ignorance.

Malheureusement, ils firent peu d'émules. Le jour de l'ouverture, l'école ne comptait que trois élèves. Mon père tint à commencer la journée avec panache en chantant l'hymne national. Puis son neveu Aziz, qui était venu l'aider, hissa le drapeau pakistanais.

Avec si peu d'élèves, il n'y avait pas d'argent pour équiper l'établissement et bientôt celui-ci fut à court de trésorerie.

Ni mon père ni son associé n'avait reçu d'argent de sa famille. Hidayatullah ne fut pas ravi de découvrir que mon père était encore endetté auprès de nombreuses personnes de l'université. Ils recevaient régulièrement des lettres de recouvrement. Leur moral se dégrada quand mon père alla enregistrer l'école administrativement. Après avoir attendu des heures, il fut enfin introduit dans le bureau du délégué à l'éducation, assis derrière des piles de dossiers et entouré de visiteurs venus prendre le thé. « De quel genre d'école s'agit-il ? demanda l'homme, qui s'esclaffa en lisant son dossier. Combien de professeurs avez-vous ? Trois ! Vos professeurs ne sont pas formés ! Tout le monde s'imagine qu'il suffit de le vouloir pour pouvoir ouvrir une école ! »

D'autres employés se mirent à rire à leur tour. Mon père était furieux. Il était évident que le délégué voulait qu'on lui graisse la patte. Les Pachtounes ne supportent pas qu'on les rabaisse, et il n'était pas question non plus de payer un pot-de-vin pour quelque chose à quoi il avait droit. Sans compter qu'Hidayatullah et lui n'avaient déjà pas assez d'argent pour se nourrir. La certification « coûtait » environ 13 000 roupies. Davantage si on vous croyait riche. Et les écoles étaient censées régaler régulièrement les autorités d'un poulet ou de truites. Le délégué à l'éducation téléphonait pour annoncer une inspection, puis il passait commande de son déjeuner. Mon père grommelait généralement que nous étions une école, pas un élevage de poules.

Au délégué qui lui réclamait plus ou moins ouvertement une gratification, il répondit avec toute l'énergie de ses années de rhéteur : « Pourquoi me posez-vous toutes ces questions ? Suis-je dans un bureau ou dans un commissariat ou un tribunal ? Suis-je un criminel ? »

Il décida de défier les autorités et de protéger les autres propriétaires d'écoles de ces tracas et de la corruption. Il savait que pour y parvenir, il avait besoin d'acquérir un certain poids.

Il rejoignit une organisation appelée l'Association des écoles privées du Swat. Elle était modeste à l'époque, ne comptant qu'une quinzaine de membres, et mon père en devint rapidement vice-président.

Les autres directeurs ne s'offusquaient plus de payer des pots-de-vin. Mais mon père déclara que si toutes les écoles s'unissaient, elles pourraient faire front. « Diriger une école n'est pas un crime, leur dit-il. Pourquoi être contraints à payer des pots-de-vin ? Vous ne dirigez pas des bordels, vous éduquez des enfants ! Les fonctionnaires ne sont pas vos chefs, leur rappela-t-il. Ce sont vos serviteurs. Ils empochent des salaires et doivent vous aider. C'est vous qui éduquez *leurs* enfants. »

Il devint rapidement président de l'association et la développa jusqu'à ce qu'elle compte quatre cents membres. Du jour au lendemain, les directeurs d'écoles se trouvèrent en position de force. Mais mon père était un romantique, pas un pragmatique. Une fois encore, Hidayatullah et lui s'endettèrent, même auprès de l'épicier local, au point de ne plus pouvoir acheter de thé ou de sucre.

« Parfois, je déprimais totalement et je m'effondrais quand je voyais tous les problèmes qui nous entouraient, disait Hidayatullah. Mais en période de crise, Ziauddin se renforce et ne perd pas courage. »

Mon père déclarait qu'il fallait voir grand. Un jour, Hidayatullah revint d'une tournée de recrutement d'élèves et trouva Ziauddin dans le bureau en train de parler publicité avec le directeur du bureau régional de la télévision nationale Pakistan TV.

À peine l'homme fut-il parti qu'Hidayatullah éclata de rire. « Ziauddin, nous n'avons même pas de télévision, fit-il remarquer. Si nous faisons de la publicité, nous ne serons même pas en mesure de la regarder. » Mais mon père était un optimiste qui ne s'encombrait pas de contingences matérielles.

Pour essayer d'augmenter leur chiffre d'affaires, ils lancèrent une petite épicerie dans l'école. Ils partaient le matin acheter des friandises qu'ils revendaient aux élèves. Une fois, Ziauddin acheta même du maïs et passa une partie de la nuit à préparer et à empaqueter du pop-corn.

Un jour, mon père annonça à Hidayatullah qu'il retournait au village quelques jours. C'était son mariage, mais il s'était gardé d'en parler à ses amis de Mingora, car il n'avait pas les moyens de les recevoir. Nos mariages consistent en des banquets qui durent plusieurs jours, et en l'occurrence, comme aime à le rappeler ma mère, lui-même n'assista pas à toute la cérémonie. Il ne vint que le dernier jour. Leur union fut scellée quand les membres de la famille tinrent un châle et un coran au-dessus de leurs têtes en approchant de leurs visages un miroir, afin qu'ils se regardent dedans. Pour bien des couples dont le mariage est arrangé, c'est au cours de la cérémonie qu'ils se voient pour la première fois. On fit asseoir un petit garçon sur leurs genoux, rite propitiatoire censé hâter la naissance d'un fils.

Selon notre tradition, la mariée reçoit des meubles ou un réfrigérateur de sa famille, et de l'or de celle de son époux. Mon grand-père ne voulant pas fournir tout l'or, mon père dut encore contracter un emprunt pour acheter des bracelets.

Après le mariage, ma mère emménagea avec mon grand-père et mon oncle. Mon père revenait au village toutes les deux ou trois semaines pour la voir. Son plan était de lancer son entreprise, puis une fois qu'elle serait prospère, de faire venir son épouse.

Mais Baba ne cessait de se plaindre des frais que cela lui occasionnait et rendit ma mère malheureuse. Comme elle avait un peu d'argent à elle, elle loua une camionnette et se rendit à Mingora. Le couple ne savait pas du tout comment il allait s'en sortir. « Nous savions seulement que mon père ne voulait pas de nous, dit Ziauddin. À l'époque, je lui en ai voulu mais plus tard, je lui ai été reconnaissant, car cela m'a rendu indépendant et plus disposé à travailler dur. »

Cependant, il avait négligé d'en parler à son associé. Hidayatullah fut horrifié quand il vit que son épouse était venue le rejoindre à Mingora.

— Nous ne sommes pas en mesure d'entretenir une famille ! s'écria-t-il. Où va-t-elle habiter ?

— Ne t'inquiète pas, répondit mon père. Elle fera la cuisine et la lessive pour nous.

Ma mère était ravie de s'installer à Mingora. Quand ses amies et elle parlaient de leurs rêves d'adolescentes près de la rivière, la plupart disaient qu'elles voulaient se marier, avoir des enfants et préparer les repas de leurs époux. Ma mère pour sa part disait : « Moi, je veux habiter la ville et pouvoir commander de la viande grillée et des naans au lieu de faire la cuisine. »

Ce ne fut pas la vie qu'elle imaginait. La cabane n'avait que deux pièces, une où Hidayatullah et mon père dormaient ensemble et une qui servait de petit bureau. Il n'y avait ni cuisine ni plomberie. Quand ma mère arriva, Hidayatullah dut s'installer dans le bureau et dormir sur la chaise en bois. Il la consultait pour tout. Elle aida à repeindre les murs à la chaux et tint les lanternes pour qu'ils aient de la lumière en cas de coupures de courant.

« Ziauddin était un chef de famille et ils étaient très proches, disait Hidayatullah. Alors que la plupart d'entre nous ne peuvent vivre avec leurs épouses, lui ne pouvait pas vivre sans elle. »

Elle se retrouva enceinte au bout de quelques mois. En 1995, leur premier enfant, une fille, arriva mort-née. « Je crois qu'il y avait des problèmes d'hygiène dans cette cabane crasseuse, dit mon père. Je pensais que les femmes pouvaient accoucher sans aller à l'hôpital, comme l'avaient fait ma mère et mes sœurs au village. Ma mère avait eu ses six enfants ainsi. »

L'école continuait de perdre de l'argent. Certains mois, ils ne pouvaient pas payer les salaires des enseignants ou le loyer. Le bijoutier ne cessait de venir réclamer le paiement des bracelets de mariage. Mon père lui préparait du thé et lui offrait des biscuits dans l'espoir de l'apaiser. Hidayatullah s'esclaffait. « Tu crois qu'il va se contenter de ton thé ? C'est son argent, qu'il veut. »

La situation devint si désespérée que mon père fut forcé de vendre les bracelets d'or. Dans notre culture, les bijoux de mariage sont un lien dans le couple, et les femmes les vendent souvent pour aider leurs maris dans leurs affaires ou payer leur billet pour partir à l'étranger. Ma mère avait déjà proposé ses bracelets pour payer les études universitaires du neveu de mon père, que celui-ci avait imprudemment promis de financer. Heureusement, un autre cousin, Jehan Sher Khan, s'était porté volontaire. Ma mère ignorait que les bracelets n'étaient pas encore entièrement payés et elle fut furieuse d'apprendre qu'il n'en avait pas tiré un bon prix. Elle se ragaillardit quand mon père la rassura : tous ces efforts signifiaient qu'ils pouvaient vivre ensemble à Mingora. Mingora, une ville moderne !

Au moment où la situation n'aurait pu être pire, le quartier essuya des crues brutales. Il y avait eu des pluies torrentielles depuis l'aube, et en fin de journée, l'alerte fut donnée : une inondation menaçait, tout le monde devait évacuer.

Ma mère était en voyage, et Hidayatullah chercha son associé pour l'aider à tout déménager au deuxième étage à l'abri de la montée des eaux. Mais mon père restait introuvable. Inquiet, il sortit en l'appelant à pleins poumons : « Ziauddin ! Ziauddin ! » Cela faillit lui coûter la vie. L'étroite rue longeant l'école était totalement inondée et il se retrouva rapidement dans l'eau jusqu'au cou. C'est alors qu'il vit des câbles électriques se balancer dans le vent. Il resta paralysé de terreur à l'idée qu'ils touchent l'eau, mais ils restèrent au-dessus. S'ils l'avaient ne serait-ce qu'effleurée, il serait mort électrocuté.

Quand il trouva finalement mon père, son ami lui annonça qu'il avait entendu une femme crier que son mari était pris au piège dans leur maison et qu'il était allé le sauver. Puis qu'il les avait aidés à mettre leur réfrigérateur à l'abri. Hidayatullah se fâcha. « Tu as sauvé le mari de cette femme, mais pas notre propre maison ! À cause des cris d'une femme ? »

Quand l'eau se retira, ils purent retourner chez eux. Tout était anéanti : tapis, mobilier, livres, vêtements et chaîne hi-fi. Le bâtiment de l'école était rempli d'une boue épaisse, malodorante. Ils n'avaient nulle part où dormir et pas de vêtements de rechange propres. Par chance, un voisin, M. Amanndin, les hébergea pour la nuit.

Il leur fallut une semaine pour évacuer les décombres. Ils étaient tous les deux en voyage quand dix jours plus tard, une deuxième inondation noya tout le bâtiment sous la boue.

Peu après cela, ils eurent une visite d'un employé du WAPDA, la compagnie des eaux et de l'électricité, qui prétendit que leur compteur était déréglé et exigea un pot-de-vin. Comme mon père refusa, ils reçurent une facture lourdement majorée. N'ayant aucun moyen de la payer, ils demandèrent à un ami politicien d'user de son influence.

C'était à croire que l'école ne devait jamais exister. Mais mon père ne renonçait pas aussi facilement à ses rêves. En outre, il avait une famille à nourrir. Le 12 juillet 1997, je vis le jour, un mois avant le cinquantenaire de mon pays. Ma mère fut assistée par une voisine qui avait déjà accouché des femmes. Mon père était resté à attendre à l'école et quand il apprit la nouvelle, il accourut. Ma mère était ennuyée de lui annoncer qu'il avait une fille, et non un fils, mais il raconte que dès qu'il me vit, il fut ravi.

« Malala nous a porté chance, déclara plus tard Hidayatullah. C'est quand elle est arrivée que notre destin a changé. »

Mais pas tout de suite. Le 14 août 1997, le Pakistan fêtait son cinquantième anniversaire avec maints défilés et commémorations. Mon père et ses amis n'y voyaient pas matière à réjouissances. Depuis qu'il avait été intégré au Pakistan, le Swat n'avait fait que souffrir. Aussi l'ami de mon père Ishanul Haq Haqqani organisa un sit-in à cette occasion. Ils arborèrent un brassard noir pour marquer leur réprobation et condamner les vaines festivités, ce qui leur valut d'être arrêtés. Ils durent payer une amende ruineuse.

Peu après ma naissance, les trois pièces au-dessus de l'école furent libérées et nous nous y installâmes tous ensemble. Les murs étaient en béton, il y avait l'eau courante – l'amélioration était notable par rapport à notre bicoque. Nous y étions encore à l'étroit, Hidayatullah vivait avec nous et nous avions constamment des invités.

Cette première école était mixte, dispensait un enseignement primaire, et était minuscule. Au moment de ma naissance, elle comptait cinq ou six enseignants, et une centaine d'élèves qui versaient 100 roupies par mois. Mon père faisait office de maître, de comptable et de directeur. Il balayait aussi le sol, nettoyait les murs à la chaux, lavait les sanitaires. Il grimpait même aux poteaux électriques pour accrocher des banderoles publicitaires alors même qu'il souffrait tant de vertige qu'arrivé en haut de l'échelle, ses pieds tremblaient. Si le moteur de la pompe à eau tombait en panne, il s'enfonçait dans le puits pour le réparer de ses propres mains. Chaque fois que je le voyais disparaître sous terre, je fondais en larmes, terrifiée à l'idée qu'il ne revienne pas.

Une fois les salaires et le loyer payés, il restait peu d'argent pour nous nourrir. Nous buvions du thé vert car nous n'avions pas de quoi nous offrir du lait pour le thé noir.

Au bout d'un certain temps, l'établissement commença à être rentable, et mon père envisagea d'en ouvrir un autre qu'il voulait appeler l'académie Malala.

L'école était mon terrain de jeux. Avant même que je sache parler, me dit mon père, je trottinais dans les salles de classe et babillais avec l'aplomb d'une enseignante. L'une des institutrices, Mlle Ulfat, me prenait dans ses bras, m'asseyait sur ses genoux comme un petit chiot et me ramenait parfois chez elle. À trois ou quatre ans, on me mit dans une classe avec des enfants plus âgés. J'étais émerveillée, j'absorbais tout ce qu'on leur apprenait. Parfois, j'imitais les professeurs. On peut dire que j'ai grandi dans une école.

Comme l'avait découvert mon père avec Naeem, il n'est pas facile de mélanger l'amitié et les affaires. Hidayatullah finit par ouvrir sa propre école et ils se partagèrent les élèves, prenant chacun deux niveaux scolaires. Ils ne dirent rien à leurs élèves, car ils voulaient que les gens pensent que l'école prospérait tellement qu'elle avait dû s'agrandir avec un autre bâtiment. Tandis que mon père et lui étaient brouillés, Hidayatullah venait me rendre visite car je lui manquais beaucoup.

Un après-midi de septembre 2001, alors qu'il était chez nous, il y eut une grande agitation et d'autres personnes arrivèrent, ils annoncèrent qu'il y avait eu un énorme attentat sur un bâtiment de New York. Deux avions s'étaient écrasés dessus. À quatre ans, j'étais trop jeune pour comprendre. C'était difficile à imaginer : les plus grands immeubles du Swat, l'hôpital et l'hôtel, ne comptent que deux et trois étages. Cela semblait très lointain. J'ignorais tout de New York, des États-Unis. L'école était mon univers, et mon univers se réduisait à l'école. Nous ne nous rendions pas compte que les attentats du 11 septembre 2001 allaient aussi changer notre monde à nous. Qu'un jour, ils apporteraient la guerre dans notre vallée.

## 4

## Le village

Selon notre tradition, nous célébrons le septième jour de la vie d'un nouveau-né au cours d'une fête appelée *Woma* (qui signifie « septième »), où voisins, parents et amis viennent admirer le bébé. Mes parents n'avaient pas organisé de fête à ma naissance. Ils ne pouvaient s'offrir la chèvre et le riz habituellement servis aux convives, et mon grand-père refusa de dépenser de l'argent pour une fille. Il se proposa de payer pour la Woma de mes frères, mais mon père déclina son aide, puisqu'il n'avait rien fait pour moi.

Mais Baba était mon seul grand-père, le père de ma mère étant décédé avant ma naissance. D'ailleurs mes parents disent que je possède les qualités de mes deux grands-pères : j'ai l'humour et la sagesse du grand-père maternel, et la vivacité de mon grand-père paternel.

Mon grand-père et moi, nous nous sommes rapprochés lorsqu'il a commencé à arborer une barbe blanche et à s'adoucir avec l'âge. J'adorais venir lui rendre visite au village. Il me saluait en chantant : « *Malala Maiwand wala da tapa tool jehan ke da khushala.* » « Malala est de Maiwand, et c'est la plus heureuse du monde. »

Pour les fêtes de l'Aïd, nous allions toujours au village. Nous revêtions nos plus beaux habits et nous entassions dans le Flying Coach, un minibus peint de couleurs vives et décoré de chaînes, pour monter au nord, à Barkana, le village de la famille au Shangla, dans le Swat supérieur. L'Aïd a lieu deux fois l'an : il y a l'Aïd al-Fitr, le « Petit Aïd » qui marque la rupture du jeûne du Ramadan, et l'Aïd al-Adha, l'Aïd el-Kébir, ou « Grand Aïd », qui commémore le sacrifice de son premier-né que le prophète Abraham s'apprêta à faire pour Dieu. Les dates étaient annoncées par un comité de religieux qui guettait l'apparition de la nouvelle lune, et dès que nous en étions informés par la radio, nous nous mettions en route.

La veille, nous dormions à peine tellement nous étions surexcités. Le voyage prenait cinq heures environ, à condition que la route n'ait pas été emportée par les pluies, les glissements de terrain et que le minibus parte de bon matin. Nous arrivions à grand-peine à la gare routière de Mingora pour prendre le Flying Coach avec nos sacs chargés de cadeaux pour la famille, châles brodés, boîtes de pâtisseries à la rose et à la pistache et médicaments impossibles à trouver au village. Certains emportaient des sacs de sucre et de farine et la plupart des bagages étaient arrimés sur le toit du bus en une pile vertigineuse. Ensuite, nous nous entassions à l'intérieur, nous battant pour avoir un siège près de la vitre, bien que la plupart fussent tellement encrassées de boue qu'on voyait à peine à travers. Les flancs de nos bus sont décorés de fleurs roses et jaunes, de tigres orange fluo et de montagnes enneigées. Mes frères étaient contents si nous montions dans un bus décoré d'avions F16 ou de missiles nucléaires, mais mon père disait que si nos politiciens n'avaient pas dépensé autant d'argent pour obtenir la bombe, nous en aurions peut-être assez pour des écoles.

Nous quittions le bazar, passions devant les bouches rouges et souriantes des enseignes des dentistes, les chariots chargés de cages de bois remplies de poulets aux yeux écarquillés et au bec rouge, les rangées de bijouteries aux vitrines pleines de bracelets de mariage. Les dernières boutiques n'étaient que des cabanes en bois qui semblaient s'adosser les unes aux autres, face à des tas de pneus remis en état pour les mauvaises routes. Puis nous nous retrouvions sur la grand-route construite par le dernier wali, qui suit le large Swat sur la gauche et longe sur la droite les immenses falaises où sont creusées les mines d'émeraudes. Au-dessus de la rivière se trouvent les restaurants pour touristes à vastes baies vitrées où nous n'étions jamais allés. En chemin, nous croisions des enfants au visage crasseux ployant sous leurs fardeaux de foin et des hommes menant des troupeaux de chèvres maigres qui s'éparpillaient.

À mesure que nous avancions, le paysage laissait place à des rizières d'un vert profond et à des vergers d'abricotiers et de figuiers. De temps en temps, nous passions devant des marbreries enjambant des rivières que la pollution aux produits chimiques rendait laiteuses. Mon père était fou de rage. « Regarde ce que font ces criminels à notre merveilleuse vallée ! »

La route quittait la rivière et serpentait par d'étroites passes jusqu'à des sommets parsemés de sapins, de plus en plus hauts, jusqu'à ce que nous ayons mal aux oreilles. Sur certains se dressaient des ruines où des vautours planaient en cercle, les vestiges d'anciennes forteresses bâties par le premier wali. Le bus peinait et le chauffeur lâchait des jurons à chaque camion qui nous dépassait dans les virages surplombant des précipices. Mes frères adoraient cela et pour nous faire peur, ils nous montraient, à moi et à notre mère, les épaves de véhicules au fond des ravins.

Nous finissions par parvenir à Sky Turn, la porte du Shangla, un col montagneux qui semble être sur le toit du monde. Là-haut, nous étions au-dessus des sommets rocheux qui nous entouraient et au loin, nous pouvions apercevoir les neiges de Malam Jabba, la station de ski. Au bord de la route jaillissaient des sources et des cascades, et quand nous nous arrêtions pour nous rafraîchir ou boire du thé, l'air était si pur, embaumant le cèdre et le pin, que nous l'aspirions à pleins poumons. Le Shangla n'est que montagnes, montagnes et montagnes, avec juste un tout petit peu de ciel.

Après le sommet du Shangla, la route redescend un peu, puis elle suit la rivière Ghwurban et devient une piste caillouteuse. La seule manière de franchir la rivière est d'emprunter un pont de singe ou un système de poulies avec lequel les gens se hissent d'un côté à l'autre. Les étrangers appellent cela des « ponts suicides », mais nous les adorions.

\*\*\*

Si vous regardiez une carte du Swat, vous verriez que ce n'est qu'une unique et longue vallée avec des vallons, que nous nommons *daras*, qui prennent naissance sur les côtés comme les branches d'un arbre. Notre village est à mi-chemin à l'est, dans la vallée de Kana, qui est entourée de parois montagneuses déchiquetées et si étroite qu'il n'y a même pas la place d'y ménager un terrain de cricket. Nous appelons notre village Barkana, mais en réalité, c'est une succession de trois villages au fond de la vallée : Shahpur, le plus grand ; Barkana, où mon père a grandi ; et Karshat, où vivait ma mère. À chaque extrémité s'élève une haute montagne : Tor Ghar, la Montagne Noire au nord, et Spin Ghar, la Montagne Blanche au sud.

Nous séjournions généralement à Barkana, dans la maison de mon grand-père, où avait grandi mon père. Comme toutes les autres, elle avait un toit en terrasse et était en pierre et en torchis. Je préférais séjourner chez mes cousins car ils avaient une maison en ciment avec une salle de bains et qu'il y avait beaucoup d'enfants avec qui jouer. Ma mère et moi nous installions en bas dans les quartiers des femmes où elles passent la majeure partie de la journée avec les enfants et préparent les repas qu'elles servent aux hommes dans leur *hujra* à l'étage. Je dormais avec mes cousines Aneesa et Sumbul, dans une chambre où se trouvaient une pendule en forme de mosquée et un placard contenant un fusil et des paquets de teinture pour les cheveux.

Au village, la journée commençait de bonne heure et, même moi, je me réveillais avec le chant des coqs et le fracas de la vaisselle des femmes qui préparaient le petit déjeuner pour les hommes.

Le matin, le soleil se reflétait au sommet du Tor Ghar, la Montagne Noire. Quand nous nous levions pour les premières prières, nous regardions à gauche et nous apercevions le sommet doré du Spin Ghar, la Montagne Blanche, s'éclairer avec les premiers rayons comme une dame blanche qui porte sur son front un *jumar tika*, une chaîne d'or.

Souvent la pluie venait tout laver et les nuages s'attardaient sur les terrasses verdoyantes des collines où les villageois cultivaient radis et noyers. Çà et là étaient dispersées des ruches. J'adorais le miel visqueux que nous mangions avec des noix. En bas sur la rivière du côté de Karshat paissaient des buffles d'eau. Il y avait aussi un appentis avec une roue à aube qui fournissait le courant pour faire tourner les énormes meules et moudre la farine que des garçonnets mettaient en sacs. À côté se trouvait une petite remise contenant un fouillis de câbles provenant d'une autre cabane. Comme l'électricité n'était pas fournie par le gouvernement, c'est là que s'approvisionnaient beaucoup de villageois.

À mesure que passait la journée et que le soleil montait dans le ciel, la Montagne Blanche était de plus en plus baignée de lumière. Ensuite, à mesure que tombait le soir, elle s'enfonçait dans l'ombre tandis que le soleil éclairait la Montagne Noire. Nous calions nos prières selon la course du soleil sur la montagne. Quand il atteignait un rocher précis, nous savions qu'il était temps de dire les prières d'*asr*. Puis en fin de journée, quand le sommet blanc du Spin

Ghar était encore plus beau qu'au matin, nous disions l'*isha*, la prière du soir.

On pouvait voir la Montagne Blanche de partout, et mon père me disait qu'il pensait toujours que c'était un symbole de paix pour notre pays, un drapeau blanc au bout de notre vallée. Quand il était enfant, il croyait que le monde se résumait à cette petite vallée et que si l'on passait cette montagne qui touchait le ciel, on tombait dans le néant.

Comme mon père, j'étais très proche de la nature. J'adorais la terre fertile, les plantes verdoyantes, les buffles et les papillons jaunes qui voletaient autour de moi durant mes promenades.

Le village était très pauvre, mais quand nous arrivions, notre famille donnait un grand banquet comme pour n'importe quel visiteur. Il y avait des plats de poulet, de riz, d'épinards et de mouton aux épices, tous préparés par les femmes, puis des plats de pommes croquantes, des tranches de gâteau et une grande théière de thé au lait.

Aucun des enfants n'avait de jouets ni de livres. Les garçons jouaient au cricket dans un ravin et même la balle était faite de sachets plastique attachés par des élastiques.

Le village était un endroit oublié de tout. L'eau était transportée depuis la source, et il n'y avait aucune électricité en dehors de celle produite par notre système hydroélectrique de fortune. Les rares maisons en ciment étaient construites par des familles dont les fils ou les pères étaient partis au sud travailler dans les mines ou comme ouvriers du bâtiment dans le Golfe, et qui envoyaient de l'argent. Il y a quarante millions de Pachtounes, et une dizaine de millions vivent en dehors de leur pays natal. Mon père disait toujours que c'était triste qu'ils ne puissent pas revenir, car ils avaient besoin de travailler pour entretenir leur famille habituée à un nouveau style de vie. Ils ne rentraient qu'une fois par an pour faire un nouvel enfant. Il y avait donc beaucoup de familles sans hommes.

La plupart des maisons, en clayonnage revêtu de boue, étaient éparpillées dans les collines et elles s'effondraient lors des inondations. Parfois, les enfants mouraient gelés en hiver. Il n'y avait pas d'hôpital, seul Shahpur disposait d'un cabinet médical et si quelqu'un tombait malade dans les autres villages, il fallait que sa famille le transporte sur un brancard en bois que nous surnommions « l'ambulance du Shangla ». Si c'était grave, il fallait faire le long voyage en bus jusqu'à Mingora, sauf si on avait la chance de connaître quelqu'un qui possédait une voiture.

Les politiciens ne venaient ici qu'en période d'élections, promettant des routes, l'électricité, l'eau potable et des écoles. Ils distribuaient de l'argent et des générateurs à des personnes influentes qui donnaient ensuite à leurs ouailles des consignes de vote, du moins aux hommes, puisque dans notre région, les femmes ne votent pas. Ensuite, ils disparaissaient à Islamabad, s'ils étaient élus à l'Assemblée nationale, ou à Peshawar pour l'Assemblée provinciale, et nous n'entendions plus parler d'eux ou de leurs promesses.

Mes cousins se moquaient de mes manières de fille de la ville. Je n'aimais pas marcher pieds nus, je lisais des livres, j'avais un accent différent et j'utilisais des mots d'argot de Mingora. Mes vêtements étaient achetés dans le commerce et non cousus par ma mère comme les leurs. Quand on me demandait si je pouvais préparer un poulet pour le repas, je répondais : « Non, ce poulet est innocent, nous ne devrions pas le tuer. »

Ils me trouvaient moderne parce que je venais de la ville. Ils ne se rendaient pas compte que les gens d'Islamabad ou même de Peshawar m'auraient trouvée arriérée.

Parfois, nous faisions des excursions en famille dans les montagnes ou à la rivière. En été, avec la fonte des neiges, elle était trop profonde et trop rapide pour qu'on la traverse.

Les garçons pêchaient avec des vers de terre enfilés comme des perles sur une ficelle attachée à un long bâton. Certains sifflaient, croyant que cela attirait les poissons. S'ils en attrapaient, ils les mettaient dans les pans de leurs longues chemises. Ce ne sont pas des poissons très savoureux, nous les appelons des *chaqwartee* ; ils ont la bouche dure et cornée.

Parfois, un groupe de filles descendait à la rivière pique-niquer avec du riz et du sorbet. Notre jeu préféré était le mariage. Nous formions deux groupes, chacun étant une famille, puis chaque famille fiançait une fille afin de faire une cérémonie de mariage. Tout le monde me voulait dans sa « famille », étant donné que je venais de Mingora et que j'étais si moderne à leurs yeux. La plus jolie fille était Tanzela et nous la donnions souvent à l'autre groupe afin de pouvoir en faire notre mariée.

Ce qui comptait le plus, dans ce jeu, c'étaient les bijoux. Nous prenions des boucles d'oreilles, des bracelets et des colliers pour décorer la mariée, en chantant des refrains de Bollywood, puis nous la maquillions avec les fards empruntés à nos mères, trempions ses mains dans un mélange de calcaire et d'eau gazeuse pour les blanchir, et nous lui vernissions les ongles. Une fois prête, la mariée commençait à pleurer et à se lamenter, et nous lui caressions les cheveux en lui répétant de ne pas s'inquiéter. « Le mariage fait partie de la vie, disions-nous. Sois gentille avec ta belle-mère et ton beau-père, et ils te traiteront bien, prends soin de ton époux et sois heureuse. »

De temps en temps, il y avait de vrais mariages avec de grands banquets qui duraient des jours et pour lesquels les familles s'endettaient ou se ruinaient. Les mariées portaient de magnifiques vêtements et étaient drapées d'or, de colliers et de bracelets offerts par les deux familles. J'ai lu que Benazir Bhutto tenait à ne porter que des bracelets en verre à son mariage pour donner l'exemple, mais la tradition persiste.

Parfois, un cercueil en contreplaqué arrivait des mines. Les femmes se rassemblaient dans la maison de l'épouse ou de la mère du défunt, et leurs gémissements qui retentissaient dans la vallée me donnaient la chair de poule.

La nuit, le village était très sombre, et seules les lampes à pétrole clignotaient dans les maisons sur les collines. Aucune des vieilles femmes n'était instruite, mais elles racontaient toutes des histoires et récitaient des *tappas*. Ma grand-mère était particulièrement douée pour cela et les siens parlaient généralement d'amour et des Pachtounes.

« Aucun Pachtoune ne quitte sa terre de son plein gré, disait l'un. Soit c'est la pauvreté qui le pousse, soit c'est l'amour. »

Nos tantes nous faisaient peur avec des histoires de fantômes comme celle de *Shalgwaptay*, l'Homme aux vingt doigts, qui, disaient-elles, viendrait se glisser dans nos lits et nous faire hurler de terreur. En fait, nous avons tous vingt doigts, car en pachto, on utilise le même terme pour « orteil » et « doigt ». L'Homme aux vingt doigts, c'était nous, mais nous ne nous en rendions pas compte.

Pour nous obliger à faire notre toilette, nos tantes nous parlaient d'une femme effrayante appelée Sha-shaka, qui vous poursuivait avec ses doigts pleins de boue et son haleine puante si vous ne preniez pas de bain et ne laviez pas vos cheveux, et qui vous transformait en femme sale avec des cheveux comme des queues de rat infestées d'insectes. Il se pouvait même qu'elle vous tue.

L'hiver, quand les parents ne voulaient pas que les enfants restent dehors dans la neige, ils racontaient des légendes qui disaient que seuls le lion et le tigre pouvaient faire le premier pas dans la neige, sinon ils se fâcheraient et descendraient des montagnes pour nous dévorer. C'était seulement quand le lion ou le tigre avait laissé ses empreintes dans la neige que nous avions le droit de sortir.

À mesure que nous grandissions, le village nous parut plus ennuyeux. La seule télévision se trouvait dans la *hujra* de l'une des familles les plus aisées. Personne n'avait d'ordinateur.

Les femmes du village cachaient leur visage quand elles sortaient du *purdah*, leurs quartiers réservés, et ne pouvaient ni côtoyer ni parler aux hommes qui n'étaient pas des parents proches. Je portais des vêtements plus à la mode et je ne couvrais pas mon visage, même après la puberté. L'un de mes cousins s'en offusqua et demanda à mon père : « Pourquoi elle n'est pas voilée ? » Il répondit : « C'est ma fille et toi, occupe-toi de tes affaires. » Mais certains membres de la famille qui craignaient le qu'en-dira-t-on déclarèrent que nous contrevenions au *Pashtunwali*.

Je suis très fière d'être pachtoune, mais parfois, je trouve notre code de conduite très discutable, notamment en ce qui concerne la condition féminine. Une dénommée Khalida, qui travaillait pour nous et était mère de trois fillettes, m'a raconté sa tragique histoire. Elle n'avait même pas dix ans quand son père l'a vendue à un vieil homme qui avait déjà une épouse mais qui en voulait une plus jeune.

Quand des filles disparaissent, ce n'est pas toujours parce qu'elles sont mariées. Il y avait une jolie fille de quinze ans appelée Seema. Tout le monde savait qu'elle était amoureuse d'un garçon, et parfois quand il passait non loin, elle le regardait de sous ses longs cils noirs que toutes les autres filles lui enviaient. Dans notre société, une fille qui flirte avec un jeune garçon apporte la honte sur sa famille. Mais un homme a tous les droits ! On nous a annoncé qu'elle s'était suicidée. Mais nous avons fini par apprendre que c'était sa famille qui l'avait empoisonnée.

D'après la coutume du *swara* une fille peut être cédée à une autre tribu pour résoudre un conflit. C'est officiellement interdit, mais elle est encore pratiquée. Dans notre village, une veuve, Soraya, avait épousé un veuf d'un autre clan en conflit avec sa famille. Personne ne peut épouser une veuve sans la permission de sa famille. Quand les membres de la famille de Soraya apprirent cette union, ils se fâchèrent. Ils menacèrent la famille du veuf jusqu'à ce qu'une *jirga* des anciens des deux villages soit convoquée pour résoudre le différend. La *jirga* décida que la famille du veuf devait être punie en cédant sa plus belle fille à l'homme le moins « mariable » du clan rival. Le garçon n'était bon à rien et si pauvre que le père de la fille dut payer tous les frais. Pourquoi gâcher la vie d'une fille pour résoudre une dispute dans laquelle elle n'a rien à voir ?

Quand je m'indignai auprès de mon père, il me répondit que la situation était pire en Afghanistan. L'année de ma naissance, un groupe appelé les talibans, mené par un mollah, avait pris le contrôle du pays et incendiait les écoles de filles. Ils forçaient les hommes à se laisser pousser une barbe longue comme une lanterne et les femmes à porter la burqa. C'est comme être enfermée à l'intérieur d'un volant de badminton géant avec une ouverture grillagée en guise de lucarne. Par beau temps, c'est un four. Au moins, nous n'étions pas obligées de porter cela. Les talibans, disait-il, avaient même interdit aux femmes de rire à voix haute ou de porter des chaussures blanches, car c'était « la couleur des hommes ». Ils les emprisonnaient et les battaient simplement parce qu'elles avaient les ongles vernis. J'en frémissais.

Je lisais des livres comme *Anna Karénine* ou les romans de Jane Austen et j'avais foi dans les paroles

de mon père : « Malala est libre comme l'oiseau. »
Quand j'entendais les atrocités qui avaient lieu en
Afghanistan, j'étais fière de vivre dans le Swat. « Ici,
une fille peut aller à l'école », avais-je l'habitude de
dire. On se sent libre, quand on ne connaît pas le
monde extérieur. Les talibans étaient juste à nos
portes, c'étaient des Pachtounes comme nous. Pour
moi, la vallée était un lieu ensoleillé et je ne voyais pas
les nuages s'amonceler derrière les montagnes. Mon
père me répétait : « Je protégerai ta liberté, Malala.
Ne cesse pas de rêver. »

## 5

### Pourquoi je ne porte pas
### de boucles d'oreilles
### et pourquoi les Pachtounes
### ne disent pas merci

Depuis l'âge de sept ans, j'étais la première de
ma classe. J'aidais les élèves qui avaient des difficultés. « Malala est un génie », disaient mes camarades.
J'étais aussi connue pour participer à toutes les activités – badminton, théâtre, cricket, dessin, et même le
chant alors que je n'étais pas très douée. Aussi, quand
une nouvelle, prénommée Malka-e-Noor, arriva dans
notre classe, je ne m'en inquiétai pas. Son nom signifiait « reine de lumière », et elle disait vouloir devenir la première femme chef des armées au Pakistan.
Sa mère était professeur dans une autre école, ce
qui était peu courant, car aucune de nos mères ne
travaillait. Il faut aussi préciser qu'elle ne disait pas
grand-chose en cours. La rivalité s'exerçait toujours
entre moi et ma meilleure amie, Moniba : elle avait
une belle écriture et une présentation soignée, que

nos maîtres appréciaient, mais je pouvais la battre sur le fond. Aussi, lorsque à la fin de l'année Malka-e-Noor obtint une meilleure moyenne que moi, ce fut un choc. Rentrée à la maison, je pleurai à chaudes larmes et ma mère dut me consoler.

Nous passions notre temps à déménager, car les gens à qui nous louions revenaient chez eux tôt ou tard. À l'époque, nous quittâmes l'endroit que nous habitions dans la même rue que Moniba pour un quartier où je ne connaissais personne. Dans cette rue habitait une fille un peu plus jeune que moi du nom de Safina, avec qui je commençai à jouer. C'était une fille très choyée qui avait quantité de poupées et une boîte à chaussures remplie de bijoux. Mais elle dévorait des yeux le téléphone portable en plastique rose que mon père m'avait acheté et qui était l'un de mes seuls jouets. Mon père ne quittait pas son téléphone et j'adorais l'imiter en faisant semblant d'appeler des gens. Un jour, le portable disparut.

Quelques jours plus tard, je vis Safina s'amuser avec un jouet absolument identique.

— Où l'as-tu eu ? demandai-je.

— Je l'ai acheté au bazar.

Je me rends compte aujourd'hui qu'elle aurait pu dire la vérité mais à l'époque je résolus de lui rendre la monnaie de sa pièce. Comme j'allais réviser chez elle, je me mis à subtiliser ses affaires, surtout des bijoux fantaisie, comme des boucles d'oreilles ou des colliers. C'était facile. Au début, c'était excitant, mais cela ne dura pas longtemps. Voler devint compulsif. Je ne savais pas comment arrêter.

Un jour, je rentrai de l'école et me précipitai à la cuisine pour goûter comme d'habitude. Ma mère était assise par terre à piler du cumin et du curcuma aux vives couleurs qui remplissaient l'air de leur parfum. Elle écrasait les épices en refusant de me parler. Très triste, j'allai dans ma chambre. Quand j'ouvris mon placard, je m'aperçus que tout ce que j'avais chapardé avait disparu. J'avais été découverte.

Ma cousine Reena entra dans la chambre.

— Ils savent que tu as volé, dit-elle. Ils attendaient que tu te dénonces, mais tu as continué.

Le ventre noué, je retournai trouver ma mère, la tête basse.

— Ce que tu as fait est mal, Malala, dit-elle. Tu essaies de nous faire honte parce que nous n'avons pas les moyens de t'acheter ce genre de choses ?

— Ce n'est pas vrai ! niai-je. Je ne les ai pas volées !

Mais elle savait que j'étais coupable.

— C'est Safina qui a commencé, protestai-je. Elle m'a piqué le téléphone rose qu'*Aba* m'avait acheté.

Mais ma mère resta inflexible.

— Safina est plus jeune que toi, tu aurais dû lui faire la leçon, dit-elle. Tu aurais dû montrer l'exemple.

Je me mis à pleurer et me répandis en excuses.

— Ne dis rien à *Aba,* la suppliai-je.

Mon père et moi sommes très liés et je ne supportais pas l'idée de le décevoir. C'est une sensation affreuse d'être diminuée aux yeux de vos parents.

Ce n'était pas la première fois. Quand j'étais petite, j'étais allée dans le bazar avec ma mère et j'avais aperçu un tas d'amandes sur un étal. Elles avaient l'air si savoureuses que je n'avais pu résister, j'en avais pris une pleine poignée. Ma mère me gronda et présenta ses excuses au marchand. Il était furieux et rien ne put l'apaiser. Comme nous avions encore un peu d'argent à l'époque, elle vérifia ce qu'elle avait dans son porte-monnaie.

— Dix roupies suffiront-elles ? demanda-t-elle.

— Non. Les amandes coûtent très cher.

Ma mère fut très contrariée et en parla à mon père. Il partit immédiatement acheter tout le stock et les déposa dans une coupe en verre.

— Les amandes, c'est très bon, dit-il. Si tu en manges avec du lait juste avant de te coucher, cela te renforcera la cervelle.

Mais je savais qu'il n'avait pas d'argent et je me sentis coupable en voyant ces amandes dans leur plat chez moi. Je me promis de ne plus jamais recommencer.

Et voilà que j'avais manqué à ma parole. Ma mère m'emmena m'excuser auprès de Safina et de ses parents. Ce fut très difficile. Safina ne parla pas de mon téléphone, ce que je trouvai injuste, mais je ne pipai mot.

Bien que mal à l'aise, je fus soulagée que ce soit fini. Depuis cette époque, je n'ai plus jamais menti ni rien volé de ma vie. Pas un seul mensonge et pas un sou, pas même les pièces que mon père laisse traîner dans la maison et avec lesquelles nous avons le droit de nous acheter des friandises.

J'ai également cessé de porter des bijoux, car je m'interrogeai : « Que sont ces babioles qui me tentent ? Pourquoi mal me comporter pour quelques broutilles en métal ? » Mais je me sens toujours coupable et encore aujourd'hui je demande pardon à Dieu dans mes prières.

Comme ma mère et mon père partagent tout, il sut vite la raison de ma tristesse et je lus dans son regard que je l'avais déçu.

Je voulais qu'il soit fier de moi, comme il l'était quand je recevais la coupe de première de la classe. Ou comme le jour où la maîtresse de la maternelle, Mlle Ulfat, lui avait dit que j'avais écrit *Parlez seulement en ourdou* sur le tableau pour mes camarades afin qu'ils apprennent la langue plus vite. Ou quand je suis arrivée première au concours de rédaction pachtoune.

À l'école, nous lisions des histoires sur notre fondateur Muhammad Ali Jinnah. Enfant, à Karachi, il lisait à la lueur des réverbères parce qu'il n'avait pas de lampe chez lui. Il dit aux autres garçons de ne plus jouer aux billes dans la poussière mais au cricket, afin de ne pas se salir les mains et les habits.

Mon père me consola en me parlant des erreurs commises par certains de nos héros quand ils étaient enfants. Il me cita le Mahatma Gandhi : « La *liberté* n'a pas de valeur si elle ne comprend pas la liberté de faire des erreurs. »

Devant le bureau de mon père était accrochée une copie d'une lettre écrite par Abraham Lincoln au professeur de son fils, traduite en pachto.

C'est une très belle lettre remplie de sages conseils.

*Enseignez-lui, si vous pouvez, les merveilles des livres… Mais laissez-lui un peu de temps libre pour considérer le mystère éternel des oiseaux dans le ciel, des abeilles au soleil, et des fleurs au flanc d'un coteau vert. À l'école, enseignez-lui qu'il est bien plus honorable d'échouer que de tricher…*

Je crois que tout le monde fait une erreur une fois dans sa vie. L'important est la leçon qu'on en retire.

C'est pour cela que notre code *Pashtunwali* me pose des problèmes. Nous sommes censés nous venger des torts qui nous sont faits mais cela n'a pas de fin. Si un homme est tué ou blessé par un autre, la vengeance rétablit ce que nous appelons le *nang* ou l'honneur. Cela peut être obtenu en tuant n'importe quel membre mâle de la famille qui a causé le tort. Ensuite, celle-ci devra réclamer vengeance. Et ainsi de suite.

Il n'y a aucune limite dans le temps. L'un de nos proverbes dit : « Le Pachtoune se vengea au bout de vingt ans, et un autre déclara que c'était trop tôt. »

Un autre dit encore : « La pierre du Pachtoune ne rouille pas dans l'eau », ce qui signifie que nous n'oublions ni ne pardonnons jamais. C'est aussi pour cela que nous utilisons rarement le mot « merci », *mannana*, parce que nous estimons qu'un Pachtoune n'oubliera jamais le bien qu'on lui a fait et le rendra tôt ou tard, tout comme le mal. La bonté ne peut être rendue que par la bonté et « merci » ne suffit pas.

Beaucoup de familles habitent dans des communautés fortifiées dotées de tours de guet pour surveiller les ennemis avec qui elles sont en conflit. Nous connaissions beaucoup de victimes de telles querelles.

Voici un exemple : Sher Zaman était un ancien camarade de classe de mon père, qui obtenait de meilleurs résultats scolaires que lui. Mon grand-père et mon oncle empoisonnaient mon père à coups de « tu n'es pas aussi fort que Sher Zaman », à tel point qu'il rêvait qu'un rocher se détache de la montagne et vienne l'aplatir comme une crêpe. Mais Sher Zaman n'alla pas à l'université et finit vendeur à la pharmacie du village. Sa famille se trouva alors en conflit avec des cousins à propos d'un lopin de forêt dont ils se disputaient la propriété. Un jour, avec deux de ses frères, il fut victime d'une embuscade tendue par son oncle et plusieurs hommes. Les trois frères furent tués.

Étant un homme respecté dans notre communauté, mon père était souvent appelé comme médiateur dans les conflits. Il ne croyait pas au *badal*, la vengeance, et essayait de démontrer que les deux parties pâtissaient de la violence et qu'il valait mieux dépasser ce conflit.

Il y avait dans notre village deux familles qu'il ne parvenait pas à convaincre. Leur rivalité était si ancienne que personne ne se rappelait son origine – probablement à cause d'un simple affront, étant donné que nous sommes un peuple au sang chaud. D'abord, un frère de l'une agressait l'oncle de l'autre. Puis c'était l'inverse. Cela dévorait leurs vies.

Notre peuple estime que c'est un bon système et que notre taux de criminalité est plus bas que dans les régions non pachtounes. Mais à mon sens, si quelqu'un tue votre frère, il ne faut pas le tuer ou tuer son frère, mais plutôt l'instruire. Je suis inspirée par Bacha Khan (Khan Abdul Ghaffar Khan), l'homme que nous appelons « le Gandhi de la frontière », et qui a introduit la philosophie de la non-violence dans notre culture.

Il en est de même pour le vol. Certains, comme moi, se font prendre et jurent qu'ils ne recommence-ront jamais. D'autres déclarent que ce n'est pas grave, que l'objet du larcin était sans importance. Mais la fois suivante, ils volent davantage, et ainsi de suite.

Dans mon pays, le vol n'a pas d'importance pour nos hommes politiques. Ils sont riches, et nous sommes un pays pauvre, mais ils pillent sans discontinuer.

La plupart ne paient pas d'impôts, mais ce n'est pas le pire. Ils obtiennent des banques nationales des prêts qu'ils ne remboursent pas et touchent des commissions sur les marchés publics qu'ils accordent à des entreprises ou à des amis. Beaucoup possèdent des biens immobiliers de grande valeur à Londres.

Je ne sais pas comment ils peuvent supporter de voir notre peuple mourir de faim ou subir d'incessantes coupures de courant, des enfants obligés de travailler au lieu d'aller à l'école.

Mon père dit que le Pakistan est affligé de politiciens dont le seul souci est l'argent. Ils se moquent que ce soit l'armée qui pilote l'avion, du moment qu'ils n'ont pas à toucher aux commandes et qu'ils n'ont qu'à s'installer en première classe, fermer le rideau et savourer cuisine fine et service raffiné pendant que le reste de la population s'entasse en classe économique.

J'étais née après dix ans d'une sorte de démocratie, d'alternance entre Benazir Bhutto et Nawaz Sharif ; chacun accusant l'autre de corruption et aucun gouvernement n'arrivant au terme de son mandat, nous étions de nouveau sous la dictature. Deux ans après ma naissance, le 12 octobre 1999, notre Premier ministre Nawaz Sharif avait été destitué d'une manière si théâtrale que cela aurait pu être du cinéma. Il avait tenté de congédier le chef de l'armée, le général Pervez Musharraf, alors que celui-ci revenait du Sri Lanka sur un vol de PIA. Il avait d'abord tenté d'empêcher l'avion d'atterrir, alors qu'il avait deux cents autres passagers à son bord. Sharif avait ordonné à l'aéroport de Karachi d'éteindre les lumières des pistes et de garer des camions de pompiers dessus. Mais une heure après que l'on eut annoncé publiquement le limogeage de Musharraf, des soldats avaient pris le contrôle de la télévision et des aéroports. Le commandant du secteur, le général Iftikhar, s'empara de la tour de contrôle de Karachi, et l'avion de Musharraf put atterrir. L'armée prit le pouvoir et jeta Sharif dans un cachot au fort d'Attock. Si certains se réjouirent et distribuèrent des bonbons dans la rue, car Sharif était impopulaire, mon père pleura en apprenant la nouvelle. Il pensait le temps de la dictature militaire révolu. Sharif fut accusé de trahison et ne fut sauvé que parce que ses amis de la famille royale saoudienne organisèrent son exil.

Musharraf était notre quatrième dirigeant militaire. Comme tous nos dictateurs, il s'adressa au peuple via un discours télévisé : *Mere aziz hamwatano…* – « Mes chers compatriotes… » Puis il se lança dans une longue tirade anti-Sharif, sous lequel « le Pakistan a[vait] perdu honneur, dignité, respect ». Il s'engagea à mettre un terme à la corruption, à poursuivre ceux qui « se rend[ai]ent coupables de pillage des richesses nationales » et promit qu'il rendrait publics ses revenus et son patrimoine. Il jura qu'il ne resterait au pouvoir que peu de temps, mais personne ne le crut. Le général Zia avait promis de diriger le pays quatre-vingt-dix jours, et il était resté à sa tête onze ans.

C'est la même chanson, déclara mon père. Il avait raison. Musharraf promit de mettre fin au système féodal, permettant à vingt-deux familles de contrôler le pays, et de promouvoir des personnalités nouvelles en politique. Au lieu de cela, il réemploya les mêmes. Une fois de plus, notre pays fut exclu du Commonwealth et mis au ban de la scène internationale. Les Américains avaient déjà suspendu leur aide l'année précédente quand nous avions procédé à des essais nucléaires, mais désormais, nous étions bien isolés.

Avec un tel historique, on peut comprendre pourquoi les habitants de notre province du Swat ne se réjouissaient pas à l'idée de faire partie du Pakistan. Tous les trois ou quatre ans, le Pakistan nous envoie un nouveau commissaire adjoint, qui devient le plus haut représentant du gouvernement dans le Swat, tout comme le faisaient les Britanniques naguère dans leurs colonies. Il nous semblait que ces bureaucrates venaient simplement dans notre province pour s'enrichir avant de repartir. Développer le Swat ne les intéressait pas. Notre peuple était docile parce que sous le wali, aucune critique n'était tolérée et si quelqu'un l'offensait, sa famille tout entière était expulsée. Aussi, quand les commissaires adjoints venaient du Pakistan, ils étaient des rois modernes et personne ne les remettait en cause. Les anciens parlaient souvent avec nostalgie de l'époque du dernier wali. En ce temps, il y avait encore des arbres sur les montagnes, des écoles tous les cinq kilomètres et le wali Sahib venait les visiter en personne pour résoudre leurs problèmes.

\*\*\*

Après l'incident avec Safina, je me jurai de ne plus jamais mal agir avec une amie. Mon père dit toujours qu'il faut bien traiter ses amis. Quand il était à l'université et qu'il n'avait pas d'argent pour manger ou s'acheter des livres, beaucoup de ses amis l'avaient aidé, et il ne l'avait jamais oublié. Moi, j'en ai trois très proches. Safina dans mon quartier, Sumbul au village et Moniba à l'école. Moniba est mon amie depuis l'école primaire, quand nous étions voisines, et je l'avais convaincue de venir à notre école. C'est une fille très intelligente, même si nous nous fâchons souvent, notamment quand nous partons en voyage scolaire. Elle vient d'une grande famille de trois sœurs et quatre frères, et je la considère comme ma sœur aînée, même si j'ai six mois de plus qu'elle.

Moniba a établi des règles que j'essaie de suivre. Nous n'avons pas de secrets l'une pour l'autre et nous ne les partageons avec personne d'autre. Elle n'aime pas que je parle à d'autres filles et dit que nous devons veiller à ne pas fréquenter celles qui se tiennent mal ou sont connues pour s'attirer des ennuis. Elle dit toujours : « J'ai quatre frères et si je fais la moindre bêtise, ils m'empêcheront de retourner à l'école. »

Je tenais tant à ne plus décevoir mes parents que je rendais service à tout le monde. Un jour, une voisine me demanda d'aller acheter du maïs au bazar. En chemin, un garçon à vélo me percuta, j'eus si mal que mes yeux s'embuèrent. Mais je voulais tellement bien faire que je poursuivis ma route, achetai le maïs, le rapportai aux voisins puis fondis en larmes.

Peu après, je trouvai le moyen idéal pour regagner le respect de mon père. Des affichettes annonçaient à l'école que se tiendrait un concours d'éloquence, et Moniba et moi décidâmes d'y participer. Je me souvenais bien de l'histoire de mon père impressionnant mon grand-père dans une compétition similaire, et je brûlais de faire de même.

Quand nous reçûmes le sujet, je n'en revins pas : « L'honnêteté est la meilleure des pratiques. »

En matière d'éloquence, notre expérience se limitait à la récitation de quelques poèmes lors du rassemblement matinal. Mais il y avait une fille plus âgée, Fatima, qui s'exprimait brillamment. Elle était belle et parlait avec passion. Elle était capable de parler avec assurance devant des centaines de personnes qui étaient suspendues à ses lèvres. Moniba et moi mourions d'envie de lui ressembler et l'observions beaucoup.

Traditionnellement, les discours sont rédigés par les pères, oncles ou enseignants, tantôt en anglais, tantôt en ourdou, rarement en pachto. Nous pensions que parler anglais signifiait que l'on était plus intelligent. Nous avions tort, bien sûr. Qu'importe la langue si les mots sont mal choisis !

Le discours de Moniba fut écrit par l'un de ses grands frères. Elle citait de magnifiques vers d'Allama Iqbal, notre poète national.

Le mien fut écrit par mon père. Il y avançait que si l'on veut faire une bonne action et que l'on s'y prend mal, c'est mal. De la même manière, si l'on choisit une bonne méthode pour faire quelque chose de mal, c'est encore mal. Il concluait en citant Lincoln : « Il est bien plus honorable d'échouer que de tricher. »

Le jour dit, nous n'étions que huit ou neuf candidats. Moniba parla bien – elle était très posée et son discours était plus sensible et poétique que le mien, même si mon message était plus profond. J'avais le trac avant le discours et je tremblais de peur. Mon grand-père était venu me voir, et je savais qu'il voulait vraiment que je gagne, ce qui décuplait mon angoisse. Je me rappelai que mon père m'avait conseillé de prendre une grande inspiration avant de commencer, mais quand je vis tous les gens qui me regardaient, je me lançai tête baissée.

Je n'arrêtais pas de perdre le fil des pages qui s'agitaient dans mes mains tremblantes. Mais quand je conclus avec la citation de Lincoln, je levai les yeux vers mon père : il souriait.

Les juges annoncèrent le résultat : Moniba était première, et moi deuxième.

Cela n'avait pas d'importance. Lincoln avait aussi écrit dans sa lettre au professeur de son fils : « Apprenez-lui à perdre avec élégance. » J'avais l'habitude d'être la première en classe. Mais je me rendis compte que lorsqu'on gagne trois ou quatre fois, la victoire suivante ne se fera pas sans lutte. Parfois, il vaut mieux raconter sa propre histoire. Je commençai à écrire moi-même mes discours et à changer ma manière de les prononcer, en suivant l'élan de mon cœur plutôt que les lignes sur une feuille de papier.

## 6

## Les enfants de la montagne d'ordures

Comme l'école Khushal attirait de plus en plus d'élèves, nous avons déménagé une fois encore et fini par avoir une télévision. Mon émission préférée était *Shaka Laka Boom Boom*, un dessin animé indien dont le héros était un petit garçon prénommé Sanju qui avait un crayon magique avec lequel tout ce qu'il dessinait devenait réel. S'il dessinait un légume ou un policier, le légume ou le policier apparaissait comme par magie. Si par mégarde il dessinait un serpent, il pouvait le gommer et le serpent disparaissait. Il se servait de son crayon pour aider les gens, allant jusqu'à sauver ses parents de bandits, et moi, je voulais plus que tout au monde posséder ce crayon magique.

La nuit je priais : « Mon Dieu, donne-moi le crayon de Sanju et je ne le dirai à personne. Dépose-le simplement dans ma commode. Je m'en servirai pour rendre tout le monde heureux. »

À peine avais-je terminé de prier que j'allais vérifier dans le tiroir. Jamais je n'y trouvai le crayon.

Je savais qui j'aurais aidé en premier. Un peu plus loin dans notre rue s'étendait un terrain vague que les gens utilisaient comme décharge – nous n'avons pas de système de ramassage des ordures dans le Swat. Rapidement, c'était devenu une montagne de détritus. Je n'aimais pas passer à côté tant cela sentait mauvais. Parfois, nous apercevions des rats noirs qui grouillaient et il y avait toujours des corbeaux qui planaient au-dessus.

Un jour, alors que mes frères étaient sortis, ma mère me demanda de jeter des pelures de pommes de terre et des coquilles d'œufs. Je fronçai le nez et me mis en chemin en chassant les mouches et en veillant à ne pas marcher sur n'importe quoi avec mes jolis souliers. Alors que je jetais les ordures sur la montagne de détritus en putréfaction, je vis bouger quelque chose qui me fit sursauter.

C'était une fillette de mon âge. Elle avait les cheveux collés par la saleté et la peau couverte de plaies. C'était ainsi que j'imaginais Shashaka, la femme crasseuse dont on nous menaçait au village pour nous obliger à faire notre toilette. La fille portait un gros sac et triait les ordures en tas, un pour les canettes, un autre pour les capsules de bouteilles, un autre pour le verre et un dernier pour le papier.

Juste à côté se trouvaient des garçons armés d'aimants accrochés à des ficelles qu'ils utilisaient pour extraire les morceaux de métal des détritus. Je voulais leur parler, mais j'avais peur.

Cet après-midi-là, quand mon père rentra de l'école, je lui parlai de ces enfants pillards et le suppliai de m'accompagner. Il essaya de leur parler, mais ils s'enfuirent. Ils allaient échanger leur butin contre quelques roupies dans une boutique qui les revendrait avec une marge à des entreprises. En rentrant, je remarquai qu'il avait les yeux embués de larmes.

« *Aba,* il faut que tu les accueilles gratuitement dans ton école », le suppliai-je. Il éclata de rire. Maman et moi l'avions déjà convaincu de scolariser bénévolement plusieurs filles.

Si ma mère n'avait pas reçu d'instruction formelle, de tous les membres de la famille elle était la plus pragmatique : c'est elle qui agissait tandis que mon père parlait. Elle passait son temps à épauler les autres. Cela ne faisait pas toujours plaisir à mon père qui, lorsqu'il rentrait déjeuner par exemple, pouvait crier son nom, rester sans réponse et affamé ! C'est qu'elle était à l'hôpital, où elle rendait visite à des malades, ou qu'elle donnait un coup de main à une famille en difficulté. Mon père ne pouvait lui en tenir rigueur. Sauf s'il apprenait qu'elle était allée acheter des vêtements au Chemaa Bazaar.

Quelles qu'aient été nos conditions de vie, ma mère emplissait notre maison d'invités.

Je partageais ma chambre avec ma cousine Aneesa, qui était venue vivre chez nous pour pouvoir aller à l'école, et une fille prénommée Shehnaz dont la mère, Sultana, avait naguère travaillé chez nous. Shehnaz et ses deux sœurs aînées avaient ramassé des ordures après le décès de leur père car la famille était très pauvre. L'un des frères souffrait d'une maladie mentale et avait un comportement bizarre : il mettait le feu à leurs vêtements ou allait revendre le ventilateur que nous leur avions donné. Sultana avait un caractère difficile et ma mère n'aimait pas l'avoir à la maison, mais mon père lui avait accordé un petit revenu et une place pour Shehnaz et son autre frère à l'école. Shehnaz n'étant jamais allée à l'école, alors qu'elle avait deux ans de plus que moi, elle commença deux classes au-dessous de la mienne et elle vint habiter avec nous pour que je puisse l'aider.

Il y avait également Nooria dont la mère, Kharoo, nous aidait pour le ménage et la lessive, et Alishpa, l'une des filles de Khalida, la femme qui secondait ma mère en cuisine. Khalida était la fille de notre village qui avait été vendue par son père à l'âge de dix ans à un vieil homme déjà marié. Il la battait, et elle avait fini par s'enfuir avec ses trois filles. Sa propre famille refusait de la reprendre, car une femme qui rompt son union jette l'opprobre sur les siens. Pendant un certain temps, elles ramassèrent elles aussi les ordures pour survivre. Son histoire faisait penser à ces romans que j'avais commencé à lire.

Entre-temps, l'école s'était agrandie et se composait de trois bâtiments : le premier, à Landikas, était une école primaire, puis il y avait un lycée de filles sur Yahya Street et un pour les garçons avec une grande roseraie près des vestiges du temple bouddhiste. Au total, nous avions environ huit cents élèves et même si l'école n'était pas florissante, mon père scolarisait gratuitement une centaine d'enfants.

Parmi eux, il y avait un garçon dont le père, Sharafat Ali, avait aidé le mien quand il était un étudiant sans le sou. Ils étaient amis au village, et Sharafat Ali travaillait à l'époque pour la compagnie d'électricité ; il donnait dès que possible quelques centaines de roupies à mon père, lequel fut heureux de l'en remercier en accordant à son fils une place gratuite.

Une autre faveur fut accordée à une fille de ma classe nommée Khosa dont le père était brodeur de vêtements et de châles – notre région est réputée pour ses broderies. Quand nous partions en excursion dans les montagnes avec l'école, comme je savais qu'elle n'avait pas d'argent, je payais sa place avec mon argent de poche.

Accepter ainsi des élèves démunis n'impliquait pas seulement de perdre les revenus des frais de scolarité. Certains parents riches retirèrent leurs enfants quand ils s'aperçurent qu'ils étaient dans la même classe que les fils et filles de leurs servantes ou de leurs couturières. À leurs yeux, c'était une indignité.

Ma mère remarquait que c'était difficile pour ces enfants de se concentrer en cours alors qu'ils ne mangeaient pas à leur faim chez eux. Du coup, certaines des filles venaient prendre le petit déjeuner chez nous. Mon père disait en plaisantant que notre maison était devenue une pension.

Tout ce monde ne facilitait pas l'étude. Pour la première fois de ma vie, j'avais ma propre chambre et mon père m'avait acheté une table qui me servait de bureau, mais à présent, je partageais l'espace avec deux autres filles. Parfois, je pleurais parce qu'il y avait trop de monde. « Je veux de l'espace ! » m'écriais-je. Puis j'étais saisie de culpabilité en songeant que nous avions de la chance. Je me rappelais les enfants qui travaillaient dans les tas d'ordures. Je revoyais constamment le visage crasseux de la fillette et je ne cessais de harceler mon père pour qu'il les prenne en charge.

Il essaya de m'expliquer que ces enfants gagnaient de l'argent pour leur famille et que les envoyer à l'école, même sans frais, priverait leurs proches de cette ressource.

Il préféra s'adresser à un grand philanthrope, Aza-day Khan, pour lui payer l'impression d'une brochure qu'il distribua dans la ville, demandant : *Kia hasool e elum in bachun ka haq nahe ?* – « L'instruction n'est-elle pas un droit pour ces enfants ? » Mon père en imprima des milliers d'exemplaires et les distribua partout en ville.

Avec le temps, sa réputation avait crû dans le Swat. Même s'il n'était pas un khan ou un homme riche, les gens l'écoutaient. Ils savaient qu'il dirait quelque chose de différent dans les réunions et les séminaires et qu'il ne craignait pas de critiquer les autorités, voire l'armée qui dirigeait notre pays. Ses paroles étaient remontées en haut lieu ; ses amis lui confièrent que le comman-dant militaire local l'avait traité de « mortel » en public. Mon père ne sut pas ce que le brigadier voulait dire précisément par là, mais dans notre pays où les mili-taires ont tant de pouvoir, cela n'augurait rien de bon.

L'un de ses sujets d'indignation récurrents était les « écoles fantômes » grâce auxquelles des personnes influentes de régions reculées persuadaient le gou-vernement de construire des écoles, sans enseigner à aucun élève. Elles utilisaient les bâtiments pour leurs *hujras* ou pour loger leur bétail. Il avait même trouvé un endroit où un homme touchait une retraite de professeur alors qu'il n'avait jamais enseigné de sa vie.

En dehors de la corruption et de la mauvaise gou-vernance, sa principale préoccupation à l'époque était l'environnement. Mingora s'agrandissait très vite – on y comptait désormais cent soixante-quinze mille habitants – et l'air naguère pur commençait à être très pollué par les véhicules et les feux de bois. Les magnifiques arbres de nos collines et de nos montagnes étaient abattus. Environ la moitié de la population de la ville n'avait pas accès à l'eau potable et la majeure partie n'avait pas de sanitaires.

Avec ses amis, il mit sur pied le Global Peace Council, le Conseil mondial pour la paix, qui malgré son nom ambitieux n'avait que des préoccupations locales. Mon père riait souvent de cet intitulé, mais l'objectif de l'association était très sérieux : tenter de préserver l'environnement du Swat et de promouvoir la paix et la connaissance dans la population.

Mon père écrivait des poèmes. Quand ils ne parlaient pas d'amour, ils abordaient des sujets difficiles : les crimes d'honneur, les droits des femmes. Il se rendit en Afghanistan pour un festival à l'Hôtel Intercontinental de Kaboul, où il lut un poème sur la paix. Dans le discours de clôture, son poème fut qualifié « le plus exaltant ». Des hommes dans le public lui demandèrent de répéter plusieurs vers, l'acclamant quand une strophe leur plaisait particulièrement par des *wah wah !* qui sont l'équivalent de « bravo ». Même mon grand-père en fut fier. « Mon fils, puisses-tu devenir une étoile de la connaissance », disait-il.

Nous aussi, nous étions fiers, mais sa célébrité grandissante faisait que nous ne le voyions plus beaucoup. C'était toujours notre mère qui achetait nos vêtements et nous emmenait à l'hôpital si nous étions malades, même si dans notre culture, en particulier dans les campagnes, une femme n'étant pas censée faire cela seule, un des neveux de mon père avait l'habitude de l'accompagner.

Quand mon père était à la maison, ses amis et lui s'installaient sur le toit et avaient d'interminables discussions politiques. En réalité, ils n'abordaient qu'un seul sujet. Les attentats du 11 septembre 2001 avaient peut-être changé la face du monde, nous vivions dans l'épicentre de tout. Oussama Ben Laden, chef d'al-Qaida, habitait Kandahar au moment de l'attentat contre le World Trade Center. Les Américains avaient envoyé des milliers de soldats en Afghanistan pour l'attraper et renverser le régime des talibans qui l'avait protégé.

Le Pakistan était encore une dictature, mais les Américains avaient besoin de son appui, comme dans les années 80 contre les Russes. De même que l'invasion soviétique de notre voisin avait tout changé pour le général Zia, le 11-Septembre avait changé la donne pour le général Musharraf. Désormais, il était convié à la Maison-Blanche par le président George W. Bush ou au 10 Downing Street par Tony Blair.

Il y avait un hic toutefois. C'étaient nos services de renseignement, l'ISI, qui avaient créé les talibans, et beaucoup d'officiers avaient des relations personnelles avec eux, voire partageaient certaines de leurs croyances. Un officier de l'ISI, connu sous le nom de colonel Imam, se vantait d'avoir entraîné quatre-vingt-dix mille talibans et était même devenu consul général des talibans à Herat.

Nous ne portions pas les talibans dans notre cœur, car nous avions appris qu'ils avaient démoli les écoles de filles ou détruit leurs bouddhas géants (nous étions fiers des nôtres). Mais nous autres Pachtounes n'appréciions pas que l'Afghanistan soit bombardé ou que le Pakistan aide les Américains, même s'il s'agissait de les autoriser à traverser notre espace aérien et en ne fournissant plus d'armes aux talibans. Nous ignorions à l'époque que Musharraf mettait également des pistes d'atterrissage à la disposition des Américains.

Oussama passait pour un héros aux yeux de certains religieux. Vous pouviez acheter au bazar des posters et des boîtes de bonbons à son effigie. On disait que le 11-Septembre était une vengeance sur les Américains pour ce qu'ils avaient fait subir à d'autres peuples dans le reste du monde. Mais on oubliait que les victimes du World Trade Center étaient des gens innocents qui n'avaient rien à voir avec la politique américaine et que le Saint Coran condamne le meurtre sans équivoque. Notre peuple cherche des complots derrière tout, et beaucoup avançaient que les attentats avaient en réalité été perpétrés par des juifs et non par Ben Laden, afin de donner aux Américains un prétexte pour déclarer la guerre au monde musulman. Certains de nos journaux affirmèrent qu'aucun juif n'était allé travailler au World Trade Center ce jour-là. Mon père déclara que c'étaient des sornettes.

Musharraf annonça au pays qu'il n'avait d'autre choix que de coopérer avec les États-Unis. Le secrétaire d'État américain Colin Powell avait lancé : « Vous êtes avec nous ou contre nous », et Musharraf d'expliquer que les Américains avaient menacé de nous faire revenir à l'âge de pierre à force de bombardements si nous leur faisions obstacle.

Mais nous ne coopérions pas vraiment, car l'ISI continuait d'armer les talibans et de donner asile à leurs chefs à Quetta. Ils parvinrent même à convaincre les Américains de les laisser évacuer par avion des centaines de leurs hommes du nord de l'Afghanistan. Le chef de l'ISI pria les Américains de différer leurs attaques sur l'Afghanistan le temps qu'il aille à Kandahar demander au mollah Omar, le chef des talibans, de lui livrer Ben Laden. Au lieu de cela, il lui proposa son aide.

Dans notre région, le *maulana* Sufi Mohammad, qui avait combattu en Afghanistan contre les Russes, émit une fatwa contre les États-Unis. Il tint une grande réunion publique au Malakand, où nos ancêtres avaient combattu les Anglais. Le gouvernement pakistanais ne l'en empêcha pas. Le gouverneur de notre province publia un communiqué selon lequel quiconque voulait se rendre en Afghanistan lutter contre les forces de l'OTAN était libre de le faire. Une dizaine de milliers de jeunes gens partirent se battre avec lui et aider les talibans. Beaucoup ne revinrent pas. Ils furent très probablement tués, mais comme il n'y a aucune preuve, leurs épouses ne peuvent être déclarées veuves. La situation est très pénible pour elles. L'ami intime de mon père, Wahid Zaman, y a perdu son frère et son beau-frère. Leurs épouses et leurs enfants les attendent encore. Je me souviens de leur avoir rendu visite et d'avoir éprouvé leur chagrin et leur sentiment de manque.

Quand bien même, tout cela semblait très loin de notre paisible vallée verdoyante. En fait, l'Afghanistan est à moins de cent soixante kilomètres de là, mais il faut traverser la zone tribale du Bajaur, car nous n'avons pas de frontière avec l'Afghanistan.

Ben Laden et ses hommes s'enfuirent vers les montagnes blanches de Tora Bora, dans l'est de l'Afghanistan, où il avait construit un réseau de tunnels et de grottes souterraines pendant la guerre contre les Russes. Ils s'échappèrent par ces tunnels et par les montagnes jusque dans la région de Kurram. Nous ignorions que Ben Laden séjourna une année dans le Swat, profitant de l'hospitalité de notre *Pashtunwali*.

Musharraf jouait double jeu avec les Américains, prenant leur argent tout en continuant d'aider les djihadistes, que nos services de renseignement qualifient d'« atouts stratégiques ». Les Américains disent nous avoir versé des milliards de dollars, mais la population n'en a pas vu la couleur. Il se fit construire un manoir près du lac Rawal à Islamabad et s'acheta un appartement à Londres. De temps en temps, un haut responsable américain se plaignait que nous n'en fassions pas assez et, aussitôt, un gros poisson se retrouvait attrapé, comme Khalid Cheikh Mohammed, le cerveau des attentats du 11-Septembre, à moins de deux kilomètres de la résidence officielle du chef des armées, à Rawalpindi.

Cependant, le président Bush continuait de faire l'éloge de Musharraf et l'invita à Washington en disant que c'était son « copain ». Mon père et ses amis étaient dégoûtés. Il était évident que les Américains préféraient traiter avec des dictateurs au Pakistan.

Je m'intéressais à la politique depuis mon plus jeune âge, et j'écoutais les conversations de mon père, juchée sur ses genoux.

Mais je me préoccupais davantage de questions plus proches de moi – de notre rue, pour être précise. Je parlai à mes camarades d'école des enfants de la décharge et déclarai qu'il fallait les aider. Tout le monde n'était pas d'accord, certains disant que leurs parents n'apprécieraient pas qu'ils côtoient à l'école des enfants probablement sales et malades. D'autres ajoutaient que ce n'était pas à nous de régler ce genre de problèmes.

Je n'étais pas d'accord. « Nous pouvons attendre et espérer que le gouvernement les aide, ce qui n'arrivera pas, mais si je peux contribuer à soutenir un ou deux enfants et qu'une autre famille en fait autant, ensemble, nous pourrons les aider tous. »

Je savais qu'il était inutile de faire appel au général Musharraf. Dans de telles circonstances, d'après mon expérience, si mon père ne pouvait pas m'aider, il n'y avait qu'une seule possibilité. J'écrivis une lettre à Dieu.

*Seigneur, écrivis-je, je sais que tu vois tout mais il y a tant de choses que parfois certaines passent inaperçues, en particulier maintenant qu'il y a des bombardements en Afghanistan. Mais je ne crois pas que tu serais heureux si tu voyais que des enfants de ma rue vivent dans les immondices. Mon Dieu, donne-moi la force et le courage et rends-moi parfaite, car je veux faire que ce monde soit parfait.*

*Malala*

Le problème était que je ne savais pas comment la lui faire parvenir. Je ne sais pas pourquoi, mais je songeai qu'il fallait que je l'enterre très profond. Je l'enterrai donc d'abord dans le jardin. Puis je me dis qu'elle allait s'abîmer, et je l'enfermai dans un sachet en plastique. Mais cela ne me sembla pas très utile. Nous avons l'habitude de confier à des rivières nos textes sacrés, aussi j'enroulai ma lettre, y accrochai un bout de bois, un pissenlit, et la remis à la rivière qui se jetait dans le fleuve. À n'en pas douter, Dieu la recevrait.

## 7

# Le mufti qui tenta de fermer notre école

En face de l'école de la rue Khushal, où j'étais née, se dressait la maison d'un grand et séduisant mollah. Il s'appelait Ghulamullah et se disait mufti, ce qui signifie que c'était un lettré musulman et une autorité en droit religieux, même si, comme le déplore mon père, quiconque porte un turban peut se faire appeler *maulana* ou mufti.

L'école était enfin prospère et mon père construisait un impressionnant hall, avec une entrée voûtée, dans le lycée des garçons. Pour la première fois, ma mère put acheter de beaux vêtements et même commander les plats comme elle l'avait rêvé à son adolescence dans le village.

Mais depuis le début, le mufti nous surveillait. Il regardait les filles entrer et sortir de l'école chaque jour et cela l'agaçait, notamment du fait que certaines étaient adolescentes. « Ce *maulana* nous voit d'un mauvais œil », dit mon père. Il avait raison.

Peu après, le mufti alla trouver la femme qui possédait le terrain de l'école et lui dit : « Ziauddin dirige une école *haram* dans votre bâtiment et il apporte la honte dans le *mohalla* [district]. Ces filles devraient respecter le *purdah*. Reprenez-lui ce bâtiment, et je le louerai pour y installer ma madrasa. Si vous faites cela, vous serez payée et, en plus, vous serez récompensée dans l'au-delà. »

Elle refusa et son fils vint discrètement prévenir mon père. « Ce *maulana* en a après vous. Nous ne lui céderons pas le bâtiment, mais soyez sur vos gardes. »

Mon père fut fâché. « De même que nous disons *nim hakim khatrai jan* – "un demi-docteur est un danger pour la vie d'un homme" –, *nim mullah khatrai iman* – "un mollah qui n'est pas totalement instruit est un danger pour la foi" – », déclara-t-il.

Je suis fière que notre pays ait été le premier État musulman, mais nous ne sommes toujours pas d'accord sur ce que cela signifie. Le Coran nous enseigne la *sabar*, c'est-à-dire la patience, mais on dirait que nous avons oublié ce que ce mot recouvre et que l'islam se résume à faire porter la burqa aux femmes et à les obliger à rester chez elles pendant que les hommes font le djihad.

Il y a de nombreux courants religieux au Pakistan. Notre fondateur Mohammad Ali Jinnah souhaitait que soient reconnus les droits des musulmans en Inde. La majorité des habitants de l'Inde étaient hindous. C'était comme s'il y avait eu un conflit entre deux frères et qu'ils avaient décidé de vivre chacun dans sa maison.

L'Inde fut donc divisée et à minuit le 14 août 1947, un État indépendant vit le jour au Pakistan. Il n'aurait pas pu y avoir début plus sanglant. Des millions de musulmans franchirent la frontière pour quitter l'Inde et autant d'hindous firent de même dans l'autre sens. Presque deux millions de personnes trouvèrent la mort durant cet exode. Beaucoup furent massacrées dans les trains qui arrivèrent à Lahore et à Delhi remplis de cadavres ensanglantés. Mon grand-père échappa de peu à la mort quand son train, en provenance de Delhi où il faisait ses études, fut attaqué.

À présent notre pays compte 180 millions d'habitants, dont plus de 96 % sont musulmans. Y vivent 2 millions de chrétiens, plus de 2 millions d'ahmadis qui, même si notre gouvernement soutient le contraire, se disent musulmans. Hélas ces communautés sont souvent victimes d'agressions.

Dans sa jeunesse, Mohammad Ali Jinnah avait vécu à Londres où il avait fait ses études de droit. Il voulait créer un pays de tolérance. Nous citons souvent le célèbre discours qu'il prononça quelques jours avant notre indépendance : « Vous êtes libres d'aller dans vos temples, libres d'aller dans vos mosquées ou tout autre lieu de culte dans cet État du Pakistan. Vous pouvez appartenir à n'importe quelle caste, observer la foi ou la religion que vous désirez : l'État n'a rien à voir là-dedans. »

Mon père dit que le problème est que Mohammad Ali Jinnah a négocié un terrain, qu'il n'a pas eu la possibilité de transformer en État providence. Il mourut de tuberculose juste un an après la naissance du Pakistan, et depuis nous n'avons pas cessé de nous battre. Nous sommes divisés entre sunnites et chiites – nous avons en commun les mêmes croyances fondamentales et le même livre saint, le Coran, mais nous divergeons sur celui qui fut choisi pour mener les musulmans après la mort du Prophète au VII<sup>e</sup> siècle. Le calife désigné était Hazrat Abu Bakr, un proche ami et conseiller du Prophète que celui-ci choisit pour diriger la prière alors qu'il était sur son lit de mort. Le mot « sunnite » vient de l'arabe *sunna* et signifie « celui qui suit les traditions du Prophète ». Mais une minorité estima que le rôle de chef aurait dû revenir à un parent du Prophète et que son gendre et cousin Hazrat Ali aurait dû lui succéder. Ce groupe fut appelé *Shias*, « chiites », forme courte de *Shi'at'Ali*, le « parti d'Ali ».

Chaque année, les chiites commémorent le meurtre du petit-fils du Prophète, Hussein ibn Ali, à la bataille de Kerbala en l'année 680 le jour de Mouharram. Ils se flagellent dans une frénésie sanglante avec des chaînes ou des lames de rasoir accrochées à des cordes jusqu'à ce que les rues soient rouges. L'un des amis de mon père est chiite et il pleure chaque fois qu'il parle de la mort d'Hussein à Kerbala. Pour lui, c'est aussi douloureux que si c'était arrivé la veille. Le fondateur du Pakistan, Mohammad Ali Jinnah, était chiite, tout comme la mère de Benazir Bhutto.

Quatre-vingts pour cent des Pakistanais sont sunnites, mais au sein des sunnites, nous sommes répartis là aussi en plusieurs groupes. Le plus important, et de loin, est celui des barelvis, qui tirent leur nom d'une madrasa du XIX<sup>e</sup> siècle établie dans la ville de Bareilly dans l'État indien de l'Uttar Pradesh. Nous avons ensuite les deobandis, dont le nom provient d'une autre madrasa célèbre de l'Uttar Pradesh, mais cette fois dans le village de Deoband. Ils sont très conservateurs et la plupart de nos madrasas sont d'obédience deobandie. Nous avons également les ahl-e-hadith (« peuple du hadith »), qui sont des salafistes que l'on peut considérer comme les plus influencés par les Arabes, et encore plus conservateurs qu'eux, et que l'Occident qualifie de fondamentalistes. Ils n'acceptent pas nos saints et nos lieux de culte – bon nombre de Pakistanais sont aussi des mystiques et vous trouverez beaucoup de gens qui dansent et prient autour des mausolées soufis. Chacun de ces courants de l'islam se divise en nombreux groupes.

Le mufti de la rue Khushal était membre du Tablighi Jamaat, un groupe deobandi qui tient un grand rassemblement chaque année dans son quartier général de Raiwind, près de Lahore, auquel assistent des millions de personnes. Notre dernier dictateur, le général Zia, y allait et c'est à son époque, dans les années 80, que les tablighis devinrent très puissants. Bon nombre des imams nommés pour prêcher dans les casernes étaient des tablighis, et beaucoup d'officiers de l'armée prenaient des congés pour partir en tournées de prêche pour le groupe.

Le mufti n'ayant pas réussi à convaincre notre propriétaire d'annuler notre bail, il rassembla un soir quelques personnalités et anciens de notre *mohalla* et les fit venir chez nous en délégation. Ils étaient sept – quelques tablighis plus âgés, un gardien de mosquée et un boutiquier – et ils remplirent tout l'espace de notre petite maison.

Mon père avait l'air inquiet et nous fit déguerpir dans la pièce voisine. La maison était si petite que nous entendions tout. Le mufti Ghulamullah prit la parole : « Je représente les oulémas [théologiens, gardiens de la tradition musulmane], les tablighis et les talibans, dit-il, faisant référence à non pas un mais deux courants de pensée religieux afin d'avoir encore plus de poids. Je représente les bons musulmans et nous pensons tous que ton école de filles est *haram* et blasphématoire, que tu devrais la fermer. Les filles ne doivent pas aller à l'école, continua-t-il. Une fille est si sacrée qu'elle devrait respecter le *purdah* et si discrète qu'il n'y a pas de nom de femme dans le Coran car Dieu ne veut pas qu'elle soit nommée. »

Mon père refusa d'en entendre davantage.

— Le nom de Maryam apparaît partout dans le Coran. N'était-elle pas une femme, et une femme de bien, qui plus est ?

— Non, dit le mufti. Elle n'est là que pour prouver qu'Isa [Jésus] était le fils d'une femme, et non celui de Dieu !

— C'est possible, répliqua mon père, mais je fais seulement remarquer que le Coran cite Maryam.

Le mufti commença à objecter, mais mon père en avait assez. Il se retourna vers le groupe :

— Quand ce monsieur me croise dans la rue, je le regarde et le salue, mais il ne répond pas, il se contente de baisser la tête.

Le mufti eut l'air gêné, car saluer correctement les gens est important dans l'islam.

— Tu diriges une école *haram*, dit-il. C'est pour cela que je ne veux pas te saluer.

L'un des autres hommes prit la parole.

— J'ai entendu dire que tu étais un infidèle, dit-il à mon père. Mais je vois des corans dans cette pièce.

— Évidemment ! répondit mon père, ébahi que l'on puisse douter de sa foi. Je suis musulman.

— Revenons au sujet de l'école, relança le mufti, voyant que la discussion ne prenait pas le tour qu'il souhaitait. Il y a des hommes dans le hall de l'école. Ils voient les filles entrer et c'est très mal.

— J'ai une solution, dit mon père. Il y a une autre entrée. Les filles peuvent passer par là.

Le mufti ne fut pas vraiment ravi, car il était évident qu'il voulait que l'école ferme ses portes. Mais les anciens estimèrent que cette assurance suffisait et s'en allèrent.

Mon père se douta que cela ne s'arrêterait pas là. Ce que nous savions et qu'ils ignoraient, c'est que la nièce du mufti était élève chez nous. Quelques jours plus tard, mon père appela donc le frère aîné du mufti, le père de la fille.

— Ton frère m'épuise, dit-il. Qu'est-ce que c'est que ce genre de mufti ? Il nous rend fous. Peux-tu nous débarrasser de lui ?

— Je ne peux malheureusement pas t'aider, Ziauddin, répondit-il. J'ai des problèmes chez moi aussi. Il habite avec nous et a dit à son épouse qu'elle devait observer le *purdah* avec nous et que nos épouses doivent l'observer avec lui. Nos femmes sont comme ses sœurs, et la sienne comme une sœur pour nous, mais ce dément a fait de notre maison un enfer. Je suis désolé de ne pouvoir t'aider.

Mon père avait raison de penser que cet homme n'allait pas renoncer. Comme tous les muftis, il s'était enhardi depuis la campagne d'islamisation du général Zia.

*\*\*\**

Le général Musharraf, à certains égards, était très différent de notre dernier dictateur, le général Zia. Bien que restant en uniforme, il portait parfois des costumes occidentaux et se faisait appeler « chef de l'exécutif » au lieu d'« administrateur en chef de la loi martiale ». Il possédait de petits chiens, ce que nous autres musulmans considérons comme impur. Au lieu de l'islamisation, il entreprit ce qu'il appela une « modération éclairée ». Il libéra les médias, permit la création de nouvelles chaînes de télévision, et l'emploi de présentatrices, tout comme il toléra certaines fêtes occidentales comme la Saint-Valentin ou le réveillon du Nouvel An. Il autorisa même un concert pop la veille de la fête nationale, qui fut diffusé dans tout le pays. Il fit quelque chose que nos dirigeants démocrates n'avaient jamais fait, même Benazir, et abolit la loi selon laquelle une femme devait produire quatre témoins de sexe masculin pour attester qu'elle avait été violée. Il nomma la première femme gouverneur de la banque nationale et les premières femmes pilotes d'avion et gardes-côtes. Il annonça que des femmes monteraient la garde devant le tombeau de Mohammad Ali Jinnah à Karachi.

Cependant, dans notre pays natal pachtoune de la province de la Frontière-du-Nord-Ouest, les choses étaient très différentes. En 2002, Musharraf organisa des élections pour une « démocratie contrôlée ». Ce furent de curieuses élections, car les principaux chefs de parti, Nawaz Sharif et Benazir, étaient en exil. Ces élections amenèrent au pouvoir ce que nous appelâmes « un gouvernement de mollahs ». L'alliance de la Muttahida Majlis-e-Amal (MMA) comprenait cinq partis religieux – dont le Jamiat Ulema-e-Islam (JUI), qui dirigeait les madrasas où étaient formés les talibans. Certains surnommaient par dérision la MMA « l'Alliance militaire des mollahs » et disaient que ces mollahs n'avaient été élus que grâce au soutien de Musharraf. Mais ils avaient aussi le nôtre, parce que les Pachtounes les plus pieux condamnaient l'invasion des Américains en Afghanistan, qui avaient chassé les talibans du pouvoir. Pour la gauche, c'était un cadeau empoisonné. Notre région avait toujours été plus conservatrice que le reste du Pakistan. Durant le djihad afghan, beaucoup de madrasas avaient été construites, principalement grâce à des financements saoudiens, et les cours y étant gratuits, elles avaient séduit énormément d'étudiants. Mais depuis les attentats du 11-Septembre, un militantisme nouveau était apparu. Le long des routes, je voyais parfois des bâtiments couverts de messages à la craie : CONTACTEZ-NOUS POUR UN ENTRAÎNEMENT AU DJIHAD, lisait-on au-dessus d'un numéro de téléphone. À l'époque, les groupes djihadistes étaient libres d'agir comme bon leur semblait. Ils recrutaient des émules et levaient ouvertement des fonds.

Même un directeur de lycée du Shangla se vantait que son plus grand succès avait été d'envoyer dix garçons de troisième s'entraîner au djihad dans le Cachemire.

Le gouvernement mollah interdit les boutiques de CD et de DVD et voulut créer une police des mœurs comme les talibans afghans. L'idée étant, par exemple, que l'on puisse arrêter une femme accompagnée d'un homme afin qu'elle prouve que celui-ci était de sa famille. Dieu merci, la Cour suprême s'y opposa, mais des miliciens se chargèrent de cette tâche. Les activistes de la MMA lancèrent des attaques sur les cinémas et arrachèrent ou noircirent à la peinture les affiches montrant des femmes. Ils enlevèrent même les mannequins féminins des vitrines des boutiques de vêtements. Ils harcelaient les hommes qui portaient des pantalons et des chemises occidentales en lieu et place du *shalwar kamiz* et exigeaient que les femmes se couvrent la tête. C'était à croire qu'ils voulaient faire disparaître toute trace de féminité de l'espace public.

Le lycée de mon père ouvrit ses portes en 2003. Filles et garçons étaient mélangés. Mais dès 2004, le climat ayant changé, il fut impossible d'imaginer maintenir des classes mixtes.

Le mufti s'enhardit. L'un des employés de l'école déclara à mon père qu'il n'arrêtait pas de venir demander pourquoi certaines filles continuaient d'utiliser l'entrée principale. Il raconta qu'un jour, un employé avait accompagné une enseignante pour héler un rickshaw et que le *maulana* avait demandé : « Pourquoi cet homme l'a-t-il escortée jusqu'au-dehors ? Est-ce son frère ?

— Non, répondit l'employé. C'est une collègue.

« — C'est très grave ! » s'écria le *maulana*.

Mon père donna consigne à l'employé de le prévenir la prochaine fois que le *maulana* viendrait. Quand cela arriva, il sortit le trouver avec le professeur d'études religieuses.

— *Maulana*, tu m'exaspères, dit-il. Qui es-tu ? Tu es fou ! Il faut que tu te fasses soigner. Tu crois que j'entre dans l'école et que je me déshabille ? Quand tu vois un garçon et une fille, tu vois un scandale. Ce sont des élèves. À mon avis, tu devrais aller consulter le Dr Haider Ali !

Le Dr Haider Ali est un psychiatre très connu dans notre région...

Le mufti se tut. Il ôta son turban et le posa sur les genoux de mon père. Pour nous, un turban est le symbole extérieur de tempérament chevaleresque et de notre condition de Pachtoune, et un turban qui tombe est considéré comme une grande humiliation. Puis il reprit :

— Je n'ai jamais rien dit de tel à ton employé. Il ment.

Pour mon père, la coupe était pleine.

— Cette école ne te regarde pas ! cria-t-il. Fiche le camp !

\*\*\*

Le mufti n'avait pas réussi à faire fermer notre école, mais ses agissements indiquaient combien notre pays changeait.

Mon père se faisait du souci. Ses camarades militants et lui tenaient d'interminables réunions, non seulement pour sauver nos arbres, mais aussi pour mener des actions en faveur de l'éducation et de la démocratie.

En 2004, après avoir résisté aux pressions de Washington pendant plus de deux ans et demi, le général Musharraf envoya l'armée dans une région que nous appelons FATA (*Federally Administered Tribal Areas* – Zones tribales sous administration fédérale), sept agences situées le long de la frontière avec l'Afghanistan et sur lesquelles l'État exerçait peu de contrôle. Les Américains affirmaient que les membres d'al-Qaida qui avaient fui l'Afghanistan durant les bombardements américains utilisaient cette région comme refuge en profitant de l'hospitalité pachtoune. De là, ils dirigeaient des camps d'entraînement et lançaient des raids sur les troupes de l'OTAN par-dessus les frontières.

Ils étaient si proches de chez nous. L'une des sept agences tribales, le Bajaur, est voisine du Swat. La population est issue des tribus pachtounes (comme nous, les Yousafzai), qui sont réparties de part et d'autre de la frontière avec l'Afghanistan.

Les sept zones tribales ont été créées par les Britanniques comme zone tampon entre l'Afghanistan et ce qui était jadis l'Inde. Elles en ont conservé les structures, et ont à leur tête des chefs de tribu appelés « maliks ». Malheureusement, ces maliks ne changent pas grand-chose au quotidien des gens ordinaires. En fait, les zones tribales ne sont pas gouvernées du tout. Ce sont des endroits oubliés de tous, des vallées rocailleuses où les gens vivent de contrebande. (Le revenu annuel moyen est de 250 dollars – la moitié de la moyenne du Pakistan.) Il y a peu d'hôpitaux et d'écoles, notamment pour les filles, et les partis politiques n'y sont admis que depuis l'année dernière. Presque aucune femme ne sait lire. Les habitants y sont réputés fiers et indépendants, comme on peut le constater à la lecture des comptes-rendus britanniques sur la région.

Notre armée n'entrait pas dans les FATA. Elle se contentait d'exercer un contrôle indirect comme l'avaient fait les Britanniques en maintenant une présence légère s'appuyant sur le Frontier Corps, principalement composé de Pachtounes, plutôt que sur des soldats réguliers.

Y envoyer nos troupes fut une décision difficile. Notre armée et l'ISI avaient des liens de longue date avec certains militants d'al-Qaida. En outre, cela signifiait que nos hommes allaient se battre contre leurs frères pachtounes.

L'armée entra d'abord au Sud-Waziristan, en mars 2004. Comme on pouvait s'y attendre, la population locale vécut cela comme une agression contre son mode de vie et se souleva. Tous les hommes de la zone sont armés et des centaines de soldats trouvèrent la mort.

L'armée fut sous le choc. Certains refusèrent de se battre, ne voulant pas se dresser contre les leurs. Ils battirent en retraite au bout de douze jours et atteignirent ce qu'ils appelèrent « un accord de paix négocié » avec des chefs comme Nek Mohammad. L'armée essayait d'acheter la promesse de faire cesser toutes les agressions et d'empêcher l'arrivée de combattants étrangers. Les militants d'al-Qaida utilisèrent cet argent pour acheter d'autres armes et reprirent peu après leurs activités.

Quelques mois plus tard survint la première attaque au Pakistan d'un drone américain. Le 17 juin 2004, un Predator sans pilote lâcha un missile Hellfire sur Nek Mohammad dans le Sud-Waziristan alors qu'il donnait apparemment une interview par téléphone satellite.

Ses hommes et lui furent tués sur le coup. Les gens de la région ne comprirent pas de quoi il s'agissait : nous ignorions alors que les Américains pouvaient faire ce genre de chose. Quoi que l'on pense de Nek Mohammad, nous n'étions pas en guerre avec les Américains et nous fûmes choqués qu'ils puissent intervenir sur notre sol. La colère gronda au sein des populations des zones tribales, beaucoup rallièrent des groupes militants ou formèrent des *lashkars*, ou milices locales.

Les attaques redoublèrent. Les Américains disaient que le bras droit de Ben Laden, Ayman al Zawahiri, se cachait au Bajaur et s'était marié là-bas. En janvier 2006, un drone censé le viser détruisit trois maisons et tua dix-huit personnes dans le village de Damadola. Les Américains expliquèrent qu'il avait dû être informé de leur projet et qu'il avait fui. La même année, le 30 octobre, un autre Predator américain frappa une madrasa sur une colline près de la ville principale de Khar, faisant quatre-vingt-deux morts, principalement de jeunes garçons. Les Américains déclarèrent qu'il s'agissait du camp d'entraînement d'al-Qaida qui était montré dans les vidéos du groupe terroriste et que la colline dissimulait un réseau de tunnels et de caches d'armes.

Quelques heures après l'attaque, Faqir Mohammad, un *maulvi* – un érudit musulman – influent, annonça que les morts seraient vengées par des attentats-suicides contre des soldats pakistanais.

Mon père et ses amis, inquiets, appelèrent chefs et anciens de la région pour une conférence de la paix. C'était par une nuit glaciale de janvier, mais cent cinquante personnes répondirent présent.

— Cela se rapproche, les avertit mon père. Le feu atteint la vallée. Arrêtons les flammes du militantisme avant qu'elles n'arrivent sur nous.

Mais personne n'écouta. Certains se rirent de ses mises en garde, y compris, au premier rang, le chef local d'un parti.

— Monsieur Khan, lui dit mon père, vous savez ce qui est arrivé aux Afghans : les réfugiés vivent désormais chez nous. À présent, il se passe la même chose au Bajaur. Et cela va nous arriver à notre tour, notez bien ce que je vous dis, car nous, nous n'aurons aucun refuge, aucun endroit où émigrer.

Mais l'homme le toisa avec une expression moqueuse.

« Regardez cet homme, semblait-il dire de mon père. Je suis un khan. Qui oserait me chasser de cette région ? »

Mon père rentra chez nous, en proie à une vive contrariété.

— J'ai une école, mais je ne suis ni un khan ni un chef politique. Je n'ai pas de tribune. Je ne suis qu'un homme seul.

## 8

# L'automne du tremblement de terre

Par un beau jour d'octobre, quand j'étais encore à l'école primaire, nos bureaux se mirent à trembler. Nos classes étaient encore mixtes à cet âge, garçons et filles se mirent à crier : « Un tremblement de terre ! » Nous sommes sortis en courant comme on nous avait appris à le faire. Puis tous les enfants se rassemblèrent autour des instituteurs comme des poussins autour des mères poules.

Le Swat se trouve sur une faille géologique, et nous subissions souvent des séismes et des exercices d'alerte. Mais là, c'était différent. Tous les bâtiments semblaient être secoués autour de nous et cela n'arrêtait pas. Presque tous les enfants pleuraient et les professeurs priaient. Mlle Rubi, l'une de mes institutrices préférées, nous enjoignit de sécher nos larmes et de rester calmes, car ce serait bientôt terminé.

Une fois que les secousses cessèrent, on nous renvoya chez nous. À la maison nous avons trouvé notre mère assise dans un fauteuil, serrant le Coran contre elle et psalmodiant des versets. Chaque fois qu'il y a des problèmes, les gens prient beaucoup.

Elle fut soulagée de nous voir et nous étreignit, en larmes. Mais il y eut des répliques tout l'après-midi et la peur ne nous quitta pas.

Nous avions encore déménagé – de ma naissance à mes treize ans nous avons déménagé sept fois – et nous habitions dans un immeuble. Il était haut, pour Mingora, avec deux étages et un grand réservoir d'eau sur le toit. Ma mère était tellement terrifiée qu'il s'effondre sur nous que nous n'arrêtions pas de sortir.

Mon père rentra tard dans la soirée, car il était allé inspecter les autres bâtiments de l'école avant de revenir.

À la tombée de la nuit, la terre tremblait encore et ma mère paniquait. À chaque nouvelle secousse, nous pensions que c'était le Jugement dernier. « Nous allons être ensevelis dans nos lits ! » criait-elle. Elle exigeait que nous partions. Mais mon père était épuisé et nous autres musulmans, nous pensons que notre destin est écrit par Dieu. Il nous coucha donc, Khushal, Atal qui n'était encore qu'un bébé, et moi. « Allez où vous voulez, dit-il à ma mère et à ma cousine. Je reste ici. Si vous croyez en Dieu, vous en ferez autant. » Je crois que lorsqu'un grand désastre se produit ou que nos vies sont menacées, nous nous rappelons nos péchés, nous nous interrogeons sur la manière dont nous allons retrouver Dieu et si nous serons pardonnés. Mais comme Dieu nous a aussi donné le pouvoir d'oublier, lorsque la tragédie est terminée, nous reprenons le cours normal de l'existence. Je m'en remettais à la foi de mon père, mais je partageais aussi les vraies inquiétudes de ma mère !

Ce séisme du 8 octobre 2005 se révéla l'un des pires de l'histoire. Il atteignit 7,6 sur l'échelle de Richter et fut ressenti jusqu'à Kaboul et Delhi. Notre ville de Mingora fut épargnée en grande partie. Seuls quelques bâtiments s'effondrèrent, mais le Cachemire voisin et les régions du Nord furent dévastés. Des constructions s'écroulèrent même à Islamabad.

Il nous fallut un certain temps pour comprendre la gravité de la situation. Des glissements de terrain bloquèrent l'accès aux zones les plus touchées, et toutes les lignes d'électricité et de téléphone étaient coupées.

Quand les informations télévisées commencèrent à montrer les images des dégâts, nous vîmes que des villages entiers avaient été réduits en poussière. Le séisme avait touché une aire de 30 000 kilomètres carrés[1]. Les chiffres étaient incroyables. Plus de 73 000 personnes avaient été tuées et 128 000 blessées, certaines restant handicapées à vie. Environ 3,5 millions de personnes avaient perdu leur maison. Routes, ponts, réseaux d'eau et d'électricité étaient détruits. Des endroits que nous avions visités, comme Balakot, avaient été presque entièrement anéantis.

Bon nombre des victimes étaient des enfants qui, comme moi, étaient à l'école dans la matinée. 6 400 établissements avaient été réduits en poussière, 18 000 enfants y perdirent la vie. Nous avions eu si peur ce matin-là que nous avons décidé de lever des fonds à l'école, chacun contribuant selon ses moyens. Mon père alla voir tous ceux qu'il connaissait,

---

1. L'équivalent de la région PACA en France. *(Toutes les notes sont du traducteur.)*

demandant des vêtements et des vivres ainsi que de l'argent, pendant que ma mère et moi faisions des colis de couvertures.

Mon père recueillit de l'argent auprès de l'Association des écoles privées du Swat et du Conseil mondial pour la paix en plus de ce que nous avions recueilli à l'école. Au total, 1 million de roupies. Une maison d'édition de Lahore, dont nous utilisions les manuels à l'école, envoya cinq camions de vivres et de fournitures essentielles.

Nous nous inquiétions affreusement pour notre famille du Shangla, coincée entre ces étroites montagnes. Les lignes téléphoniques ne fonctionnaient plus. L'une d'elles était celle du mollah local, le *maulana* Khadib, qui trouva la mort avec ses quatre magnifiques filles, ensevelis sous les décombres de leur maison.

Je voulais aller avec mon père et les camions au Shangla, mais il répondit que ce serait trop dangereux.

Quand il revint quelques jours plus tard, il était livide. Il nous raconta que la fin du voyage avait été très difficile. Une grande partie de la route s'était effondrée dans la rivière, et par endroits de gros rochers bloquaient le chemin.

À Shahpur, notre famille et nos amis déclarèrent qu'ils avaient cru voir arriver la fin du monde. Ils décrivirent le grondement des rochers dévalant les collines et tous les gens fuyant leurs maisons en récitant le Coran, le fracas des toits qui s'écroulaient et les hurlements des buffles et des chèvres.

Alors que les secousses continuaient, ils avaient passé toute la journée dehors, puis la nuit, malgré le froid âpre qui règne dans les montagnes, blottis les uns contre les autres pour se réchauffer.

Après cela, les seuls secouristes qui étaient venus faisaient partie d'une organisation humanitaire étrangère ou bien étaient des volontaires des talibans ou du Tehrik-e-Nafaz-e-Shariat-e-Mohammadi – Mouvement pour l'application de la loi islamique ou TNSM. C'était le groupe fondé par Sufi Mohammad qui avait envoyé des jeunes gens se battre en Afghanistan après le 11-Septembre. Sufi Mohammad était en prison depuis 2002 quand, sous la pression des États-Unis, Musharraf avait arrêté des chefs militants, mais l'organisation tenait bon, sous la houlette de son gendre le *maulana* Fazlullah.

Les autorités avaient du mal à accéder aux régions touchées à cause des routes et des ponts détruits, et aussi parce que les structures administratives avaient été décimées. Un officiel des Nations unies déclara à la télévision que c'était « le pire cauchemar logistique que l'ONU avait jamais affronté ».

Le général Musharraf parla d'une « épreuve nationale » et annonça que l'armée avait mis en place l'opération Sauvetage. Ce fut un défilé d'images d'hélicoptères militaires chargés de vivres et de tentes.

Mais dans les petites vallées, les hélicoptères ne pouvaient pas se poser et les colis de secours qu'ils larguaient dévalaient les pentes pour se perdre dans les rivières. Dans certains endroits, comme les gens se précipitaient tous sous l'appareil, il était impossible de larguer quoi que ce soit sans risque.

Mais une partie de l'aide arriva à bon port. Les Américains furent rapides, étant donné qu'ils avaient des milliers de soldats et des centaines d'hélicoptères dans l'Afghanistan voisin, et ils purent donc les envoyer facilement et démontrer qu'ils nous aidaient dans ce moment difficile, même si certains couvrirent leur drapeau américain par crainte de représailles. Pour beaucoup de gens des régions les plus reculées, c'était la première fois qu'ils voyaient un étranger.

La plupart des volontaires venaient d'organismes et d'associations humanitaires islamiques, derrière certaines, hélas, des groupes militants avançaient masqués. Parmi eux, le Jamaat ud-Dawa (JuD), émanation du Lashkar-e-Taiba (LeT), l'Armée des Purs. Le LeT a des liens étroits avec l'ISI et son objectif est de libérer le Cachemire, que nous estimons faire partie du Pakistan et non de l'Inde, puisque sa population est majoritairement musulmane. Le dirigeant du LeT est un fougueux professeur de Lahore du nom de Hafiz Saeed, qui passe souvent à la télévision, où il exhorte les téléspectateurs à attaquer l'Inde.

Quand le séisme survint, au vu du manque de réactivité du gouvernement, ce fut le JuD qui mit sur pied des camps de secours surveillés par des hommes équipés de kalachnikovs et de talkies-walkies pour accueillir les survivants. Tout le monde savait qu'il s'agissait en réalité du LeT, et bien vite, leurs drapeaux noir et blanc avec des cimeterres croisés flottèrent partout dans les montagnes et les vallées.

À Muzaffarabad, dans l'Azad Cachemire, le JuD implanta même un vaste hôpital de campagne avec appareils de radiologie, bloc opératoire, pharmacie bien approvisionnée et service dentaire. Médecins et chirurgiens proposaient leurs services, aux côtés de milliers de jeunes volontaires.

Les victimes du tremblement de terre faisaient l'éloge des activistes qui avaient gravi les montagnes et traversé les vallées dévastées pour apporter l'aide médicale dans des régions où personne d'autre n'était venu. Ils aidaient à déblayer et à rebâtir les villages détruits tout en menant la prière et en ensevelissant les cadavres.

Mon cousin, qui étudiait au Royaume-Uni, déclara qu'il y avait d'énormes levées de fonds chez les Pakistanais installés en Angleterre. Certains déclarèrent plus tard qu'une partie de cet argent avait été détournée pour financer un complot terroriste envisageant de poser des bombes sur des avions de ligne ralliant l'Angleterre aux États-Unis.

Mais même aujourd'hui, alors que la plupart des organisations d'aide étrangères sont parties, des bâtiments en ruine bordant encore les routes, les gens attendent des subventions du gouvernement pour reconstruire leurs maisons, et les drapeaux et volontaires du JuD sont toujours là.

Avec autant de victimes, beaucoup d'enfants se retrouvèrent orphelins : 11 000 au total. Dans notre culture, les orphelins sont généralement recueillis par d'autres parents, mais l'ampleur de la catastrophe était telle que des familles entières avaient été anéanties ou avaient tout perdu et n'étaient pas en mesure d'accueillir d'autres enfants. Le gouvernement promit qu'ils seraient pris en charge par l'État – une promesse de plus. Mon père entendit dire que la plupart des garçons étaient emmenés par le JuD et logés dans leurs madrasas. Au Pakistan, les madrasas sont une sorte de service social, car elles offrent le gîte et le

couvert, mais leur enseignement ne suit pas le programme scolaire normal. Les garçons apprennent le
Coran par cœur et le récitent en se balançant d'avant
en arrière. On leur apprend qu'il n'y a ni sciences
ni littérature, que les dinosaures n'ont pas peuplé la
Terre ou que l'homme n'a jamais marché sur la Lune.

Tout le pays resta sous le choc longtemps après
le séisme. Nous nous disions que nous n'avions déjà
pas beaucoup de chance avec nos politiques et nos
dictateurs militaires, et voilà que pour ne rien arranger, nous subissions une catastrophe naturelle. Les
mollahs du TNSM commencèrent à prêcher que le
tremblement de terre avait été un avertissement divin,
causé par la liberté et l'obscénité des femmes. Si nous
ne corrigions pas notre manière de vivre et si nous
n'instaurions pas la charia, la loi islamique, hurlaient-
ils à pleins poumons, des châtiments pires encore
allaient nous accabler.

# DEUXIÈME PARTIE

# La vallée de la mort

رباب منگيه وخت د تير شو    د كلي خوا ته طالبان راغلي دينه

*Rabab mangia wakht de teer sho*
*Da kali khwa ta Talibaan raaghali dena*

« Adieu musique ! Il vaut mieux taire
même tes airs les plus doux
Les talibans à l'orée du village ont figé toutes les lèvres »

## 9

## Radio Mollah

J'avais dix ans quand les talibans arrivèrent dans notre vallée. Moniba et moi avions vu un film de la saga *Twilight* et nous rêvions d'être des vampires. Et nous avons eu l'impression que les talibans, à l'instar de ces derniers, s'introduisaient chez nous en pleine nuit. Ils apparurent en groupes, armés de coutelas et de kalachnikovs, d'abord dans le Swat supérieur, dans les régions de plateaux de Matta. Au début, ils ne se présentèrent pas sous le nom de talibans et ne ressemblaient pas aux talibans afghans que nous avions vus en photo, avec leurs turbans et leurs yeux cernés de noir. C'étaient des bonshommes à l'allure étrange, avec de longs cheveux hirsutes et des barbes, portant des gilets de camouflage par-dessus leur *shalwar kamiz*, leurs pantalons bouffants, qu'ils retroussaient bien au-dessus de la cheville. Ils portaient des chaussures de sport ou des sandales en plastique de mauvaise qualité, et parfois des bas sur la tête avec des trous pour les yeux, et ils se mouchaient dans un pan de leur turban.

Ils arboraient des badges noirs qui proclamaient *Charia y a Chahadat*, « la charia ou le martyre ». Parfois, ils portaient des turbans noirs, si bien que les gens les appelaient *Tor Pakti*, « la brigade aux turbans noirs ». Ils étaient si sombres et crasseux que le meilleur ami de mon père les qualifia de « gens sans bains ni barbiers ».

Leur chef était un homme de vingt-huit ans, Maulana Fazlullah, qui était l'ancien opérateur de la chaise à poulie de la rivière Swat. Il traînait la jambe droite, car il avait eu la polio étant enfant. Il avait étudié dans la madrasa du *maulana* Sufi Mohammad, le chef du TNSM, et avait épousé sa fille. Depuis que Sufi Mohammad était en prison, Fazlullah avait pris la direction du mouvement. C'est peu avant le séisme que Fazlullah fit son apparition à Imam Dheri, un petit village à quelques kilomètres de Mingora de l'autre côté du Swat, et créa une radio FM pirate.

Nous recevons la majeure partie de nos informations par la radio dans notre vallée, étant donné que beaucoup de gens n'ont pas la télévision ou sont illettrés. Très vite, tout le monde parla de la radio de Fazlullah qui fut surnommée Mollah FM. Elle diffusait tous les soirs de 20 heures à 22 heures et le matin de 7 heures à 9 heures.

Au début, Fazlullah fut très sage. Il se présenta comme un réformateur islamique et un bon interprète du Coran. Ma mère, qui est une femme très pieuse, apprécia de prime abord ses programmes. Il utilisait sa radio pour inciter les auditeurs à adopter de bonnes habitudes et abandonner les pratiques qu'il estimait mauvaises. Il disait que les hommes devaient porter la barbe, mais renoncer à fumer et à chiquer. Il disait que les gens ne devaient plus prendre d'héroïne ni de *chars*, notre terme pour « hachisch ». Il expliquait la manière correcte de procéder aux ablutions pour les prières. Il précisait même comment il convenait de laver ses parties génitales.

Fazlullah, lui-même, fut appelé Radio Mollah. Parfois, sa voix était raisonnable, comme celle d'un adulte qui essaie de vous convaincre de faire quelque chose que vous refusez, et parfois elle était terrifiante, enflammée. Souvent, il pleurait lorsqu'il parlait de son amour de l'islam.

On y exhortait les auditeurs à cesser d'écouter de la musique, de regarder des films ou de danser. C'était ce genre de péchés qui avaient provoqué le séisme, rugissait Fazlullah, et si les gens n'arrêtaient pas, ils allaient de nouveau appeler sur eux l'ire divine.

— Est-ce qu'il a raison, *Aba* ? demandai-je à mon père, me rappelant combien le tremblement de terre avait été effrayant.

— Non, *Jani*, répondit-il. Il trompe les gens, c'est tout.

Mon père nous dit que dans la salle des professeurs, on ne parlait que de la radio. Désormais, l'école comptait environ soixante-dix professeurs, dont une quarantaine d'hommes pour une trentaine de femmes. Certains étaient contre Fazlullah, mais beaucoup se rangeaient à ses côtés. Les gens appréciaient son exégèse du Saint Coran et admiraient son charisme. Le retour de la charia qu'il préconisait leur plaisait, car tout le monde était exaspéré par le système judiciaire pakistanais qui avait remplacé le nôtre depuis notre rattachement au Pakistan. Les différends entre propriétaires terriens, par exemple, qui naguère se réglaient vite, passaient en jugement au bout de dix ans. Les gens voulaient se débarrasser des fonctionnaires corrompus que l'on dépêchait chez nous. C'était comme s'ils avaient espéré que Fazlullah restaurerait l'ère du wali.

En l'espace de six mois, les gens se débarrassèrent de leurs télévisions, DVD et CD. Les hommes de Fazlullah les entassèrent dans les rues, y mirent le feu, et ils vomirent des torrents de fumée noire. Des commerçants, par centaines, fermèrent volontairement leurs boutiques de CD et de DVD et reçurent une indemnité financière des talibans.

Mes frères et moi étions inquiets car nous adorions notre télévision, mais mon père nous assura qu'il ne s'en séparerait pas. Par sécurité, elle fut rangée dans un placard et nous la regardions avec le volume très bas, les talibans étant connus pour écouter aux portes, faire irruption dans les maisons, et s'emparer des appareils pour les fracasser dans la rue.

Fazlullah s'en prit aussi à nos films bollywoodiens chéris qu'il dénonçait comme non islamiques. Seule la radio était autorisée et toute musique était déclarée *haram*, sauf les chansons talibanes.

Un jour, mon père, en visite auprès d'un ami à l'hôpital, trouva quantité de patients qui écoutaient des cassettes de sermons.

— Il faut que vous fassiez la connaissance de Maulana Fazlullah, lui dit-on. C'est un grand sage.

— En réalité, c'est quelqu'un qui n'a pas terminé ses études et dont le vrai nom n'est même pas Fazlullah, répliqua-t-il. (Personne ne l'écouta. Mon père fut déprimé, car les gens épousaient le romantisme religieux de Fazlullah.) C'est ridicule ! s'écriait mon père. Ce prétendu érudit répand l'ignorance.

Fazlullah était particulièrement apprécié dans les régions reculées qui avaient bénéficié de l'aide des volontaires du TNSM durant le séisme, alors que le gouvernement brillait par son absence. Dans certaines mosquées, on brancha des haut-parleurs sur la radio afin qu'il puisse être entendu dans tout le village ou dans les champs.

Le pic d'audience était atteint le soir, quand il égrenait des noms : « M. Untel fumait du *chars*, mais il a arrêté, car c'est un péché », ou bien : « M. Untel se laisse pousser la barbe et je l'en félicite. » Ou encore : « M. Untel a décidé de fermer sa boutique de CD. »

Les gens de la région aimaient entendre leurs noms à la radio. Il leur disait qu'ils seraient récompensés dans l'au-delà. Ils aimaient évidemment apprendre qui parmi leurs voisins se conduisait mal, cela leur donnait des sujets de discussion infinis.

Radio Mollah se moquait de l'armée, accusait les membres du gouvernement pakistanais d'être des « infidèles » et disait qu'ils étaient opposés à l'instauration de la charia. Mais s'ils ne la mettaient pas en place, ses hommes « l'appliqueraient et les réduiraient en pièces ».

Il s'attaquait souvent au système injuste des khans. Parfois, ses hommes exhibaient les vêtements luxueux qu'ils disaient avoir volés à des « femmes décadentes » afin de les humilier.

La critique des khans réjouissait les pauvres. Fazlullah était à leurs yeux une sorte de Robin des bois, une fois qu'il aurait pris le pouvoir, croyaient-ils, il donnerait leurs terres aux pauvres. Certains des khans s'enfuirent. Mon père n'était pas d'accord. Il était contre le « khanisme », mais il estimait que les talibans étaient pires.

Son ami Hidayatullah, alors fonctionnaire à Peshawar, nous avertit : « Voici comment ces militants sont à l'œuvre. Ils cherchent à gagner les cœurs et les esprits des petites gens, aussi ils examinent les problèmes locaux, ciblent les responsables, de sorte à s'arroger le soutien de la majorité silencieuse. C'est ce qu'ils ont fait au Waziristan, en pourchassant les kidnappeurs et les bandits. Puis, quand ils prennent le pouvoir, ils se comportent comme les criminels qu'ils traquaient auparavant. »

Les émissions de Fazlullah étaient souvent destinées aux femmes. Peut-être savait-il que beaucoup d'hommes travaillaient loin de chez eux, dans les mines du Sud ou sur des chantiers de construction dans le Golfe. Parfois, il annonçait : « Que les hommes sortent à présent. Je m'adresse aux femmes. » Puis il disait : « Les femmes sont vouées à accomplir leurs tâches dans la maison. C'est seulement en cas d'absolue urgence qu'elles peuvent sortir, et uniquement voilées. »

À l'école, mes camarades racontaient que leurs mères écoutaient Radio Mollah, même si notre directrice des études, Mme Maryam, nous le déconseillait formellement. Chez nous, nous n'avions que la vieille radio de mon grand-père, qui était cassée. Mais les amies de ma mère étaient assidues et lui répétaient ce qu'elles entendaient. Elles portaient Fazlullah aux nues. Il parlait de ses longs cheveux, du fait qu'il montait à cheval et se comportait comme le Prophète. Les femmes lui révélaient leurs rêves, et il priait pour elles. Ma mère aussi appréciait ces histoires. En revanche, elles horrifiaient mon père !

Pour ma part, j'étais décontenancée par les enseignements de Fazlullah. Dans le Saint Coran, il n'est pas écrit que les hommes doivent sortir et les femmes rester toute la journée chez elles. Dans notre cours d'études religieuses, à l'école, nous écrivions des rédactions sur le sujet : « Quelle vie le Prophète menait-il ? »

Nous apprenions que la première épouse de notre Prophète, Hazrat Khadija, était une femme d'affaires âgée de quarante ans, elle en avait donc quinze de plus que lui. Elle avait aussi été mariée à un autre et, pourtant, il l'avait épousée.

Je savais aussi en observant ma mère que les femmes pachtounes étaient très puissantes et très fortes. Sa mère avait élevé huit enfants presque seule, mon grand-père s'étant cassé le bassin dans un accident, et ayant passé huit ans alité.

Un homme va travailler, il gagne son salaire, il rentre chez lui, il mange et dort, et c'est tout ce qu'il fait. Nos hommes pensent que le pouvoir consiste à gagner de l'argent et à donner des ordres. Pour eux, le pouvoir ne réside pas entre les mains d'une femme qui passe ses journées à s'occuper de tout le monde et qui donne naissance à leurs enfants.

Chez nous, mon père était si occupé que ma mère faisait tout. C'était elle qui se levait de bonne heure le matin, qui repassait nos vêtements pour l'école, préparait le petit déjeuner et nous apprenait les bonnes manières. C'était ma mère qui allait au marché, faisait les courses et la cuisine. Elle faisait tout cela.

La première année des talibans, j'ai subi deux opérations, une ablation de l'appendice, puis des amygdales. Khushal fut lui aussi opéré de l'appendice. Ce fut ma mère qui nous emmena à l'hôpital. Mon père se contenta de nous rendre visite et de nous apporter des glaces. Cependant, ma mère croyait tout de même qu'il était écrit dans le Coran que les femmes ne doivent pas sortir ni parler aux hommes, sauf à ceux de leur famille qu'elles ne peuvent épouser. Mon père lui répétait : « Le *purdah* ne se résume pas au voile. Le *purdah* est dans le cœur. »

Chez nous, les mollahs proposent des interprétations erronées du Coran et des hadiths, car rares sont les personnes qui comprennent les textes sacrés en arabe. Fazlullah tirait parti de cette ignorance.

Beaucoup de femmes étaient si touchées par les propos de Fazlullah qu'elles lui donnaient de l'or et de l'argent, notamment celles issues de villages pauvres ou de ménages dont le mari travaillait à l'étranger. Des tables étaient dressées, et des femmes faisaient la queue pour déposer leurs bracelets de mariage et leurs colliers, ou envoyaient leurs fils les donner. Certaines donnèrent toutes leurs économies, croyant faire plaisir à Dieu. On dit que Fazlullah recevait une tonne d'or chaque mois.

Il commença à construire un grand quartier général à Imam Dheri avec une madrasa et une mosquée, avec des murailles et des digues pour le protéger du Swat.

Personne ne savait où il s'était procuré le ciment et les barres d'acier, mais la main-d'œuvre était locale. Chaque village fut obligé d'envoyer tour à tour ses hommes pendant une journée pour contribuer à la construction.

Un jour, l'un de nos professeurs d'ourdou, Nawab Ali, déclara à mon père : « Je ne viendrai pas donner cours demain. » Comme mon père lui demandait pourquoi, il expliqua que c'était le tour de son village de travailler au chantier de Fazlullah.

— Votre devoir premier est d'enseigner aux élèves, dit mon père.

— Non, c'est de faire cela, dit Nawab.

Mon père rentra en fulminant à la maison.

— Si les gens se portaient volontaires avec autant d'empressement pour construire des écoles et des routes ou même débarrasser les rivières des sacs plastique, le Pakistan deviendrait un paradis en un an, dit-il. La seule charité qu'ils connaissent, c'est donner à la mosquée ou à la madrasa.

Quelques semaines plus tard, le même professeur lui déclara qu'il ne pouvait plus enseigner, car « cela ne [plaisait] pas au *maulana* ».

Mon père essaya de le faire changer d'avis.

— Je pense aussi que ce sont des femmes qui devraient enseigner aux filles, dit-il. Mais avant, nous devons instruire nos filles pour qu'elles puissent devenir professeurs !

Un jour, fut publiée une déclaration de Sufi Moham-mad depuis sa prison, selon laquelle les femmes ne devaient pas recevoir d'instruction même dans des madrasas pour filles. « Si quelqu'un peut me montrer un exemple historique où l'islam autorise une madrasa pour les femmes, qu'il vienne me pisser sur la barbe », déclara-t-il.

Après cela, Radio Mollah consacra toute son énergie aux écoles. Il se mit à s'élever contre les administrateurs et à féliciter nommément les filles qui se déscolarisaient : « Mlle Untel a cessé d'aller à l'école et ira au paradis. » Ou encore : « Mlle Kulsoom, de tel village, a quitté l'école en CM2 et je la félicite. » Les filles comme moi qui continuaient d'aller en cours, il les qualifiait de buffles et de moutons.

Mes amies et moi n'arrivions pas à comprendre pourquoi c'était mal.

— Pourquoi ne veulent-ils pas que les filles aillent à l'école ? demandai-je à mon père.

— Ils ont peur de la plume, répondit-il.

C'est alors qu'un autre enseignant, un professeur de mathématiques à longs cheveux, refusa à son tour d'enseigner aux filles. Mon père le licencia. Mais d'autres professeurs s'inquiétèrent et vinrent en délégation à son bureau. « Monsieur, ne faites pas cela, le supplièrent-ils. Gardez-le et nous ferons ses heures à sa place. »

Chaque jour, c'était comme si un nouvel édit était promulgué. Fazlullah ferma les salons de beauté et interdit le rasage, si bien qu'il n'y eut plus de travail pour les barbiers. Mon père, qui porte une moustache, refusa fermement de se laisser pousser la barbe pour plaire aux talibans.

Ceux-ci interdirent aux femmes d'aller au bazar. Cela ne m'ennuyait pas de ne pas aller au marché de

Cheena. Cela ne m'avait jamais plu. Je n'aimais pas faire les courses, contrairement à ma mère, qui aimait les jolis vêtements, même si nous n'avions pas beaucoup d'argent. Elle me disait toujours : « Cache ton visage, les gens te regardent. » Je répondais : « Cela n'a pas d'importance, moi aussi, je les regarde. » Cela la mettait hors d'elle…

Ma mère et ses amies étaient contrariées de ne pas pouvoir aller faire les courses, notamment les jours précédant l'Aïd, où nous nous faisons belles pour aller faire le marché et où tout un tas d'étals sont éclairés par des guirlandes. Tout cela cessa. Les femmes n'étaient pas agressées si elles allaient au marché, mais les talibans leur criaient dessus et leur faisaient peur de sorte qu'à force d'intimidations, elles restaient chez elles. Un seul taliban avait le pouvoir de contrôler tout un village.

Nous autres enfants étions contrariés aussi. Normalement, en période de fêtes, de nouveaux films sortaient. Fazlullah avait fermé les boutiques de DVD. C'est à ce moment-là que ma mère commença à se lasser, surtout quand il se mit à récriminer contre l'enseignement et clama que celles qui allaient à l'école finiraient en enfer.

Puis Fazlullah commença à tenir des *shuras*, une sorte de tribunal local. Les gens les appréciaient, car la justice était rapide, contrairement aux tribunaux pakistanais où on attend parfois des années et où il faut payer des pots-de-vin pour se faire entendre. Les gens commencèrent à s'adresser à Fazlullah et à ses hommes pour résoudre les différends sur tout, depuis les questions d'affaires jusqu'aux conflits personnels. « Il a résolu d'un coup un contentieux vieux de trente ans ! » confia un homme à mon père.

Les châtiments décrétés par les *shuras* de Fazlullah incluaient notamment la flagellation publique, du jamais-vu. L'un des amis de mon père lui raconta qu'il avait vu trois hommes fouettés en public après que la *shura* les eut reconnus coupables de l'enlèvement de deux femmes. Une estrade fut érigée près du quartier général de Fazlullah. Après l'avoir entendu mener les prières du vendredi, des centaines de personnes se réunirent pour regarder en criant : *Allah akbar !* – « Dieu est grand ! » – à chaque coup de fouet. Parfois, il arrivait au galop sur un cheval noir.

Les hommes de Fazlullah empêchèrent les organisations de santé d'administrer le vaccin oral contre la polio, au motif que la vaccination était un complot américain destiné à rendre les femmes musulmanes stériles afin que le peuple du Swat s'éteigne. « Soigner une maladie avant qu'elle se déclare n'est pas en accord avec la charia, déclara Fazlullah à la radio. Vous ne trouverez pas un seul enfant qui boira une goutte [du vaccin] dans le Swat. »

Ses hommes patrouillaient dans les rues en traquant les contrevenants tout comme la police des mœurs des talibans dont nous avions entendu parler en Afghanistan. Ils mirent en place une police de la circulation composée de volontaires, les commandos Shaheen, qui patrouillaient dans les rues juchés sur des pick-up armés de mitraillettes.

Certains étaient heureux. Un jour, mon père croisa le directeur de sa banque. « C'est une bonne chose que

Fazlullah empêche les femmes d'aller au marché de Cheena : cela nous fait faire des économies », lui dit-il.

Peu osaient parler. Mon père se plaignait que la plupart des gens fassent comme notre barbier qui grommelait n'avoir que 80 roupies dans sa caisse, soit un dixième de ses rentrées d'autrefois. La veille, pour plaire aux talibans, il avait affirmé à un journaliste qu'il souhaitait la charia. Mon père répondit : « Tu aurais mieux fait de montrer ta caisse à ce journaliste. »

Au bout d'un an de diffusion de Radio Mollah, Fazlullah commença à se montrer encore plus véhément. Son frère Maulana Liaquat et ses trois fils faisaient partie des victimes de l'attaque du drone américain sur la madrasa du Bajaur à la fin du mois d'octobre 2006. Quatre-vingts personnes avaient trouvé la mort, dont des garçons de douze ans, certains originaires du Swat.

Nous étions horrifiés, et certains crièrent vengeance. Dix jours plus tard, un terroriste kamikaze se fit exploser dans la caserne de Dargai, sur la route d'Islamabad au Swat, tuant quarante-deux soldats pakistanais. À cette époque, les attentats-suicides étaient rares au Pakistan – il y en eut six cette année-là –, et ce fut le plus important attentat jamais commis par des militants pakistanais.

Lors de l'Aïd nous sacrifions des chèvres ou des moutons. Mais Fazlullah avait prévenu : « Cette année, pour l'Aïd, nous sacrifierons des animaux à deux pattes. »

Nous ne fûmes pas longs à comprendre ce qu'il voulait dire. Ses hommes commencèrent à tuer des khans et des militants de partis laïcs et nationalistes, en particulier de l'Awami National Party (ANP). Une nuit de janvier 2007, un ami proche de l'un des amis de mon père fut kidnappé dans son village par quatre-vingts hommes masqués et en armes. Il s'appelait Malak Bakht Baidar, il était issu d'une riche famille de khans et était le vice-président local de l'ANP. On retrouva plus tard son cadavre jeté dans le cimetière familial ancestral. Ses jambes et ses bras avaient été brisés. C'était le premier assassinat ciblé du Swat, et on raconta que c'était parce qu'il avait indiqué à l'armée les repaires des talibans.

Les autorités gouvernementales fermèrent les yeux. Le gouvernement de notre province appartenant encore aux partis des mollahs, il refusait de critiquer quiconque disait combattre pour l'islam. D'abord, nous avions pensé que nous étions en sécurité à Mingora, la plus grande ville du Swat. Mais le quartier général de Fazlullah se trouvait à quelques kilomètres seulement et même si les talibans n'étaient pas près de notre maison, ils étaient au marché, dans les rues et les collines. Le danger se rapprochait sournoisement.

Comme tous les ans, durant l'Aïd, nous nous sommes rendus au village. Nous étions en voiture avec mon cousin et, une route ayant été emportée par les pluies, nous nous retrouvâmes arrêtés à un barrage taliban. J'étais à l'arrière avec ma mère. Mon cousin nous donna tout de suite ses cassettes de musique pour que nous les cachions dans nos sacs à main. Les talibans, vêtus de noir et armés de kalachnikovs, nous dirent : « Sœurs, honte sur vous, vous devriez porter la burqa. »

De retour à l'école, nous avons trouvé une lettre scotchée sur le portail.

*Monsieur, l'école que vous dirigez est occidentale et infidèle, disait le texte. Vous enseignez aux filles et vous avez un uniforme qui n'est pas islamique. Cessez ou vous aurez des ennuis et vos enfants vous pleureront.*

La lettre était signée « Les fedayins de l'islam ».

Mon père décida de changer l'uniforme des garçons et passa de la chemise et du pantalon au *shalwar kamiz*. Le nôtre resta un *shalwar kamiz* bleu roi avec un *dupatta* (un voile) blanc, et les filles eurent pour consigne de garder la tête couverte à l'entrée et à la sortie de l'école.

Son ami Hidayatullah l'encouragea à tenir bon : « Ziauddin, tu as du charisme, tu peux t'exprimer, organiser une résistance. La vie ne se résume pas à inspirer de l'oxygène pour expirer du gaz carbonique. Tu peux soit tout accepter des talibans, soit te dresser contre eux. »

Mon père nous rapporta ses propos. Il écrivit ensuite une lettre au *Daily Azadi*, le quotidien local.

*Au nom des sacrificateurs musulmans, ce n'est pas la bonne manière d'appliquer l'islam, écrivit-il. Je vous supplie de ne pas faire de mal à mes enfants, car le Dieu auquel vous croyez est celui à qui ils adressent leurs prières chaque jour. Prenez ma vie, épargnez mes élèves.*

Quand mon père vit le journal, il fut très mécontent. La lettre avait été reléguée dans une page intérieure et le rédacteur en chef avait publié le nom et l'adresse de l'école, ce que mon père ne pensait pas qu'il ferait. Mais beaucoup de gens l'appelèrent pour le féliciter. « Vous avez fait le premier pas, dirent-ils. À présent, nous aurons le courage de parler. »

# Les caramels, les balles de tennis
# et les bouddhas du Swat

D'abord les talibans nous privèrent de notre musique, puis de nos bouddhas, puis de notre histoire. L'un de nos passe-temps favoris était les excursions scolaires. Nous avions la chance d'habiter un paradis comme le Swat, avec quantité de beaux endroits à visiter – cascades, lacs, la station de ski, le palais du wali, les statues de Bouddha, la tombe de l'Akhund du Swat –, tant de hauts lieux. Nous parlions de ces voyages des semaines à l'avance, puis quand le grand jour arrivait enfin, revêtus de nos plus beaux habits, nous nous entassions dans des cars avec des boîtes en plastique remplies de riz au poulet pour le pique-nique. Certains d'entre nous avaient des appareils et prenaient des photos. À la fin de la journée, mon père nous faisait monter l'un après l'autre sur un rocher pour raconter ce que nous avions vu. Fazlullah mit un terme à cela. Les filles n'étaient pas censées être vues à l'extérieur.

Les talibans détruisirent les statues bouddhistes et les stupas où nous jouions. Ils étaient là depuis des milliers d'années et appartenaient à notre histoire à l'époque des rois Khushan. Pour eux, toute statue ou peinture était *haram*, c'est-à-dire impie et donc interdite. Ce fut une journée noire quand ils dynamitèrent même le visage de notre Bouddha de Jahanabad, sculpté dans une paroi rocheuse, à une demi-heure de route de Mingora à peine et qui mesurait sept mètres de haut. Selon les archéologues, il est presque aussi important que les bouddhas de Bamiyan pulvérisés par les talibans afghans.

C'était la deuxième fois qu'ils essayaient de le détruire. La première fois, ils avaient percé des trous dans le rocher et y avaient enfoncé de la dynamite, mais cela n'avait pas marché. Quelques semaines plus tard, le 8 octobre 2007, ils firent une autre tentative. Cette fois, ils arrachèrent le visage du Bouddha qui dominait la vallée depuis le VII$^e$ siècle. Toutes les collections du musée du Swat avaient été mises en lieu sûr par précaution. Les talibans étaient les ennemis déclarés des beaux-arts, de la culture et de notre histoire. Ils détruisaient tout ce qui était ancien et n'apportaient rien de nouveau.

Ils s'emparèrent de la Montagne d'Émeraude et de sa grande mine et vendirent les pierres magnifiques pour acheter leurs armes affreuses. Ils extorquèrent aussi de l'argent aux gens qui abattaient nos précieux arbres pour vendre du bois en contrebande, puis ils exigèrent de l'argent pour laisser passer leurs camions.

Leur couverture radio s'étendit sur toute la vallée et les districts voisins. Bien que nous ayons toujours notre télévision, ils coupèrent les chaînes du câble. Moniba et moi ne pouvions plus regarder notre série préférée de Bollywood, *Shararat*.

Les talibans ne voulaient pas que nous fassions quoi que ce soit. Ils interdirent même l'un de nos jeux de société préférés, où l'on retourne des pions sur un plateau de bois. On entendit dire qu'alertés par les rires des enfants, les talibans surgissaient dans la pièce et fracassaient les plateaux. Nous nous sentions comme des marionnettes entre leurs mains, ils décidaient pour nous de notre conduite ou de notre tenue vestimentaire. Dans mon for intérieur, je me disais que si Dieu avait souhaité que nous nous comportions ainsi, Il ne nous aurait pas créés tous différents.

Un jour, nous avons trouvé en larmes notre enseignante Mlle Hammeda. Son mari était policier à Matta, une petite ville, et les hommes de Fazlullah avaient lancé une expédition et massacré quelques agents, son époux y compris. C'était la première attaque talibane contre la police dans notre vallée.

Bientôt, ils se rendirent maîtres de nombreux villages. Les drapeaux noir et blanc du TNSM de Fazlullah apparurent sur les postes de police. Les militants entraient dans les bourgs avec des mégaphones et la police s'enfuyait. En peu de temps, ils s'emparèrent de cinquante-neuf villages et mirent sur pied une administration parallèle.

Les policiers avaient tellement peur de se faire tuer qu'ils commencèrent à publier dans les journaux des annonces proclamant qu'ils avaient démissionné de leurs postes.

Tout cela arrivait et personne ne faisait rien. C'était comme si tout le monde était sous hypnose. Mon père disait que les gens avaient été séduits par Fazlullah. Certains rejoignaient même ses hommes, en pensant qu'ils auraient une vie meilleure. Mon père essaya de contrer leur propagande, mais c'était très difficile. « Je n'ai pas de militants ni de radio FM », plaisantait-il.

Il osa pourtant un jour se rendre dans le village de Radio Mollah pour parler dans une école. Alors qu'il traversait la rivière dans une boîte métallique, reliée à une poulie par des cordages, qui nous servait de pont de fortune, il avisa une colonne de fumée qui montait jusqu'aux nuages, noire comme il n'en avait jamais vu. Il supposa d'abord qu'elle provenait d'une briqueterie, mais quand il approcha, il s'aperçut que c'étaient des barbus en turban qui brûlaient des télévisions et des ordinateurs.

Dans cette école, mon père déclara : « J'ai vu vos villageois brûler ces appareils et les seuls qui en tireront avantage, ce sont les entreprises japonaises qui en fabriqueront d'autres. » Quelqu'un vint le trouver et lui chuchota : « Ne parlez pas ainsi, c'est dangereux. »

D'autres attendaient que l'État réagisse, mais les autorités, comme le peuple, ne faisaient rien.

C'était à croire que tout le pays devenait fou. Le reste du Pakistan était préoccupé par autre chose – les talibans s'étaient installés au cœur même de la capitale, Islamabad. Aux informations, on voyait des images de ce que les gens appelaient la « Brigade des burqas » – de jeunes femmes en burqas armées de bâtons qui s'en prenaient aux boutiques de DVD et de CD en plein cœur de la capitale.

Ces femmes venaient de Jamia Hafsa, la plus grande madrasa pour femmes pakistanaise, qui fait partie de la Lal Masjid ou Mosquée rouge. Cette mosquée célèbre d'Islamabad, bâtie en 1965, doit son nom à la couleur de ses murs. Elle était située à quelques rues du Parlement et du siège de l'ISI, et de nombreux militants et officiels du gouvernement venaient y prier.

La mosquée possédait deux madrasas, l'une pour filles et l'autre pour garçons, laquelle, pendant des décennies, avait servi à recruter et à entraîner des volontaires pour combattre en Afghanistan et au Cachemire. Dirigée par deux frères, Abdul Aziz et Abdul Rashid Ghazi, elle diffusait la propagande pro-Ben Laden qu'Abdul Rashid avait rencontré à Kandahar lors d'une visite chez le mollah Omar. Leurs sermons exaltés étaient célèbres, ils attiraient des milliers de fidèles, et davantage après le 11-Septembre. Lorsque le président Musharraf accepta d'aider les Américains dans leur « guerre contre le terrorisme », les deux frères ne décolérèrent pas. La mosquée coupa ses liens, pourtant anciens, avec l'armée, et devint un centre de contestation antigouvernemental.

Rashid fut même accusé d'être impliqué dans un complot visant à faire sauter le convoi de Musharraf à Rawalpindi en décembre 2003. Les enquêteurs déclarèrent que les explosifs qui avaient été utilisés pour l'attentat avaient été stockés à la Lal Masjid. Mais quelques mois plus tard, il fut innocenté.

Quand Musharraf envoya son armée dans les zones tribales en commençant par le Waziristan en

2004, les frères dénoncèrent sans relâche l'action militaire qu'ils qualifièrent de « non islamique ». Ils disposaient d'un site Internet et d'une station de radio FM pirate, tout comme Fazlullah.

Environ à l'époque où les talibans investirent le Swat, les filles de la madrasa de la Mosquée rouge se mirent à faire régner la terreur dans les rues d'Islamabad, se constituant en véritable police des mœurs, en burqa et bâton à la main. Elles faisaient des descentes dans les maisons qu'elles accusaient d'être des salons de massage, enlevaient les femmes qu'elles dénonçaient comme prostituées, fermaient les boutiques et faisaient des autodafés de vidéos et de DVD. Quand cela arrange les talibans, les femmes ont le droit de se faire voir et entendre.

La madrasa était dirigée par Umme Hassan, épouse du frère aîné, Abdul Aziz, et elle se vantait d'avoir entraîné bon nombre de ses élèves à devenir des terroristes kamikazes.

La mosquée établit des tribunaux pour dispenser la justice islamique, au motif que l'État avait échoué. Les militants kidnappèrent des policiers et ravagèrent des bâtiments officiels.

L'administration de Musharraf semblait tétanisée, peut-être à cause des liens anciens entre l'armée et la mosquée. Mais finalement, vers la mi-2007, la situation devint critique au point que des gens s'inquiétaient de ce que les militants fassent main basse sur la capitale. C'était presque incroyable. Islamabad est d'habitude un endroit calme où règne l'ordre, très différent du reste du pays.

Finalement, le soir du 3 juillet, des commandos avec des tanks et des transports de troupes blindés entourèrent la mosquée. Le courant fut coupé, et au crépuscule, des coups de feu éclatèrent. L'armée perça des trous dans les murailles de la mosquée et tira sur les locaux, tandis que des hélicoptères la mitraillaient. Par haut-parleurs, les filles furent exhortées à se rendre.

Beaucoup de militants étaient des anciens combattants de l'Afghanistan et du Cachemire. Ils se barricadèrent à l'intérieur avec leurs élèves derrière des blocs de ciment et des sacs de sable.

Des parents inquiets se rassemblèrent devant l'édifice. Ils téléphonaient à leurs filles sur leurs portables pour les supplier de sortir. Certaines refusèrent, disant que leurs professeurs leur avaient enseigné que devenir un martyr est un sort glorieux.

Le lendemain soir, un petit groupe de filles sortit en burqas noires. Caché parmi elles se trouvait Abdul Aziz, dissimulé sous une burqa, et accompagné de sa fille.

Mais son épouse et son frère cadet restèrent à l'intérieur, ainsi que beaucoup d'étudiants. Les échanges de tirs étaient quotidiens entre les militants et les soldats. Les assiégés possédaient des lance-roquettes et usaient de cocktails Molotov fabriqués avec des bouteilles de Sprite. Le siège se poursuivit jusqu'au 9 juillet, quand le commandant des Forces spéciales fut abattu par un sniper posté dans un minaret. À bout de patience, l'armée assaillit la mosquée.

On l'appela opération Silence, même si elle fut tonitruante. Jamais le cœur de notre capitale n'avait été le théâtre d'une telle bataille. Des commandos combattirent, progressant de pièce en pièce, pendant trente-cinq heures jusqu'à acculer Abdul Rashid et ses partisans dans le sous-sol, où ils l'abattirent.

À la tombée de la nuit, le 10 juillet, quand ce fut enfin terminé, une centaine de personnes, dont plusieurs soldats et des enfants, avaient trouvé la mort. Les journaux télévisés diffusèrent des images choquantes des décombres – le verre brisé, le sang répandu partout – et des cadavres.

Ces images nous horrifièrent. Bien des élèves des deux madrasas étaient originaires du Swat. Comment pareille tragédie pouvait-elle se dérouler dans notre capitale ? Dans une mosquée ? Une mosquée est un lieu sacré pour nous, et nul ne s'était demandé ce qui se passait à l'intérieur. C'est après le siège de la Mosquée rouge que les talibans du Swat changèrent. Le 12 juillet, je m'en souviens car c'était mon anniversaire, Fazlullah prononça à la radio un discours qui était très différent des précédents. Il se déchaîna contre l'attaque de la Lal Masjid et jura de venger la mort d'Abdul Rashid. Puis il déclara la guerre au gouvernement pakistanais.

Ce fut le début des vrais ennuis dans le Swat. Fazlullah pouvait mettre en pratique ses menaces et redoubler la mobilisation des talibans. Quelques jours plus tard, un convoi militaire se rendant dans le Swat fut attaqué et treize soldats furent tués.

Cette réaction dépassa les frontières du Swat. Au Bajaur, il y eut une énorme manifestation des populations tribales et une vague d'attentats-suicides toucha tout le pays.

Survint une lueur d'espoir. Benazir Bhutto était de retour. Les Américains, inquiets de l'impopularité de leur grand allié le général Musharraf face aux talibans, avaient contribué à la conclusion d'une improbable alliance entre les deux. Le plan était que Musharraf quitterait enfin son uniforme et serait un président en civil, avec le soutien du parti de Benazir. En échange, il renonçait aux accusations de corruption contre elle et son mari et acceptait de tenir des élections dont l'issue probable était que Benazir deviendrait Premier ministre. Aucun Pakistanais – mon père y compris – n'imaginait que cet accord puisse fonctionner : Musharraf et Benazir se haïssaient.

Benazir était en exil depuis que j'avais deux ans, mais j'avais tellement entendu mon père parler d'elle que j'étais tout excitée à l'idée qu'elle revienne et que nous puissions avoir une femme comme dirigeant. Grâce à Benazir, des filles comme moi pouvaient rêver de s'exprimer publiquement et de faire de la politique. C'était notre modèle et elle symbolisait la fin de la dictature tout en envoyant un important message d'espoir au reste du monde. C'était aussi notre seule personnalité politique de premier plan à dénoncer l'extrémisme, et elle disait qu'elle aiderait l'armée américaine à traquer Ben Laden sur le territoire pakistanais.

De toute évidence, cela déplut à certains. Le jour de son retour, le 18 octobre 2007, nous étions collés devant la télévision pour la voir descendre de l'avion à Karachi et fouler le sol pakistanais, en larmes, après presque neuf ans d'exil, puis défiler sur un bus découvert dans les rues, devant des centaines de milliers de personnes, venues des quatre coins du pays, avec des enfants en bas âge. Certains avaient apporté des colombes blanches, et l'une vint se percher sur l'épaule de Benazir. La foule était si dense que le bus avançait moins vite qu'un homme à pied. Nous cessâmes de regarder au bout d'un moment, car cela allait manifestement prendre des heures.

J'étais allée me coucher quand, juste avant minuit, les militants frappèrent. Son bus fut emporté par une vague de flammes orange. Mon père me l'apprit à mon réveil, le lendemain matin. Ses amis et lui étaient dans un tel état de choc qu'ils n'avaient pas dormi de la nuit. Par chance, Benazir en avait réchappé parce qu'elle venait de descendre se reposer dans le compartiment blindé du bus juste avant les explosions. Mais cent cinquante personnes furent tuées. C'était le plus gros attentat à la bombe qu'ait jamais connu le pays. Nombre de victimes étaient des étudiants qui avaient formé une chaîne humaine autour du bus. Ils se faisaient appeler « les martyrs pour Benazir ». À l'école, ce jour-là, tout le monde resta silencieux, même ceux qui ne la portaient pas dans leur cœur. Nous étions effondrés, mais heureux qu'elle ait survécu.

\*\*\*

Environ une semaine après, l'armée arriva dans le Swat dans un grand fracas de jeeps et d'hélicoptères. Nous étions en cours quand les premiers soldats arrivèrent, et nous ne tenions pas en place. Nous courûmes dehors. Les militaires nous lancèrent des caramels et des balles de tennis, que nous ramassâmes précipitamment. Les hélicoptères étaient rares dans le Swat, mais comme notre maison était proche de la caserne, ils passaient souvent au-dessus de nous. Nous jouions à celui ou à celle qui récolterait le plus de bonbons.

Un jour, l'un de nos voisins vint nous prévenir : à la mosquée, il avait été annoncé qu'il y aurait un couvre-feu le lendemain. Nous ignorions ce qu'était un couvre-feu et cela nous inquiéta tous. Il y avait un trou dans le mur contigu à la maison de nos voisins, la famille de mon amie Safina. Nous frappions au mur pour leur demander de se rapprocher du trou, afin de leur parler. « Qu'est-ce que c'est, un couvre-feu ? » Quand ils nous l'expliquèrent, nous nous sommes barricadés dans nos chambres, de peur que quelque chose de grave nous arrive. Peu de temps après, les couvre-feux devinrent notre quotidien.

Aux informations, nous apprîmes que Musharraf avait envoyé trois mille soldats dans notre vallée pour affronter les talibans. Ils occupèrent tous les bâtiments privés et administratifs qu'ils jugeaient stratégiques. Jusqu'à ce jour, c'était à croire que le reste du Pakistan ignorait délibérément ce qui se passait dans le Swat.

Le lendemain, un terroriste kamikaze se fit exploser avec un camion paramilitaire dans le Swat et tua dix-sept soldats et treize civils.

Ce soir-là, nous avons entendu des rafales de coups de feu toute la nuit et le canon gronder dans les collines. Nous avons à peine dormi.

À la télévision, nous avons appris que des combats faisaient rage dans les hauts plateaux du Nord. L'école fut fermée et nous restâmes à la maison en essayant de comprendre ce qui se passait.

Les affrontements se déroulaient en dehors de Mingora, pourtant nous entendions les détonations. Pour commencer, l'armée annonça avoir tué plus de cent militants, puis le premier jour de novembre, environ sept cents talibans conquirent une position de l'armée à Khwazakhela. Une cinquantaine de soldats de la police des frontières désertèrent et quarante-huit autres furent capturés et exhibés en triomphe. Les hommes de Fazlullah les humilièrent en leur prenant leurs uniformes et leurs armes et en leur donnant à chacun 500 roupies pour repartir.

Ensuite, les talibans prirent deux postes de police de Khwazakhela et avancèrent sur Madyan, où d'autres policiers rendirent les armes. Presque personne n'opposa de résistance. Un seul policier refusa de quitter son poste. Il fut aussitôt tué. Son nom était Mohammad Farooq Khan. Bientôt, les talibans contrôlaient la majeure partie du Swat en dehors de Mingora.

Le 12 novembre, Musharraf envoya dix mille soldats de plus dans la vallée, appuyés par d'autres hélicoptères armés. L'armée était partout et campait sur le green du golf, braquant ses grosses mitrailleuses sur les collines environnantes.

Une grande opération, Hrahi Haq, fut lancée contre Fazlullah. Plus tard, elle serait surnommée « la Première Bataille du Swat ». Jamais l'armée n'avait lancé d'offensive contre notre population en dehors des zones tribales.

La police essaya de capturer Fazlullah, tandis qu'il prenait la parole en public, mais une tempête de sable géante se leva, et il parvint à s'échapper. Cela renforça son aura mystérieuse et spirituelle.

Les militants ne se rendirent pas facilement. Ils progressèrent vers l'est et, le 16 novembre, ils prirent Alpuri, la principale ville du Shangla. Là encore, la police s'enfuit sans résister. Il y aurait eu des Tchétchènes et des Ouzbeks parmi les combattants. Nous nous faisions du souci pour notre famille du Shangla, mais mon père déclara que notre village était trop éloigné pour que les talibans s'en préoccupent et que les gens de la région avaient clairement fait savoir qu'ils les repousseraient.

L'armée pakistanaise possédait beaucoup plus d'hommes et d'armes, elle parvint très vite à reprendre les positions. Elle reconquit Imam Dheri, le quartier général de Fazlullah. Les militants s'enfuirent dans les forêts et, au début du mois de décembre, l'armée annonça qu'elle avait nettoyé la plupart des régions. Fazlullah battit en retraite dans les montagnes.

Mais elle n'avait pas chassé les talibans. « Cela ne durera pas », prédit mon père.

Le groupe de Fazlullah n'était pas le seul à causer des troubles. Tout le long de la frontière nord-ouest du Pakistan, des groupes militants divers étaient apparus de part et d'autre, menés par différents chefs de tribu.

Une semaine environ après la fin de la Première Bataille du Swat, quarante chefs talibans se réunirent dans le Sud-Waziristan pour déclarer la guerre au Pakistan. Ils acceptèrent de former un front uni sous la bannière TTP, Tehrik-e-Taliban Pakistan ou « talibans pakistanais ». Ils se prévalaient d'une force de quarante mille hommes. Ils se choisirent comme chef un homme proche de la quarantaine, du nom de Baitullah Mehsud, qui avait combattu en Afghanistan. Fazlullah se vit nommer chef du Swat.

Cela devenait un cauchemar. Quand l'armée arriva, nous crûmes que les combats seraient bientôt terminés, mais nous nous trompions. Il allait y en avoir bien davantage. Les talibans ne ciblaient pas seulement les politiciens, députés et policiers, mais aussi les gens qui n'observaient pas le *purdah*, dont la barbe n'était pas de la longueur voulue ou portaient un *shalwar kamiz* qui ne convenait pas.

Le 27 décembre, Benazir Bhutto prononça un discours lors d'une réunion électorale à Liaquat Bagh, le parc de Rawalpindi où notre premier Premier ministre, Liaquat Ali, avait été assassiné. « Nous vaincrons les forces de l'extrémisme et de l'activisme avec la force de notre peuple », déclara-t-elle sous les acclamations.

Alors que sa jeep blindée quittait le parc, elle se redressa et passa la tête par le toit ouvrant pour saluer ses partisans. Soudain, il y eut des détonations et une explosion tandis qu'un kamikaze se faisait sauter juste à côté de son véhicule. Benazir se baissa vivement. Le gouvernement Musharraf déclara plus tard qu'elle s'était cogné la tête sur la poignée du toit ouvrant ; d'autres déclarèrent qu'elle avait reçu une balle.

Nous étions en train de regarder la télévision quand la nouvelle nous parvint. Ma grand-mère déclara : « Benazir sera *shahid* », ce qui voulait dire qu'elle mourrait d'une mort honorable. Nous nous sommes tous mis à prier pour elle en pleurant. Quand nous apprîmes sa mort, j'entendis dans mon cœur une voix qui soufflait : « Pourquoi ne vas-tu pas là-bas combattre pour le droit des femmes ? » Nous avions soif de démocratie et à présent, je me demandais : « Si

Benazir peut mourir, qui est en sécurité ? » C'était comme si le pays avait perdu tout espoir.

Musharraf accusa Baitullah Mehsud, le leader du TTP, de la mort de Benazir et publia la transcription d'une conversation téléphonique interceptée, ayant prétendument eu lieu entre le chef des talibans pakistanais et un militant à propos de la préparation de l'attentat. Baitullah nia toute responsabilité, ce qui était inhabituel pour les talibans.

Des enseignants de matières religieuses, ou *Qari sahibs*, venaient à domicile nous enseigner le Coran, ainsi qu'à d'autres enfants du quartier. Lors de l'arrivée des talibans dans le Swat, j'avais terminé d'apprendre le Coran tout entier (ce qu'on appelle *Khatam ul-Quran*, « sceller le Coran »), pour le plus grand plaisir de mon grand-père. Nous le récitons en arabe, et la plupart des gens ignorent le sens des termes qu'ils prononcent. Mais j'avais aussi commencé d'apprendre la traduction.

À mon horreur, l'un de ces *Qari sahibs* essaya de justifier l'assassinat de Benazir. « C'est une très bonne chose qu'elle ait été tuée, dit-il. Vivante, elle était inutile. Elle n'observait pas convenablement l'islam. Si elle avait survécu, nous aurions connu l'anarchie. »

Choquée, je m'en ouvris à mon père. « Nous n'avons pas le choix, nous dépendons de ces mollahs pour apprendre le Coran, mais utilise-les seulement pour apprendre le sens littéral des mots, ne suis pas leurs explications ou leurs interprétations, dit-il. Apprends seulement ce que dit Dieu. Ses paroles sont des messages divins que tu peux interpréter librement et en toute indépendance. »

## 11

## La classe des petites futées

Ce fut l'école qui me permit de tenir durant cette sombre période. Quand j'étais dans la rue, j'avais l'impression que chaque homme que je croisais pouvait être un taliban. Nous cachions nos sacs et nos livres dans nos châles. Nous avions toutes peur. Mon père disait toujours qu'il n'y a pas plus beau spectacle dans un village, de bon matin, que la vue d'un enfant en uniforme scolaire. Nous avions désormais trop peur de les porter.

Nous étions au collège. Mme Maryam disait que personne ne voulait plus être notre professeur, car nous posions trop de questions. Cela nous plaisait qu'on nous considère comme les petites futées. Quand nous nous dessinions des décorations au henné sur les mains pour les fêtes et les mariages, nous préférions les formules d'algèbre et de chimie aux fleurs et aux papillons.

Ma rivalité avec Malka-e-Noor persistait, mais après le choc de ma défaite lors de son arrivée, j'avais travaillé dur et réussi à regagner sur le tableau d'honneur de l'école ma place de première, elle deuxième et généralement Moniba troisième. Les professeurs nous répétaient que les examinateurs regardaient d'abord la quantité de texte, puis la présentation. Moniba avait la plus belle écriture et la meilleure présentation de nous trois, mais je lui disais toujours qu'elle n'avait pas assez confiance en elle. Elle se donnait beaucoup de mal, car elle craignait toujours, en cas de mauvaises notes, que ses parents ou son frère prennent cela comme prétexte pour lui faire cesser ses études. J'étais la plus faible en mathématiques – une fois, j'avais même eu un zéro – mais je m'acharnais. Mon professeur de chimie, Sir Obaidullah (nous donnions du *sir* et du *miss* à nos enseignants), disait que j'étais une politicienne-née, parce que, au début des interrogations orales, je commençais toujours par : « Monsieur, je tiens à vous dire que vous êtes le meilleur professeur et votre cours est mon préféré. »

Certains se plaignaient, notamment les parents de Malka-e-Noor, que j'étais favorisée parce que mon père possédait l'école, mais les gens étaient toujours surpris de constater que, malgré notre rivalité, nous étions toutes les trois très amies sans éprouver la moindre jalousie.

Nous rivalisions aussi pour être la meilleure du district et, une année, Malka-e-Noor et moi avons obtenu exactement les mêmes notes. Pour nous départager, nous avons rédigé un autre devoir à l'école, mais nous avons obtenu le même résultat. Afin de m'épargner les accusations de favoritisme, mon père nous fit passer l'épreuve au sein de l'établissement de son ami, Ahmad Shah. Il en alla de même. En définitive, chacune reçut le trophée.

L'école, ce n'était pas toujours des devoirs. Nous aimions le théâtre. J'écrivis un sketch inspiré de *Roméo et Juliette* sur la corruption. Je jouai Roméo, qui était un fonctionnaire recevant des candidats pour une embauche. La première d'entre eux est une jolie fille. Il lui pose des questions très simples comme : « Combien de roues possède une bicyclette ? » Comme elle répond : « Deux », il la félicite d'un : « Que vous êtes douée ! » Le candidat suivant est un homme et Roméo lui pose des questions impossibles, du genre : « Sans quitter votre chaise, dites-moi la marque du ventilateur accroché au-dessus de nous. — Comment voulez-vous que je le sache ? se récrie le candidat. — Vous me dites que vous avez un doctorat et vous ne le savez pas ? » s'indigne Roméo, qui décide de donner le poste à la jeune fille.

La fille était évidemment jouée par Moniba, et c'est Attiya, une autre camarade, qui jouait mon assistante. Elle ajoutait un peu de sel, de piment et de masala à la pièce avec ses apartés pleins d'esprit.

Tout le monde rit beaucoup. Durant les pauses, j'imitais nos professeurs, notamment Sir Obaidullah, pour amuser mes camarades. Avec toutes les horreurs dont nous étions témoins alors, nous saisissions le moindre prétexte pour rire.

L'offensive militaire de la fin de 2007 n'avait pas chassé les talibans. L'armée était restée dans le Swat, et on la croisait partout en ville, mais Fazlullah et ses sbires continuaient de diffuser chaque jour sur sa radio. Au cours de l'année 2008, la situation empira avec des attentats et des assassinats. Le gouvernement brillait encore par son absence.

À cette époque, on ne parlait que de l'armée et des talibans. Nous avions l'impression d'être pris au piège entre les deux. Attiya me taquinait en disant que les talibans étaient les bons et l'armée les méchants. Je rétorquais : « Si un serpent et un lion venaient nous attaquer, lequel choisirions-nous, le serpent ou le lion ? »

Notre école était un refuge nous protégeant des horreurs de l'extérieur. Toutes les autres filles de ma classe voulaient être médecins, mais je décidai de devenir inventeur pour fabriquer une machine anti-talibans qui les ferait disparaître et détruirait leurs armes.

Mais bien entendu, à l'école, nous étions aussi menacées, et certaines de mes amies cessèrent de venir en cours. Fazlullah martelait sur les ondes que les filles devaient rester chez elles, et ses hommes avaient commencé à faire exploser les établissements, généralement la nuit, quand ils étaient inoccupés.

La première à sauter fut Shawar Zangay, l'école primaire de filles de Matta, à la stupeur générale. Puis d'autres attentats suivirent, presque chaque jour.

Même à Mingora, il y avait des bombes. À deux reprises, il y eut une explosion quand j'étais dans la cuisine, si près que toute la maison fut ébranlée et que le ventilateur au-dessus de la fenêtre tomba. J'eus dès lors très peur de la cuisine et j'évitai autant que possible d'y rester trop longtemps.

Le dernier jour de février 2008, je m'y trouvais quand une terrible déflagration retentit. Le bruit était assourdissant, l'explosion avait dû se produire très près. Des sirènes hurlèrent les unes après les autres, comme si toutes les ambulances de Mingora arrivaient dans le quartier. Un kamikaze s'était fait sauter avec beaucoup d'explosifs sur le terrain de basket-ball du lycée Haji Baba. S'y déroulaient les rites funéraires à la mémoire de Javed Iqbal, un agent de police tué dans une zone reculée alors qu'il cherchait à échapper aux talibans. Son corps avait été rapatrié à Mingora, d'où il était originaire, pour les obsèques au cours desquelles il devait recevoir le salut de la police. À présent, les talibans s'en prenaient aux endeuillés. Parmi les cinquante-cinq personnes qui y périrent, le jeune fils de Javed Iqbal, et beaucoup de nos connaissances. Dix membres de la famille de Moniba y furent tués ou blessés. Moniba fut bouleversée de chagrin, et la ville durement secouée. Il y eut des condoléances dans toutes les mosquées.

— Tu as peur, à présent ? demandai-je à mon père.
— La nuit, la peur est forte, disait-il. Mais le matin, en plein jour, nous retrouvons le courage. (Et cela vaut pour ma famille. Nous avions peur, oui, mais notre peur était moins puissante que notre courage.) Nous devons débarrasser la vallée des talibans et, ensuite, plus personne n'aura peur.

En temps de crise, nous autres, Pachtounes, recourons aux traditions éprouvées. Cette année-là, des anciens du Swat créèrent une assemblée appelée le Swat Quami pour contrer Fazlullah. Quatre hommes de la région, Mukthar Khan Yousafzai, Khurshid Kakajee, Zahid Khan et Muhammad Ali Khan, firent le tour des *hujras* pour convaincre les anciens de s'y rallier. Le plus âgé était un homme à barbe blanche de soixante-quatorze ans, du nom d'Abdul Khan Khaliq, qui avait servi comme garde du corps auprès de la reine d'Angleterre lorsqu'elle était venue dans le Swat chez notre wali. Même si mon père n'était ni un ancien ni un khan, il fut choisi comme porte-parole, car il ne craignait pas de prendre position. Plus éloquent en pachto, il parlait couramment l'ourdou, notre langue nationale, et l'anglais, autrement dit, il était un communiquant efficace à l'intérieur comme à l'extérieur du Swat.

Tous les jours, au nom du conseil des anciens, il se rendait à des séminaires ou se produisait dans les médias et défiait Fazlullah. « Que crois-tu faire ? haranguait-il. Tu anéantis nos vies, notre culture. »

« Je me rallierais à tout organisme œuvrant pour la paix, me disait mon père. Si l'on souhaite résoudre un conflit ou une querelle, il faut en premier lieu parler le langage de la vérité. Si tu as mal à la tête et que tu dis au médecin que tu as mal à l'estomac, comment veux-tu qu'il te soigne ? Parle un langage de vérité. La vérité abolit la peur. »

Lorsqu'il retrouvait ses camarades, en particulier ses vieux amis Ahmad Shah, Fazal Maula, Mohammad Farooq et Zahid Khan, je l'accompagnais bien souvent. Ahmad Shah dirigeait une école où Mohammad Farooq travaillait – on se rassemblait volontiers sur sa pelouse –, tandis que Zahid Khan possédait un hôtel où il tenait une *hujra* très fréquentée. Lorsqu'ils venaient chez nous, je leur servais du thé, puis m'asseyais tranquillement pour écouter leurs conversations. « Malala n'est pas seulement la fille de Ziauddin, disaient-ils. C'est notre fille à tous. »

Ils allaient et venaient entre Peshawar et Islamabad, donnaient à tour de rôle des tas d'interviews à la radio, surtout à Voice of America ou à la BBC. Ils alertaient l'opinion sur ce qui se passait dans le Swat, répétaient que cela n'avait pas de rapport avec l'islam. Mon père déclarait que la présence des talibans dans notre région n'était pas possible sans le soutien de l'armée et des bureaucrates. L'État est censé protéger les droits de ses citoyens, mais la situation est très difficile quand on ne peut plus distinguer les instances gouvernementales d'autres instances et qu'on ne peut plus se fier aux premières pour vous défendre contre les secondes.

Notre armée et l'ISI sont très puissantes, et la plupart des gens n'aimaient pas dire cela en public, mais mon père et beaucoup de ses amis n'avaient pas peur. « Vous agissez contre votre peuple et contre le Pakistan, disait-il. Ne soutenez pas la "talibanisation", c'est inhumain. Nous apprenons que le Swat est en train d'être sacrifié pour le Pakistan, mais rien ni personne ne devrait être sacrifié pour l'État. L'État, c'est une mère, et une mère n'abandonne jamais ses enfants. »

Il était ulcéré par le fait que la plupart des gens ne veuillent pas s'exprimer. Il gardait dans sa poche un poème de Martin Niemöller, qui vivait dans l'Allemagne nazie. Il disait :

« Lorsqu'ils sont venus chercher les communistes, je n'ai rien dit, je n'étais pas communiste. Lorsqu'ils ont emprisonné les socialistes, je n'ai rien dit, je n'étais pas socialiste. Lorsqu'ils sont venus chercher les syndicalistes, je n'ai rien dit, je n'étais pas syndicaliste. Lorsqu'ils sont venus chercher les juifs, je n'ai rien dit parce que je n'étais pas juif. Lorsqu'ils sont venus chercher les catholiques, je n'ai rien dit, parce que je n'étais pas catholique. Lorsqu'ils sont venus me chercher, il ne restait plus personne pour protester. »

Il avait raison. Si les gens se taisaient, rien ne changerait.

À l'école, mon père organisa une marche pour la paix et nous encouragea à prendre la parole contre ce qui se passait. Moniba résuma bien les choses : « Nous autres, Pachtounes, sommes un peuple pieux. À cause des talibans, le monde entier prétend que nous sommes des terroristes. C'est faux. Nous sommes un peuple pacifique. Nos montagnes, nos arbres, nos fleurs, tout dans notre vallée n'est que paix. »

Un groupe d'élèves donna une interview sur ATV Khyber, l'unique chaîne privée pachtoune, et sur Dawn TV, et parla des filles qui quittaient l'école sous la contrainte. Les enseignants nous aidèrent à formuler des réponses. Je n'étais pas la seule à être questionnée. Quand nous avions entre onze et treize ans, nous le faisions toutes ensemble, mais quand nous arrivâmes à quatorze ou quinze ans, les pères et frères de mes camarades leur interdirent de parler par peur des représailles.

Un jour, je suis passée sur Geo, qui est l'une des plus importantes chaînes d'information de notre pays. Ils avaient un mur d'écrans dans leurs bureaux. Je fus étonnée de voir autant de chaînes. Après cela, je songeai : *Les médias ont besoin d'interviews, ils veulent une interview d'une fillette et personne n'est disposé à leur en donner une, parce que les filles ont peur, et quand elles n'ont pas peur, ce sont leurs parents qui ne les laissent pas faire.* Mon père n'était pas inquiet et me soutenait. Il me disait : « Tu es une enfant, et c'est ton droit de t'exprimer. » Plus je donnais d'interviews, plus je me sentais forte et plus je recevais de soutiens. Je n'avais que onze ans, mais je paraissais plus et la télévision appréciait apparemment qu'une fillette s'exprime : une journaliste m'appela *takra jenai* – c'est-à-dire « resplendissante jeune fille ». Dans mon cœur, j'étais convaincue que Dieu me protégerait. Si je parle pour défendre mes droits, les droits des filles, je ne fais rien de mal. C'est mon devoir de le faire. Dieu veut voir comment nous nous comportons dans de telles situations. Le Coran dit : « Que la vérité triomphe et le faux soit anéanti. » Si un homme, Fazlullah, peut tout détruire, pourquoi une fillette ne pourrait-elle rien y changer ? me demandais-je. Et chaque soir, je priais Dieu pour qu'il me donne la force.

Les médias du Swat subissaient des pressions afin qu'ils présentent les talibans sous un jour positif. Certains journalistes donnaient à leur porte-parole, Muslim Khan, le respectueux surnom de « School Dada », alors même qu'il détruisait des écoles. Mais beaucoup de journalistes, affligés du sort réservé à notre vallée, souhaitaient nous offrir une tribune puissante, car nous osions dire des choses qu'ils craignaient d'exprimer.

N'ayant pas de voiture, nous nous déplacions en rickshaw ou un ami de mon père nous conduisait.

Un jour, mon père m'emmena avec lui à Peshawar, à un talk-show de la BBC en ourdou présenté par un chroniqueur très connu, Wasatullah Khan. Nous étions accompagnés de Fazal Maula, un ami de mon père, et de sa fille. Deux pères et leurs deux filles. Le représentant des talibans n'était autre que Muslim Khan, interviewé par téléphone. J'avais peur, mais je savais que c'était très important, car beaucoup de gens dans tout le Pakistan allaient écouter. « Comment les talibans osent-ils me priver de mon droit fondamental à l'instruction ? » demandai-je. Muslim Khan ne répondit pas, car son interview avait été préenregistrée. Comment voulez-vous qu'un enregistrement réagisse à une question ?

Après, les gens me félicitèrent. Mon père éclata de rire et me dit que je devais me lancer dans la politique. « Même tout bébé, tu parlais comme une politicienne », me taquina-t-il. Mais je ne réécoutais jamais mes interviews. Je savais que c'étaient de tout petits progrès.

Nos paroles étaient comme les boutons d'eucalyptus éparpillés par le vent du printemps. La destruction des écoles continuait. La nuit du 7 octobre 2008, nous entendîmes une série d'explosions au loin. Le lendemain matin, nous apprîmes que des militants masqués avaient pénétré dans l'école religieuse de filles de Sangota et à l'Excelsior College, un établissement pour garçons, et les avaient fait sauter avec des explosifs artisanaux. Les professeurs avaient déjà fui les lieux car ils avaient reçu des menaces.

Tous deux étaient des établissements célèbres, notamment Sangota, qui datait de l'époque du wali et était très connu pour son excellent niveau. Ils étaient vastes : l'Excelsior comptait plus de deux mille élèves et Sangota un millier. Mon père se rendit sur place et trouva un amas de cendres. Il donna des interviews aux journalistes de la télévision parmi les dernières briques brisées et les livres brûlés et revint à la maison horrifié. « Ce ne sont plus que des décombres », dit-il. Cependant, mon père demeurait plein d'espoir et pensait qu'un jour, ces destructions connaîtraient une fin. Mais il était déprimé de voir que la population volait livres, mobilier et ordinateurs dans les écoles anéanties. Il en pleura et traita les pillards de vautours qui s'acharnent sur des cadavres. Ils se volent eux-mêmes.

Le lendemain, il passa en direct sur Voice of America et condamna fermement les attentats. Muslim Khan était également interviewé au téléphone. « Que reprochez-vous à ces deux écoles au point de les faire sauter ? » demanda mon père.

Muslim Khan répondit que Sangota était un couvent qui enseignait le christianisme et que l'Excelsior était mixte. « C'est faux dans les deux cas ! répliqua mon père. Sangota existe depuis les années 60 et n'a jamais converti personne au christianisme. En fait, certains parmi son personnel se sont convertis à l'islam. Et l'Excelsior n'est mixte que pour les classes du primaire ! »

Muslim Khan ne répondit pas.

« Et leurs propres filles ? demandai-je à mon père. Ne veulent-elles donc pas étudier ? »

Notre directrice adjointe, Mme Maryam, était une ancienne de Sangota, et sa jeune sœur Ayesha y était élève, aussi certaines de l'école détruite furent-elles accueillies dans la nôtre. Les frais de scolarité n'ont jamais couvert toutes les dépenses et des inscriptions supplémentaires étaient donc bienvenues, mais mon père était mécontent. Il réclamait sans relâche la reconstruction des deux écoles. Une fois, il parla devant une grande assemblée et leva dans ses bras la petite fille d'un des membres de l'auditoire en disant : « Cette petite est notre avenir. Voulons-nous qu'elle soit ignorante ? » L'assistance reconnut qu'elle préférait se sacrifier pour offrir l'instruction aux enfants.

Les nouvelles élèves étaient brillantes, ce qui impliqua de nouvelles rivalités. L'une d'elles, Rida, était très bonne oratrice. Elle devint une amie pour moi et Moniba, ce qui provoqua parfois des disputes, car trois est un chiffre difficile. Parfois, Moniba apportait à manger à l'école et seulement deux fourchettes. « Tu es mon amie ou celle de Rida ? » lui demandais-je. « Nous sommes toutes les trois amies », répondait-elle en riant.

À la fin de 2008, quatre cents écoles avaient été détruites par les talibans. Nous avions un nouveau gouvernement mené par le président Asif Ali Zardari, le veuf de Benazir, mais il ne semblait pas se soucier du Swat. Si les filles de Zardari étaient scolarisées dans le Swat, disais-je, il en irait autrement. Il y avait des attentats-suicides dans tout le pays, et même l'hôtel Marriott d'Islamabad avait sauté.

Dans le Swat, on était plus en sécurité dans les villes que dans les régions reculées et beaucoup de membres de notre famille quittèrent la campagne pour vivre avec nous. La maison était petite et se retrouva bondée, car nous hébergions déjà nos cousins. Il n'y avait pas grand-chose à faire. Nous ne pouvions pas jouer au cricket dans la rue ni sur le toit comme naguère. Nous jouions aux billes dans la cour à longueur de temps. Je me chamaillais constamment avec mon frère Khushal, qui allait se plaindre en pleurnichant auprès de ma mère. Jamais dans l'histoire un Khushal et une Malala n'ont été amis.

J'aimais changer souvent de coiffure et je passais un temps fou dans la salle de bains, devant le miroir, à faire des essais en m'inspirant de ce que je voyais dans les films. Jusqu'à mes huit ou neuf ans, ma mère me coupait les cheveux court comme mes frères à cause des poux et pour pouvoir les coiffer plus facilement car ils s'emmêlaient sous le châle. Mais j'avais fini par la convaincre de me laisser les porter jusqu'aux épaules. Contrairement à Moniba qui les a raides, les miens sont bouclés et j'aimais les friser ou les tresser. « Qu'est-ce que tu fais là-dedans ? s'écriait ma mère. Nos invités ont besoin de la salle de bains, et tout le monde est obligé d'attendre après toi. »

L'un de mes pires souvenirs remonte à 2008, durant le mois du jeûne du Ramadan, alors que nous nous passions de boire et de manger jusqu'à la nuit. Les talibans bombardèrent la centrale électrique, nous privant de courant, puis le gazoduc, ce qui nous priva de gaz. Le prix des cylindres de gaz que nous achetions au marché doubla, aussi ma mère se mit-elle à cuisiner au feu de bois, comme autrefois au village. Elle ne se plaignit pas, il fallait bien cuire les aliments.

Ce qui la contrariait, c'était que d'autres aient un sort moins enviable que le nôtre.

L'eau était souillée, le choléra se propagea et fit des morts. L'hôpital du Swat ne put prendre en charge tous les patients, il fallut dresser d'immenses tentes à l'extérieur pour prodiguer des soins aux malades.

Nous n'avions pas de générateur à la maison, mais mon père emprunta de l'argent pour en installer un à l'école, et se débrouilla pour pomper de l'eau potable d'un forage, auquel tous les enfants du voisinage vinrent s'abreuver. Tous les jours, les gens affluaient pour remplir cruches, bouteilles, tambours. L'un des voisins était terrifié. « Sais-tu ce que tu fais ? Si les talibans apprennent que tu distribues de l'eau en plein Ramadan, ils nous feront exploser ! » Mon père répondit que nous mourrions donc soit de soif, soit dans un attentat.

Les jours où nous allions en excursion ou pique-niquer n'étaient plus qu'un rêve. Personne ne s'aventurait plus dehors après le coucher du soleil. Les terroristes firent même sauter le remonte-pente et le grand hôtel de Malam Jabba où séjournaient les touristes. Ce fut la fin du tourisme. Les montagnes qui étaient un paradis pour les voyageurs du monde entier devinrent un enfer où personne ne voulait plus s'aventurer.

Puis, à la fin de l'année 2008, l'un des adjoints de Fazlullah, le *maulana* Shah Douran, annonça à la radio que toutes les écoles de filles fermeraient leurs portes. À partir du 15 janvier, les filles ne devaient plus aller à l'école, menaça-t-il.

Je crus d'abord que c'était une blague.

— Comment peuvent-ils nous empêcher d'aller à l'école ? demandai-je à mes amies. Ils n'en ont pas le pouvoir. Ils disent qu'ils vont détruire la montagne, mais ils ne peuvent même pas contrôler la route.

Les autres n'étaient pas d'accord avec moi.

— Qui va les arrêter ? demandèrent-elles. Ils ont déjà fait sauter des centaines d'écoles, et personne n'a rien fait.

Mon père disait toujours que les gens du Swat et les professeurs continueraient d'instruire leurs enfants jusqu'à ce qu'il ne reste plus qu'une seule salle de classe, un seul professeur et un seul élève en vie. Jamais, au grand jamais, mes parents n'avaient envisagé de me retirer de l'école.

Bien que nous adorions l'école, nous n'avions pas compris à quel point l'instruction était importante jusqu'au moment où les talibans avaient essayé de nous en priver. Aller en cours, lire, faire nos devoirs, ce n'était pas seulement un moyen de passer le temps, c'était notre avenir.

Cet hiver-là, il neigea, mais nous n'éprouvâmes pas la même joie en fabriquant des bonshommes de neige. Avec le froid les talibans se réfugieraient dans les montagnes, mais nous savions qu'ils reviendraient vite et ignorions la suite de leurs projets. Pour nous, l'école reprendrait. Les talibans pouvaient nous prendre nos crayons et nos livres, mais ils ne pouvaient pas nous empêcher de penser.

# 12

## La place sanglante

Les cadavres étaient déposés sur la place la nuit pour que tout le monde puisse les voir le lendemain matin en allant au travail. Généralement, il y avait un mot épinglé dessus : Voici ce qui arrive aux agents de l'armée ou Interdiction de toucher à ce corps avant 11 heures sous peine d'être le prochain.

Certaines nuits de massacres, il y avait aussi des séismes, ce qui effrayait encore plus la population, car nous reliions chaque catastrophe naturelle à une catastrophe humaine.

Ils tuèrent Shabana lors d'une nuit affreusement froide de janvier 2009. Elle vivait à Banr Bazaar, l'étroite rue de notre ville de Mingora célèbre pour ses danseuses et musiciens. Le père de Shabana raconta qu'un groupe d'hommes était venu frapper à sa porte pour demander à sa fille de danser pour eux. Elle était montée mettre son costume de danse et quand elle était redescendue, ils avaient sorti leurs pistolets et l'avaient menacée de l'égorger.

Cela se produisit avant le couvre-feu de 21 heures et on l'entendit crier : « Je promets d'arrêter ! Je jure que je ne chanterai ni ne danserai plus jamais. Ne me faites pas de mal, au nom de Dieu ! Je suis une femme, une musulmane. Ne me tuez pas ! »

Puis des coups de feu éclatèrent et son corps criblé de balles fut traîné jusqu'à Green Chowk. Tant de cadavres y avaient été abandonnés que les gens la surnommaient « la Place Sanglante ». Nous apprîmes la mort de Shabana le lendemain matin. Sur Mollah FM, Fazlullah déclara qu'elle méritait de mourir en raison de son immoralité et que toutes les autres filles surprises à se produire à Banr Bazaar seraient exécutées. Mais la plupart des autres danseuses avaient déjà fui pour Lahore ou Dubaï. Pour apaiser les talibans, les musiciens publièrent dans les journaux des avis proclamant qu'ils avaient cessé de jouer et promettant de mener une existence pieuse.

Les gens condamnaient le mode de vie de Shabana, mais nos hommes désiraient tout autant la voir danser qu'ils la méprisaient parce que c'était une danseuse. Une fille de khan ne peut épouser un fils de barbier, et une fille de barbier ne peut épouser un fils de khan. Nous autres, Pachtounes, nous aimons les chaussures mais pas le cordonnier, nous aimons les foulards et les couvertures, mais nous ne respectons pas les tisserands. Les travailleurs manuels offraient une grande contribution à notre société, mais ils ne bénéficiaient d'aucune reconnaissance, et c'est pourquoi un si grand nombre d'entre eux rejoignit les talibans pour obtenir enfin statut et pouvoir. De la même manière, les gens aimaient voir Shabana danser, mais ne la respectaient pas. Aussi personne n'éleva la voix quand elle fut assassinée. Certains soutinrent même son exécution, peut-être par crainte des talibans ou parce qu'ils leur étaient favorables. « Shabana n'était pas une musulmane, disaient-ils. C'était une femme de mauvaise vie, et il est juste qu'elle ait été tuée. » Peu importait qu'ils l'aient vue en spectacle et aient apprécié ses danses et ses chants. Je ne peux toutefois pas dire que ce fut la pire journée. À l'époque du meurtre de Shabana, chaque jour, chaque moment semblait pire que le précédent. Les mauvaises nouvelles étaient partout : la maison d'untel a été dynamitée ; telle école a sauté ; untel ou untel ont été flagellés en public. C'était sans fin et accablant.

Deux semaines après l'assassinat de Shabana, un professeur de Matta fut exécuté parce qu'il refusait de retrousser son *shalwar* au-dessus de la cheville ainsi que le portent les talibans. Il répondit que ce n'était exigé nulle part dans le Coran. Ils le tuèrent ainsi que son père.

Je n'arrivais pas à comprendre ce que les talibans tentaient de faire. « Ils insultent notre religion, déclarais-je dans des interviews. Si je braquais un pistolet sur votre crâne en vous disant que l'islam est la vraie religion, adhéreriez-vous sincèrement à l'islam ? S'ils veulent que chaque individu au monde devienne musulman, pourquoi ne commencent-ils pas en se montrant bons musulmans eux-mêmes ? »

Régulièrement, mon père rentrait à la maison ébranlé à cause des horreurs qu'il avait vues et entendues sur des policiers qui avaient été décapités et dont on avait exhibé les têtes.

Même ceux qui avaient défendu Fazlullah au début
– et lui avaient donné leur or – commencèrent à se
retourner contre lui. Mon père me parla d'une femme
qui avait fait de généreuses donations aux talibans
pendant que son mari travaillait à l'étranger. Quand
il était rentré et avait découvert les fortunes qu'elle
leur avait versées, il s'était mis en colère. Une nuit, il y
eut une petite explosion dans leur village et la femme
poussa un cri. « N'aie pas peur, dit son époux. C'est
le bruit de tes boucles d'oreilles et de nez. À présent,
écoute celui de tes bracelets et médaillons. »

Cependant, peu de gens s'indignaient publiquement. L'ancien rival en politique de mon père à l'université, Ihsan ul-Haq Haqqani, devenu journaliste à
Islamabad, organisa une conférence sur la situation
dans le Swat. Hormis mon père, aucun des avocats
et enseignants du Swat qu'il avait invités à prendre la
parole ne répondit présent. C'était à croire que tout le
monde avait décidé que les talibans étaient enracinés
et qu'il valait mieux s'entendre avec eux. « Quand
vous êtes avec les talibans, vous êtes totalement en
sécurité », disait-on. C'est pourquoi ils encourageaient
les jeunes à se joindre à eux. Les talibans envoyaient
des émissaires réclamer des fonds à des particuliers
pour acheter des kalachnikovs et faute de quoi, ils
demandaient qu'ils leur confient leurs fils. De nombreux riches s'enfuirent. Les pauvres n'avaient d'autre
choix que de rester et de tenter de survivre. Tellement
de pères étaient partis travailler dans les mines ou
dans le Golfe que les fils étaient des proies faciles.

Le danger commença à se rapprocher de nous. Un
jour, Ahmad Shah fut menacé par des inconnus et

pendant un moment, il quitta la ville pour Islamabad, où il essaya d'y faire prendre conscience de ce qui se passait dans notre vallée.

Durant cette période, le pire fut quand on commença à douter les uns des autres. On désigna même mon père. « Notre peuple se fait décimer, mais ce Ziauddin, qui ne se prive pas de parler, est encore en vie ! Ce doit être un agent secret ! »

En réalité, on l'avait menacé lui aussi, mais il ne nous en avait rien dit. Il avait donné une conférence de presse à Peshawar exigeant que l'armée agisse contre les talibans et traque leurs dirigeants. Ensuite, on lui annonça que sur Mollah FM son nom avait été cité parmi d'autres personnes menacées par le *maulana* Shah Douran.

Mon père n'y prêta pas attention. Mais moi, j'étais inquiète. Il faisait partie de tellement de groupes et de comités qu'il était fréquent qu'il ne rentre à la maison qu'après minuit. Il commença à coucher chez l'un de ses amis pour nous protéger au cas où les talibans seraient venus le chercher. Il ne supportait pas l'idée d'être tué devant nous. Je ne pouvais dormir que lorsqu'il rentrait et que je pouvais verrouiller la grille. Quand il était là, ma mère plaçait une échelle dans le jardin donnant sur le mur extérieur afin qu'il puisse s'échapper par-derrière en cas de danger. L'idée le fit rire. « Peut-être que ce petit écureuil d'Atal y parviendrait, mais pas moi ! » Ma mère ne cessait d'imaginer sa réaction si les talibans venaient. Elle envisagea de dormir avec un couteau sous son oreiller. Je déclarai que je pourrais filer discrètement dans les toilettes pour appeler la police. Mes frères et moi songeâmes à creuser un tunnel. Et une fois de plus, je priai qu'un coup de baguette magique fasse disparaître les talibans.

Un jour, je vis mon petit frère Atal creuser avec acharnement dans le jardin.

— Que fais-tu ? lui demandai-je.

— Je creuse une tombe.

Comme les informations débordaient de morts et de massacres, il était naturel qu'Atal pense à des tombes et des cercueils. Au lieu de jouer à cache-cache ou aux gendarmes et aux voleurs, les enfants jouaient à présent à l'armée contre les talibans. Ils se fabriquaient des roquettes et des kalachnikovs avec des bouts de bois et des branches. C'étaient les jeux de la terreur.

Il n'y avait personne pour nous protéger. Notre commissaire adjoint Syed Javid allait aux rassemblements des talibans, priait dans leur mosquée et dirigeait leurs réunions. Il devint un parfait taliban. Quand les ONG reçurent des lettres de menaces – les ONG étaient considérées « anti-islam » – et que leurs représentants vinrent réclamer son aide, il fit la sourde oreille. Lors d'une réunion, mon père le défia : « Quels ordres représentez-vous ? Ceux de Fazlullah ou ceux du gouvernement ? » En arabe, on dit : « Le peuple suit son roi. » Quand la plus haute autorité de votre district rejoint les talibans, la talibanisation devient normale.

Au Pakistan, nous aimons les théories conspirationnistes et nous en avons en quantité. Certains croyaient que les autorités encourageaient délibérément les talibans. Ils disaient que l'armée voulait qu'il y ait les talibans dans le Swat parce que les Américains voulaient y installer une base aérienne pour drones. Avec les talibans dans notre vallée, le gouvernement pouvait dire aux Américains : « Nous ne pouvons pas vous aider car nous avons de gros problèmes. » C'était aussi une manière de répondre aux critiques de plus en plus nombreuses des Américains qui estimaient que notre armée aidait les talibans plutôt qu'elle n'essayait de les éradiquer. À présent, notre gouvernement pouvait répondre : « Vous dites que nous prenons votre argent et que nous aidons ces terroristes, mais si tel est le cas, pourquoi nous attaquent-ils aussi ? »

« Les talibans sont manifestement soutenus par des forces invisibles, déclara mon père. Mais ce qui se passe n'est pas simple, et plus on cherche à comprendre, plus cela devient compliqué. »

En 2008, le gouvernement avait même relâché Sufi Mohammad, le fondateur du TNSM. On disait qu'il était plus modéré que son gendre Fazlullah. On espérait qu'il conclurait un accord de paix avec le gouvernement, lequel imposerait la charia dans le Swat et nous libérerait de la violence des talibans. Mon père était en faveur de cette mesure. Nous savions que ce ne serait pas terminé, mais mon père estimait que si nous avions la charia, les talibans n'auraient plus rien à revendiquer. Ils devraient rendre les armes et vivre comme tout le monde. Sinon, disait-il, ils apparaîtraient sous leur vrai jour.

L'armée avait toujours ses batteries sur les montagnes dominant Mingora. Toute la nuit, nous entendions les détonations. Elles s'arrêtaient pendant cinq à quinze minutes, puis elles reprenaient lorsque nous nous rendormions. Parfois nous essayions de nous boucher les oreilles ou de nous enfouir la tête sous les oreillers, mais les armes étaient trop proches et le bruit trop fort. Et le lendemain matin, à la télévision, nous entendions parler des massacres des talibans et nous nous demandions ce que faisait l'armée avec tous ces canons et pourquoi elle n'arrivait même pas à interrompre les annonces quotidiennes de la radio.

L'armée et les talibans étaient puissants. Parfois, leurs barrages respectifs n'étaient séparés que par un kilomètre sur la même route. Ils nous arrêtaient, mais ils semblaient ignorer mutuellement leur présence. C'était incroyable. Personne ne comprenait pourquoi nous n'étions pas défendus. Pour certains, ils n'étaient que les deux faces d'une même pièce.

Mon père disait que nous autres, gens ordinaires, nous étions comme la balle du grain prisonnière entre les deux pierres d'un moulin. Mais il n'avait pas peur. Il répétait que nous devions continuer à nous faire entendre.

Je suis un être humain, et quand j'entendais les détonations, mon cœur battait la chamade. Parfois, j'avais très peur, mais je n'en parlais pas et cela ne voulait pas dire que j'allais cesser d'aller à l'école. Mais la peur est très puissante et en fin de compte, c'était elle qui avait retourné les gens contre Shabana. La terreur avait rendu les gens cruels. Les talibans mettaient à bas nos valeurs pachtounes comme celles de l'islam. J'essayais de me changer les idées en lisant la *Brève Histoire du temps* de Stephen Hawking, qui répondait à de grandes interrogations sur les débuts de l'Univers et l'éventualité que le temps s'écoule à l'envers. Je n'avais que onze ans et j'aurais bien aimé que ce soit possible.

Nous autres, Pachtounes, nous savons que la pierre de la vengeance ne s'effrite jamais et que lorsque l'on commet une faute, on affrontera la sentence. Mais quand ? nous demandions-nous constamment.

## 13

## Le journal de Gul Makai

C'est durant ces sombres journées que mon père reçut un coup de fil de son ami Abdul Hai Kakar, un correspondant de la radio de la BBC en poste à Peshawar. Il cherchait une enseignante ou une écolière qui rédigerait un journal de son quotidien sous les talibans. Il voulait montrer le versant humain de la catastrophe dans le Swat. Au départ, la jeune sœur de Mme Maryam, Ayesha, accepta, mais son père l'apprit et lui interdit de le faire, arguant que c'était trop risqué.

Quand j'entendis mon père en parler, je songeai : *Pourquoi pas moi ?* Je voulais que les gens sachent ce qui se passait. *L'instruction est un droit*, pensai-je. Tout comme le droit de chanter. L'islam nous a donné ce droit et dit que chaque garçon et chaque fille doit aller à l'école. Le Saint Coran dit que nous devons rechercher la connaissance, étudier avec ardeur et apprendre les mystères de notre monde.

Je n'avais encore jamais tenu de journal et je ne savais pas comment m'y prendre. Nous avions un ordinateur, mais il y avait de nombreuses coupures de courant à l'époque et peu d'endroits avaient un accès Internet. Alors Hai Kakar m'appelait le soir sur le portable de ma mère. Il m'appelait depuis le téléphone de son épouse, car les services de renseignement avaient mis son numéro sur écoute. Il me guidait, me posait des questions sur ma journée, me demandait de raconter de petites anecdotes ou de parler de mes rêves. Nous parlions pendant une demi-heure ou quarante-cinq minutes en ourdou, bien que nous soyons pachtounes, car le blog devait être publié en ourdou et qu'il voulait que le ton soit le plus authentique possible. Ensuite, il transcrivait mes paroles qui étaient publiées chaque semaine sur le site en ourdou de la BBC. Il me parla d'Anne Frank, une jeune fille juive de treize ans qui s'était cachée des nazis avec sa famille à Amsterdam durant la guerre. Elle tenait un journal où elle racontait leur existence les uns sur les autres, la manière dont se passaient leurs journées et ce qu'elle éprouvait. La fin était très triste : sa famille fut trahie et arrêtée. Anne mourut dans un camp de concentration à seulement quinze ans. Plus tard, son journal fut publié et devint un témoignage très fort.

Hai Kakar me déclara que cela pouvait être dangereux d'utiliser mon vrai nom et m'attribua le pseudonyme de Gul Makai, qui signifie « bleuet » et est le nom de l'héroïne d'un conte pachtoune. C'est une sorte d'équivalent de *Roméo et Juliette* : Gul Makai et Musa Khan font connaissance à l'école et tombent amoureux. Mais comme ils viennent de tribus différentes, cela provoque une guerre. Cependant, contrairement à la pièce de Shakespeare, leur histoire ne finit pas en tragédie. Gul Makai se sert du Coran pour enseigner aux anciens que la guerre est une mauvaise chose, et ils finissent par cesser de se battre et autorisent les amants à s'unir.

Le premier chapitre de mon journal fut publié le 3 janvier 2009, sous le titre *J'ai peur*. « Hier soir, j'ai fait un cauchemar horrible peuplé d'hélicoptères et de talibans. Je fais ces rêves depuis le lancement de l'opération militaire dans le Swat. » Je racontai que j'avais peur d'aller à l'école à cause du décret des talibans et que je regardais derrière moi constamment. Je décrivis aussi quelque chose qui s'était produit sur le chemin du retour : « J'ai entendu un homme dire derrière moi : "Je vais te tuer." » J'avais pressé le pas et au bout d'un moment, je m'étais retournée pour voir s'il me suivait. À mon grand soulagement, j'avais vu qu'il était au téléphone et qu'il avait dû s'adresser à quelqu'un d'autre.

Ce fut grisant de voir mes paroles sur le site Web. Au début, j'étais un peu timide, mais au bout d'un certain temps, je finis par savoir le genre de choses dont Hai Kakar voulait que je parle, et je pris de l'assurance. Il appréciait l'expression de mes sentiments personnels et ce qu'il appelait mes « phrases acerbes », ainsi que le mélange entre la vie familiale et la terreur inspirée par les talibans.

J'écrivais beaucoup sur l'école, puisque c'était le centre de notre existence. J'adorais notre uniforme bleu roi, mais on nous conseillait de porter des vêtements ordinaires à la place et de cacher nos livres sous nos châles. Un extrait était intitulé *Ne portez pas de vêtements colorés.* J'y écrivais que je me préparais pour l'école un jour et que j'allais enfiler mon uniforme quand je m'étais rappelé le conseil de notre proviseur et que, ce jour-là, j'avais décidé de porter ma robe rose préférée.

Je parlais aussi de la burqa. Quand vous êtes très jeune, vous adorez la burqa, parce que c'est merveilleux pour se déguiser. Mais quand on vous force à la porter, c'est une tout autre histoire. Sans compter que c'est gênant pour marcher ! L'un des chapitres de mon journal racontait un incident qui se produisit un jour où j'étais sortie faire des courses avec ma mère et mon cousin au marché de Cheena : « Nous avons entendu dire qu'une femme en burqa était tombée. Quand un homme s'était offert de l'aider à se relever, elle avait refusé et répondu : "Ne m'aide pas, mon frère, car cela ferait un immense plaisir à Fazlullah." Quand nous sommes entrées dans une boutique, le gérant nous a raconté en riant qu'il avait eu peur que nous soyons des terroristes kamikazes, car beaucoup d'entre elles portaient la burqa. »

À l'école, on commença à parler du journal. Une fille alla même jusqu'à l'imprimer et l'apporter pour le montrer à mon père.

« C'est très bien », dit-il avec un sourire entendu.

Je voulais dire aux gens que c'était moi l'auteur, mais le correspondant de la BBC nous avait dit que c'était risqué. Je ne voyais pas pourquoi, puisque je n'étais qu'une enfant : qui serait allé attaquer une enfant ?

Mais quelques-unes de mes amies reconnurent certaines anecdotes. Et je faillis me trahir dans un chapitre qui disait : « Ma mère a apprécié mon pseudonyme Gul Makai et a proposé à mon père, pour plaisanter, de m'appeler désormais ainsi… Je l'aime aussi parce que mon vrai nom signifie "accablée de chagrin". »

Le journal de Gul Makai attira l'attention bien au-delà de notre région. Certains journaux en publièrent des extraits. La BBC en fit même un enregistrement en utilisant la voix d'une autre fille. Je commençai à voir que la plume et les mots peuvent être bien plus puissants que les mitraillettes, les tanks et les hélicoptères. Nous apprenions comment combattre. Et nous mesurions la force de nos prises de parole.

Certains des professeurs cessèrent de venir à l'école. L'un d'eux déclara qu'il avait été appelé par le *maulana* Fazlullah pour l'aider à reconstruire son centre à Imam Dheri. Un autre déclara qu'il avait vu un cadavre décapité en chemin et qu'il ne voulait plus risquer sa vie. Beaucoup de gens avaient peur. Nos voisins disaient que les talibans donnaient consigne aux gens de faire savoir à la mosquée si leurs filles étaient célibataires afin de les marier au plus vite, probablement à des militants.

Au début de janvier 2009, nous n'étions plus que dix filles dans ma classe, qui en comptait auparavant vingt-sept. Nous entendions dire que des centaines d'écoles des régions rurales avaient été dynamitées par les talibans. Beaucoup de mes amies avaient quitté la vallée pour qu'elles puissent faire leurs études à Peshawar, mais mon père persistait à refuser de partir. « Le Swat nous a tant donné. C'est dans cette période difficile que nous devons être forts pour notre vallée », disait-il.

sur moi constamment. Je leur montrai l'uniforme que je ne pouvais pas porter et je leur dis que j'avais peur que les talibans, s'ils me prenaient sur le chemin de l'école, me jettent du vitriol au visage comme ils l'avaient fait à des filles en Afghanistan.

Nous tînmes un rassemblement spécial en cette dernière matinée, mais c'était difficile d'entendre avec le grondement des hélicoptères au-dessus de nous. Certains s'indignèrent de ce qui se passait dans la vallée. La cloche sonna pour la toute dernière fois. Puis Mme Maryam annonça que c'étaient les vacances d'hiver. Mais contrairement aux années précédentes, aucune date ne fut précisée pour la reprise des cours. Malgré tout, certains professeurs nous donnèrent des devoirs. Dans la cour, j'étreignis mes amies. Je contemplai le tableau d'honneur et me demandai si mon nom y figurerait de nouveau un jour. Les examens étaient prévus pour mars, mais comment pourraient-ils avoir lieu ?

Être la première n'avait aucun intérêt s'il n'était pas permis d'étudier. Quand quelqu'un vous prend vos crayons et vos stylos, vous comprenez à quel point l'instruction est importante.

Avant de fermer la porte, je jetai un regard en arrière comme si c'était la dernière fois que j'irais jamais à l'école. C'est la scène finale de l'une des parties du documentaire. Dans la réalité, je suis retournée à l'intérieur. Comme mes amies et moi ne voulions pas que cette journée se termine, nous restâmes un petit peu plus longtemps. Nous nous rendîmes à l'école primaire où il y avait plus d'espace pour s'ébattre et

Un soir, nous allâmes tous dîner chez un ami de mon père, le Dr Afzal, qui dirige un hôpital. Après le dîner, alors que le médecin nous reconduisait chez nous en voiture, nous vîmes des deux côtés de la route des talibans masqués et armés. Nous étions terrifiés. L'hôpital du Dr Afzal était dans une région dont les talibans avaient pris le contrôle. À cause des détonations continuelles et du couvre-feu, l'hôpital ne pouvait plus fonctionner et il l'avait donc déménagé à Barikot. Cela avait provoqué un tollé et le porte-parole des talibans, Muslim Khan, avait demandé au médecin de le rouvrir. Le Dr Afzal avait demandé conseil à mon père, qui lui avait répondu : « N'accepte pas les bonnes choses que t'offrent les gens mauvais. » Un hôpital protégé par les talibans n'était pas une bonne idée, aussi déclina-t-il leur demande.

Comme le Dr Afzal n'habitait pas loin de chez nous, une fois que nous fûmes arrivés à bon port, mon père insista pour repartir avec lui au cas où il aurait été pris pour cible par les talibans. Alors qu'ils repartaient, le Dr Afzal lui demanda avec inquiétude :

— Quels noms devons-nous donner s'ils nous arrêtent ?

— Tu es le Dr Afzal et moi Ziauddin Yousafzai, répondit mon père. Qu'ils soient maudits. Nous n'avons rien fait de mal. Pourquoi devrions-nous changer de nom ? C'est ce que font les criminels.

Heureusement, les talibans avaient disparu le temps qu'ils repassent. Nous poussâmes tous un grand soupir de soulagement quand mon père nous téléphona pour nous annoncer qu'ils étaient sains et saufs.

Moi non plus, je ne voulais pas céder. Mais l'ultimatum des talibans touchait à sa fin : les filles devaient cesser d'aller en cours. Comment pouvaient-ils empêcher plus de cinquante mille filles d'aller à l'école au XXI$^e$ siècle ? Je continuais d'espérer que quelque chose se passerait et que les écoles resteraient ouvertes. Mais la date fatidique arriva rapidement. Nous étions déterminés à ce que la cloche de l'école Khushal soit la dernière à se taire. Mme Maryam s'était mariée pour pouvoir rester dans le Swat : sa famille avait déménagé à Karachi pour s'éloigner du conflit et, étant une femme, elle ne pouvait vivre seule.

Mon école ferma ses portes le mercredi 14 janvier. Je fus sous le choc quand je me réveillai ce matin-là et que je vis des caméras de télévision dans ma chambre. Un journaliste pakistanais du nom d'Irfan Ashraf me suivit partout, même quand je fis mes prières et me brossai les dents.

Je voyais bien que mon père était de mauvaise humeur. Fazal Maula l'avait convaincu de participer à un documentaire pour le site Web du *New York Times* afin de montrer au monde entier ce que nous vivions. Quelques semaines plus tôt, nous avions rencontré le vidéo-journaliste américain Adam Ellick à Peshawar. L'entrevue fut étrange, car il interviewa longuement mon père en anglais et je ne prononçai pas un mot. Puis il demanda s'il pouvait me parler et commença à poser des questions, Irfan servant d'interprète. Au bout de dix minutes de ce manège, il se rendit compte à mon expression que je le comprenais parfaitement.

— Vous parlez anglais ? me demanda-t-il.

— Oui, j'étais en train de vous dire à l'instant que j'avais la peur au ventre, répondis-je.

Adam fut étonné.

— Qu'est-ce qui vous a pris ? demanda-t-il à mon père et à Irfan. Elle parle mieux anglais que vous et vous traduisez ?

Tout le monde éclata de rire.

L'idée de départ du documentaire était de suivre mon père durant la dernière journée d'école. Mais à la fin de l'entretien, Irfan Ashraf me demanda : « Que ferais-tu s'il arrivait un jour où tu ne pourrais pas retourner dans ta vallée et ton école ? » Je répondis que cela n'arriverait pas. Il insista alors et je me mis à pleurer. Je crois que c'est à ce moment-là qu'Adam décida de recentrer le documentaire sur moi.

Adam ne pouvait pas venir dans le Swat parce que c'était trop dangereux pour les étrangers. Quand Irfan et un cameraman arrivèrent, notre oncle, qui habitait chez nous, répéta à l'envi que c'était trop risqué d'avoir des caméras dans la maison. Mon père ne cessait de leur dire de les cacher. Mais ils avaient fait beaucoup de chemin et c'est difficile pour nous Pachtounes de refuser l'hospitalité. Par ailleurs, mon père savait que cela pourrait être un porte-voix pour nous faire entendre du monde extérieur. Son ami lui avait dit que cela aurait beaucoup plus d'impact que les affichettes qu'il agrafait partout.

J'avais donné beaucoup d'interviews télévisées et j'adorais tellement parler dans un micro que mes amies me taquinaient là-dessus. Mais c'était la première fois que je faisais cela. « Sois naturelle », me dit Irfan. Ce n'était pas facile avec une caméra braquée

1. Moi, bébé.

2. Avec mon frère Khushal à Mingora.

3

4

3. Un ami de mon père, Hidayatullah, me tient dans ses bras devant notre première école.

4. Mon grand-père paternel, Malik Janser Khan, dans le Shangla.

5. La maison d'enfance de mon père.

5

6

7

6. Mon grand-père, Baba, avec Khushal et moi, dans notre maison à Mingora.

7. En pleine lecture avec mon frère Khushal.

8

8. Avec Khushal dans les cascades
du Shangla.

9. Un pique-nique scolaire.

9

10. Prière collective à la Khushal School.
(Copyright © Justin Sutcliffe, 2013.)

10

11

12

11. Au début, les gens donnèrent beaucoup d'argent à Fazlullah.

12. Les talibans flagellaient leurs victimes en public.

13

14

15

13. Je prononce un discours
en hommage aux victimes
de l'attentat-suicide
de Haji Baba.

14. Représentation
d'une pièce à l'école.

15. Cours de dessin à l'école.

16. Un dessin que j'ai fait
à douze ans, juste après
notre retour dans le Swat
après avoir été des PDI.
Il représente l'harmonie
entre les religions.

17. Dans notre jardin
à Mingora, je fais
un bonhomme de neige
avec Atal.
C'était la première fois
que la neige tombait en ville.

16

17

18

18. Visite à Sappal Bandi, où habitait mon père durant ses études.

19. À l'école, lecture d'une histoire : « Tout ce qui brille n'est pas d'or. »

19

20

21

20. Devant le mausolée de Jinnah, fondateur du Pakistan.

21. Mon père et les anciens du Swat.

22

22. Une école victime d'un attentat. (Copyright © Kh Awais.)

23. Le bus dans lequel j'ai été attaquée.
(Copyright © Asad Hashim / Al Jazeera. Avec l'aimable autorisation d'Al Jazeera English ; AlJazeera.com)

24. Le Dr Fiona Reynolds et le Dr Javid Kayani à mon chevet.
(Copyright © University Hospitals Birmingham NHS Foundation Trust ; reproduite avec l'aimable autorisation du Queen Elizabeth Hospital de Birmingham.)

25. Premiers jours à l'hôpital à Birmingham.
(Copyright © University Hospitals Birmingham NHS Foundation Trust ; reproduite avec l'aimable autorisation du Queen Elizabeth Hospital de Birmingham.)

23

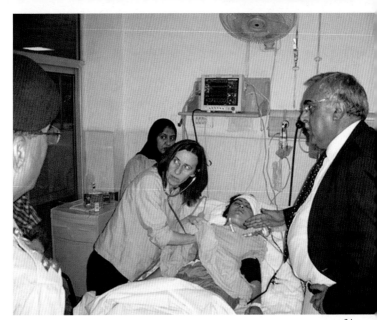

24

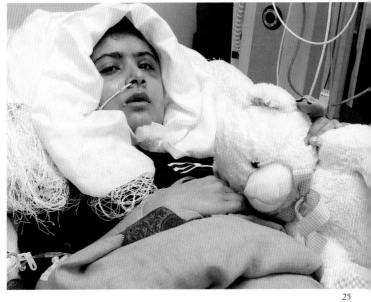

25

26

27

26. En train de lire
*Le Magicien d'Oz* à l'hôpital.
(Copyright © University Hospitals
Birmingham NHS Foundation Trust ;
reproduite avec l'aimable autorisation
du Queen Elizabeth Hospital de Birmingham.)

27. Notre directrice
adjointe, Mme Maryam,
avec Shazia, l'une des filles
qui fut attaquée en même temps
que moi.

28. Mes camarades
gardent une place
pour moi dans la classe
(au premier plan à droite).

29. Sir Amjad, directeur
de l'école des garçons,
salue mon poster chaque matin.
(Copyright © Justin Sutcliffe, 2013)

30

31

30. Aux Nations unies avec Ban Ki-moon, Gordon Brown,
ma famille et des amis.
(Copyright © UN Photo / Eskinder Debebe ; reproduite avec l'aimable autorisation
de la Photothèque des Nations unies.)

31. Je prononce un discours aux Nations unies
le jour de mon seizième anniversaire.
(Copyright © UN Photo / Rick Bajornas ; reproduite avec l'aimable autorisation
de la Photothèque des Nations unies)

32. Avec ma mère à Médine.

33. La famille réunie devant notre nouvelle maison de Birmingham.
(Copyright © Antonio Olmos.)

jouer aux gendarmes et aux voleurs. Ensuite, nous jouâmes à *mango mango*, où on fait une ronde et on chante, et lorsque la chanson cesse, tout le monde doit se figer. Quiconque bouge ou rit est éliminé.

Nous rentrâmes tard de l'école, ce jour-là. D'habitude, nous partons à 13 heures, mais cette fois, nous attendîmes jusqu'à 15 heures. Avant de partir, Moniba et moi nous disputâmes pour une question tellement idiote que j'ai oublié de quoi il s'agissait. Nos amies n'en revenaient pas. « Il faut toujours que vous vous disputiez lors des occasions importantes ! » s'exaspérèrent-elles. Ce n'était pas une bonne façon de finir la journée.

Je déclarai aux réalisateurs du documentaire : « Ils ne peuvent pas m'arrêter. J'étudierai, que ce soit chez moi, à l'école ou ailleurs. C'est ce que nous demandons au monde : de sauver nos écoles, notre Pakistan, notre Swat. »

Quand j'arrivai chez moi, je pleurai à chaudes larmes. Je ne voulais pas cesser d'étudier. J'avais seulement onze ans.

J'avais l'impression d'avoir tout perdu. J'avais dit à tout le monde dans ma classe que les talibans ne mettraient pas leur menace à exécution. « Ils sont exactement comme nos hommes politiques, ils jacassent, mais ils n'agissent pas. » Mais ils agirent et fermèrent notre école et je me retrouvai embarrassée. Je ne pouvais me retenir de pleurer. Ma mère pleura aussi, mais mon père insista : « Tu iras à l'école. »

Pour lui, la fermeture des écoles signifiait la fin de son entreprise. L'école des garçons rouvrirait après les vacances d'hiver, mais la fermeture de l'école des filles représentait une grosse perte dans notre revenu. Plus de la moitié des frais de scolarité étaient restés en souffrance et mon père passa la dernière journée à courir après l'argent pour payer le loyer, les factures et les salaires des professeurs.

Cette nuit-là, l'air était rempli de détonations et je me réveillai trois fois. Le lendemain matin, tout avait changé. Je commençai à me dire qu'il faudrait peut-être aller à Peshawar ou à l'étranger, ou demander à nos professeurs de faire une école secrète chez nous, comme l'avaient fait certains Afghans sous le joug des talibans. Mon père et moi allâmes à Peshawar et nous rendîmes dans plusieurs endroits pour dire aux gens ce qui se passait. Je parlai de l'ironie des talibans qui exigeaient des professeurs et des médecins femmes pour les femmes, mais qui ne laissaient pas les filles se former à ces métiers.

Un jour, Muslim Khan déclara que les filles ne devaient pas aller à l'école et apprendre les manières occidentales. Une telle idée de la part de quelqu'un qui avait si longtemps vécu en Amérique ! Il tenait à avoir son propre système éducatif. « Qu'est-ce que Muslim Khan compte utiliser à la place d'un stéthoscope et d'un thermomètre ? demandait mon père. Y a-t-il des instruments orientaux en mesure de traiter les malades ? » Les talibans sont contre l'instruction parce qu'ils pensent que lorsqu'un enfant lit un livre, apprend l'anglais ou étudie la science, il s'occidentalise. Mais moi, je dis : « L'instruction, c'est l'instruction. Nous devons tout apprendre et choisir ensuite quelle voie nous suivons. » L'instruction n'appartient ni à l'Occident ni à l'Orient, elle appartient à l'humanité.

Ma mère me demandait de cacher mon visage quand je parlais dans les médias, car à mon âge, je devais respecter le *purdah* et elle avait peur pour ma sécurité. Mais jamais elle ne m'interdit de faire quoi que ce soit. C'était une période d'horreur et de terreur. Les gens disaient souvent que les talibans pourraient tuer mon père, mais pas moi. « Malala est une enfant, disaient-ils. Et même les talibans ne tuent pas les enfants. »

Mais ma grand-mère n'en était pas aussi sûre. Quand elle me voyait parler à la télévision, ou sortir de la maison, elle priait : « Mon Dieu, faites que Malala soit comme Benazir Bhutto, mais ne lui donnez pas une vie aussi brève que la sienne. »

Une fois que mon école eut fermé, je continuai de tenir le blog. Quatre jours après l'interdiction des écoles de filles, cinq autres furent démolies. « Je suis très surprise, écrivis-je, car puisque ces écoles ont fermé, pourquoi ont-ils éprouvé le besoin de les démolir ? Personne n'est allé à l'école après la date limite exigée par les talibans. L'armée ne fait rien. Les soldats restent assis dans leurs bunkers au sommet des collines. Ils abattent des chèvres et les mangent gaiement. »

J'écrivis aussi que les gens allaient voir les flagellations publiques annoncées par Mollah FM, et que la police restait invisible.

Un jour, nous reçûmes un coup de fil d'Amérique, d'une étudiante de l'université de Stanford. Elle s'appelait Shiza Shahid et était originaire d'Islamabad. Elle avait vu le documentaire du *New York Times* « Fin des cours dans la vallée du Swat » et nous avait retrouvés. Nous vîmes alors toute la puissance des médias et elle devint l'un de nos grands soutiens. Mon père débordait lui aussi de fierté devant l'impression que je dégageais à l'écran. « Regardez-la, dit-il à Adam Ellick. Ne dirait-on pas qu'elle est faite pour les cieux ? » Les pères sont parfois bien embarrassants.

Adam nous emmena à Islamabad. C'était la première fois que j'y allais. Islamabad était une très belle ville avec de jolis bungalows blancs et de larges artères, bien qu'elle n'eût rien de la beauté naturelle du Swat. Nous vîmes la Mosquée rouge où avait eu lieu le siège, la très large Constitution Avenue menant aux bâtiments à colonnades du Parlement et de la présidence, où vivait désormais Zardari. Le général Musharraf était en exil à Londres.

Nous allâmes dans des boutiques acheter des manuels scolaires, et Adam m'offrit des DVD de séries américaines comme *Ugly Betty*, qui raconte l'histoire d'une fille qui a un énorme appareil dentaire et un grand cœur. J'adorai cela et rêvai d'aller un jour à New York et de travailler dans un magazine comme elle. Nous visitâmes le musée Lok Virsa et ce fut un immense plaisir de rendre une fois de plus hommage à notre patrimoine national. Le musée du Swat était fermé. Sur les marches, devant, un vieil homme vendait du pop-corn. C'était un Pachtoune comme nous et quand mon père lui demanda s'il était d'Islamabad, il répondit : « Penses-tu qu'Islamabad pourra jamais nous appartenir, à nous autres, Pachtounes ? » Il déclara qu'il venait de Mohmand, l'une des zones tribales, qu'il avait dû fuir en raison d'opérations militaires. Je vis des larmes dans les yeux de mes parents.

De nombreux bâtiments étaient entourés de blocs de béton et il y avait des barrages pour les véhicules afin de les protéger des voitures piégées. Quand notre bus tressauta sur un nid-de-poule au retour, mon frère Khushal, qui dormait, se réveilla en sursaut. « C'était une bombe ? » demanda-t-il.

C'était la peur qui remplissait notre quotidien. Le moindre bruit ou incident pouvait être une bombe ou un coup de feu.

Lors de nos brefs voyages, nous oubliions nos problèmes dans le Swat. Mais nous retrouvions le danger et les menaces dès que nous rentrions dans notre vallée. Malgré tout, le Swat était notre pays natal et nous n'étions pas prêts à l'abandonner.

De retour à Mingora, les premières choses que je vis en ouvrant mon armoire furent mon uniforme scolaire, mon cartable et mon matériel de géométrie. La visite à Islamabad avait été une charmante parenthèse, mais telle était ma réalité à présent.

# 14

## Une drôle de paix

Quand les écoles de mes frères rouvrirent après les vacances d'hiver, Khushal déclara qu'il préférait rester à la maison comme moi. « Tu ne te rends pas compte de la chance que tu as ! » lui dis-je, furieuse. Cela me faisait bizarre de ne pas aller à école. Nous n'avions même pas de télévision, car on nous avait volé notre poste pendant notre séjour à Islamabad. Le cambrioleur était passé par « l'échelle de secours » de mon père.

Quelqu'un m'offrit un exemplaire de *L'Alchimiste*, de Paulo Coelho, l'histoire d'un jeune berger qui voyage jusqu'aux pyramides en quête d'un trésor qui se trouve en réalité chez lui. J'adorai ce livre et je le relus plusieurs fois. « Quand tu désires quelque chose, tout l'univers s'unit pour t'aider à y parvenir », dit le texte. Je ne pense pas que Paulo Coelho ait croisé les talibans ou nos inutiles politiciens. Ce que j'ignorais, c'est que Hai Kakar parlementait en secret avec Fazlullah et ses lieutenants. Il avait fait leur connaissance en les interviewant et les suppliait de revenir sur leur interdiction de l'instruction des filles.

« Écoute, Maulana, dit-il à Fazlullah. Tu as tué des gens, tu en as massacré, tu en as décapité, tu as détruit des écoles, et il n'y a toujours aucune protestation au Pakistan. Mais quand tu as interdit aux filles d'étudier, les gens se sont exprimés. Même les médias pakistanais qui ont été si indulgents avec toi jusqu'à aujourd'hui se sont indignés. »

La pression de tout le pays agit sur Fazlullah et il accepta de lever l'interdiction pour les filles jusqu'à l'âge de dix ans, soit le CM1. J'étais en CM2, et certaines d'entre nous prétendirent être plus jeunes qu'elles n'étaient en réalité. Nous avons repris l'école, vêtues de nos habits ordinaires et cachant nos livres sous nos châles. C'était risqué, mais c'était la seule ambition que j'avais à l'époque. Nous avions aussi de la chance que Mme Maryam soit si courageuse et continue de travailler malgré les pressions. Elle connaissait mon père depuis ses dix ans et ils se faisaient totalement confiance – elle lui faisait signe de conclure quand il avait tendance à s'éterniser dans un discours, c'est-à-dire très souvent !

— L'école secrète est notre protestation silencieuse, nous déclara-t-elle.

Je n'en parlai pas dans mon journal. Si on nous prenait, on nous aurait fouettées ou même massacrées comme Shabana. Certains ont peur des fantômes, d'autres des araignées ou des serpents. À cette époque, nous avions peur de notre prochain.

Sur le chemin de l'école, il m'arrivait de voir les talibans avec leurs couvre-chefs et leurs longs cheveux sales. La plupart du temps, ils dissimulaient leur visage. Ils étaient affreux et gauches. Les rues de Mingora étaient désertes, maintenant qu'un tiers des habitants avait fui la vallée.

Mon père disait qu'on ne pouvait pas vraiment en vouloir aux gens de partir si le gouvernement n'avait aucun pouvoir. Il y avait désormais douze mille soldats dans la région – quatre fois plus que le nombre estimé de talibans – avec des tanks, des hélicoptères et des armes sophistiquées. Pourtant, 70 % du Swat était sous le contrôle des talibans.

Une semaine après la reprise de l'école, le 16 février 2009, nous fûmes réveillés en pleine nuit par des coups de feu. Traditionnellement, notre peuple tire en l'air pour fêter naissances et mariages, mais même cela avait cessé durant le conflit. Nous crûmes donc d'abord que nous étions en danger. Puis nous apprîmes la nouvelle. Ces coups de feu célébraient l'accord de paix conclu entre les talibans et le gouvernement provincial, qui était désormais sous le contrôle de l'ANP, et non plus des mollahs. Le gouvernement acceptait d'imposer la charia dans le Swat, et en échange les militants cessaient de combattre. Les talibans acceptèrent une trêve de dix jours et, en gage de paix, libérèrent un ingénieur en téléphonie chinois qu'ils avaient pris en otage six mois auparavant.

Nous étions heureux aussi – mon père et moi nous étions exprimés en faveur d'un accord de paix –, mais nous nous demandions comment cela fonctionnerait. Les gens espéraient que les talibans se calmeraient, cesseraient d'occuper nos maisons et vivraient comme de paisibles citoyens. Ils se convainquirent que la charia qu'ils instaureraient serait différente de sa version afghane – que nous aurions toujours nos écoles de filles et qu'il n'y aurait pas de police des mœurs. Le Swat serait toujours le Swat, mais simplement avec un système judiciaire différent. Je voulais le croire, mais j'étais inquiète – je me disais que le fonctionnement du système ne pouvait que dépendre de ceux qui le dirigeaient. Les talibans.

Cependant, c'était difficile de croire que tout était terminé ! Plus de mille personnes et policiers avaient été tués. Les femmes étaient cantonnées au *purdah*, des écoles et des ponts avaient été dynamités, des entreprises fermées. Nous avions subi des tribunaux publics barbares et une justice violente, et nous avions vécu dans un état permanent de terreur. Et à présent, tout cela allait finir.

Au petit déjeuner, je suggérai à mes frères de parler désormais de paix et non plus de guerre. Comme toujours, ils m'ignorèrent et continuèrent de jouer à la guerre. Khushal avait un hélicoptère miniature et Atal un pistolet en carton. L'un criait : « Feu ! » et l'autre : « En joue ! » Cela m'était égal. J'allai regarder mon uniforme, heureuse de pouvoir bientôt le porter ouvertement. Un message de notre directrice nous informa que les examens auraient lieu durant la première semaine de mars. Le moment était venu de me replonger dans mes livres.

Notre excitation ne dura pas. Deux jours plus tard, j'étais sur le toit de l'hôtel Taj Mahal et je donnais une interview sur la paix à un journaliste très connu,

Hamid Mir, quand nous apprîmes qu'un autre journaliste de notre connaissance venait d'être tué. Il s'appelait Musa Khan Khel et avait souvent interviewé mon père. Ce jour-là, il couvrait une marche pour la paix conduite par Sufi Mohammad. Ce n'était pas vraiment une marche, mais plutôt un défilé de voitures. Après cela, le corps de Musa Khan fut découvert dans les parages. Il avait reçu plusieurs balles et avait été en partie égorgé. Il avait vingt-huit ans.

Ma mère fut si bouleversée quand nous lui annonçâmes la nouvelle qu'elle alla se coucher en larmes. Elle était inquiète que la violence soit revenue dans la vallée si vite après l'accord de paix. Elle se demandait si cette trêve n'était pas qu'une illusion.

Quelques jours plus tard, le 22 février, un « cessez-le-feu permanent » fut annoncé par le commissaire adjoint Syed Javid au Club de la presse du Swat, à Mingora. Il appelait tous les Swatis à revenir. Le porte-parole des talibans, Muslim Khan, confirma ensuite qu'ils avaient accepté un cessez-le-feu à durée indéterminée. Le président Zardari allait promulguer une loi. Le gouvernement acceptait aussi de verser une compensation aux familles des victimes.

Tout le monde au Swat jubilait, mais j'étais la plus heureuse, parce que cela voulait dire que l'école allait rouvrir normalement. Les talibans disaient que les filles pourraient aller à l'école après l'accord de paix, mais qu'elles devaient être couvertes et voilées. Nous acceptâmes, s'ils y tenaient, du moment que nous pouvions vivre notre vie.

Tout le monde ne fut pas satisfait de cet accord. Nos alliés américains étaient furieux. « J'estime qu'en gros le gouvernement pakistanais abdique devant les talibans et les extrémistes », déclara Hillary Clinton, la secrétaire d'État américaine. Les Américains craignaient que cet accord soit une reddition. Le journal pakistanais *Dawn* publia un éditorial disant que l'accord « envoyait un message désastreux – combattez militairement contre l'État et il vous donnera ce que vous demandez sans rien exiger en échange ».

Mais aucune de toutes ces personnes n'était obligée d'habiter ici. Nous avions besoin de paix, et peu importe qui l'apportait. Dans notre cas, il se trouva que c'était un militant à barbe blanche de soixante-dix-huit ans du nom de Sufi Mohammad. Il avait dressé un « camp de la paix » à Dir et s'était installé dans notre célèbre mosquée, la Tabligh Markaz, comme le maître de notre pays. Il était garant que les talibans déposeraient les armes et qu'il y aurait la paix dans la vallée. Les gens allaient le voir pour lui rendre hommage et lui baiser la main, car ils étaient fatigués de la guerre et des attentats-suicides.

Au début du mois de mars, je cessai de rédiger mon blog, Hai Kakar et moi pensions qu'il n'y aurait plus grand-chose à raconter.

Mais à notre horreur, la situation ne changea pas beaucoup. En tout cas, les talibans étaient devenus encore plus barbares. C'étaient à présent des terroristes reconnus par l'État. Nous étions déçus et nous avions perdu toutes nos illusions. Notre accord de paix n'était rien de plus qu'un mirage. Une nuit, les talibans défilèrent avec leur drapeau près de chez nous et patrouillèrent dans les rues, fusils et bâtons sur l'épaule comme s'ils étaient l'armée.

Ils descendaient toujours sur le marché de Cheena. Un jour, ma mère alla faire des courses avec ma cousine, qui se mariait et avait besoin d'acheter le nécessaire pour ses noces. Un taliban les aborda et leur barra le chemin.

— Si je vous revois voilées mais sans burqa, je vous battrai, leur annonça-t-il.

— Oui, d'accord, nous porterons la burqa la prochaine fois, répondit ma mère, qui n'a pas peur et ne se démonte pas facilement.

Ma mère se couvre toujours la tête, mais la burqa ne fait aucunement partie de notre tradition pachtoune.

Nous apprîmes également que les talibans avaient battu un boutiquier parce qu'une femme seule admirait les rouges à lèvres dans son magasin. « Il y a une banderole dans le marché qui dit que les femmes ne sont pas autorisées à entrer dans ta boutique si elles ne sont pas accompagnées d'un homme de leur famille et tu nous as défiés », lui dirent-ils. Il fut cruellement battu et personne ne l'aida.

Un jour, je vis mon père et ses amis regarder une vidéo sur son smartphone. C'était une scène choquante. Une fille de dix-sept ans vêtue d'une burqa noire et d'un pantalon rouge était allongée à plat ventre et flagellée en plein jour par un barbu coiffé d'un turban noir. « Arrêtez, je vous en prie ! » le suppliait-elle en pachto entre cris et gémissements à chaque coup qu'elle recevait. « Au nom d'Allah, je meurs ! »

On entendait les talibans crier : « Maintenez-la. Tenez-lui les mains. » À un moment, durant la flagellation, la burqa glisse et ils s'interrompent le temps de la rajuster, puis ils reprennent les coups. Ils lui en donnèrent trente-quatre. Une foule s'était rassemblée, mais ne réagissait pas. L'une des parentes de la fille se proposa même d'aider à la maintenir.

Quelques jours plus tard, la vidéo était partout. Une réalisatrice d'Islamabad se la procura et elle fut diffusée à maintes reprises sur la télévision pakistanaise, puis dans le monde entier. Les gens s'indignaient à juste titre, mais cette réaction nous parut étrange, car elle montrait qu'ils n'avaient pas la moindre idée des horreurs qui se passaient dans notre vallée. J'aurais aimé qu'ils s'indignent également de l'interdiction de s'instruire faite aux filles par les talibans. Notre Premier ministre, Yusuf Raza Gilani, exigea une enquête et déclara dans un communiqué que la flagellation de la jeune fille allait à l'encontre des enseignements du Coran : « L'islam nous enseigne à traiter les femmes courtoisement », disait-il.

Certains prétendirent même que la vidéo était truquée. D'autres que la flagellation avait eu lieu en janvier, avant l'accord de paix, que l'on cherchait à le saboter en la diffusant maintenant.

Mais Muslim Khan en confirma l'authenticité. « Puisqu'elle est sortie de sa maison avec un homme qui n'était pas son mari, nous avons dû la punir, déclara-t-il. Certaines limites ne doivent pas être franchies. »

Vers la même époque, au début du mois d'avril, un autre journaliste connu, Zahid Hussain, vint dans le Swat. Il alla rendre visite à l'administrateur adjoint à sa résidence officielle et le trouva en train de donner une réception, apparemment destinée à fêter la prise de contrôle des talibans. Il y avait plusieurs dirigeants talibans avec leurs escortes armées, dont Muslim Khan, et même Faqir Mohammad, le chef des militants du Bajaur qui étaient au cœur d'un affrontement sanglant avec l'armée. La tête de Faqir était censée être mise à prix pour 200 000 dollars, mais il était tout de même en train de dîner dans un bâtiment officiel du gouvernement. Nous apprîmes également qu'un général de brigade assistait aux prières dirigées par Fazlullah.

« Il ne peut pas y avoir deux épées dans le même fourreau, dit l'un des amis de mon père. Il ne peut pas y avoir deux rois dans le même pays. Qui dirige, ici : le gouvernement ou Fazlullah ? »

Mais nous avions toujours foi dans la paix. Tout le monde attendait une grande réunion publique sur le terrain communal le 20 avril, où Sufi Mohammad allait prononcer un discours devant le peuple du Swat.

C'était une journée de printemps parfaite. Tout le monde était excité, espérant que Sufi Mohammad allait proclamer la paix et la victoire et demander aux talibans de déposer les armes.

Ce matin-là, nous étions tous à la maison. Mon père et mes frères étaient dehors, quand un groupe d'adolescents talibans passa en diffusant des chants de victoire sur les haut-parleurs de leurs téléphones portables. « Oh, regarde-les, *Aba,* dit Khushal. Si j'avais une kalachnikov, je les abattrais. »

Mon père n'assista pas à la réunion. Il la regarda depuis le toit de la Sarosh Academy, l'école dirigée par son ami Ahmad Shah, où lui et d'autres activistes se réunissaient souvent le soir. Comme le toit donnait sur la scène, des médias y avaient aussi installé leurs caméras.

La foule était nombreuse – entre trente et quarante mille personnes –, coiffée de turbans et entonnant des chants de djihad et de talibans diffusés sur la sono. « C'était de la talibanisation pure et simple », dit mon père. Les progressistes comme lui n'appréciaient pas ces litanies et incantations. Ils trouvaient cela pernicieux, surtout dans des périodes comme celle-ci.

Sufi Mohammad était assis sur la scène et une longue file de personnes attendait de lui rendre hommage. La réunion commença par la déclamation du chapitre de la Victoire – une sourate du Coran –, suivie de discours de différents chefs des cinq districts de la vallée : Kohistan, Malakand, Shangla, Dir Supérieur et Dir Inférieur. Tous étaient très enthousiastes, car chacun espérait être fait émir de son district afin d'être chargé d'y imposer la charia. Plus tard, ces dirigeants allaient être tués ou jetés en prison, mais à l'époque, ils rêvaient de pouvoir. Du coup, tout le monde parlait avec une grande autorité et se comportait comme le Prophète au moment de sa conquête de La Mecque, sauf que lui avait prononcé un discours de pardon et non de cruelle victoire.

Ensuite, Sufi Mohammad prit la parole. Ce n'était pas un bon orateur. Il était très vieux, paraissait en mauvaise santé. Il radota pendant trois quarts d'heure, tenant des propos saugrenus, comme si quelqu'un d'autre s'exprimait par sa bouche. Il qualifia les tribunaux pakistanais de non islamiques et déclara : « Je considère la démocratie occidentale comme un système que nous ont imposé les infidèles. L'islam n'autorise pas la démocratie ou les élections. »

Il ne parla absolument pas d'éducation. Il ne demanda pas aux talibans de rendre les armes et de quitter les *hujras*. Il parut plutôt menacer la nation tout entière. « À présent, attendez : nous marchons sur Islamabad ! » proclama-t-il. Nous étions sous le choc. Plutôt que d'essayer d'éteindre les flammes du militantisme, il avait jeté de l'huile sur le feu. Les gens, amèrement déçus, commencèrent à l'insulter. « Qu'est-ce qu'a raconté ce démon ? demandait-on. Il n'est pas pour la paix, il réclame d'autres massacres ! »

C'est ma mère qui résuma le mieux la situation : « Il avait l'occasion d'être un héros historique, mais il ne l'a pas saisie. » Sur le chemin du retour, nous étions d'une humeur totalement contraire à celle que nous avions à l'aller. Cette nuit-là, mon père s'exprima dans l'émission du célèbre présentateur Kamran Khan sur Geo TV et lui déclara que les gens avaient de grands espoirs qui avaient été déçus, que Sufi Mohammad n'avait pas fait ce qu'il aurait dû. Il était censé sceller la paix avec un discours demandant la réconciliation et la fin des violences.

Les gens exprimèrent diverses théories conspirationnistes sur ce qui venait de se passer. Certains dirent que Sufi Mohammad était devenu fou. D'autres qu'on lui avait ordonné de prononcer ce discours en lui disant : « Si tu ne le fais pas, il y a quatre ou cinq terroristes kamikazes qui feront sauter tout le monde là-bas. » D'autres dirent qu'il avait l'air mal à l'aise sur la scène avant de prononcer son discours. Il était question de ficelles tirées dans l'ombre et de forces invisibles.

*Quelle importance ?* me dis-je. Le fait est que nous sommes maintenant un État taliban.

Mon père se trouva de nouveau occupé à s'exprimer dans des séminaires sur nos problèmes avec les talibans. Lors de l'un d'eux, le ministre de l'Information de notre province déclara que la talibanisation était le résultat de la politique de notre pays ayant consisté à former des militants et à les envoyer en Afghanistan, d'abord pour combattre les Russes, puis les Américains.

« Si nous n'avions pas mis des armes dans les mains des étudiants des madrasas à la demande des puissances étrangères, nous ne serions pas confrontés à ce bain de sang dans les FATA et le Swat », dit-il.

Il devint rapidement clair que les Américains avaient correctement jugé l'accord avec les talibans. Ces derniers étaient convaincus que le gouvernement pakistanais avait cédé et qu'ils pouvaient faire ce que bon leur semblait. Ils progressèrent donc vers la capitale et pénétrèrent dans le Buner, la région au sud-est du Swat, à une centaine de kilomètres seulement d'Islamabad. Les habitants de cette région avaient traditionnellement résisté aux talibans, mais les autorités locales leur ordonnèrent, cette fois, de ne pas opposer de résistance. À l'arrivée des militants armés de fusils et de lance-roquettes, la police abandonna ses positions en déclarant que les talibans étaient « supérieurement armés », et les habitants s'enfuirent. Les talibans instaurèrent des tribunaux recourant à la charia dans tous les districts et diffusèrent les sermons des mosquées appelant les jeunes hommes à les rejoindre.

Tout comme ils l'avaient fait dans le Swat, ils commencèrent à brûler télévisions, photos, DVD et cassettes. Ils s'emparèrent même du célèbre mausolée d'un saint soufi, Pir Baba, qui était un lieu de pèlerinage. Les gens venaient y prier pour demander conseils spirituels, guérison de leurs maux et même des mariages heureux pour leurs enfants. Mais à présent, il était fermé et cadenassé.

Les habitants des districts du sud du Pakistan commencèrent à s'inquiéter à mesure que les talibans avançaient vers la capitale. Apparemment, tout le monde avait vu la vidéo de la jeune fille flagellée et se demandait si c'était ce que nous voulions au Pakistan. Des militants avaient assassiné Benazir, fait sauter le plus célèbre hôtel du pays, tué des milliers de personnes dans des attentats-suicides et des exécutions, détruit des centaines d'écoles. Que devaient-ils faire de plus pour que l'armée et le gouvernement s'opposent à eux ?

À Washington, l'administration Obama venait d'annoncer l'envoi en Afghanistan d'un renfort de vingt et un mille hommes pour tenter de remporter la victoire sur les talibans. Mais à présent, elle était apparemment plus soucieuse du Pakistan que de l'Afghanistan. Pas à cause de filles comme moi et de nos écoles, mais parce que notre pays possède plus de deux cents têtes nucléaires et que les États-Unis craignaient qu'elles tombent dans les mauvaises mains. Ils envisagèrent de cesser l'aide financière et d'envoyer des soldats à la place.

Au début du mois de mai, notre armée lança l'opération Juste Chemin afin de chasser les talibans du Swat. Des centaines de commandos étaient débarqués par hélicoptères dans les montagnes du Nord. D'autres soldats firent également leur apparition à Mingora. Cette fois, ils allaient nettoyer la ville. Ils annoncèrent par mégaphone que tous les habitants devaient partir.

Mon père déclara que nous devions rester. Mais les tirs nous empêchaient de dormir presque toutes les nuits. Nous étions dans un état constant d'anxiété. Une nuit, nous fûmes réveillés par des cris. Nous avions depuis peu des animaux – trois poules blanches et un lapin blanc qu'un ami de Khushal lui avait donnés et que nous laissions vagabonder dans la maison. Atal n'avait que cinq ans à l'époque et il adorait tellement le lapin qu'il le faisait dormir sous le lit de mes parents. Mais c'était agaçant, car il faisait ses besoins partout et, cette nuit-là, nous l'avions laissé dehors. Vers minuit, un chat arriva et le mangea. Tous, nous entendîmes les affreux cris. Atal ne pouvait plus s'arrêter de pleurer. « Le jour venu, j'irai donner une bonne leçon à ce chat, dit-il. Je le tuerai. » Cela semblait être un mauvais présage.

## Départ de la vallée

Quitter la vallée fut ce que je fis de plus difficile dans ma vie. Je me rappelai le *tappa* que récitait souvent ma grand-mère : « Aucun Pachtoune ne quitte sa terre de son plein gré. Soit c'est la pauvreté qui le pousse, soit c'est l'amour. » Une troisième raison nous en chassait à présent, que l'auteur du *tappa* n'avait jamais imaginée : les talibans.

C'est le cœur déchiré que je quittai la maison. Je montai sur le toit contempler les montagnes, le mont Ilam couronné de neige qu'Alexandre le Grand avait gravi pour toucher Jupiter. Je regardai les arbres qui bourgeonnaient. Les fruits de notre abricotier seraient peut-être mangés par quelqu'un d'autre cette année. Tout était silencieux, ni la rivière ni le vent ne faisaient le moindre bruit et même les oiseaux ne chantaient pas.

J'avais envie de pleurer parce que dans mon cœur, je me disais que je ne reverrais jamais ma maison. Les réalisateurs du documentaire m'avaient demandé ce que j'éprouverais si un jour je quittais le Swat pour ne jamais y revenir. À l'époque, j'avais trouvé la question idiote, mais à présent, je voyais que tout ce que je n'imaginais pas arriver était en train d'advenir. Je croyais que nous ne quitterions jamais le Swat, or nous nous y apprêtions. Je croyais que le Swat serait libéré des talibans un jour et que nous nous réjouirions, mais je me rendais compte que cela n'arriverait peut-être pas. Je fondis en larmes. C'était à croire que les autres attendaient que quelqu'un donne le signal. L'épouse de mon cousin, Honey, commença à pleurer, puis tout le monde sanglota. Mais ma mère resta impassible et très courageuse.

Je rangeai tous mes livres et cahiers dans mon cartable et j'en remplis un autre de vêtements. J'étais désemparée. Je pris le pantalon d'une tenue et le haut d'une autre, et je me retrouvai avec un sac d'affaires désassorties. Je ne pris aucun de mes trophées, photos ou effets personnels, car nous voyagions dans la voiture de quelqu'un d'autre et il n'y avait pas beaucoup de place. Nous ne possédions rien de coûteux comme un ordinateur portable ou des bijoux – nos seuls biens précieux avaient été notre télévision, un réfrigérateur et une machine à laver. Nous ne menions pas une vie de luxe – nous autres, Pachtounes, nous préférons nous asseoir par terre plutôt que dans des fauteuils, notre maison avait des trous dans les murs et toute la vaisselle était ébréchée.

Mon père avait refusé de partir jusqu'à la fin. Mais plus tard, ma mère et mon père allèrent chez eux présenter leurs condoléances, des amis ayant perdu un membre de leur famille dans un échange de tirs, alors que personne ne s'aventurait beaucoup dehors à cette période. Leur chagrin décida ma mère à partir. Elle déclara à mon père : « Tu n'es pas obligé de venir, mais je pars et j'emmène les enfants au Shangla. » Elle savait qu'il ne la laisserait jamais partir seule.

Ma mère en eut assez des coups de feu et de la tension régnante, elle appela le Dr Afzal et le supplia de convaincre mon père de quitter la vallée. Lui-même partait avec sa famille et il proposa de nous emmener.

Comme nous n'avions pas de voiture, nous eûmes de la chance que nos voisins, Safina et sa famille, s'en aillent aussi et puissent emmener certains d'entre nous dans leur voiture pendant que les autres partaient avec le Dr Afzal.

Le 5 mai 2009, nous devînmes des PDI – « personnes déplacées internes ». On aurait dit le nom d'une maladie.

Nous étions nombreux : non seulement nous cinq, mais aussi ma grand-mère, mon cousin, son épouse Honey et leur bébé. Mes frères voulurent aussi emporter leurs poules apprivoisées – la mienne était morte, car je l'avais lavée avec de l'eau froide en plein hiver. Je n'avais pas pu la ranimer, même en la mettant dans une boîte à chaussures dans la maison pour la garder au chaud et en faisant venir tout le quartier pour prier pour elle. Ma mère refusa que l'on emporte les poules. Comme elle déclara qu'elles risquaient de salir la voiture, Atal proposa qu'on leur achète des couches ! En fin de compte, nous les laissâmes avec quantité de maïs et d'eau.

Ma mère me dit aussi de laisser mon cartable parce que nous n'avions pas beaucoup de place. Je fus horrifiée. Je murmurai quelques versets du Coran pour tenter de les protéger.

Tout le monde fut finalement prêt. Ma mère, mon père, ma grand-mère, mon cousin, l'épouse de mon cousin et son bébé ainsi que mes deux frères s'entassèrent à l'arrière de la camionnette du Dr Afzal avec son épouse et ses enfants. Il y avait des bébés sur les genoux des enfants, eux-mêmes assis sur les genoux des adultes. J'eus plus de chance : il y avait moins de monde dans la voiture de Safina. J'étais effondrée par la perte de mon cartable. Comme j'y avais mis tous mes livres ensemble, je n'en avais plus.

Nous récitâmes tous des sourates du Coran et une prière particulière pour protéger nos chères maisons et notre école. Puis le père de Safina démarra et nous quittâmes le petit monde qu'était notre quartier pour partir vers l'inconnu. Nous ne savions pas si nous reverrions la ville. Nous avions vu sur des photos que l'armée avait tout rasé lors d'une opération contre les militants du Bajaur et nous pensions que tout ce que nous connaissions serait détruit.

Les rues étaient embouteillées. Jamais je ne les avais vues si encombrées. Il y avait des voitures partout, des pousse-pousse, des carrioles tirées par des ânes et des camions débordant de gens et de bagages. Il y avait même des motos avec des familles entières entassées dessus en équilibre. Des milliers de personnes fuyaient en ne prenant que ce qu'elles avaient sur le dos. C'était comme si toute la vallée déménageait. Certains pensent que les Pachtounes descendent de l'une des tribus perdues d'Israël et mon père déclara : « C'est comme si nous étions les Hébreux fuyant l'Égypte, sauf que nous n'avons pas Moïse pour nous guider. » Peu de gens savaient où ils allaient, ils savaient seulement qu'ils devaient partir. Ce fut le plus grand exode de toute l'histoire pachtoune.

Il y a en général plusieurs itinéraires pour quitter Mingora, mais les talibans avaient abattu d'énormes érables et s'en servaient pour barrer toutes les routes sauf une, sur laquelle tout le monde s'engagea. C'était une marée humaine. Les talibans en armes patrouillaient sur les routes et nous surveillaient depuis le toit des bâtiments. Ils faisaient la circulation, mais avec des fusils au lieu de sifflets. « Talibans de la route », plaisantâmes-nous pour essayer de nous remonter le moral. À intervalles réguliers, nous passions des barrages routiers de l'armée et des talibans qui se trouvaient côte à côte. Une fois encore, l'armée ne semblait pas se rendre compte de la présence des talibans.

« Peut-être qu'ils sont myopes et qu'ils ne les voient pas », plaisantâmes-nous à nouveau.

La route croulait sous la circulation. Ce fut un long voyage et, entassés, nous ruisselions tous de sueur. Généralement, pour les enfants, un trajet en voiture est une aventure, étant donné que nous voyageons rarement. Mais là, c'était différent. Tout le monde était déprimé.

Dans la camionnette du Dr Afzal, mon père commentait en direct pour les médias l'exode de la vallée. Ma mère ne cessait de lui dire de baisser la voix de peur que les talibans l'entendent. Mon père parle si fort que ma mère le taquine souvent en lui disant qu'il n'a pas besoin de téléphone, qu'il lui suffit de crier pour appeler les gens.

Nous finîmes par franchir le col de Malakand et laisser le Swat derrière nous. C'est en fin d'après-midi que nous arrivâmes à Mardan, qui est une ville surchauffée et animée.

Mon père ne cessait de répéter à tout le monde que nous allions rentrer dans quelques jours et que tout irait bien. Mais nous savions que ce n'était pas vrai.

À Mardan, il y avait déjà de grands campements de tentes blanches du HCNUR (Haut commissariat des Nations unies pour les réfugiés) comme celles des réfugiés afghans à Peshawar. Nous n'allions pas nous installer dans les camps, car c'était la pire idée qui soit. Presque deux millions de personnes fuyaient le Swat et on ne peut pas faire tenir autant de monde dans ces camps. Même s'il y avait eu une tente pour nous, il faisait trop chaud à l'intérieur et il se disait que le choléra commençait déjà à se répandre. Mon père nous confia que selon certaines rumeurs, des talibans se cachaient même dans les camps et harce-laient les femmes.

Ceux qui le pouvaient séjournèrent chez des gens de la région, leur famille ou des amis. Le plus ahu-rissant est que les trois quarts de la totalité des PDI furent hébergés par les habitants de Mardan et de la ville voisine de Swabi. C'est un exemple étonnant de l'hospitalité pachtoune. Ils ouvrirent aux réfugiés les portes de leurs maisons, écoles et mosquées. Afin de protéger le *purdah* des femmes, les hommes des familles recevant les réfugiés allèrent jusqu'à dor-mir loin de chez eux. Nous étions convaincus que si l'exode avait été géré par le gouvernement, il y aurait eu quantité de victimes mortes de maladie ou de faim.

Comme nous n'avions pas de famille à Mardan, nous avions prévu de poursuivre jusqu'au Shangla, où se trouve le village de notre famille. Pour l'instant, nous avions roulé dans la direction opposée, mais nous avions été obligés de prendre le premier moyen de transport venu nous permettant de quitter le Swat.

Nous passâmes cette première nuit dans la maison du Dr Afzal. Mon père nous laissa ensuite pour aller à Peshawar alerter les gens sur ce qui se passait. Il promit de nous retrouver plus tard au Shangla. Ma mère s'efforça de le convaincre de venir avec nous, mais il refusa. Il voulait que les habitants de Peshawar et d'Islamabad soient conscients des affreuses conditions dans lesquelles les PDI vivaient et de l'action des militaires. Nous fîmes nos adieux en ayant très peur de ne plus jamais le revoir.

Le lendemain, on nous emmena à Abbottabad, où vivait la famille de ma grand-mère. Nous y retrouvâmes mon cousin Khanjee, qui montait dans le Nord comme nous. Il dirigeait une auberge de jeunesse pour garçons dans le Swat et emmenait sept ou huit d'entre eux dans le Kohistan en car. Il allait à Besham et, une fois là-bas, il faudrait que nous prenions un autre véhicule pour gagner le Shangla.

C'est à la nuit tombée que nous arrivâmes à Besham, car beaucoup de routes étaient bloquées. Nous passâmes la nuit dans un hôtel crasseux et bon marché pendant que mon cousin essayait de trouver une camionnette qui nous emmène au Shangla. Un homme s'approcha de ma mère. Elle enleva sa chaussure et lui donna un coup, puis un deuxième. Elle le frappa si fort qu'elle en cassa sa chaussure. J'ai toujours su que ma mère était robuste, mais là, je la regardai avec un respect renouvelé.

Ce ne fut pas facile d'aller de Besham à notre village et nous dûmes marcher pendant une trentaine de kilomètres en portant tous nos bagages. À un moment, nous fûmes arrêtés par l'armée qui nous annonça que nous ne pouvions pas continuer et devions rebrousser chemin. « Nous habitons au Shangla, où voulez-vous que nous allions ? » suppliâmes-nous. Ma grand-mère se mit à pleurer en disant qu'elle n'avait jamais autant souffert de sa vie. Finalement, on nous laissa passer. L'armée et les mitrailleuses étaient partout. À cause du couvre-feu et des barrages routiers, il n'y avait sur la route que des véhicules militaires et nous avions peur que l'armée nous tire dessus, ignorant qui nous étions.

Quand nous arrivâmes au village, la famille fut stupéfaite de nous voir. Comme tous croyaient que les talibans allaient revenir au Shangla, personne ne comprenait pourquoi nous n'étions pas restés à Mardan.

Nous séjournâmes au village de ma mère, Karshat, chez mon oncle Faiz Mohammad et sa famille. Il nous fallait emprunter les vêtements de nos hôtes, nous n'avions pas emporté beaucoup d'effets personnels. J'étais heureuse d'être avec ma cousine Sumbul, qui a un an de plus que moi. Une fois que nous fûmes installés, je commençai à aller à l'école avec elle. J'étais en sixième, mais je passai en cinquième pour être avec elle. Il n'y avait que trois filles dans cette classe, car la plupart des villageoises de notre âge ne vont pas à l'école. Nous étions en cours avec les garçons, car il n'y avait pas assez de place ou de personnel pour s'occuper séparément de trois filles seulement. J'étais différente des autres filles : je ne me couvrais pas le visage et je parlais à tous les professeurs ou posais des questions. Mais j'essayais d'être obéissante et polie en disant toujours « Oui, monsieur ».

Il fallait plus d'une demi-heure pour aller à l'école et comme je ne suis pas du matin, le deuxième jour, nous fûmes en retard. Je fus choquée que le professeur me donne un coup de baguette sur la main en punition, puis j'estimai qu'au moins, cela voulait dire qu'on m'acceptait et qu'on ne me traitait pas différemment des autres. Mon oncle me donna de l'argent de poche pour acheter des friandises à l'école – on y vendait du concombre et de la pastèque au lieu des bonbons et des chips que nous avions à Mingora.

Arriva la journée portes ouvertes et la cérémonie de remise des prix au cours de laquelle tous les garçons étaient encouragés à prononcer une petite allocution. Certaines filles y participèrent aussi, mais pas en public. Elles parlaient dans un micro depuis leur salle de classe et leurs voix étaient diffusées dans la salle principale. Mais comme j'avais l'habitude de parler en public, je sortis, et devant tous les garçons je récitai un *naat*, un poème dans lequel je louais le Prophète. Ensuite, je demandai au professeur la permission de poursuivre. Je lus un poème qui dit qu'il faut travailler dur pour réaliser les désirs de son cœur. « Un diamant doit être taillé maintes fois avant de donner naissance à un minuscule joyau », dis-je.

Après cela, je parlai de l'héroïne dont je porte le nom, Malalai de Maiwand, qui avait la force et le pouvoir de centaines de milliers d'hommes, car quelques-uns de ses vers suffirent à tout changer afin que les Anglais soient vaincus.

Dans l'assistance, les gens semblaient surpris et je me demandai s'ils pensaient que j'étais prétentieuse ou s'ils ne comprenaient pas pourquoi je ne portais pas de voile.

C'était agréable d'être avec mes cousins, mais mes livres me manquaient. Je pensais sans cesse à mon cartable resté chez moi avec mes exemplaires d'*Oliver Twist* et de *Roméo et Juliette* qui attendaient d'être lus, et les DVD d'*Ugly Betty* restés sur l'étagère. À présent, nous vivions à notre tour une tragédie. Nous avions été si heureux, puis quelque chose de terrible s'était produit et nous attendions désormais un dénouement favorable.

Moi, je me plaignais de l'absence de mes livres, mais mes frères regrettaient leurs poules.

Nous continuions de nous inquiéter pour mon père. Nous avions entendu à la radio annoncer que l'armée avait commencé les combats pour reprendre Mingora. Des hommes avaient été parachutés et il y avait eu des combats rapprochés dans les rues. Les talibans utilisaient les hôtels et les bâtiments administratifs comme bunkers. Après quatre jours, l'armée prit trois places, dont Green Chowk, où les talibans exposaient naguère les cadavres décapités de leurs victimes. Puis elle prit l'aéroport et au bout d'une semaine, elle reconquit toute la ville.

Dans le Shangla, il était difficile de capter sur les téléphones portables. Nous devions grimper sur un gros rocher dans un champ et, même là, nous n'avions guère plus qu'une barre de réseau. Du coup, nous parlions rarement à mon père.

Après six semaines au Shangla, mon père annonça que nous pouvions venir à Peshawar, où il habitait dans une chambre avec trois amis.

Ce fut très émouvant de le revoir. La famille de nouveau réunie, nous sommes descendus jusqu'à Islamabad, où nous avons séjourné dans la famille de Shiza, la dame qui nous avait appelés de Stanford. L'information nous parvint que l'ambassadeur Richard Holbrooke, émissaire américain pour le Pakistan et l'Afghanistan, tenait une réunion sur le conflit à l'hôtel Serena où mon père et moi avons réussi à nous introduire.

Nous avons bien failli la manquer, car je n'avais pas bien réglé le réveil. Du coup, mon père m'adressa à peine la parole. Holbrooke était un grand costaud bourru et rougeaud, mais on disait que c'était notamment grâce à sa médiation que la paix avait pu être rétablie en Bosnie. Je pris place à côté de lui, et il me demanda quel âge j'avais.

— J'ai douze ans, répondis-je en me redressant pour avoir l'air la plus grande possible. Estimable ambassadeur, je vous en supplie, aidez-nous, les filles, à bénéficier de l'instruction.

Il éclata de rire.

— Vous avez déjà bien des tourments, et nous faisons beaucoup pour vous ! répliqua-t-il. Nous avons consacré des milliards de dollars en aide économique, nous travaillons avec votre gouvernement pour vous fournir électricité et gaz… mais votre pays fait face à de nombreux problèmes.

Je donnai une interview à une radio nommée Power 99. Les gens de la radio en furent très contents et nous dirent qu'ils avaient une maison d'amis à Abbottabad où nous pouvions tous habiter. Nous y restâmes une semaine et à ma grande joie, j'appris que Moniba était elle aussi à Abbottabad, tout comme l'un de nos professeurs et une autre amie. Moniba et moi ne nous étions pas reparlé depuis notre dispute du dernier jour avant de devenir des personnes déplacées. Nous nous sommes donné rendez-vous dans un parc et je lui apportai du Pepsi et des biscuits.

« C'était ta faute », déclara-t-elle. Je l'admis. Ce n'était pas important, je voulais juste que nous restions amies.

Notre semaine dans la maison se termina et nous partîmes à Haripur, où habitait l'une de mes tantes. C'était notre quatrième ville en deux mois. Certes, nous étions mieux lotis que ceux qui vivaient dans les camps et faisaient la queue sous un soleil brûlant pour avoir de l'eau et à manger, mais ma vallée me manquait.

C'est là que je passai mon douzième anniversaire. Personne ne s'en souvint, même mon père oublia, tant il était occupé à courir partout. Je fus contrariée et me rappelai combien mon onzième anniversaire avait été différent. J'avais partagé un gâteau avec mes amis. Il y avait des ballons et j'avais formulé le même vœu que ce jour-là pour mon douzième anniversaire, mais cette fois, je n'avais ni gâteau ni bougies à souffler. Une fois encore, je demandai que la paix revienne dans notre vallée.

# TROISIÈME PARTIE

## Trois filles, trois balles

سر د په لوړه تيګه کېږده    پردي وطن دي په کبني نشته بالختونه

*Sir de pa lowara tega kegda*
*Praday watan de paki nishta balakhtona*

« Ô voyageur ! Repose ta tête sur la dalle de pierre
C'est une contrée étrangère – pas la cité de tes rois ! »

# 16

## La vallée des larmes

Tout cela avait l'air d'un cauchemar. Cela faisait trois mois que nous avions quitté notre vallée et alors que nous passions sur le chemin du retour devant le pic Churchill, les ruines antiques sur la colline et le stupa bouddhique géant, nous vîmes la large rivière Swat et mon père se mit à pleurer. Notre vallée était entièrement sous contrôle militaire. Notre véhicule fut même fouillé par des soldats cherchant d'éventuels explosifs avant que nous puissions monter vers le col de Malakand. Une fois passés de l'autre côté et redescendus dans la vallée, c'était à croire qu'il y avait des barrages de l'armée partout et que tous les toits servaient de postes de tir.

Alors que nous traversions les villages, nous vîmes des bâtiments en ruine et des véhicules brûlés. Cela me fit penser aux vieux films de guerre ou aux jeux vidéo dont raffole mon frère Khushal. Quand nous arrivâmes à Mingora, nous fûmes bouleversés. L'armée et les talibans s'étaient battus pied à pied et presque chaque mur était criblé d'impacts de balles. Les bâtiments que les talibans avaient utilisés comme repaires étaient des tas de décombres, des amas de métal tordu et de panneaux fracassés. La plupart des boutiques étaient munies de rideaux de fer et celles qui n'en avaient pas avaient été pillées. La ville était silencieuse, désertée de piétons comme de voitures, comme si la peste s'était abattue sur elle. Le spectacle le plus singulier de tous était la gare routière à l'entrée de Mingora. D'habitude, c'est un chaos de cars et de rickshaws, mais là, elle était totalement vide. Nous vîmes même des plantes qui poussaient entre les dalles des trottoirs. Jamais nous n'avions vu notre ville ainsi.

Au moins, il n'y avait pas le moindre taliban en vue.

Nous étions le 24 juillet 2009, une semaine après que notre Premier ministre eut annoncé que les talibans avaient été chassés. Promettant que l'approvisionnement en gaz était rétabli et que les banques rouvraient, il demanda aux habitants du Swat de revenir. Au bout du compte, la moitié des 1,8 million d'habitants de notre vallée avait fui. D'après ce que nous constations, la plupart n'étaient guère convaincus qu'il n'y avait pas de risque à rentrer.

Alors que nous approchions de chez nous, tout le monde se tut, même mon petit frère Atal le bavard. Comme notre maison était près de Circuit House, le grand état-major de l'armée, nous craignions qu'elle ait été détruite dans les bombardements. Nous avions aussi entendu dire que beaucoup de maisons avaient été pillées.

Nous retînmes notre souffle pendant que mon père ouvrait la grille. La première chose qui nous frappa, c'est qu'en trois mois d'absence, le jardin était devenu une jungle.

Mes frères se précipitèrent pour voir ce qu'étaient devenues leurs poules. Ils revinrent en pleurs. Il n'en restait qu'un tas de plumes et d'os enchevêtrés comme si elles étaient mortes enlacées. Elles étaient mortes de faim.

J'eus beaucoup de peine pour mes frères, mais il fallait que je vérifie quelque chose de mon côté. À ma grande joie, je retrouvai mon cartable encore plein de livres, et je remerciai le ciel que mes prières aient été entendues et que tout soit intact. Je sortis mes livres un par un et les contemplai. Mathématiques, physique, ourdou, anglais, pachto, chimie, biologie, études islamiques et pakistanaises. Finalement, j'allais pouvoir retourner à l'école sans crainte.

Ensuite, j'allai m'asseoir sur mon lit. J'étais bouleversée. Nous avions de la chance que notre maison n'ait pas été cambriolée. Quatre ou cinq de nos voisines avaient été pillées et télévisions et bijoux avaient été volés. La mère de Safina, notre voisine, avait déposé son or dans un coffre de la banque, mais même cela avait été pillé.

Mon père avait hâte de vérifier l'état de l'école. Je m'y rendis avec lui. Le bâtiment en face avait été touché par un missile, mais l'école elle-même était intacte. Pour une raison inconnue, les clés de mon père ne fonctionnaient pas ; un garçon escalada le mur et nous ouvrit de l'intérieur. Nous avons gravi les escaliers en redoutant le pire.

« Quelqu'un est venu ici », dit mon père à peine étions-nous entrés dans la cour. Il y avait des mégots et des papiers gras par terre. Des chaises avaient été renversées et tout était en désordre. Mon père avait enlevé l'enseigne de la Khushal School et l'avait laissée dans la cour. Elle était posée contre un mur et je poussai un cri lorsque nous la soulevâmes. Dessous se trouvaient les têtes en putréfaction de chèvres qui semblaient être des reliefs de repas.

Nous passâmes ensuite dans les salles de classe. Des slogans antitalibans étaient gribouillés sur tous les murs. Quelqu'un avait écrit ARMY ZINDABAD (« Vive l'armée ») sur le tableau blanc avec un feutre indélébile. À présent, nous savions qui avait habité ici. Un soldat avait écrit d'affreux poèmes d'amour dans le cahier de l'une de mes camarades de classe. Des cartouches jonchaient le sol. Les soldats avaient percé un trou dans un mur par lequel on voyait la ville au-dessous. Peut-être même qu'ils avaient abattu des gens par ce trou. Je fus triste que notre chère école soit devenue un champ de bataille.

Pendant notre inspection, nous entendîmes quelqu'un tambouriner à la porte au rez-de-chaussée. « N'ouvre pas, Malala ! » m'ordonna mon père.

Dans son bureau, il trouva une lettre laissée par l'armée. Elle accusait les citoyens comme nous d'avoir permis aux talibans de prendre le contrôle du Swat.

*Nous avons perdu tant de précieuses vies de soldats et c'est à cause de votre négligence. Vive l'armée pakistanaise*, disait le texte.

« C'est classique, observa-t-il. Nous, les gens du Swat, nous avons d'abord été séduits par les talibans, puis massacrés par eux, et maintenant accusés pour eux. Séduits, massacrés et accusés. »

À certains égards, l'armée ne paraissait pas très différente des militants. L'un de nos voisins nous assura qu'il avait vu des militaires exposer à la vue de tous dans les rues les cadavres des talibans. Les hélicoptères volaient par deux au-dessus de nos têtes comme de gros insectes noirs bourdonnants et nous rentrâmes à la maison en rasant les murs pour qu'ils ne nous voient pas.

Des milliers de personnes avaient été arrêtées, y compris des garçonnets de huit ans ayant subi des lavages de cerveau pour devenir des terroristes kamikazes. L'armée les envoyait dans un camp spécial pour djihadistes afin de les déprogrammer.

L'une des personnes arrêtées était notre ancien professeur d'ourdou qui avait refusé d'enseigner aux filles et était parti aider les hommes de Fazlullah à récolter et à détruire CD et DVD.

Fazlullah lui-même était toujours en liberté. L'armée avait détruit son quartier général à Imam Dheri et prétendit ensuite l'avoir encerclé dans les montagnes de Peochar. On annonça qu'il était grièvement blessé et que son porte-parole, Muslim Khan, était en détention. Puis la version changea : Fazlullah s'était enfui en Afghanistan et se trouvait dans la province de Kunar. Certains dirent que Fazlullah avait été capturé, mais que l'armée et l'ISI n'avaient pas pu se mettre d'accord sur le sort à lui réserver. L'armée voulait l'emprisonner, mais les services de renseignement avaient eu gain de cause et l'avaient emmené au Bajaur afin qu'il puisse franchir discrètement la frontière de l'Afghanistan.

Muslim Khan et un autre commandant, Mehmud, semblaient être les seuls dirigeants talibans derrière les barreaux : tous les autres étaient libres. Tant que Fazlullah était encore là, j'avais peur que les talibans se ressaisissent et reviennent au pouvoir. La nuit, j'avais parfois des cauchemars, mais au moins, ses émissions de radio avaient cessé.

L'ami de mon père, Ahmad Shah, qualifia cette paix de « contrôlée, mais pas [de] paix durable ». Mais petit à petit, les gens revinrent dans la vallée, car le Swat est magnifique et nous ne pouvons supporter d'en être éloignés bien longtemps.

\*\*\*

La cloche de notre école sonna de nouveau pour la première fois le 1er août. Ce fut merveilleux d'entendre ce bruit et de franchir l'entrée en courant pour monter les escaliers quatre à quatre comme naguère. Je débordai de joie en revoyant mes anciens camarades. Nous avions tellement de choses à nous raconter de notre période de PDI. La plupart d'entre nous avaient séjourné dans de la famille ou chez des amis, mais certains avaient été dans des camps. Nous savions que nous avions eu de la chance. Beaucoup d'enfants devaient suivre leurs cours sous des tentes parce que les talibans avaient démoli leur école. Et l'une de mes amies, Sundus, avait perdu son père, qui avait été tué dans une explosion.

Apparemment, tout le monde savait que j'avais écrit le journal pour la BBC. Certains pensaient que c'était mon père qui l'avait écrit à ma place, mais Mme Maryam, notre directrice, leur déclara : « Non, Malala n'est pas seulement une bonne oratrice, c'est aussi une bonne plume. »

***

Cet été-là, il n'y eut qu'un seul sujet de conversation dans ma classe. Shiza Shahid, notre amie d'Islamabad, avait terminé ses études à Stanford et invité vingt-sept filles de la Khushal School à passer quelques jours dans la capitale pour visiter la ville et participer à des ateliers destinés à nous aider à surmonter le traumatisme de la période de soumission aux talibans. De ma classe, il y avait Moniba, Malka-e-Noor, Rida, Karishma et Sundus, et nous étions chaperonnées par ma mère et Mme Maryam.

Nous partîmes pour la capitale le 14 août, jour de la fête nationale, en car, débordantes d'excitation. La plupart des filles n'avaient quitté la vallée qu'une seule fois, au moment de notre exode collectif. Là, c'était très différent et cela ressemblait beaucoup aux vacances dont il était question dans les romans.

Nous avons séjourné dans une pension et participé à de nombreux ateliers, au cours desquels on nous apprenait à raconter notre histoire afin que les gens de l'extérieur sachent ce qui se passait dans notre vallée et nous aident. Dès la première séance, je crois que Shiza fut surprise que nous soyons aussi véhémentes et déterminées. « Ce sont toutes des Malala ! » déclara-t-elle à mon père.

Nous allions nous promener dans le parc, nous écoutions de la musique, ce qui peut sembler ordinaire pour la plupart des gens, mais qui, dans le Swat, était devenu un acte politique de rébellion. Et nous visitions les monuments. Notamment la mosquée Faisal, au pied des collines de Margalla, construite par les Saoudiens pour des millions de roupies. Elle ressemble à une tente resplendissante, toute blanche et immense, tendue entre des minarets. Nous allâmes pour la première fois au théâtre, où nous assistâmes à la représentation d'une pièce anglaise intitulée *Tom, Dick and Harry*, et nous suivîmes des cours de dessin. Nous dînions dans des restaurants et nous avons découvert le McDonald's. Il y eut beaucoup de premières fois, mais je manquai un repas dans un restaurant chinois, parce que j'étais invitée dans une émission télévisée appelée *Capital Talk*. À ce jour, je n'ai toujours pas eu l'occasion de goûter aux crêpes mandarin au canard laqué !

Islamabad était tout à fait différent du Swat. Aussi différent à nos yeux qu'Islamabad l'est de New York. Shiza nous présenta à des femmes qui étaient avocates, médecins et également militantes, ce qui nous montra que les femmes pouvaient avoir des fonctions importantes tout en conservant leur culture et leurs traditions. Dans les rues, il y avait des femmes sans *purdah*, la tête totalement découverte. Je cessai de porter mon châle sur ma tête dans certaines réunions, après tout j'étais devenue une fille moderne. Plus tard, je me rendis compte que le simple fait de se découvrir la tête ne fait pas de vous quelqu'un de moderne !

Notre séjour dura une semaine et comme on pouvait s'y attendre, Moniba et moi nous disputâmes. Elle me vit bavarder avec une fille qui était dans la classe au-dessus de nous et me déclara : « Maintenant, tu es avec Resham, et moi avec Rida. »

Shiza voulut nous présenter à des personnes influentes. Dans notre pays, évidemment, cela veut dire des militaires. Nous eûmes donc une entrevue avec le général de division Athar Abbas, premier porte-parole de l'armée et responsable des relations publiques. Rendez-vous fut pris dans la ville jumelle d'Islamabad, Rawalpindi, pour le voir dans son bureau. Quelle surprise que de constater que les bâtiments de l'armée étaient beaucoup plus soignés que le reste de la ville, avec des pelouses vertes parfaites et des fleurs. Même les arbres étaient de la même taille, avec le tronc peint en blanc jusqu'à exactement mi-hauteur, pour une raison qui nous échappa. À l'intérieur du quartier général, les murs des bureaux étaient couverts de télévisions, des hommes regardant chacun une chaîne, et un officier montra à mon père un épais dossier de coupures de presse mentionnant l'armée. Il fut ébahi. L'armée semblait tellement plus efficace en matière de relations de presse que nos politiciens.

On nous emmena dans une salle attendre le général. Aux murs figuraient les photos de tous les hauts responsables militaires, les hommes les plus puissants du pays, y compris des dictateurs comme Musharraf ou Zia. Un serviteur en gants blancs nous apporta du thé, des biscuits et de petits samoussas à la viande qui nous fondirent dans la bouche. Quand le général Abbas arriva, nous nous levâmes tous. Il commença par nous parler de l'opération militaire dans le Swat, qu'il présenta comme une victoire. Il nous apprit que cent vingt-huit soldats et mille six cents terroristes avaient été tués dans les combats.

Quand il eut terminé, nous pûmes lui poser des questions. On nous avait conseillé de les préparer à l'avance et j'en avais fait une liste de sept ou huit. Shiza avait ri et dit qu'il ne serait pas en mesure de répondre à autant.

Comme j'étais assise au premier rang, je fus la première à être sollicitée : « Il y a deux ou trois mois, vous nous avez dit que Fazlullah et son bras droit avaient été blessés par balles, vous avez dit tantôt qu'ils étaient dans le Swat, puis qu'ils étaient en Afghanistan. Comment sont-ils arrivés là-bas ? Si vous en savez autant, pourquoi ne les attrapez-vous pas ? »

Sa réponse dura une quinzaine de minutes, et je ne parvins pas à comprendre ce qu'elle signifiait. Je l'interrogeai ensuite sur la reconstruction. « L'armée doit faire quelque chose pour l'avenir de la vallée, pas seulement se concentrer sur les opérations militaires », dis-je.

Moniba posa une question du même ordre : « Qui reconstruira tous ces bâtiments et ces écoles ? »

Le général répondit d'une manière toute militaire : « Après l'opération, nous procéderons d'abord à une récupération, puis une réhabilitation, et ensuite au transfert aux autorités civiles. »

Toutes les filles déclarèrent sans équivoque qu'elles voulaient que les talibans soient traduits en justice, mais nous n'étions pas vraiment convaincues que cela arriverait.

Ensuite, le général Abbas donna à certaines sa carte de visite et nous dit de le contacter si nous avions besoin de quoi que ce soit.

Le dernier jour, nous devions toutes prononcer une allocution au Club de la presse d'Islamabad racontant notre expérience de la domination des talibans dans la vallée. Quand Moniba prit la parole, elle ne put retenir ses larmes. Bientôt, tout le monde se retrouva en pleurs. Nous avions entrevu une tout autre existence à Islamabad. Dans mon discours, je déclarai à l'assistance que je ne m'étais jamais doutée qu'il y avait autant de gens talentueux au Pakistan jusqu'au jour où j'avais vu la pièce anglaise. « À présent, je me rends compte que nous n'avons pas besoin de regarder des films indiens », plaisantai-je.

Notre séjour fut merveilleux et quand nous retournâmes dans le Swat, j'étais si pleine d'espoir pour l'avenir que je plantai un noyau de mangue dans le jardin durant le Ramadan, car les mangues sont les plus délectables pour rompre le jeûne. Mais mon père avait un gros problème. Pendant que nous étions exilés et durant tous les mois où l'école était restée fermée, il n'avait pas perçu d'argent. Des professeurs attendaient tout de même leurs salaires. Au total, cela allait représenter plus d'un million de roupies. Toutes les écoles privées étaient dans le même bateau. Un établissement versa un mois de salaire à ses professeurs, mais la plupart ne savaient pas quoi faire, étant donné qu'ils n'avaient pas les moyens de payer. Les professeurs de la Khushal School exigeaient quelque chose. Ils avaient des frais de leur côté et l'une d'eux, Mlle Hera, allait se marier et comptait sur son salaire pour financer la cérémonie.

Mon père ne savait pas quoi faire. Puis nous nous rappelâmes le général Abbas et sa carte de visite. C'était à cause de l'opération militaire pour chasser les talibans que nous avions dû partir et que nous nous retrouvions dans cette situation. Du coup, Mme Maryam et moi écrivîmes un e-mail au général Abbas pour lui exposer notre situation.

Il fut très aimable et nous envoya 1,1 million de roupies, et mon père put verser à tout le monde ses arriérés de salaire. Les professeurs étaient aux anges. La plupart n'avaient jamais reçu autant d'argent d'un coup. Mlle Hera appela mon père, en larmes, reconnaissante de pouvoir se marier comme elle l'avait rêvé.

Ce n'est pas pour autant que nous fûmes indulgents vis-à-vis de l'armée. Nous étions très mécontents que les militaires n'aient pas réussi à capturer les chefs des talibans, et mon père continua de donner de nombreuses interviews. Nous étions souvent accompagnés de l'ami de mon père, Zahid Khan, un collègue de la *jirga* du Swat Quami. Comme c'était aussi le président de l'Association hôtelière du Swat, il tenait tout particulièrement à ce que la vie reprenne son cours normal pour que les touristes reviennent.

Comme mon père, c'était quelqu'un qui ne craignait pas de s'exprimer, et il avait été menacé lui aussi. Une nuit de novembre 2009, il avait frôlé la mort. Zahid Khan rentrait chez lui tard après une réunion avec des responsables militaires à Circuit House quand il tomba dans une embuscade. Comme, par chance, beaucoup de membres de sa famille habitent dans le même voisinage, ils échangèrent des coups de feu avec les agresseurs et les mirent en fuite.

Puis le 1er décembre 2009 eut lieu un attentat-suicide contre un politicien local de l'ANP très connu, membre de l'assemblée du Khyber Pakhtunkhwa, le Dr Shamsher Ali Khan. Il recevait des amis et des électeurs pour l'Aïd dans sa *hujra*, à moins de deux kilomètres d'Imam Dheri, où se trouvait naguère le quartier général de Fazlullah, quand la bombe explosa. Le Dr Shamsher avait ouvertement critiqué les talibans. Il mourut sur le coup et neuf autres personnes furent blessées. On raconta que le terroriste avait dans les dix-huit ans. La police retrouva ses jambes et d'autres morceaux de son cadavre.

Quelques semaines après, on me demanda de participer à l'assemblée des enfants du district du Swat qui avait été organisée par l'Unicef et par la fondation Khpal Kor (« ma maison ») pour les orphelins.

Soixante élèves de la région avaient été choisis pour y siéger. C'étaient principalement des garçons, même si onze filles de mon école y participaient. La première réunion eut lieu dans une salle avec quantité de responsables politiques et d'activistes. À la suite d'une élection, je devins présidente de l'assemblée ! Ce fut étrange de me lever ainsi sur une scène et d'avoir des gens s'adressant à moi en me donnant du « *Madam Speaker*, madame la présidente », mais cela faisait du bien que nos voix soient entendues.

L'assemblée fut élue pour un an et nous nous réunissions presque tous les mois. Nous adoptâmes neuf résolutions réclamant la fin du travail des enfants et demandant une aide pour scolariser les enfants handicapés ou sans abri, ainsi que la reconstruction de toutes les écoles détruites par les talibans. Une fois ces résolutions adoptées, nous décidâmes de les faire parvenir aux autorités et quelques-unes furent même mises en pratique.

Moniba, Ayesha et moi commençâmes aussi à apprendre le journalisme auprès d'une organisation anglaise appelée Institut pour le reportage de guerre et de paix, qui dirigeait un programme intitulé Open Minds (« esprits ouverts ») Pakistan. J'ai adoré apprendre à rendre compte des problèmes. J'avais commencé à m'intéresser au journalisme après avoir mesuré l'impact de mes prises de parole et aussi en regardant les DVD d'*Ugly Betty* qui parlent du quotidien d'un magazine américain. C'était un peu différent – nous écrivions sur des sujets qui étaient chers à notre cœur, comme l'extrémisme et les talibans, plutôt que sur la mode.

Très vite, ce fut le retour des examens. Je battis de nouveau Malka-e-Noor pour la première place, mais d'un cheveu. Notre directrice avait essayé de la convaincre d'être déléguée des élèves, mais elle avait répondu qu'elle ne voulait rien faire qui puisse la distraire de ses études. « Tu devrais imiter Malala et faire d'autres choses, lui dit Mme Maryam. C'est tout aussi important que les études. Il n'y a pas que le travail. » Mais ce n'était pas sa faute. Elle tenait à faire plaisir à ses parents, surtout à sa mère.

Le Swat n'était plus comme avant – peut-être ne le redeviendrait-il jamais – mais la vie reprenait son cours. Certaines danseuses de Banr Bazaar étaient revenues, même si elles préféraient vendre des DVD plutôt que se produire sur scène. Il y avait de nouveau des festivals de danse et de musique dont il n'était pas question sous la férule des talibans. Mon père et son ami en organisèrent un à Marghazar et invitèrent en remerciement ceux qui avaient accueilli des PDI dans les districts plus au sud. La musique résonna toute la nuit.

Certains événements avaient apparemment tendance à survenir aux alentours de mon anniversaire et pour mes treize ans, en juillet 2010, la pluie commença à tomber. Normalement, nous n'avons pas de mousson dans le Swat et au début, nous fûmes ravis, cela augurait d'une bonne récolte. Mais la pluie ne cessait plus et était si abondante qu'on ne voyait même pas à deux pas devant soi. Des écologistes avaient déclaré que nos montagnes avaient été déboisées par les talibans et les trafiquants de bois. Rapidement, des coulées de boue ravagèrent les vallées, emportant tout sur leur passage.

Nous étions en classe quand la crue se produisit et on nous renvoya chez nous. Mais il y avait tellement d'eau que le pont enjambant les eaux sales du fleuve était submergé et nous dûmes trouver un autre chemin. Le pont suivant était lui aussi inondé, mais comme l'eau était peu profonde, nous pûmes traverser en pataugeant. Elle empestait. Nous arrivâmes à la maison, trempés et crasseux.

L'école avait été inondée. Il fallut des jours pour que l'eau s'évacue, et à notre retour nous vîmes la trace de la crue à hauteur de poitrine sur les murs. Il y avait de la boue absolument partout. Nos chaises et nos bureaux en étaient couverts. La puanteur régnait dans les salles de classe. Il y avait tellement de dégâts que cela coûta à mon père 90 000 roupies en réparations – l'équivalent des frais de scolarité mensuels de quatre-vingt-dix élèves.

Ce fut la même histoire dans tout le Pakistan. Le puissant fleuve Indus, qui coule de l'Himalaya par le KPK et le Punjab jusqu'à Karachi avant de se jeter dans le golfe Persique, et dont nous sommes si fiers, était devenu un torrent en furie qui emportait ses rives. Routes, récoltes et villages entiers furent balayés. Près de deux mille personnes moururent noyées et quatorze millions de gens pâtirent de la situation. Beaucoup perdirent leur maison. Sept mille écoles furent détruites. Ce fut la pire crue de mémoire d'homme. Le secrétaire général des Nations unies, Ban Ki-moon, la qualifia de « tsunami au ralenti ». D'ailleurs, les victimes et dégâts avaient été plus nombreux que lors du tsunami en Indonésie de 2004, du séisme au Pakistan de 2005, de l'ouragan Katrina et du séisme d'Haïti réunis.

Le Swat fut malheureusement inondé par la rivière Swat et ses affluents. Trente-quatre de nos quarante-deux ponts furent emportés, isolant une grande partie de la vallée. Des pylônes électriques avaient été arrachés, et nous n'avions plus de courant. Notre rue étant sur une colline, nous étions un peu mieux protégés des inondations de la rivière, mais nous tremblions en l'entendant gronder comme un dragon qui dévore tout sur son passage. Les hôtels et restaurants sur les rives où les touristes venaient manger des truites en admirant la vue étaient tous détruits.

Les régions touristiques furent les plus affectées. Des stations de montagne comme Malam Jabba, Madyan et Bahrain furent dévastées, hôtels et bazars détruits.

Notre famille nous l'apprit, les dégâts dans le Shangla étaient inimaginables. La principale route allant d'Alpuri, capitale du Shangla, à notre village avait été balayée et des villages entiers étaient sous les eaux. De nombreuses maisons sur les terrasses des collines de Karshat, Shahpur et Barkana avaient été emportées par les coulées de boue. La maison de famille de ma mère où vivait l'oncle Faiz Mohammad était encore debout, mais la route qui passait devant avait disparu.

Les gens avaient désespérément tenté de protéger le peu qu'ils possédaient, emmenant les animaux dans les hauteurs, mais l'eau imbiba le maïs récolté, détruisit les vergers et noya un grand nombre de buffles. Les villageois étaient désespérés. Ils n'avaient pas d'électricité, car leurs systèmes hydroélectriques de fortune avaient été fracassés. Ils n'avaient pas d'eau potable, car la rivière était marron, remplie de débris. La force de l'eau était telle que même des bâtiments en béton furent réduits à l'état de décombres. École, hôpital et centrale électrique le long de la rue principale étaient tous rasés.

Personne ne comprenait comment cela avait pu se produire. Les gens du Swat vivaient depuis trois millénaires au bord de la rivière qu'ils considéraient comme leur cordon ombilical, pas comme une menace, et notre vallée comme un paradis à l'abri du monde extérieur. À présent, c'était devenu une « vallée des larmes », comme disait mon cousin Sultan Rome. D'abord le tremblement de terre, puis les talibans, puis l'opération militaire et maintenant, alors que nous commencions à peine à reconstruire, des crues dévastatrices venaient balayer tout le travail accompli.

Les gens avaient affreusement peur que les talibans profitent du chaos pour revenir dans la vallée.

Mon père envoya des vivres et de l'aide dans le Shangla avec l'argent recueilli auprès d'amis et de l'Association des écoles privées. Notre amie Shiza et quelques-uns des activistes que nous avions connus à Islamabad vinrent à Mingora et distribuèrent quantité d'argent. Mais tout comme lors du séisme, ce furent surtout des volontaires des groupes islamistes qui arrivèrent les premiers avec l'aide dans les régions les plus reculées. Beaucoup disaient que les crues venaient nous châtier pour la musique et les danses des récents festivals. Cependant, la consolation était que cette fois, il n'y avait pas une radio FM pour répandre ce message !

Pendant que survenaient toutes ces souffrances, que des gens perdaient des êtres chers, leurs maisons et leurs moyens de subsistance, notre président Asif Ali Zardari était en vacances dans un château en France. « Je ne comprends pas, *Aba,* dis-je à mon père. Qu'est-ce qui empêche tous ces politiciens de faire le bien ? Pourquoi ne veulent-ils pas que notre peuple soit en sécurité et ait de la nourriture et de l'électricité ? »

L'aide fut dans un second temps fournie par l'armée. Pas seulement la nôtre. Les Américains envoyèrent aussi des hélicoptères, qui éveillèrent les soupçons des habitants. Selon une théorie, la catastrophe avait été provoquée par les Américains grâce à la technologie HAARP, qui consiste à provoquer d'énormes vagues sous l'océan et à inonder ainsi notre pays. Puis, sous le prétexte d'apporter de l'aide, ils pouvaient entrer légitimement au Pakistan et nous espionner pour connaître tous nos secrets.

Même lorsque les pluies cessèrent enfin, la vie resta très difficile. Nous n'avions toujours pas d'eau potable ni d'électricité. En août se déclara le premier cas de choléra à Mingora et très vite, on dressa devant l'hôpital une tente pour recevoir les malades. Comme nous étions coupés de tout approvisionnement, le peu de nourriture disponible était extrêmement coûteux.

C'était la saison des pêches et des oignons et les paysans cherchaient désespérément à sauver leurs récoltes. Beaucoup firent de périlleux voyages, traversant des rivières tumultueuses sur des radeaux en chambres à air pour essayer de transporter leurs marchandises au marché. Quand nous trouvâmes des pêches à vendre, nous fûmes enchantés.

Il y eut moins d'aide de l'étranger que la fois précédente. Les riches pays occidentaux souffraient d'une crise économique. Les voyages du président Zardari en Europe avaient rendu les gens moins compatissants. Les gouvernements occidentaux firent remarquer que, puisque la plupart de nos politiciens ne payaient pas d'impôts, c'était un peu malvenu de demander à leurs contribuables déjà étranglés de verser de l'argent. Les agences d'aide étrangères craignaient pour la sécurité de leurs personnels après qu'un porte-parole des talibans eut demandé que le gouvernement pakistanais rejette toute aide occidentale provenant des chrétiens et des juifs. Personne ne douta du sérieux des menaces. En octobre, le bureau du Programme alimentaire mondial à Islamabad avait été dynamité, causant la mort de cinq employés.

Dans le Swat, il était clair que les talibans n'étaient jamais vraiment partis. Deux autres écoles explosèrent et, alors qu'ils rentraient à leur base à Mingora, trois employés d'une organisation humanitaire chrétienne furent enlevés, puis exécutés.

D'autres nouvelles terribles nous parvinrent. L'ami de mon père, le Dr Mohammad Farooq, vice-chancelier de l'université du Swat, avait été abattu par deux tueurs qui avaient fait irruption dans son bureau. Le Dr Farooq était un érudit religieux et un ancien membre du Jamaat Islami, et, farouche opposant à la talibanisation, il avait proclamé une fatwa contre les attentats-suicides.

Nous étions de nouveau en colère et terrorisés. Lorsque nous étions devenus des PDI, j'avais caressé l'idée de faire de la politique quand je serais grande. Je savais que c'était le bon choix. Notre pays connaissait tellement de crises et n'avait pas de véritables responsables pour les gérer.

## 17

## Prière pour grandir

À treize ans, j'ai cessé de grandir. J'avais toujours eu l'air plus âgée, mais brusquement, toutes mes amies étaient plus grandes que moi. J'étais l'une des trois plus petites des trente filles de ma classe. J'étais gênée quand j'étais avec mes camarades. Chaque nuit, je priais Allah pour grandir. Je me mesurais contre le mur de ma chambre avec une règle et un crayon. Chaque matin, je vérifiais si j'avais grandi. Mais la marque s'entêtait à indiquer 1,52 mètre. J'allai même jusqu'à promettre à Allah que si je pouvais grandir un tout petit peu, je réciterais cent *rakaat nafl*, des prières volontaires en sus des cinq quotidiennes.

Je m'exprimais dans de nombreuses manifestations et, comme j'étais toute menue, ce n'était pas facile d'en imposer. Parfois, je dépassais à peine du pupitre. Je n'aimais pas les chaussures à hauts talons, mais je commençai à en porter.

L'une des filles de ma classe ne revint pas à l'école cette année-là. On l'avait mariée à peine pubère. Elle était grande pour son âge, mais elle n'avait que treize ans. Elle eut peu après deux enfants. En classe, quand nous récitions les formules des hydrocarbures durant les cours de chimie, je rêvassais en me demandant ce que ce serait d'arrêter d'aller en cours et de se mettre en quête d'un mari.

Nous avions commencé à penser à d'autres choses qu'aux talibans. Mais il n'était pas possible de les oublier complètement. Notre armée, qui possédait déjà bon nombre de curieuses affaires parallèles, comme des usines produisant des corn-flakes ou des engrais, avait commencé à produire des feuilletons télévisés. D'un bout à l'autre du Pakistan, les gens étaient collés en prime time à la série *Beyond the Call of Duty*, « Au-delà du devoir », inspirée d'histoires vraies de soldats combattant les talibans dans le Swat.

Cent vingt-huit soldats avaient été tués dans l'opération militaire et neuf cents autres blessés, et ils voulaient se présenter en héros. Mais même si leur sacrifice avait rétabli l'autorité de l'État, nous attendions toujours l'application de la loi. La plupart des après-midi où je rentrais de l'école, il y avait chez nous des femmes en pleurs. Des centaines d'hommes avaient disparu durant l'opération militaire, sans doute arrêtés par l'armée ou les services de renseignement, mais personne ne voulait rien dire. Les femmes ne pouvaient être renseignées : elles ignoraient si leurs maris et fils étaient morts ou en vie. Certaines étaient dans une situation désespérée, n'ayant pas de moyens de subsistance. Une femme ne peut se remarier que si son époux est déclaré mort, et non pas disparu.

Ma mère leur servait du thé et à manger, mais ce n'était pas pour cela qu'elles venaient. Elles réclamaient l'aide de mon père. En raison de son rôle de porte-parole de la *jirga* du Swat Quami, il œuvrait comme intermédiaire entre les habitants et l'armée.

« Je veux seulement savoir si mon mari est mort ou vif, disait l'une. S'ils l'ont tué, je pourrai mettre les enfants dans un orphelinat. Mais pour le moment, je ne suis ni veuve ni épouse. » Une autre me déclara que son fils avait disparu.

Les femmes racontaient que les disparus n'avaient pas collaboré avec les talibans ; tout au plus leur avaient-ils donné un verre d'eau ou du pain quand on leur en avait donné l'ordre. Pourtant, ces innocents étaient détenus alors que les chefs talibans étaient encore libres.

À dix minutes de chez nous habitait une enseignante de notre école dont le frère avait été pris par les militaires, mis aux fers et torturé, puis enfermé dans une chambre froide jusqu'à ce qu'il en meure. Il n'avait rien à voir avec les talibans. C'était un simple commerçant. Par la suite, les militaires présentèrent leurs excuses à l'enseignante, disant qu'ils l'avaient confondu avec un homonyme et arrêté par erreur.

Ce n'étaient pas seulement des femmes pauvres qui venaient chez nous. Un jour, un riche homme d'affaires arriva de Mascate. Il raconta à mon père que son frère et cinq ou six de ses neveux avaient tous disparu. Il voulait savoir s'ils avaient été tués ou s'ils étaient en prison, afin de savoir s'il devait chercher de nouveaux maris pour leurs veuves. L'un d'eux était un *maulana* et mon père parvint à le faire libérer.

Il n'y avait pas que dans le Swat que cela arrivait. Nous entendîmes dire qu'il y avait des milliers de disparus dans tout le Pakistan. Beaucoup de gens manifestaient devant les tribunaux ou placardaient les photos de leurs disparus, mais tout cela sans résultat.

Pendant ce temps, nos tribunaux étaient occupés à un autre problème. Au Pakistan, nous avons une loi contre le blasphème, qui protège le Saint Coran de toute profanation. Sous la campagne de radicalisation islamiste du général Zia, la loi fut rendue beaucoup plus stricte afin que quiconque « profane le nom sacré du Saint Prophète » encoure la peine capitale ou la réclusion à perpétuité.

Un jour de novembre 2010, on apprit aux informations qu'une chrétienne du nom d'Asia Bibi avait été condamnée à mort par pendaison. C'était une pauvre femme mère de cinq enfants qui gagnait sa vie comme cueilleuse dans les vergers d'un village du Punjab. Un jour de grande chaleur, elle était allée chercher de l'eau pour ses compagnes de travail et quelques-unes avaient refusé d'en boire, disant que l'eau était impure parce qu'elle était chrétienne. Elles croyaient qu'en tant que musulmanes, elles seraient souillées si elles buvaient avec elle. L'une d'elles était sa voisine, qui lui en voulait parce que la chèvre d'Asia Bibi avait prétendument endommagé son abreuvoir. Elles avaient fini par se disputer et bien sûr, tout comme dans nos disputes à l'école, chacun avait sa version des faits. Selon l'une de ces versions, elles avaient essayé de convertir Asia à l'islam. Elle avait répondu que le Christ était mort sur la croix pour la rémission des péchés des chrétiens. Elle demanda ce que le prophète Mahomet avait fait pour les musulmans.

L'une des femmes la dénonça à l'imam local, qui informa la police. Elle resta plus d'un an en prison avant que l'affaire passe en justice et que le tribunal la condamne à mort.

Comme Musharraf avait autorisé la télévision par satellite, nous avions désormais quantité de chaînes du câble. Et tout à coup, nous pouvions assister à tous ces événements sur notre petit écran. Cela suscita l'indignation dans le monde entier et toutes les émissions de débats couvrirent l'affaire. L'une des rares personnes qui prit publiquement le parti d'Asia Bibi au Pakistan fut le gouverneur du Punjab, Salman Taseer. Lui-même avait été un prisonnier politique ainsi qu'un allié très proche de Benazir. Plus tard, il devint un riche magnat des médias. Il alla rendre visite à Asia Bibi en prison et déclara que le président Zardari devait lui pardonner. Il qualifia la loi contre le blasphème de « loi noire », une expression qui fut reprise par certains de nos présentateurs de télévision pour jeter de l'huile sur le feu. Ensuite, lors de la prière du vendredi, certains imams de la plus grande mosquée de Rawalpindi condamnèrent le gouverneur.

Quelques jours plus tard, le 4 janvier 2011, Salman Taseer fut abattu par l'un de ses gardes du corps après un déjeuner dans un quartier de bars élégants d'Islamabad. L'homme tira vingt-six balles. Il déclara par la suite qu'il avait agi au nom de Dieu après avoir entendu la prière du vendredi à Rawalpindi.

Nous fûmes choqués du nombre de personnes qui félicitèrent le meurtrier. Quand il comparut au tribunal, des avocats allèrent même jusqu'à le couvrir de pétales de roses. Pendant ce temps, l'imam de la mosquée du gouverneur assassiné refusa de prononcer les prières funèbres et le président n'assista pas aux obsèques. Notre pays devenait fou. Comment était-il possible que l'on tresse des couronnes aux meurtriers ?

Peu après cela, mon père reçut de nouvelles menaces de mort. Il s'était exprimé lors d'une manifestation commémorant le troisième anniversaire du bombardement de l'école Haji Baba. Mon père avait parlé avec fougue. « Fazlullah est le chef de tous les démons ! s'était-il écrié. Pourquoi n'a-t-il pas été capturé ? » Après cela, les gens lui dirent de se méfier.

C'est alors qu'une lettre anonyme adressée à son nom arriva chez nous. Elle commençait par *Asalaam aleikum*, c'est-à-dire « la paix soit avec toi », mais elle n'avait rien de paisible :

> *Tu es le fils d'un religieux, mais tu n'es pas un bon musulman*, continuait-elle. *Les moudjahidin te trouveront où que tu ailles.*

Quand mon père reçut ces menaces de mort, il sembla soucieux pendant quelques semaines, mais il refusa de renoncer à ses activités et fut rapidement distrait par d'autres occupations.

À cette période, tout le monde ne parlait que de l'Amérique. Tous les reproches que nous réservions d'habitude à notre vieille ennemie l'Inde, à présent, nous les faisions aux États-Unis. Tout le monde se plaignait des attaques de drones qui lançaient des missiles sur les zones tribales pakistanaises presque toutes les semaines. Nous entendions dire que beaucoup de civils étaient tués. Puis un agent de la CIA, Raymond

Davis, abattit à Lahore par balles deux hommes qui s'étaient approchés de sa voiture en moto. Il déclara qu'ils avaient tenté de le voler.

Les Américains prétendirent qu'il n'appartenait pas à la CIA, que c'était un diplomate ordinaire, ce qui laissa tout le monde très dubitatif. Même nous autres écoliers, nous savions que les diplomates ordinaires ne se déplacent pas dans des voitures banalisées, armés de pistolets Glock.

Nos médias prétendirent que Davis faisait partie de la grande armée secrète que la CIA avait envoyée au Pakistan parce que les Américains ne faisaient pas confiance à nos services de renseignement. On racontait qu'il était venu espionner un groupe militant appelé Lashkar-e-Taiba, basé à Lahore et soupçonné d'avoir organisé le terrible massacre de Bombay en 2008. L'objectif principal du groupe était de libérer les musulmans du Cachemire de la domination indienne, mais récemment, il s'était également montré actif en Afghanistan. Selon d'autres sources, Davis se renseignait sur nos armes nucléaires.

Raymond Davis devint rapidement l'Américain le plus célèbre du Pakistan. Il y eut des manifestations dans tout le pays. Les gens s'imaginaient que nos bazars regorgeaient de quantité de Raymond Davis qui collectaient des informations et les envoyaient aux États-Unis.

La veuve de l'une des victimes de Davis se suicida en avalant de la mort-aux-rats, désespérant de ne pas se voir rendre justice.

Il fallut des semaines d'allers-retours entre Washington et Islamabad, ou plutôt le siège de l'armée à Rawalpindi, pour que l'affaire soit enfin résolue. Ce fut comme dans nos *jirgas* traditionnelles : les Américains payèrent « le prix du sang », soit 2,3 millions de dollars, et Davis fut prestement libéré et exfiltré du pays.

Le Pakistan exigea ensuite que la CIA rapatrie bon nombre de ses agents et cessa d'approuver les visas. Toute l'affaire provoqua beaucoup d'aigreur, notamment parce que le 17 mars, lendemain de la libération de Davis, une énorme attaque de drones sur un conseil tribal du Nord-Waziristan fit une quarantaine de victimes. On y vit un message de la CIA destiné à nous faire comprendre qu'elle faisait ce qui lui plaisait dans notre pays.

Un lundi, j'allais me mesurer contre le mur pour voir si j'avais miraculeusement grandi dans la nuit, quand j'entendis des éclats de voix à côté. Des amis de mon père venaient annoncer des nouvelles difficiles à croire. Durant la nuit, les Forces spéciales américaines, les Navy Seals, avaient mené un raid à Abbottabad, l'un des endroits où nous avions séjourné en tant que PDI, et avaient trouvé et abattu Oussama Ben Laden. Il habitait depuis un moment dans une vaste propriété à moins de deux kilomètres de l'école militaire. Nous n'en revenions pas que l'armée n'ait pas été au courant de la présence de Ben Laden. Les journaux racontaient que les cadets s'entraînaient même dans un champ voisin de la maison. Les murs de la propriété, hauts de quatre mètres, étaient couronnés de barbelés. Ben Laden habitait au dernier étage avec sa plus jeune épouse, une Yéménite du nom d'Amal. Deux autres épouses et onze de ses enfants habitaient au-dessous. Un sénateur américain déclara que la seule chose qui manquait à la cachette de Ben Laden, c'était « une enseigne au néon ».

Dans les faits, comme beaucoup de gens dans les régions pachtounes vivent dans des propriétés à l'abri d'enceintes, à cause du *purdah* et du respect de la vie privée, la maison en soi n'avait rien d'exceptionnel. Ce qui était étrange, c'est que ses habitants ne sortaient jamais et que la maison n'avait ni liaison Internet ni téléphone. Les courses étaient faites par deux frères qui vivaient également sur place avec leurs épouses et servaient de messagers pour Ben Laden. L'une des épouses était originaire du Swat !

Les Navy Seals avaient abattu Ben Laden d'une rafale en pleine tête et son corps avait été évacué en hélicoptère. Apparemment, il n'avait pas opposé de résistance. Les deux frères et un des fils de Ben Laden avaient aussi été tués, mais les épouses et les enfants furent tous ligotés et laissés sur place, puis livrés aux autorités pakistanaises. Les Américains jetèrent le corps de Ben Laden en mer. Le président Obama était enchanté, et à la télévision nous vîmes la liesse populaire devant la Maison-Blanche.

Au début, nous pensâmes que notre gouvernement était au courant et avait participé à l'opération américaine. Mais nous découvrîmes rapidement que les Américains l'avaient menée seuls. Ce ne fut pas très apprécié de notre population. Nous étions censés être alliés et nous avions perdu plus de soldats qu'eux dans leur guerre contre le terrorisme. Ils étaient entrés dans notre pays de nuit, en volant en rase-mottes dans des hélicoptères discrets. Ils avaient brouillé nos radars. Ils n'avaient annoncé leur mission au chef d'état-major, le général Ashfaq Kayani, et au président Zardari qu'après l'avoir accomplie. La plupart des dirigeants de l'armée l'apprirent en regardant la télévision.

Les Américains déclarèrent qu'ils n'avaient pas pu procéder autrement, car personne ne savait vraiment de quel côté étaient nos services de renseignement, qui auraient peut-être pu prévenir Ben Laden avant que les Navy Seals ne l'atteignent.

Le directeur de la CIA déclara que le Pakistan était « soit complice, soit incompétent. L'un et l'autre n'étant pas des qualités ».

Mon père estima que c'était une journée de honte. « Comment un terroriste connu de tous a-t-il pu se cacher au Pakistan et y séjourner pendant tant d'années ? » demandait-il. Il n'était déjà plus seul.

On voyait bien pourquoi tout le monde pensait que nos services de renseignement devaient être au courant de l'endroit où se trouvait Ben Laden. L'ISI est une énorme organisation qui a des agents partout. Comment pouvait-il habiter si près de la capitale – à moins de soixante kilomètres ? Et pendant si longtemps ! Peut-être que la meilleure cachette est la plus évidente, mais il habitait cette maison depuis le séisme de 2005. Deux de ses enfants étaient même nés dans l'hôpital d'Abbottabad. Et cela faisait plus de neuf ans qu'il vivait au Pakistan. Avant Abbottabad, il se trouvait à Haripur, et avant cela, il se cachait dans notre propre vallée du Swat, où il voyait régulièrement Khalid Cheikh Mohammed, le cerveau des attentats du 11-Septembre.

La fin que connut Ben Laden semblait tout droit sortie d'un de ces films d'espionnage que mon frère Khushal aime tant. Pour éviter d'être repéré, il utilisait des messagers plutôt que le téléphone ou les e-mails. Mais les Américains avaient découvert l'un de ces coursiers, remonté la piste de la plaque minéralogique de sa voiture et l'avaient suivi de Peshawar à Abbottabad. Après cela, ils avaient surveillé la maison avec une sorte de drone géant doté d'une caméra à rayons X, qui repéra un barbu de très haute taille qui arpentait la cour de la propriété.

Les gens étaient fascinés par les nouveaux détails qui étaient communiqués chaque jour, mais ils étaient plus fâchés de l'incursion américaine que du fait que le plus grand terroriste du monde vivait sur notre sol. Certains journaux publièrent des articles prétendant que les Américains avaient en réalité tué Ben Laden des années auparavant et gardé son cadavre au congélateur. Puis qu'ils avaient placé le corps à Abbottabad et feint un raid afin d'embarrasser le Pakistan.

Nous commençâmes à recevoir des textos nous demandant de défiler dans les rues et de témoigner notre soutien à l'armée. *Nous étions là pour vous en 1948, 1965 et 1971* (référence à nos trois guerres avec l'Inde). *Soyez avec nous maintenant face à ceux qui nous poignardent dans le dos.*

Mais il y avait aussi d'autres SMS qui tournaient l'armée en dérision. Les gens demandaient comment nous pouvions dépenser 6 milliards de dollars par an dans le budget de l'armée (sept fois plus que celui de l'éducation) si quatre hélicoptères américains pouvaient sans problème passer sous nos radars. Et si eux le pouvaient, qu'est-ce qui allait empêcher nos voisins indiens d'en faire autant ? *Veuillez ne pas klaxonner, l'armée dort*, disait un texto. *Radars pakistanais d'occasion à vendre… Incapables de détecter les hélicoptères américains, mais captent sans problème la télévision.*

Les généraux Kayani et Ahmed Shuja Pasha, le chef de l'ISI, furent convoqués pour déposer devant le parlement, du jamais-vu. Notre pays avait été humilié, et nous voulions savoir pourquoi. C'était une grande occasion pour le président Zardari d'affirmer son contrôle sur l'ISI une bonne fois pour toutes. Peut-être que le gouvernement allait enfin mettre un terme aux scènes qui s'étaient déroulées dans le Swat, avec les barrages routiers des talibans et des militaires l'un à côté de l'autre, et où des militants comme Fazlullah pouvaient s'échapper tout simplement. Mais l'ISI resta plus puissante que jamais.

Les membres de la classe politique américaine étaient furieux que Ben Laden ait vécu sous notre nez alors qu'ils l'imaginaient se terrant dans une grotte. Ils se plaignirent de nous avoir versé 20 milliards de dollars sur une période de huit ans pour coopérer et estimaient légitime de se demander de quel côté nous étions. Parfois, on avait l'impression que tout était une question d'argent. La majeure partie de ces fonds était allée à l'armée. Les citoyens ordinaires n'avaient rien reçu.

\*\*\*

En octobre 2011, mon père m'annonça qu'il avait reçu un e-mail l'informant que j'étais l'une des cinq personnes pressenties pour le Prix international de la paix de la Fondation pour les droits de l'enfant, une association de défense des enfants basée à Amsterdam. Mon nom avait été proposé par l'archevêque Desmond Tutu d'Afrique du Sud. C'était un grand héros de mon père pour son combat contre l'apartheid. Mon père fut déçu que je ne gagne pas, mais je lui fis remarquer que nous nous contentions de parler : nous n'avions pas d'organisation qui accomplissait des tâches concrètes, contrairement aux lauréats.

En novembre 2011, je fus invitée par le *chief minister*, le chef du gouvernement de l'État du Punjab, Shahbaz Sharif, pour prononcer un discours à Lahore lors d'un gala en faveur de l'éducation. Il faisait bâtir un réseau d'écoles neuves qu'il appelait écoles Daanish et offrait des ordinateurs portables aux étudiants.

Pour motiver les élèves dans toutes les provinces, il donnait de l'argent aux garçons et aux filles qui avaient de bons résultats à leurs examens. Je reçus un chèque d'un demi-million de roupies, soit environ 3 600 euros pour ma campagne pour les droits des filles.

Je portais du rose à ce gala et je racontai en public comment nous avions défié les talibans et continué à aller à l'école en secret. « Je connais l'importance de l'éducation, car on m'a pris de force mes stylos et mes livres, dis-je. Mais les filles du Swat n'ont peur de personne. Nous avons continué de suivre nos cours. »

Puis j'étais en cours lorsque mes camarades me dirent : « Tu as remporté un prix et gagné 500 000 roupies ! » Mon père m'annonça que le gouvernement m'avait décerné le tout premier Prix national de la paix. Je n'en revenais pas. Il y eut une telle foule de journalistes qui se pressèrent à l'école ce jour-là qu'elle fut transformée en studio de télévision.

La cérémonie eut lieu le 20 décembre 2011 à la résidence officielle du Premier ministre, l'une des grandes demeures blanches perchées sur la colline au bout de Constitution Avenue, que j'avais admirées lors de mon voyage à Islamabad. Depuis le temps, j'avais pris l'habitude de rencontrer des dirigeants politiques. Je n'avais pas le trac. Après qu'il m'eut remis le prix et le chèque, je lui communiquai une longue liste de demandes. Je lui déclarai que nous voulions que nos écoles soient reconstruites et qu'il y ait une université pour filles dans le Swat. Comme je savais qu'il ne prendrait pas mes exigences au sérieux, je n'insistai pas beaucoup. Je songeai : *Un jour, je ferai de la politique, et je me chargerai de tout cela moi-même.*

Il fut décidé que le prix serait décerné chaque année à des enfants de moins de dix-huit ans et qu'il porterait en mon honneur le nom de prix Malala. Mon père n'apprécia pas tellement cette initiative. Comme la plupart des Pachtounes, il est un peu superstitieux. Au Pakistan, nous n'avons pas l'habitude d'honorer les gens de leur vivant, seulement après leur mort, et il estimait donc que c'était un mauvais présage.

Ma mère n'aimait pas les récompenses parce qu'elle craignait que je devienne une cible si j'étais trop connue. Elle-même n'acceptait pas de paraître en public. Elle refusait même d'être photographiée. C'est une femme très traditionnelle et notre culture est ainsi depuis des siècles. Si elle devait enfreindre cette tradition, des hommes et des femmes diraient du mal d'elle, particulièrement au sein de notre famille.

Jamais elle ne déclara qu'elle regrettait le travail que mon père et moi avions entrepris, mais quand je remportai des prix, elle me confia : « Je ne veux pas des récompenses, je veux ma fille. Je n'échangerais pas un seul cil de ma fille pour tout l'or du monde. »

Mon père répliquait qu'il avait simplement cherché à créer une école où les enfants pourraient s'instruire. Nous n'avions pas eu d'autre choix que de nous impliquer dans la politique et de militer pour l'éducation. « Ma seule ambition, dit-il, est d'éduquer mes enfants et ma nation autant que je le peux. Mais quand la moitié des responsables ment et que l'autre négocie avec les talibans, on n'a guère le choix. On est obligé de protester. »

Quand je rentrai, on me dit qu'un groupe de journalistes voulait m'interviewer à l'école et qu'il fallait que je mette de beaux vêtements. D'abord, je pensai à mettre une très jolie robe, puis je décidai de porter quelque chose de plus réservé pour les interviews, car je voulais que les gens se concentrent sur mon message et non ma tenue. Quand j'arrivai à l'école, je vis que tous mes camarades s'étaient mis sur leur trente et un. « Surprise ! » s'écrièrent-ils. Ils s'étaient cotisés et avaient organisé une fête pour moi avec un gros gâteau blanc sur lequel était écrit Success forever en glaçage au chocolat. C'était merveilleux que mes camarades veuillent partager mon succès. Je savais que n'importe laquelle des filles de ma classe aurait pu faire la même chose que moi si elle avait eu le soutien de ses parents.

« À présent, vous pouvez retourner en cours, dit Mme Maryam quand nous eûmes terminé le gâteau. Les examens sont en mars ! »

Mais l'année se termina sur une note triste. Cinq jours après que j'eus reçu ma récompense, ma tante Babo, la sœur aînée de ma mère, décéda brusquement. Elle avait seulement cinquante ans. Elle était diabétique et, comme elle avait vu à la télévision la publicité d'un médecin de Lahore pour un traitement miracle, elle avait convaincu mon oncle de l'emmener le voir. Le médecin lui avait fait une piqûre, mais elle était tombée dans le coma et était morte. Mon père déclara que le médecin était un charlatan et que c'était pour cela que nous devions continuer de lutter contre l'ignorance.

J'avais amassé beaucoup d'argent à la fin de cette année-là : le Premier ministre, le *chief minister* du Punjab, le *chief minister* de notre province, le Khyber Pakhtunkhwa, et le gouvernement du Sind m'avaient chacun versé un demi-million de roupies. Le général de division Ghulam Qamar, commandant local de l'armée, versa également à notre école 100 000 roupies pour construire un laboratoire de sciences et une bibliothèque. Mais mon combat n'était pas terminé. Je me souvenais de nos cours d'histoire, dans lesquels nous avions appris que l'armée jouit d'un butin quand elle remporte une bataille. Je commençai à considérer les récompenses et la célébrité exactement comme un simple butin. C'étaient de petits bijoux sans grande signification. Je devais m'attacher à remporter la guerre.

Mon père utilisa une partie de l'argent pour m'acheter un nouveau lit et une vitrine et payer les prothèses dentaires de ma mère. Nous décidâmes de consacrer le reste aux personnes qui étaient dans le besoin. Je voulais lancer une fondation pour l'éducation des enfants. J'avais cela en tête depuis que j'avais vu les enfants travailler sur la montagne d'ordures. Je ne pouvais toujours pas oublier l'image des rats noirs galopant dans la décharge, et de la fille aux cheveux collés par la crasse qui triait les déchets. Nous organisâmes une réunion de vingt et une filles et décrétâmes que notre priorité était l'éducation de toutes les filles du Swat, et en particulier des enfants des rues et de ceux qui étaient obligés de travailler.

Alors que nous passions le col de Malakand, je vis une fillette qui vendait des oranges. Elle traçait des bâtons sur un bout de papier avec un stylo pour compter les oranges qu'elle avait vendues, car elle ne savait ni lire ni écrire. Je la pris en photo et jurai que je ferais tout mon possible pour contribuer à l'instruction de filles comme elle. Telle était la guerre que j'allais mener.

## 18

## La femme et la mer

Ma tante Najma était en larmes. C'était la première fois qu'elle voyait la mer. Ma famille et moi, assis sur les rochers, nous contemplions l'eau en respirant l'air âcre et salé du golfe Persique. C'était immense. On ne pouvait sûrement pas savoir jusqu'où il s'étendait. En cet instant, j'étais enchantée. « Un jour, je traverserai cette mer », annonçai-je.

« Qu'est-ce qu'elle raconte ? » demanda ma tante, comme si je parlais de quelque chose d'impossible. J'avais beaucoup de mal à comprendre qu'elle ait vécu dans la ville de bord de mer qu'est Karachi pendant trente ans sans jamais avoir vu l'océan. Son mari ne voulait pas l'emmener à la plage, et même si elle avait réussi à se faufiler hors de la maison, elle n'aurait jamais pu suivre les panneaux indiquant la mer, car elle ne savait pas lire.

Assise sur les rochers, je songeais qu'ailleurs, au-delà de cet océan, il y avait des pays où les femmes étaient libres. Au Pakistan, nous avions eu une femme

Premier ministre, et à Islamabad, j'avais fait la connaissance de ces femmes impressionnantes qui avaient des
carrières. Pourtant, dans notre pays, presque toutes
les femmes dépendaient entièrement des hommes.
Notre directrice adjointe, Mme Maryam, était une
femme de caractère instruite, mais elle vivait seule
et ne pouvait venir travailler qu'accompagnée d'un
époux, d'un frère ou d'un homme membre de sa
famille.

Au Pakistan, quand les femmes disent qu'elles veulent l'indépendance, les gens pensent que cela signifie
qu'elles refusent d'obéir à nos pères, frères ou époux.
Mais ce n'est pas ce que cela veut dire. Cela signifie
que nous voulons pouvoir décider pour nous-mêmes.
Être libre d'aller à l'école ou de travailler. Il n'est écrit
nulle part dans le Coran qu'une femme doit dépendre
d'un homme. Nulle parole descendue du Ciel ne nous
a dit que chaque femme devait écouter un homme.

— Tu es à des millions de kilomètres, *Jani* ! me dit
mon père, interrompant le cours de mes pensées. À
quoi es-tu en train de rêver ?

— Simplement à traverser des océans, *Aba,* répondis-je.

— Laisse tomber ! cria mon frère Atal. Nous
sommes à la plage et je veux faire un tour de cha-
meau !

C'était en janvier 2012, et nous étions à Karachi
à l'invitation de Geo TV après que le gouvernement du Sind eut annoncé qu'il rebaptisait une
école secondaire de filles sur Mission Road en mon
honneur. Mon frère Khushal étant à présent à l'école

à Abbottabad, nous n'étions que moi, mes parents et Atal. Nous avions pris l'avion pour venir à Karachi et cela avait été notre premier voyage dans les airs à tous. Cela ne nous prit que deux heures, ce que je trouvai incroyable. Il nous aurait fallu au moins deux jours en car. Dans l'avion, nous vîmes certaines personnes incapables de trouver leur siège parce qu'elles ne savaient pas lire. J'avais une place près d'un hublot et je pus voir les déserts et les montagnes de notre pays défiler au-dessous de moi. Alors que nous descendions vers le sud, le sol se faisait plus aride. La verdure du Swat me manquait déjà. Je comprenais pourquoi ceux de notre peuple qui allaient travailler à Karachi voulaient toujours être enterrés dans la fraîcheur de notre vallée.

Sur la route de l'aéroport à la pension, je fus émerveillée par le nombre de gens, de maisons et de voitures. Karachi est l'une des plus grandes villes du monde. C'était étrange de se dire que ce n'était qu'un village de pêcheurs de trois cent mille habitants à l'époque de la création du Pakistan. Mohammad Ali Jinnah y habitait et en fit notre première capitale, où affluèrent les millions de réfugiés musulmans venus d'Inde que l'on appelait les *mohajirs,* « immigrants », parlant ourdou. Aujourd'hui, elle compte environ vingt millions d'habitants. C'est en fait la plus grande ville pachtoune du monde, même si elle est loin de notre région : entre cinq et sept millions d'entre nous sont partis y travailler.

Malheureusement, Karachi est aussi devenu une ville violente et il y a toujours des bagarres entre *mohajirs* et Pachtounes. Les quartiers *mohajirs* que nous voyions semblaient tous très organisés et soignés, alors que les quartiers pachtounes étaient sales et désordonnés. Les *mohajirs* soutiennent presque tous un parti appelé MQM, dirigé par Altaf Hussain, qui vit en exil à Londres et s'adresse à ses partisans par Skype ou par téléphone. Le MQM est un mouvement très bien organisé, la communauté *mohajir* est très unie, ce qui accroît son pouvoir. Au contraire, les Pachtounes sont très divisés, certains suivant Imran Khan parce que c'est un grand joueur de cricket. Certains soutiennent Maulana Fazal-ur-Rehman parce que son parti, le JUI, est islamiste, d'autres le parti laïc ANP parce que c'est un parti nationaliste pachtoune, et certains le PPP de Benazir Bhutto, ou le PML(N) de Nawaz Sharif.

Nous nous sommes rendus à l'Assemblée du Sind, où tous les membres m'applaudirent. Puis nous avons visité quelques écoles, dont celle qui portait mon nom. Je prononçai un discours sur l'importance de l'éducation et je parlai aussi de Benazir Bhutto, puisque c'était sa ville. « Nous devons tous travailler ensemble pour les droits des filles », dis-je. Les enfants chantèrent en mon honneur, et on m'offrit un portrait de moi en train de contempler le ciel. C'était tout à la fois étrange et merveilleux de voir mon nom sur une école, tout comme Malalai de Maiwand, qui a donné son nom à tellement d'écoles en Afghanistan. Pendant les prochaines vacances scolaires, mon père et moi irions expliquer aux parents et aux enfants des lointaines régions des hauts plateaux du Swat combien il était important d'apprendre à lire et à écrire. « Nous serons comme des prédicateurs de l'éducation », dis-je.

Plus tard ce jour-là, nous rendîmes visite à mon oncle et à ma tante. Ils habitaient une très petite maison et mon père comprit enfin pourquoi ils avaient refusé de l'héberger quand il était étudiant. En chemin, nous traversâmes la place Aashiqan-e-Rasool et nous fûmes choqués de voir un portrait de l'assassin du gouverneur Salman Taseer, décoré de guirlandes de pétales de roses comme s'il s'agissait d'un saint. « Dans une ville de vingt millions d'habitants, s'indigna mon père, furieux, il n'y a donc personne pour arracher cela ? »

Il y avait un endroit important que nous voulions visiter à Karachi en dehors de nos excursions à la plage ou dans les immenses bazars où ma mère acheta quantité de vêtements : le mausolée de notre fondateur et grand dirigeant Muhammad Ali Jinnah. Le mausolée est un bâtiment très paisible en marbre blanc, qui semble en marge de la cohue bruyante de la ville. Pour nous, il était sacré. Benazir était en route pour y faire son premier discours à son retour au Pakistan quand son car avait sauté.

Le garde expliqua que le tombeau dans la salle principale sous un lustre géant de Chine n'était pas l'endroit où est réellement ensevelie la dépouille de Mohammad Ali Jinnah. La vraie sépulture est à l'étage du dessous, où il est enterré à côté de sa sœur Fatima, qui décéda beaucoup plus tard. À côté se trouve la sépulture de notre premier Premier ministre, Liaquat Ali Khan, qui fut assassiné.

Dans le petit musée situé derrière sont exposés certains des nœuds papillons blancs que Jinnah commandait à Paris, ses costumes trois-pièces coupés à Londres, ses clubs de golf et une malle de voyage spéciale à tiroirs contenant douze paires de chaussures, notamment ses souliers bicolores préférés. Les murs étaient couverts de photos. Sur les plus vieilles, datant des débuts du Pakistan, on voyait très bien à son visage creusé et à sa peau parcheminée que Mohammad Ali Jinnah était mourant. Mais à l'époque, le secret était de mise. Mohammad Ali Jinnah fumait cinquante cigarettes par jour. Son corps était dévasté par la tuberculose et le cancer du poumon quand Lord Mountbatten, le dernier gouverneur anglais des Indes, accepta que l'Inde soit divisée à l'indépendance. Plus tard, il déclara que s'il avait su que Mohammad Ali Jinnah était mourant, il aurait fait traîner les négociations et il n'y aurait pas eu de Pakistan. Mohammad Ali Jinnah mourut finalement en septembre 1948, soit juste un peu plus d'un an plus tard. Puis, moins de trois ans après cela, notre premier Premier ministre fut tué. Dès le début, notre pays a joué de malchance.

Certains des discours les plus célèbres de Mohammad Ali Jinnah étaient affichés. Il y avait celui disant que chacun avait sa liberté de culte au Pakistan, quelle que fût sa religion. Et un autre où il avait parlé du rôle important des femmes. Je voulus voir les photos des femmes de sa vie. Mais son épouse était morte jeune et était une Parsi, et leur fille unique, Dina, était restée en Inde et avait épousé un Parsi, ce qui n'est pas très bien accepté dans notre pays musulman. À présent, elle vit à New York. Les seules photos que je trouvai furent celles de la sœur de Jinnah, Fatima.

Difficile de visiter cet endroit et de lire ces discours sans se dire que Mohammad Ali Jinnah aurait été très déçu par le Pakistan. Ce n'était pas le pays qu'il désirait. Il souhaitait que nous soyons indépendants, tolérants, bons les uns envers les autres. Il voulait que tout le monde soit libre, quelles que fussent ses croyances.

« Aurait-il mieux valu que nous n'ayons pas obtenu l'indépendance et ayons continué à faire partie de l'Inde ? » demandai-je à mon père. Il me semblait qu'avant le Pakistan, il n'y avait eu que d'incessantes luttes entre hindous et musulmans. Puis, même quand nous avions eu notre propre État, les luttes avaient continué, mais cette fois entre *mojahirs* et Pachtounes, et entre sunnites et chiites. Au lieu de se soutenir, nos quatre provinces avaient du mal à s'entendre. Les Sindis parlent souvent de séparatisme, et au Baloutchistan se déroule une guerre perpétuelle dont on parle très peu parce que c'est loin. Tous ces combats signifient-ils que nous devons encore diviser notre pays ?

Quand nous partîmes du musée, des jeunes hommes brandissant des drapeaux manifestaient dehors. Ils nous expliquèrent qu'ils étaient des Seraikis du sud du Punjab et qu'ils réclamaient leur propre province.

Il semblait y avoir tellement de sujets de discorde. Si les chrétiens, les hindous ou les juifs sont vraiment nos ennemis comme beaucoup le disent, pourquoi nous autres musulmans nous battons-nous entre nous ?

Notre peuple est égaré. On pense que le plus important est de défendre l'islam, et on se laisse dévoyer par des gens comme les talibans, qui interprètent délibérément le Coran de manière erronée. Nous devrions nous concentrer sur les problèmes concrets. Nous avons tellement d'habitants illettrés dans notre pays. Et les femmes en particulier n'ont aucune instruction. Nous n'avons aucun approvisionnement fiable en électricité. Il ne se passe pas un seul jour sans qu'au moins un Pakistanais ne soit tué.

\*\*\*

Un jour, une dame du nom de Shela Anjun se présenta à notre pension. C'était une journaliste pakistanaise qui vivait en Alaska et désirait me rencontrer après avoir vu sur le site Web du *New York Times* le documentaire parlant de nous.

Elle bavarda avec moi pendant un moment, puis avec mon père. Elle avait les yeux brillants de larmes. Puis elle demanda à mon père : « Saviez-vous, Ziauddin, que les talibans ont menacé cette fille innocente ? » Comme nous ne comprenions pas de quoi elle parlait, elle se connecta sur Internet et nous montra que ce jour-là, les talibans avaient publié des menaces contre deux femmes – Shah Begum, une activiste de Dir, et moi, Malala. « Ces deux-là sont des partisanes de la laïcité et méritent la mort », disait le site.

Je ne pris pas cette menace au sérieux, il y a tellement de choses sur Internet, nous l'aurions appris par un autre biais s'il fallait vraiment que je craigne pour ma vie.

Ce soir-là, mon père reçut un coup de fil de la famille qui cohabitait avec nous depuis les dix-huit derniers mois. Comme leur maison avait un toit en torchis qui prenait l'eau et que nous avions deux pièces en plus, ils vivaient chez nous en échange d'un loyer symbolique et leurs trois enfants fréquentaient gratuitement notre école. Nous aimions leur présence et nous jouions avec les enfants aux gendarmes et aux voleurs sur le toit.

Ils annoncèrent à mon père que la police était venue demander si nous avions reçu d'éventuelles menaces. En apprenant cela, il appela le commissaire adjoint, qui lui posa la même question. « Pourquoi ? Vous savez quelque chose ? » demanda mon père. Le policier lui demanda de venir le voir lorsque nous serions de retour dans le Swat.

Du coup, mon père, rongé par l'angoisse, eut du mal à apprécier le reste de notre séjour à Karachi. Je voyais bien que mes parents étaient très contrariés. Ma mère pleurait encore la mort de ma tante et ils étaient gênés que j'aie reçu tant de récompenses, mais il semblait y avoir autre chose. « Pourquoi êtes-vous dans cet état ? leur demandai-je. Vous êtes inquiets pour quelque chose, mais vous ne nous dites pas quoi. »

Ils m'expliquèrent qu'il s'agissait de menaces. Je ne sais pas pourquoi, mais apprendre que j'étais une cible ne m'effraya pas. Il me semblait que nous mourrons tous un jour. Mon sentiment était que personne ne peut arrêter la mort : peu importe qu'elle soit causée par un taliban ou un cancer. Aussi devais-je faire ce que je voulais.

— Peut-être que nous devrions interrompre notre campagne, *Jani,* et hiberner un certain temps, dit mon père.

— Comment veux-tu faire cela ? répondis-je. C'est toi qui disais que si nous croyons en un idéal, nos voix ne feront que résonner davantage par-delà la mort. Nous ne pouvons pas renoncer à notre combat !

On me demandait de venir prononcer des discours. Comment pouvais-je refuser en disant qu'il y avait des risques ? Nous ne pouvions pas, surtout en tant que farouches Pachtounes. Mon père disait toujours que l'héroïsme est dans l'ADN des Pachtounes.

C'est avec le cœur lourd que nous retournâmes dans le Swat. Quand mon père alla voir la police, on lui montra un dossier sur moi. Les policiers lui dirent qu'en raison de mon profil national et international, j'avais attiré l'attention et les menaces de mort des talibans et qu'il me fallait des gardes du corps. Ils nous proposèrent une escorte, mais mon père était réticent. Beaucoup d'anciens du Swat avaient été tués malgré la présence de personnes chargées de leur protection et le gouverneur du Punjab avait été tué par son propre garde du corps.

Il estimait aussi que la présence de gardes armés inquiéterait les parents des élèves de l'école et il ne voulait pas faire courir de risques aux autres. Lorsqu'il avait lui-même reçu des menaces autrefois, il avait toujours dit : « Qu'on me tue, mais que je sois le seul à être tué. »

Il proposa de m'envoyer dans une pension d'Abbottabad, comme Khushal, mais je ne voulais pas y aller. Il alla également voir le colonel de l'armée locale qui lui dit que me scolariser à Abbottabad ne serait pas vraiment plus sûr et que du moment que je me faisais discrète, tout irait bien. Aussi, quand le gouvernement du KPK proposa de faire de moi une ambassadrice de la paix, mon père préféra que je refuse.

Je recommençai à verrouiller la porte de la maison la nuit. « Elle flaire une menace », dit ma mère à mon père. Il était très malheureux. Il ne cessait de me dire de tirer les rideaux de ma chambre la nuit, mais je ne voulais pas.

— *Aba,* c'est une situation très bizarre, lui dis-je. Pendant la talibanisation, nous étions en sécurité, et maintenant qu'il n'y a plus de talibans, nous sommes en danger.

— Oui, Malala, répondit-il. Maintenant la talibanisation concerne tout particulièrement ceux qui comme toi et moi continuent de faire entendre leur voix. Le reste du Swat ne risque rien. Les conducteurs de rickshaws, les boutiquiers, tous ces gens sont en sûreté. C'est une talibanisation qui vise certaines personnes, et nous en faisons partie.

Il y avait un autre inconvénient à recevoir ces récompenses. Je manquais beaucoup de cours. Après les examens de mars, le trophée que je rangeai dans ma nouvelle vitrine récompensait la deuxième place.

## 19

## Une talibanisation privée

« Faisons comme si nous étions dans *Twilight* et que nous étions des vampires dans la forêt », dis-je à Moniba. Nous étions en excursion à Marghazar, une magnifique vallée verdoyante dominée par une haute montagne où l'air est frais et où coule un torrent cristallin où nous avions prévu de pique-niquer. À côté se trouvait le White Palace Hotel qui était autrefois la résidence d'été du wali.

Nous étions en avril 2012, le mois suivant nos examens, et nous étions donc toutes très détendues. Nous étions un groupe d'environ soixante-dix filles. Nos professeurs et nos parents étaient avec nous. Mon père avait loué trois cars, mais comme nous ne pouvions pas tous tenir dedans, cinq d'entre nous – Moniba, Seerat, deux autres filles et moi – prîmes place dans la camionnette de l'école. Ce n'était pas très confortable parce qu'il y avait d'énormes marmites de riz au poulet par terre pour le pique-nique, mais il n'y avait qu'une demi-heure de route. Nous avons passé le trajet à chanter. Moniba était très belle avec son teint de porcelaine.

— Quelle crème de beauté utilises-tu ? lui demandai-je.

— La même que la tienne, répondit-elle.

Je savais que cela ne se pouvait pas.

— Non, regarde donc mon teint mat et regarde le tien !

Nous avons visité le Palais-Blanc et vu la chambre où avait dormi la reine d'Angleterre ainsi que des jardins remplis de magnifiques fleurs. Malheureusement, la chambre du wali n'était pas accessible, car elle avait été endommagée par les crues.

Nous avons gambadé pendant un moment dans la verte forêt, puis pris des photos et pataugé dans la rivière en nous éclaboussant mutuellement. Les gouttes étincelaient dans le soleil. Il y avait une cascade tombant d'une falaise et nous sommes restées un moment assises sur les rochers à l'écouter. Puis Moniba recommença à m'asperger.

« Ne m'éclabousse pas, je ne veux pas que mes vêtements soient mouillés ! » la suppliai-je. Je m'éloignai avec deux autres filles qu'elle n'appréciait pas. Les autres n'arrangèrent pas les choses, faisant ce que nous appelons « jeter du masala sur la situation ». C'était la recette idéale pour une nouvelle dispute entre Moniba et moi.

Cela me mit de mauvaise humeur, mais je me repris quand nous arrivâmes en haut de la falaise, où le repas était préparé. Usman Bhai Jan, notre chauffeur, nous fit rire comme d'habitude. Mme Maryam avait amené son bébé et Hannah, sa fille de deux ans, qui avait l'air d'une petite poupée mais qui était pleine de malice.

Le déjeuner fut un désastre. Quand les employés de l'école mirent à réchauffer les casseroles de curry de poulet, ils paniquèrent : il n'y avait pas assez de nourriture pour toutes les filles, aussi ajoutèrent-ils de l'eau de rivière dedans. Nous décidâmes que c'était le pire repas de notre vie. C'était tellement liquide qu'une des filles déclara qu'on pouvait voir le ciel se refléter dans son assiette.

Comme lors de tous nos voyages, mon père nous fit monter sur un rocher et donner nos impressions de la journée avant de partir. Cette fois, tout le monde ne parla que de ce mauvais déjeuner. Mon père fut gêné, et pour une fois, il ne trouva rien à redire.

Le lendemain matin, un employé de l'école vint avec du lait, du pain et des œufs chez nous pour le petit déjeuner. Mon père alla ouvrir, car les femmes doivent rester à l'intérieur. L'employé lui déclara que le boutiquier lui avait donné une lettre photocopiée.

Quand mon père la lut, il blêmit. « Mon Dieu, c'est une propagande affreuse contre notre école ! » dit-il à ma mère.

*Chers frères musulmans*, disait le texte. *Il y a une école, la Khushal School, qui est dirigée par une ONG* [les ONG ont une très mauvaise presse auprès des personnes religieuses dans notre pays et les évoquer est un moyen d'attirer les foudres

de la population] *et est un centre de vulgarité et
d'obscénité. Selon un hadith du Saint Prophète, si
vous voyez quelque chose de mal ou de mauvais,
vous devez y mettre un terme vous-même. Si vous
n'êtes pas en mesure de le faire, vous devez en parler
à autrui et faute de quoi, vous devez vous répéter au
fond de votre cœur combien c'est mal. Je n'ai aucun
grief contre le directeur, mais je vous dis ce que
prône l'islam. Cette école est un centre de vulgarité
et d'obscénité, on y emmène les filles pique-niquer
dans diverses stations de vacances. Si vous n'y mettez
pas un terme, vous aurez à en répondre devant Dieu
au Jugement dernier. Allez interroger le directeur
du White Palace Hotel et il vous dira ce qu'ont fait
ces filles...*

Il posa le papier en disant : « Ce n'est pas signé.
C'est anonyme. » Nous nous assîmes, abasourdis. « Ils
savent que personne ne s'adressera au directeur de
l'hôtel, continua-t-il. Les gens s'imagineront simplement que quelque chose d'affreux s'y est déroulé. »

« Nous savons ce qui s'est passé là-bas, les filles
n'ont rien fait de mal », le rassura ma mère.

Mon père appela mon cousin Khanjee pour savoir
si cette lettre avait été largement diffusée. Il annonça
de mauvaises nouvelles : elle avait été photocopiée
et déposée partout, même si la plupart des boutiquiers les avaient ignorées et jetées. Il y avait aussi des
affiches géantes collées devant la mosquée et portant
les mêmes accusations.

À l'école, mes camarades furent terrifiées. « Oh,
monsieur, ils racontent des choses affreuses sur notre

école, se lamentèrent-elles à mon père. Que vont dire nos parents ? »

Mon père les rassembla toutes dans la cour. « De quoi avez-vous peur ? demanda-t-il. Avez-vous fait quoi que ce soit contre l'islam ? Avez-vous fait quelque chose d'immoral ? Non. Vous avez juste fait des éclaboussures dans la rivière et pris des photos, vous n'avez aucune raison d'avoir peur. C'est la propagande des partisans du *maulana* Fazlullah. Qu'ils soient maudits ! Vous avez le droit d'apprécier la verdure, les cascades et les paysages tout autant que les garçons. »

Mon père parlait comme un lion, mais je voyais que dans son for intérieur, il était inquiet et il avait peur. Une personne vint retirer sa sœur de l'école. Mais nous savions que nous n'en avions pas fini.

Peu après cela, nous apprîmes qu'allait passer par Mingora un homme qui avait achevé une marche pour la paix depuis Dera Ismail Khan et nous voulûmes l'accueillir. J'étais en route pour le retrouver avec mes parents quand nous fûmes abordés par un petit homme qui semblait parler frénétiquement dans deux téléphones. « N'allez pas par là, nous exhorta-t-il. Il y a un terroriste kamikaze ! »

Comme nous avions promis de retrouver le marcheur de la paix, nous prîmes un itinéraire différent, lui passâmes une guirlande autour du cou et rentrâmes rapidement chez nous.

Durant tout le printemps et l'été, il ne cessa d'y avoir d'étranges événements. Des inconnus vinrent chez nous poser des questions sur la famille. Mon père nous dit qu'ils étaient des services secrets. Les visites se firent plus fréquentes après que mon père et la *jirga* du Swat Quami tinrent une assemblée dans notre école pour protester contre les projets des militaires pour les habitants de Mingora et réclamer le droit pour nos comités de défense municipaux de faire des patrouilles de nuit. « L'armée demande pourquoi nous avons besoin de défiler et de faire des patrouilles de nuit alors qu'elle estime que la paix est rétablie. »

Ensuite, notre école accueillit un concours de peinture pour les enfants de la ville, parrainé par l'ami de mon père qui dirigeait une ONG pour les droits des femmes. Les dessins étaient censés représenter l'égalité des sexes ou mettre en lumière les discriminations contre les femmes. Ce matin-là, deux hommes des services secrets vinrent trouver mon père à l'école.

— Que se passe-t-il dans votre établissement ? demandèrent-ils.

— C'est une école, répondit-il. Il y a un concours de peinture tout comme nous organisons des débats, des concours de cuisine et des concours de rédaction. (Les hommes se fâchèrent et mon père s'emporta à son tour.) Tout le monde me connaît et sait ce que je fais ! dit-il. Pourquoi ne faites-vous pas votre vrai travail et ne trouvez-vous pas M. Fazlullah et ceux dont les mains sont rouges du sang du Swat ?

Durant le mois de Ramadan, un ami de mon père à Karachi, Wakeel Khan Swati, envoya des vêtements pour les pauvres en nous demandant de les distribuer. Avant même que nous ayons pu commencer, des agents secrets arrivèrent et demandèrent : « Qu'est-ce que vous faites ? Qui a apporté ces vêtements ? »

Le 12 juillet, je fêtais mes quinze ans, ce qui, selon l'islam, faisait de moi une adulte. Avec cet anniversaire arriva la nouvelle que les talibans avaient tué le propriétaire de l'Hôtel Continental du Swat qui était un militant de la paix comme mon père. Il rentrait chez lui de son hôtel dans le bazar de Mingora quand des tireurs tapis quelque part dans les champs l'avaient abattu.

Une fois de plus, les gens commencèrent à craindre le retour des talibans. Mais alors qu'en 2008-2009, il y avait eu des menaces à l'encontre de toutes sortes de gens, cette fois, les menaces visaient les personnes qui protestaient contre les militants et le comportement désinvolte de l'armée.

« Les talibans ne sont pas une force organisée comme nous l'imaginons, dit l'ami de mon père, Hidayatullah, quand ils en parlaient. C'est une mentalité en vigueur partout dans tout le Pakistan. Si quelqu'un est contre l'Amérique, contre les autorités du Pakistan, contre le droit anglais, c'est qu'il a été influencé par les talibans. »

C'est tard dans la soirée du 3 août que mon père reçut un coup de fil inquiétant d'un correspondant de Geo TV du nom de Mehboob Ali. C'était le neveu d'un ami de mon père, Zahid Khan, le propriétaire de l'hôtel qui avait été agressé en 2009. Les gens disaient que Zahid Khan et Ziauddin étaient dans la ligne de mire des talibans et qu'ils seraient tués tous les deux. La seule inconnue, c'était lequel mourrait le premier.

Mehboob Ali nous raconta que son oncle était en route pour les prières *isha*, les dernières de la journée, à la mosquée de la rue voisine de chez lui, quand on lui avait tiré dans la tête.

Le sol s'était dérobé sous les pieds de mon père. « C'était comme si j'avais pris une balle, dit-il. J'étais certain que je serais le suivant. »

Nous suppliâmes mon père de ne pas aller à l'hôpital étant donné qu'il était très tard et que les gens qui avaient attaqué Zahid Khan le guettaient peut-être. Mais il répondit qu'il ne serait pas lâche. Des amis lui proposèrent une escorte, mais il estima qu'il serait trop en retard s'il les attendait. Aussi appela-t-il mon cousin pour qu'il le conduise. Ma mère se mit à prier.

Quand il arriva à l'hôpital, il n'y avait qu'un seul membre de la *jirga* sur place. Zahid Khan saignait tellement que sa barbe blanche était rouge. Mais il eut de la chance. Un homme avait tiré sur lui à bout portant trois fois avec un 9 Matthew, mais Zahid Khan avait réussi à lui agripper la main, si bien que seule la première balle avait fait mouche. Étrangement, elle avait traversé son cou et était ressortie par le nez.

Plus tard, il déclara se souvenir d'un petit homme bien rasé qui lui souriait et n'avait même pas le visage masqué. Puis l'obscurité l'avait envahi comme s'il était tombé dans un trou noir.

L'ironie était que c'était seulement récemment que Zahid Khan avait recommencé à aller à pied à la mosquée parce qu'il pensait que c'était de nouveau sans risque.

Après avoir prié pour son ami, mon père s'adressa aux médias. « Nous ne comprenons pas pourquoi il a été attaqué alors qu'on prétend que la paix est revenue, dit-il. C'est une grande question que je pose à l'armée et à l'administration. »

On lui dit de quitter l'hôpital par prudence. « Ziauddin, il est minuit et tu es là ! Ne sois pas bête. Tu es aussi vulnérable et autant visé que lui, ne prends pas davantage de risques ! »

Finalement, Zahid Khan fut transféré à Peshawar pour être opéré et mon père rentra chez nous. Je n'étais pas allée me coucher car j'étais trop inquiète. Après cela, je vérifiai chaque nuit que tous les verrous étaient bien tirés.

Notre téléphone ne cessait de sonner avec les gens qui avertissaient mon père qu'il risquait d'être la prochaine cible. Hidayatullah fut l'un des premiers à appeler. « Pour l'amour de Dieu, sois prudent. Cela aurait pu être toi. Ils abattent les membres de la *jirga* les uns après les autres. Tu es le porte-parole, comment veux-tu qu'ils te laissent en vie ? »

Mon père était convaincu que les talibans le traqueraient et le tueraient, mais il refusa de nouveau la protection de la police. « Si on se déplace avec toute une escorte, les talibans utiliseront une kalachnikov ou un terroriste kamikaze et ils feront encore plus de victimes, disait-il. Au moins, je serai le seul à être tué. »

Il ne voulait pas non plus quitter le Swat. « Où veux-tu que j'aille ? demanda-t-il à ma mère. Je ne peux pas quitter la région. Je suis le président du Conseil mondial pour la paix, le porte-parole du conseil des anciens, le président de l'Association des écoles privées du Swat, le directeur d'une école et un chef de famille. »

Il accepta toutefois de changer ses habitudes. Un jour, il allait à l'école primaire en premier, un autre, c'était à l'école des filles, le lendemain à l'école des garçons. Je remarquai que partout où il allait, il regardait de part et d'autre de la rue plusieurs fois.

Malgré les risques, mon père et ses amis continuaient d'être très actifs, d'organiser des manifestations et des conférences. « Pourquoi Zahid Khan a-t-il été attaqué si nous sommes en paix ? Qui l'a agressé ? demandaient-ils. Depuis que nous sommes revenus de notre période de PDI, nous n'avons vu aucune attaque contre l'armée et la police. À présent, les seules cibles sont les civils et ceux qui œuvrent pour la paix. » Le commandant militaire local fut mécontent : « Je vous dis qu'il n'y a aucun terroriste à Mingora, insista-t-il. C'est ce qu'indiquent nos rapports. » Il prétendait que Zahid Khan avait été attaqué en raison d'une querelle sur des questions de propriété.

Zahid Khan resta à l'hôpital pendant douze jours puis rentra chez lui pour un mois de convalescence après avoir subi une opération de chirurgie réparatrice pour son nez. Mais il refusa de se taire. Cela ne fit que renforcer sa détermination à s'exprimer, notamment contre les agences de renseignement, car il était convaincu que c'étaient elles qui manipulaient les talibans. Il rédigea des tribunes dans des journaux disant que le conflit dans le Swat avait été fabriqué de toutes pièces. « Je sais qui m'a pris pour cible. Ce que nous devons savoir, c'est qui nous a imposé ces militants », écrivit-il. Il exigea que le doyen des juges mette sur pied une commission judiciaire qui enquête pour savoir qui avait fait venir les talibans dans notre vallée.

Il dessina un portrait de son agresseur et déclara que l'homme devait être arrêté avant de faire d'autres victimes. Mais la police et les services de sécurité ne firent rien pour le retrouver.

Après les menaces contre moi, ma mère n'aimait pas que je me promène à pied et exigeait que j'aille en rickshaw à l'école et que je prenne le bus pour rentrer, alors que le trajet ne prenait que cinq minutes. Le bus me déposait sur les marches devant notre rue. Un groupe de garçons avait l'habitude de traîner là. Parfois, il y avait avec eux un garçon dénommé Haroun, qui avait un an de plus que moi et habitait naguère dans notre rue. Nous avions joué ensemble étant petits, et plus tard il m'avait dit qu'il était amoureux de moi. Mais une jolie cousine était venue habiter chez notre voisine Safina et il était tombé amoureux d'elle. Quand elle lui avait dit qu'il ne l'intéressait pas, il s'était de nouveau tourné vers moi. Après cela, sa famille avait déménagé pour une autre rue et nous nous étions installés dans leur ancienne maison. Haroun était parti au collège des cadets de l'armée.

Mais il revenait pour les vacances et, un jour que je rentrais chez moi de l'école, je le croisai dans la rue. Il me suivit jusqu'à la maison et glissa par la porte un mot que je ne pouvais pas manquer. Je demandai à une fillette d'aller le chercher. Il avait écrit :

*Maintenant que tu es très connue, je t'aime tou-jours et je sais que tu m'aimes. Voici mon numéro, appelle-moi.*

Je donnai le mot à mon père, qui fut très fâché. Il appela Haroun et lui dit qu'il en parlerait à son père. Ce fut la dernière fois que je le vis. Après cela, les garçons cessèrent de venir dans notre rue.

Mais l'un des petits qui jouait avec Atal lançait sur un ton entendu des « Comment va Haroun ? » chaque fois qu'il me voyait. Cela m'agaça tellement qu'un jour, je dis à Atal de l'amener. Je lui criai tellement dessus qu'il cessa son manège.

Lorsque nous fûmes réconciliées, je racontai à Moniba ce qui s'était passé. Elle était toujours très prudente avec les garçons, car ses frères surveillaient tout. « Parfois, je me dis que c'est plus facile d'être un vampire dans *Twilight* qu'une fille dans le Swat », soupirai-je. Mais en réalité, j'aurais préféré que me faire harceler par un garçon soit mon seul problème.

## 20

## Qui est Malala ?

Un matin à la fin de l'été, alors que mon père se préparait pour aller à l'école, il remarqua que le portrait de moi offert par l'école de Karachi où je regardais le ciel avait bougé durant la nuit. Il aimait tellement ce portrait qu'il l'avait accroché au-dessus de son lit. Le voir de travers le troubla. « Redresse-le, je t'en prie », dit-il à ma mère avec une brusquerie inhabituelle.

La même semaine, notre professeur de mathématiques, Mlle Shazia, arriva à l'école en proie à l'hystérie. Elle raconta à mon père qu'elle avait fait un cauchemar où je venais à l'école avec une grave blessure à la jambe et qu'elle avait essayé de la soigner. Elle le supplia de donner du riz cuit aux pauvres, car nous croyons que ceux à qui nous offrons du riz prieront pour nous, même les fourmis et les oiseaux qui mangent les grains tombés sur le sol. Mon père donna de l'argent et elle fut désemparée : ce n'était pas la même chose.

La prémonition de Mlle Shazia ne nous fit rien, mais je me mis à faire des cauchemars à mon tour. Je n'en parlai pas à mes parents, mais chaque fois que je sortais, j'avais peur que des talibans me sautent dessus ou me jettent de l'acide au visage. J'avais particulièrement peur dans les escaliers montant à notre rue, où les garçons avaient l'habitude de traîner. Parfois, je croyais entendre des pas derrière moi ou j'imaginais des silhouettes tapies dans l'ombre.

Contrairement à mon père, je prenais des précautions. La nuit, j'attendais que tout le monde soit endormi, mes parents, mes frères et l'autre famille dans la maison ou tout invité venu du village, puis j'allais vérifier chaque porte et chaque fenêtre. Je sortais voir si le portail était fermé. Puis j'inspectais chaque pièce l'une après l'autre. Ma chambre était devant, avec beaucoup de fenêtres, et je laissais les rideaux ouverts. Je voulais être en mesure de tout voir, même si mon père me disait de les tirer. « S'ils devaient me tuer, ils l'auraient fait en 2009 », dis-je. Mais j'avais peur que quelqu'un dresse une échelle contre la maison pour franchir le mur et casser la fenêtre.

Ensuite, je priais. La nuit, je priais beaucoup. Les talibans estiment que nous ne sommes pas des musulmans, mais nous le sommes. Nous croyons en Dieu plus qu'eux et nous nous en remettons à Sa protection. J'avais l'habitude de réciter l'*Ayat al kursi*, le verset du Trône dans la deuxième sourate du Coran, celle de la Vache. C'est un verset très particulier qui, récité trois fois la nuit dans la maison, nous mettra à l'abri des *shayatin* ou démons. Quand on le récite cinq fois, c'est toute la rue qui est protégée, et sept fois, c'est tous les environs. Je le récitais donc sept fois et même davantage. Ensuite, je priais Dieu : « Bénissez-nous, d'abord notre mère et notre famille, puis notre rue, tout le *mohalla* et tout le Swat. » Puis je disais : « Non, tous les musulmans. » Puis : « Non, pas que les musulmans, bénissez tous les êtres humains. »

L'époque de l'année où je priais le plus était celle des examens. C'était le seul moment où mes amies et moi récitions les cinq prières quotidiennes comme ma mère essayait toujours que je le fasse. Je trouvais cela particulièrement difficile l'après-midi, car je ne voulais pas renoncer à regarder la télévision.

Durant la période des examens, je priais Allah pour avoir de bonnes notes même si nos professeurs nous mettaient en garde : « Dieu ne vous donnera pas de bonnes notes si vous ne travaillez pas dur. Dieu nous comble de Ses bienfaits, mais Il est également juste. »

Alors je révisais d'arrache-pied. Généralement, j'appréciais les examens qui étaient pour moi l'occasion de briller. Mais en octobre 2012, je me sentis victime de la pression. Je ne voulais pas être de nouveau deuxième derrière Malka-e-Noor comme en mars. Elle m'avait battue non pas d'un ou deux points comme d'habitude, mais de cinq ! J'avais pris des cours particuliers avec Sir Amjad, qui dirige l'école de garçons. La veille des examens, je veillai jusqu'à 3 heures du matin et relus tout un manuel.

Le premier examen, le lundi 8 octobre, était celui de physique. La physique me plaisait parce qu'elle traite de la vérité, d'un monde déterminé par des principes et des lois, où l'on ne déforme ni ne pervertit les choses comme en politique, en particulier dans mon pays.

Alors que nous attendions le signal du début de l'examen, je commençai à réciter mentalement des versets du Coran. Je terminai l'épreuve, mais je savais que j'avais fait une erreur. Je m'en voulais tellement que je faillis pleurer. Ce n'était qu'une question qui valait seulement un point, mais cela me fit pressentir que quelque chose d'affreux allait se produire.

Quand j'arrivai chez moi cet après-midi-là, j'avais sommeil, mais le lendemain avait lieu l'épreuve d'histoire pakistanaise, une matière difficile pour moi. Comme j'avais peur de perdre encore plus de points, je me préparai un café au lait pour éloigner les démons du sommeil. Quand ma mère vint, elle le goûta et elle but tout le reste. Je ne pouvais pas lui dire : « *Bhabi*, je t'en prie, arrête, c'est mon café. » Mais c'était notre dernier paquet. Une fois encore, je veillai tard pour mémoriser le manuel sur l'histoire de l'indépendance.

Au matin, mes parents vinrent dans ma chambre comme d'habitude et me réveillèrent. Je ne me rappelle pas un seul jour d'école où j'aie réussi à me réveiller de bonne heure toute seule. Ma mère prépara le petit déjeuner habituel : thé sucré, chapatis et œuf au plat. Nous le prîmes tous ensemble, mes parents, Khushal, Atal et moi. C'était un grand jour pour ma mère, car elle allait commencer à suivre des cours à l'école l'après-midi pour apprendre à lire et à écrire avec Mlle Ulfat, mon ancienne maîtresse de l'école maternelle.

Mon père commença à taquiner Atal, qui avait désormais huit ans et était plus effronté que jamais.

« Écoute, Atal, quand Malala sera Premier ministre, tu seras son secrétaire. » Atal se fâcha. « Sûrement pas ! s'écria-t-il. Je ne vaux pas moins que Malala. C'est moi qui serai Premier ministre et elle ma secrétaire. » Avec tous ces bavardages, je me retrouvai en retard et je n'eus le temps de manger que la moitié de mon œuf sans pouvoir débarrasser !

L'épreuve d'histoire pakistanaise se passa mieux que je ne m'y attendais. Il y avait des questions sur la manière dont Mohammad Ali Jinnah avait créé notre pays pour en faire le premier État musulman et sur la tragédie nationale qui avait présidé à la naissance du Bangladesh. C'était étrange de penser que le Bangladesh avait autrefois fait partie du Pakistan bien qu'il fût à 1 600 kilomètres de là. Je répondis à toutes les questions et j'étais certaine d'avoir réussi.

J'étais heureuse quand l'examen fut terminé et je bavardai avec mes camarades pendant que nous attendions que Sher Mohammad Baba, un employé de l'école, nous appelle à l'arrivée de la camionnette qui servait de bus scolaire.

Le bus faisait deux voyages quotidiennement et, ce jour-là, nous prîmes le deuxième. Nous aimions bien nous attarder à l'école et Moniba déclara : « Comme nous sommes fatiguées après cet examen, restons à bavarder avant de rentrer chez nous. » Soulagée que mon examen se soit bien passé, j'acceptai. Ce jour-là, j'étais insouciante. J'avais faim, mais comme, ayant quinze ans révolus, nous ne pouvions plus sortir seules dans la rue, j'envoyai une des fillettes m'acheter un épi de maïs. J'en mangeai un peu et donnai le reste à une autre.

À midi, Baba nous appela dans le haut-parleur. Nous dévalâmes l'escalier. Les autres filles se couvrirent le visage avant de franchir la porte et grimpèrent à l'arrière du bus. J'avais mon foulard sur la tête, mais jamais je ne me couvrais le visage.

Je demandai au chauffeur, Usman Bhai Jan, de nous raconter une histoire drôle en attendant l'arrivée des deux professeurs. Il en connaissait beaucoup de très amusantes. Ce jour-là, il préféra nous faire un tour de magie en escamotant un caillou. Nous réclamâmes à grands cris qu'il nous montre comment il avait fait, mais il refusa.

Quand tout le monde fut prêt, il prit Mlle Rubi et deux petits devant dans la cabine avec lui. Une autre fillette cria qu'elle voulait monter avec eux aussi. Usman Bhai Jan lui expliqua qu'il n'y avait pas de place et qu'elle devait monter derrière avec nous. Mais comme j'avais de la peine pour elle, je le convainquis de la laisser monter avec lui.

Comme ma mère lui avait dit de rentrer par le même bus que moi, Atal vint me rejoindre depuis l'école primaire. Il aimait faire le trajet assis sur le hayon à l'arrière, ce qui rendait furieux Usman Bhai Jan, car c'était dangereux. Ce jour-là, Usman Bhai Jan, qui en avait plus qu'assez, refusa de le laisser s'y asseoir. « Assieds-toi à l'intérieur, Atal Khan, sinon je ne t'emmène pas ! » dit-il. Atal piqua une colère, refusa et rentra à pied à la maison avec quelques camarades.

La camionnette démarra et nous partîmes. Je bavardais avec Moniba, ma bonne et sage amie. Des filles chantaient et je pianotais en rythme sur mon siège.

Moniba et moi aimions nous placer près de l'ouverture à l'arrière afin de regarder dehors. À cette heure de la journée, Haji Baba Road était toujours un tumulte de rickshaws multicolores, de piétons et d'hommes juchés sur des scooters qui zigzaguaient en klaxonnant à qui mieux mieux. Un jeune glacier sur un tricycle rouge décoré de missiles nucléaires rouges et blancs pédalait derrière nous en nous faisant des signes jusqu'au moment où un professeur le fit déguerpir. Un homme décapitait des poulets dont le sang dégoulinait dans la rue. Je pianotais toujours. *Tchac-tchac-tchac*, *ploc-ploc-ploc*. C'est drôle, quand j'étais petite, on me disait toujours que les Swatis étaient si épris de paix que c'était difficile de trouver un homme pour égorger un poulet.

L'air sentait le diesel, le pain et la viande grillée mêlés à la puanteur du fleuve où les habitants continuaient de déverser leurs ordures malgré tous les efforts de mon père et de ses amis. Mais nous avions l'habitude. Et puis, bientôt, l'hiver apporterait la neige qui nettoierait tout et étoufferait tout ce vacarme.

Le bus quitta la rue principale et prit à droite après le barrage routier de l'armée. Sur la guérite était placardée une affiche de barbus enturbannés avec des yeux de déments sous la mention en grosses lettres : Terrorristes recherchés. La photo du haut, un barbu au turban noir, était celle de Fazlullah. Plus de trois ans avaient passé depuis le début de l'opération militaire destinée à chasser les talibans du Swat. Nous étions reconnaissants à l'armée, mais nous ne comprenions pas pourquoi il y avait encore des soldats partout, des snipers embusqués sur les toits et des barrages routiers. Rien que pour pénétrer dans notre vallée, il fallait une autorisation officielle.

La rue qui remonte la petite colline est généralement encombrée, car c'est un raccourci, mais ce jour-là, elle était étrangement calme. « Où sont tous les gens ? » demandai-je à Moniba. Toutes les filles chantaient et babillaient et nos voix résonnaient à l'intérieur de la camionnette.

À cet instant même, ma mère était probablement en train de franchir le seuil de notre école pour sa première leçon depuis qu'elle avait arrêté ses études à six ans.

Je ne vis pas les deux jeunes hommes surgir sur la route et faire arrêter brusquement le bus. Je n'eus pas la possibilité de répondre à leur question : « Qui est Malala ? » sinon je leur aurais expliqué pourquoi ils devaient nous laisser aller à l'école ainsi que leurs propres sœurs et filles.

La dernière chose dont je me souvienne, c'est d'avoir pensé aux révisions que je devais faire pour le lendemain. Le bruit que j'entendis dans ma tête ne fut pas les trois détonations, mais le *tchac-tchac-tchac* et le *ploc-ploc-ploc* du boucher qui coupait les têtes des poulets, et puis me revint l'image des petites flaques d'où ruisselaient de minces filets de sang écarlate.

# QUATRIÈME PARTIE

## Entre la vie et la mort

بنيري به ولي درته نه كړم    توره توپکه ورانه وي ودان كورونه

*Khairey ba waley darta na kram*
*Toora topaka woranawey wadan korona*

« Fusils des ténèbres !
Pourquoi ne vous maudirais-je pas ?
Vous avez fait des ruines de maisons remplies d'amour »

## 21

« Mon Dieu, je la remets à Ta protection »

À peine Usman Bhai Jan eut-il compris ce qui s'était passé qu'il conduisit la camionnette à l'hôpital central du Swat à tombeau ouvert. Les autres filles pleuraient et hurlaient. Je gisais sur les genoux de Moniba, la tête et l'oreille gauche en sang. Nous avions à peine roulé qu'un policier nous arrêta et commença à poser des questions, nous faisant perdre un temps précieux. Une fille me tâta le cou pour chercher mon pouls. « Elle est vivante ! cria-t-elle. Nous devons la conduire à l'hôpital, laissez-nous et capturez l'homme qui a fait cela ! »

Pour nous, Mingora a l'air d'une grande ville, mais en réalité, c'est une petite bourgade et la nouvelle se répandit rapidement. Mon père était au Club de la presse du Swat pour une réunion de l'Association des écoles privées, et il venait de monter sur le podium pour prononcer un discours quand son mobile sonna. Reconnaissant le numéro de la Khushal School, il passa l'appareil à son ami Ahmad Shah pour qu'il réponde. « On a tiré sur le bus de ton école », lui chuchota celui-ci d'une voix pressante. Mon père blêmit. Il songea immédiatement que j'étais peut-être à bord du véhicule. Puis il essaya de se rassurer, se disant que c'était peut-être un garçon, un amoureux jaloux qui avait tiré un coup de feu en l'air pour faire honte à sa bien-aimée. La réunion à laquelle il participait était une assemblée des quelque quatre cents directeurs d'écoles venus de tout le Swat pour protester contre le projet du gouvernement d'imposer une autorité de régulation centrale. En tant que président de cette association, mon père, se disant qu'il ne pouvait pas abandonner tout ce monde, prononça son discours comme prévu. Mais son front perlait de sueur et pour une fois, personne n'eut besoin de lui faire signe d'abréger. À peine eut-il terminé qu'il n'attendit pas de se mélanger à l'auditoire et se précipita à l'hôpital avec Ahmad Shah et un autre ami, Malik Riaz, qui avait une voiture. L'hôpital n'était qu'à cinq minutes de là. Ils y trouvèrent une foule massée devant et des photographes et caméras de télévision. C'est là qu'il eut la certitude que c'était moi. Son cœur cessa de battre. Il fendit la foule et courut sous les flashs dans l'hôpital. À l'intérieur, j'étais allongée sur une civière, la tête pansée, les yeux clos et les cheveux épars. « Ma fille, tu es ma courageuse fille, ma magnifique fille », répétait-il en m'embrassant le front, le nez et les joues. Sans savoir pourquoi, il me parlait en anglais. Je crois que j'ai senti qu'il était là, même si j'avais les yeux fermés. « Je ne peux pas l'expliquer, mais j'ai senti qu'elle réagissait », affirma mon père. Plus tard, quelqu'un raconta que j'avais souri. Mais pour lui, ce n'était pas un sourire, mais seulement un minuscule et magnifique moment, car il sut qu'il ne m'avait pas perdue pour toujours. Me voir ainsi était la pire chose qui lui soit arrivée. Tous les enfants sont exceptionnels pour leurs parents, mais pour mon père, j'étais tout son univers. Je l'accompagnais dans ses combats depuis si longtemps, d'abord sous le nom de Gul Makai, puis sans plus me cacher, sous mon vrai nom, Malala. Il avait toujours pensé que si les talibans s'en prenaient à quelqu'un, ce serait à lui, pas à moi. Il déclara qu'il avait eu l'impression d'avoir été foudroyé. « Ils ont voulu faire d'une pierre deux coups, dit-il. Tuer Malala et me faire taire à jamais. »

Il avait très peur, mais il ne versa pas une larme. Il y avait des gens partout, tous les directeurs d'écoles de l'association étaient arrivés à l'hôpital et il y avait quantité de journalistes et d'activistes. C'était à croire que toute la ville était là. « Priez pour Malala », leur déclara-t-il. Les médecins de l'hôpital le rassurèrent : ils avaient procédé à un scanner et vu que la balle était passée superficiellement sans toucher le cerveau. Ils désinfectèrent et pansèrent la blessure. « Oh, Ziauddin ! Qu'ont-ils fait ? » s'écria Mme Maryam, en arrivant à son tour. Elle n'était pas à l'école ce jour-là, mais chez elle pour s'occuper de son bébé quand elle avait reçu un coup de téléphone de son beau-frère s'inquiétant de sa sécurité. Alarmée, elle avait allumé la télévision et vu annoncer que des coups de feu avaient été tirés sur le bus de la Khushal School. À peine eut-elle appris que j'étais la victime qu'elle avait appelé son mari pour qu'il vienne la chercher et l'amener à l'hôpital sur sa moto, derrière, quelque chose que fait très rarement une femme pachtoune respectable.

« Malala, Malala ! M'entends-tu ? » demanda-t-elle. Je geignis. Maryam essaya d'en savoir un peu plus. Un médecin qu'elle connaissait lui expliqua que je n'étais pas en danger. Elle vit aussi les deux autres filles de l'école sur qui on avait tiré. Shazia avait pris deux balles, à la clavicule gauche et dans la main, et elle avait été amenée à l'hôpital avec moi. Kainat ne s'était pas rendu compte qu'elle avait été blessée et c'est seulement en arrivant chez elle qu'elle avait découvert qu'elle avait été effleurée par une balle au bras droit – et sa famille l'avait amenée. Mon père savait qu'il devait aller prendre de leurs nouvelles, mais il ne voulait pas quitter mon chevet un instant. Son téléphone ne cessait de sonner. Le *chief minister* du KPK fut la première personne à appeler. « Ne vous inquiétez pas, nous nous occuperons de tout, dit-il. L'hôpital Lady Reading de Peshawar vous attend. » Mais ce fut l'armée qui s'en chargea. À 15 heures, le commandant local arriva et annonça qu'un hélicoptère militaire allait venir pour nous transporter, mon père et moi, à l'hôpital de Peshawar. Comme nous n'avions pas le temps d'aller chercher ma mère, Maryam insista pour nous accompagner, car je pouvais avoir besoin de l'aide d'une femme. La famille de Maryam ne fut pas très contente, car elle s'occupait toujours de son bébé qui avait récemment subi une petite opération. Mais elle est comme ma seconde mère.

Quand on me chargea dans l'ambulance, mon père craignit que les talibans l'attaquent également. Il se disait que tout le monde devait savoir qui était à l'intérieur. L'héliport était à moins de deux kilomètres de là, soit cinq minutes en voiture, mais il trembla durant tout le trajet. Quand nous arrivâmes, l'hélicoptère n'était pas encore là et nous attendîmes dans l'ambulance pendant ce qui nous parut des heures. Finalement, il atterrit, je fus hissée à bord par des ambulanciers avec mon père, mon cousin Khanjee, Ahmad Shah et Maryam. C'était la première fois pour tout le monde que nous montions dans un hélicoptère. Alors qu'il prenait son essor, nous survolâmes le terrain municipal, où se déroulait un gala sportif de l'armée, avec des haut-parleurs déversant de la musique militaire. Les entendre chanter l'amour de la patrie laissa un goût amer dans la bouche de mon père. Normalement, il aimait fredonner avec eux, mais un chant patriotique ne semblait guère de mise alors que sa fille de quinze ans avait reçu une balle dans le crâne et été laissée pour morte.

\*\*\*

Ma mère nous regarda nous envoler depuis le toit de notre maison. Quand elle avait appris la nouvelle de la fusillade, elle était en train de suivre sa première leçon de lecture avec Mlle Ulfat et s'efforçait d'apprendre des mots comme « livre » et « pomme ». Au début, la nouvelle n'était pas claire, et elle avait compris qu'il y avait eu un accident et que j'avais été blessée au pied. Elle s'était précipitée à la maison et l'avait annoncé à ma grand-mère qui habitait avec nous à l'époque. Elle la supplia de commencer à prier immédiatement. Nous pensons qu'Allah écoute plus attentivement ceux qui ont les cheveux blancs. Ma mère vit ensuite les restes de mon petit déjeuner, toutes ces photos de moi recevant ces récompenses qu'elle désapprouvait tant. Elle fondit en larmes. Elle ne voyait plus que moi. Bientôt, la maison fut remplie de femmes. Dans notre culture, si quelqu'un meurt, les femmes viennent à la maison du défunt et les hommes à la *hujra*, pas seulement la famille et les amis proches, mais tout le quartier.

Ma mère fut étonnée par l'affluence. Elle s'assit sur une natte de prière et récita le Coran. Elle enjoignit aux femmes de ne pas pleurer mais de prier. Puis mes frères firent irruption dans la pièce. Atal, qui était rentré à pied de l'école, avait allumé la télévision et vu que l'on m'avait tiré dessus. Il avait appelé Khushal et tous les deux se joignirent aux prières. Le téléphone n'arrêtait pas de sonner. Les gens tenaient à rassurer ma mère et lui disaient que j'avais pris une balle dans la tête, mais qu'elle avait seulement frôlé le front. Ma mère était décontenancée par toutes ces versions différentes. D'abord, j'avais été blessée au pied, puis on m'avait tiré dans la tête. Elle pensa que je trouverais étrange qu'elle ne soit pas venue me retrouver, mais des gens lui dirent de ne pas y aller, car j'étais soit morte, soit en train d'être évacuée. L'un des amis de mon père appela pour prévenir que l'on m'emmenait en hélicoptère à Peshawar et qu'elle devait m'y rejoindre par la route. Le pire moment pour elle fut lorsque quelqu'un arriva pour rapporter mes clés que l'on avait retrouvées sur le lieu de la fusillade. « Je ne veux pas des clés, je veux ma fille ! s'écria-t-elle. À quoi me servent des clés sans Malala ? » Puis on entendit le bruit de l'hélicoptère. L'héliport était situé à un peu moins de deux kilomètres de notre maison et toutes les femmes se précipitèrent sur le toit. « Ce doit être Malala », dirent-elles. Alors que l'appareil les survolait, ma mère ôta le foulard de sa tête, geste extrêmement rare pour une Pachtoune, et elle le brandit à deux mains dans le ciel, comme s'il s'agissait d'une offrande. « Mon Dieu, je la remets à Ta protection, dit-elle aux cieux. Nous n'avons pas accepté de gardes du corps – Tu es notre protecteur. Elle était sous Ta protection et Tu dois nous la rendre. »

\*\*\*

Dans l'hélicoptère, je vomissais du sang. Mon père était horrifié, pensant que cela voulait dire que je faisais une hémorragie interne. Il commençait à perdre espoir. C'est alors que Maryam remarqua que j'essayais de m'essuyer la bouche avec mon foulard. « Regardez, elle réagit ! dit-elle. C'est un excellent signe. » Quand nous atterrîmes à Peshawar, ils pensaient qu'on nous avait amenés à l'hôpital Lady Reading, où opérait un très bon neurochirurgien, le Dr Mumtaz, qui nous avait été recommandé. Mais ils furent alarmés de voir qu'on nous emmenait au CMH, le Combined Military Hospital. Le CMH est un vaste hôpital en brique avec six cents lits, qui date de l'occupation britannique. Une nouvelle aile était en cours de construction. Peshawar est la porte des FATA et, depuis que l'armée était allée dans ces zones en 2004 pour lutter contre les talibans, l'hôpital était souvent occupé à soigner les blessés et les victimes des attentats-suicides qui ensanglantaient la ville et les alentours. Comme presque partout dans le pays, il y avait des blocs de ciment et des barrages tout autour du CMH pour empêcher l'entrée des voitures piégées. On m'amena à l'unité de soins intensifs qui se trouvait dans un bâtiment séparé. Au-dessus du bureau des infirmières, la pendule indiquait 17 heures tout juste passées. On me plaça dans une unité d'isolation derrière une paroi vitrée, et une infirmière me mit sous perfusion. À côté se trouvait un soldat qui avait été affreusement brûlé et avait perdu une jambe dans l'explosion d'une bombe artisanale. Un jeune homme arriva et se présenta comme le colonel Junaid, le neurochirurgien. Mon père fut encore plus troublé. Il trouvait qu'il n'avait pas l'air d'un médecin tellement il paraissait jeune. « C'est votre fille ? » demanda le colonel. Maryam se fit passer pour ma mère afin de pouvoir entrer. Le colonel Junaid m'ausculta. J'étais consciente et je bougeais, mais je ne parlais pas et je clignais des paupières. Le colonel recousit la blessure au-dessus de mon sourcil gauche, où était entrée la balle. Mais il fut surpris de ne pas voir de balle sur le scan. « S'il y a un point d'entrée, il y a forcément un point de sortie », dit-il. Il me palpa la colonne vertébrale et localisa la balle près de mon omoplate gauche. « Elle devait être baissée et avoir le cou plié quand on a tiré », dit-il. On m'emmena faire un autre scanner. Puis le colonel appela mon père dans son bureau où les images apparaissaient sur son écran. Il lui expliqua que le scan fait dans le Swat avait été pris sous un angle unique, mais que ce nouvel examen montrait que la blessure était plus grave qu'il n'y paraissait. « Regardez, Ziauddin, dit-il. Le scan montre que la balle a frôlé le cerveau de très près. (Il expliqua que des particules d'os avaient endommagé la dure-mère.) Nous pouvons prier Dieu et attendre, dit-il. Nous n'allons pas opérer à ce stade. » Mon père fut de plus en plus troublé. Dans le Swat, les médecins lui avaient dit que c'était bénin, à présent, on lui disait que c'était très grave. Et si c'était grave, pourquoi n'opérait-on pas ? Il se sentait mal à l'aise dans un hôpital militaire. Dans notre pays où l'armée a pris le pouvoir tellement de fois, nous sommes assez circonspects vis-à-vis des militaires, en particulier ceux qui comme nous dans le Swat ont pu voir que l'armée avait pris son temps pour agir contre les talibans. L'un des amis de mon père l'appela et lui dit : « Fais-la sortir de cet hôpital. Pas question qu'on fasse d'elle une *shahid millat* [martyre de la nation] comme Liaquat Ali Khan. » Mon père ne savait plus quoi faire.

— Je suis décontenancé, dit-il au colonel Junaid. Pourquoi sommes-nous ici ? Je croyais que nous allions dans un hôpital civil. Pouvez-vous faire venir le Dr Mumtaz ?

— De quoi cela aurait-il l'air ? répondit le colonel Junaid qui était offensé, ce qui n'avait rien d'étonnant.

Plus tard, nous découvrîmes que malgré son allure juvénile, il était neurochirurgien depuis treize ans et était le praticien le plus expérimenté et décoré de l'armée pakistanaise. Il s'était engagé comme médecin à cause des installations de pointe de l'armée, sur les pas de son oncle, qui avait lui aussi été neurochirurgien militaire. L'hôpital de Peshawar était en première ligne de la guerre contre le terrorisme et Junaid était confronté tous les jours à des blessures par balles et explosions. « J'ai soigné des milliers de Malala », déclara-t-il plus tard.

Mais sur le moment, mon père ne savait rien de tout cela et il fut désespéré. « Faites ce que vous estimez le mieux, dit-il. C'est vous le médecin. » Durant les quelques heures suivantes, il fallut attendre, pendant que les infirmières surveillaient mon électrocardiogramme et mes autres signes vitaux. De temps

en temps, je poussais un gémissement, bougeais la
main ou clignais des paupières. Puis Maryam disait :
« Malala, Malala. » Une fois, j'ouvris complètement
les paupières. « Je n'avais pas remarqué qu'elle avait
de si beaux yeux », dit Maryam. Je ne restais pas tran-
quille et j'essayais constamment de toucher le moni-
teur. « Ne fais pas cela », dit Maryam. « Madame, ne
me grondez pas », répondis-je à mi-voix comme si
nous étions à l'école. Mme Maryam était une directrice adjointe très stricte.

En fin de soirée, ma mère arriva avec Atal. Ils
avaient fait quatre heures de route, conduits par l'ami
de mon père, Mohammad Farooq. Avant qu'elle
arrive, Maryam l'appela pour la prévenir : « Quand
vous verrez Malala, ne pleurez pas et ne criez pas. Elle
peut vous entendre, même si vous croyez que non. »

Mon père l'appela aussi et lui demanda de se préparer au pire. Il voulait la protéger. Quand elle arriva,
ils s'étreignirent et retinrent leurs larmes. « Atal est
là, me dit-elle. Il est venu te voir. » Bouleversé, Atal
pleurait. « Maman, disait-il, Malala est horriblement
blessée. » Ma mère était en état de choc et ne comprenait pas pourquoi les médecins n'opéraient pas pour
enlever la balle. « Ma courageuse fille, ma magnifique
fille », disait-elle. De son côté, Atal faisait maintenant
tellement de bruit qu'une aide-soignante finit par les
emmener à la résidence dépendant de l'hôpital où ils
seraient hébergés. Mon père fut ébahi du nombre de
gens attroupés au-dehors : responsables politiques,
dignitaires du gouvernement, ministres provinciaux
étaient venus témoigner leur sympathie. Il y avait même
là le gouverneur, qui donna à mon père 100 000 rou-

pies pour mes soins. Dans notre société, si quelqu'un meurt, on est honoré qu'un dignitaire vienne chez vous. Mais là, mon père était très irrité. Il avait l'impression que ces gens attendaient simplement que je succombe à mes blessures. Ils n'avaient rien fait pour me protéger. Plus tard, durant le dîner, Atal alluma la télévision. Mon père l'éteignit aussitôt. Il ne supportait pas de voir les sujets sur mon agression. Quand il sortit de la pièce, Maryam la ralluma. Apparemment, toutes les chaînes montraient des images de moi avec un commentaire de prières et d'émouvantes poésies comme si j'étais morte. « Ma Malala, ma Malala », se mit à gémir ma mère, rejointe par Maryam.

Vers minuit, le colonel Junaid demanda à retrouver mon père devant l'unité de soins intensifs. « Ziauddin, Malala a un œdème cérébral. » Mon père ne comprit pas ce que cela voulait dire. Le médecin lui expliqua que mon état avait commencé à se dégrader, que je perdais conscience et que j'avais de nouveau vomi du sang. Il demanda un troisième scanner. Cette fois, on distinguait nettement l'œdème cérébral : mon cerveau gonflait dangereusement. « Mais je croyais que la balle n'avait pas touché le cerveau », dit mon père. Le colonel Junaid expliqua qu'un os s'était fracturé et que des éclats avaient pénétré dans le cerveau, provoquant une onde de choc qui engendrait à son tour un gonflement. Il devait enlever une partie du crâne afin de donner au cerveau la place de gonfler, sinon la pression deviendrait insupportable. « Nous devons opérer maintenant pour lui donner une chance, dit-il. Si nous ne le faisons pas, elle pourrait mourir. Je ne veux pas que plus tard, vous regrettiez de ne pas avoir agi. » L'ablation d'une partie du crâne sembla tout à fait radicale à mon père. « Elle survivra ? » demanda-t-il, désespéré. À ce stade, il n'était pas possible de lui donner une réponse rassurante. C'était une courageuse décision du colonel Junaid – ses supérieurs n'étaient pas convaincus de l'opportunité d'une telle opération et répétaient qu'il valait mieux m'envoyer à l'étranger. Cette décision allait me sauver la vie. Mon père lui donna son accord et le colonel Junaid déclara qu'il allait faire appel au Dr Mumtaz pour l'aider. Mon père signa la décharge d'une main tremblante : il était dit noir sur blanc dans le document que le patient risquait de mourir. L'opération commença vers 1 h 30 du matin. Mes parents attendirent devant le bloc opératoire. « Ô mon Dieu, sauvez Malala, priait mon père, qui commençait à négocier avec le ciel. Même si je dois pour cela vivre dans les déserts du Sahara, j'ai besoin qu'elle garde les yeux ouverts, je ne pourrais pas vivre sans elle. Ô mon Dieu, laissez-moi donner le reste de ma vie en échange de la sienne. »

Ma mère finit par l'interrompre. « Dieu n'est pas avare, dit-elle. Il me rendra ma fille telle qu'elle était. » Elle commença à prier avec le Saint Coran dans la main, debout, face au mur, elle pria en répétant les mêmes versets, encore et encore.

« Jamais je n'avais vu quelqu'un prier comme elle, raconta Mme Maryam. J'étais sûre que Dieu répondrait à de telles prières. »

Mon père essaya de ne pas penser au passé et se demander s'il avait eu tort de m'encourager à m'exprimer et à l'accompagner dans son combat.

Au bloc, le colonel Junaid retira à la scie un morceau carré de 8 ou 10 centimètres de côté sur la partie supé-

rieure gauche de mon crâne afin que mon cerveau ait
la place de gonfler. Puis il coupa un morceau de tissu
sous-cutané dans la partie gauche de mon ventre et y
plaça l'os afin de le préserver. Ensuite, il procéda à une
trachéotomie, car il craignait que l'œdème bloque les
voies respiratoires. Il enleva également des caillots san-
guins et retira la balle de mon omoplate. Après toutes
ces opérations, je fus mise sous assistance respiratoire.
Le tout prit plus de quatre heures.

Malgré les prières de ma mère, mon père se disait
que 99 % des gens massés au-dehors pensaient qu'ils
allaient bientôt voir sortir la dépouille de Malala. Certains, ses amis et partisans, étaient totalement bouleversés, mais il pensait que d'autres étaient jaloux de
notre renom et jugeaient que nous avions eu ce que
nous méritions.

Mon père faisait une brève pause devant le bloc
pour se soulager un peu de la pression de l'opération
quand une infirmière l'aborda. « Vous êtes le père
de Malala ? » Une fois de plus, son cœur s'arrêta de
battre. L'infirmière l'emmena dans une salle. Il crut
qu'elle allait lui dire : « Nous sommes désolés, mais
nous l'avons perdue. » Mais elle lui annonça : « Nous
avons besoin que quelqu'un aille chercher du sang
à la banque du sang. » Il fut soulagé, mais stupéfait. « Suis-je la seule personne qui puisse y aller ? »
demanda-t-il. Son ami Ahmad Shah s'en chargea.

Il était environ 5 h 30 quand les chirurgiens reparu-
rent. Ils annoncèrent à mon père qu'ils avaient enlevé
un morceau de crâne, inséré ensuite dans l'abdomen.
Dans notre culture, les médecins ne donnent pas

d'explications aux patients ou à la famille, et mon père demanda humblement :

— Si cela ne vous ennuie pas, j'ai une question idiote. Va-t-elle s'en sortir, à votre avis ?

— En médecine, deux plus deux ne font pas toujours quatre, répondit le colonel Junaid. Nous avons fait notre travail, nous avons enlevé un morceau de crâne. À présent, nous devons attendre.

— J'ai une autre question idiote, reprit mon père. Et cet os, qu'allez-vous en faire ?

— Dans trois mois, nous le remettrons en place, répondit le Dr Mumtaz. C'est très simple, juste comme cela, ajouta-t-il en frappant dans ses mains.

Le lendemain matin, les nouvelles étaient bonnes. J'avais bougé les bras. Puis trois chirurgiens de premier plan du KPK vinrent m'examiner. Ils déclarèrent que le colonel Junaid avait fait un excellent travail et que l'opération s'était très bien déroulée, mais qu'il fallait me plonger dans un coma artificiel car si je reprenais connaissance, il y aurait trop de pression sur mon cerveau. Pendant que j'oscillais entre la vie et la mort, les talibans publièrent un communiqué revendiquant l'attentat, mais réfutant que c'était à cause de mon combat pour l'éducation. « Nous avons perpétré cet attentat et quiconque s'élève contre nous subira les mêmes représailles, déclara Ehsanullah Ehsan, un porte-parole du TTP. Malala a été prise pour cible pour avoir prêché la laïcisation… Elle était jeune, mais elle promouvait la culture occidentale dans les régions pachtounes. Elle était pro-occidentale, s'exprimait contre les talibans et disait que le président Obama était son idole. » Mon père savait à quoi il faisait allusion. Après avoir remporté mon Prix national de la paix l'année précédente, j'avais donné beaucoup d'interviews à la télévision, et dans l'une d'elles, on m'avait demandé de donner le nom de mes politiciens préférés. J'avais choisi Khan Abdul Ghaffar Khan, Benazir Bhutto et le président Barack Obama. J'admirais chez ce dernier son parcours de jeune Noir issu d'une famille défavorisée qui avait réalisé ses ambitions et ses rêves. Mais l'image de l'Amérique au Pakistan était celle de drones, de raids secrets sur notre territoire, et de gens comme Raymond Davis.

Un porte-parole taliban déclara que Fazlullah avait ordonné l'attentat lors d'une réunion deux mois auparavant. « Quiconque se range aux côtés du gouvernement contre nous mourra de nos mains, précisa-t-il. Vous verrez. D'autres personnalités importantes seront bientôt prises pour cibles. »

Il ajouta qu'ils avaient recouru à deux Swatis qui s'étaient renseignés sur moi et mon itinéraire et avaient procédé à l'attentat exprès devant un barrage routier de l'armée afin de montrer qu'ils pouvaient frapper n'importe où.

Ce premier matin, quelques heures après mon opération, il y eut soudain une activité fébrile et tout le monde rajusta sa tenue et fit du rangement. Puis le chef des armées, le général Ashfaq Kayani, arriva. « Les prières de la nation sont avec vous et votre fille », dit-il à mon père. J'avais fait la connaissance du général Kayani quand il était venu dans le Swat pour une grande assemblée à la fin de 2009 après l'opération militaire contre les talibans. « Je vous félicite pour votre beau travail, lui avais-je dit à cette occasion. À présent, vous n'avez plus qu'à attraper Fazlullah. » La salle avait éclaté en applaudissements, et le général Kayani s'était approché et avait posé sa main sur ma tête dans un geste paternel. Le Dr Junaid fit au général un compte-rendu de l'opération et lui exposa les soins prévus. Le général lui dit qu'il devait envoyer les scans à l'étranger pour solliciter l'avis des meilleurs experts. Après sa visite, plus personne d'autre ne fut autorisé à mon chevet en raison du risque d'infection. Mais beaucoup se présentèrent : Imran Khan, le joueur de cricket devenu homme politique ; Mian Iftikhar Hussain, le ministre provincial de l'Information, virulent détracteur des talibans, qui avaient abattu son fils unique ; et le *chief minister* du KPK, Ameer Haider Khan Hoti, avec qui j'étais passée dans des émissions de débat. Aucun n'eut le droit d'entrer.

« Soyez assurés que Malala ne mourra pas, annonça Hoti aux gens. Elle a encore beaucoup à faire. » Puis vers 15 heures, deux médecins britanniques arrivèrent en hélicoptère de Rawalpindi. Le Dr Javid Kayani et le Dr Fiona Reynolds étaient médecins à Birmingham et se trouvaient être au Pakistan pour conseiller l'armée sur la création d'un programme de greffe du foie. Notre pays regorge de statistiques choquantes, pas seulement concernant l'éducation, et l'une d'elles veut qu'un enfant sur sept au Pakistan souffre d'hépatite, en grande partie à cause d'aiguilles mal désinfectées, et que beaucoup meurent d'infections hépatiques. Le général Kayani était déterminé à changer cela et l'armée avait une fois de plus pris en main un dossier que les autorités civiles n'avaient pas su gérer. Il avait demandé aux médecins de le briefer avant de rentrer chez lui le lendemain matin de mon attentat. Quand ils vinrent le voir, il avait plusieurs télévisions allumées, une chaîne locale en ourdou et Sky News en anglais, où l'on parlait de mon agression. Le chef des armées et le médecin n'étaient pas de la même famille malgré leur homonymie, mais ils se connaissaient bien et il confia donc au Dr Javid Kayani qu'il était inquiet des rapports contradictoires qu'il recevait et lui demanda d'aller m'examiner avant de repartir au Royaume-Uni. Le Dr Kayani, qui est consultant aux urgences du Queen Elizabeth Hospital, accepta mais demanda à être accompagné du Dr Fiona Reynolds, puisqu'elle travaille à l'hôpital pour enfants de Birmingham et est spécialiste des soins intensifs. Elle était très inquiète à la perspective de se rendre à Peshawar, une zone déconseillée aux étrangers. Mais quand elle apprit que je militais pour l'éducation des filles, elle fut heureuse d'apporter son concours, étant donné qu'elle avait elle-même bénéficié d'une bonne éducation et fait des études de médecine.

Le colonel Junaid et le directeur de l'hôpital ne furent pas enchantés de les voir. Il y eut quelques éclats de voix, puis le Dr Kayani leur fit clairement savoir qui les envoyait. Les médecins anglais déplorèrent les conditions d'hygiène. D'abord, ils ouvrirent le robinet pour se laver les mains et découvrirent qu'il n'y avait pas d'eau. Ensuite, le Dr Reynolds vérifia les appareils de mesures et murmura quelque chose au Dr Kayani. Elle demanda quand on avait pris ma tension artérielle pour la dernière fois. « Il y a deux heures », fut la réponse. Elle déclara qu'elle devait être mesurée en permanence et demanda à l'infirmière pourquoi il n'y avait pas de tensiomètre. Elle se plaignit également que mon taux de dioxyde de carbone soit beaucoup trop bas.

Heureusement que mon père n'entendit pas ce qu'elle déclara au Dr Kayani. Elle dit que j'étais « sauvable ». J'avais subi l'opération qu'il fallait au bon moment, mais mes chances de récupération étaient à présent compromises par les soins postopératoires. Après la neurochirurgie, il est essentiel de surveiller la respiration et l'échange gazeux, et le taux de $CO_2$ doit être maintenu à un niveau normal. C'était ce que tous ces appareils et tubes surveillaient. Le Dr Kayani déclara : « C'est comme piloter un avion : on ne peut le faire qu'en utilisant les bons instruments. » Et même si l'hôpital les avait, les médecins ne s'en servaient pas comme il fallait. Après quoi, ils repartirent en hélicoptère, car il était dangereux de rester à Peshawar après la tombée de la nuit.

Parmi les personnes qui vinrent me rendre visite mais ne furent pas admises, il y avait Rehman Malik, le ministre de l'Intérieur. Il avait apporté un passeport pour moi. Mon père le remercia, mais il était très contrarié. Ce soir-là, quand il rentra à l'hôtel de l'armée, il sortit le passeport de sa poche et le donna à ma mère. « Il est pour Malala, mais je ne sais pas si c'est pour qu'elle aille à l'étranger ou au paradis », dit-il. Ils se mirent tous les deux à pleurer. Dans leur bulle, à l'hôpital, ils ne s'étaient pas rendu compte que mon histoire avait fait le tour du monde et que des gens appelaient pour que je sois soignée à l'étranger. Mon état se dégradait et mon père répondait maintenant rarement au téléphone. L'un des appels qu'il prit était des parents d'Arfa Karim, une jeune prodige de l'informatique originaire du Punjab pakistanais, dont j'avais rencontré les parents lors d'une cérémonie pour le lancement de timbres postaux à son effigie. Elle était devenue la plus jeune employée certifiée Microsoft à l'âge de neuf ans et avait même été invitée à rencontrer Bill Gates à la Silicon Valley. Mais elle était morte tragiquement au mois de janvier d'un arrêt cardiaque à la suite d'une crise d'épilepsie. Elle n'avait que seize ans, un an de plus que moi. Quand son père appela le mien, mon père céda à l'émotion. « Dites-moi comment on peut vivre sans sa fille », sanglota-t-il.

## 22

## Voyage dans l'inconnu

On m'avait tiré dessus un mardi à l'heure du déjeuner. Le jeudi matin, mon père était tellement convaincu que j'allais mourir qu'il déclara à son beau-frère, Faiz Mohammad, que le village devait commencer à se préparer pour mes obsèques. J'avais été plongée dans un coma artificiel, mes signes vitaux se dégradaient, mon visage et mon corps étaient enflés et mes reins et mes poumons se détérioraient. Mon père me raconta que c'était terrifiant de me voir reliée à tous ces tubes dans un petit aquarium en verre. D'après ce qu'il voyait, j'étais médicalement morte. Il était effondré. « C'est trop tôt, elle n'a que quinze ans. Sa vie ne peut être aussi courte. »

Ma mère continuait de prier, elle avait à peine dormi. Mon oncle Faiz Mohammad lui avait dit qu'elle devait réciter la sourate du Hadj, celle du pèlerinage, et elle récitait constamment les douze mêmes versets (58 à 70) sur la toute-puissance de Dieu. Elle confia à mon père qu'elle avait l'impression que j'allais survivre, mais il ne voyait pas comment. Quand le colonel Junaid vint m'examiner, mon père lui demanda de nouveau si je m'en sortirais.

— Croyez-vous en Dieu ? demanda le médecin.

— Oui, dit mon père.

Il s'aperçut que le colonel était un homme d'une grande profondeur spirituelle. Son conseil était d'en appeler à Dieu et qu'Il répondrait à nos prières. Plus tard le mercredi soir, deux médecins militaires spécialistes des soins intensifs étaient arrivés d'Islamabad par la route. Ils avaient été envoyés par le général Kayani après que les deux médecins anglais lui avaient dit que si je restais à Peshawar je subirais des dommages cérébraux ou que je mourrais peut-être en raison de la mauvaise qualité des soins intensifs et du risque élevé d'infection. Ils voulaient me déplacer, mais ils suggérèrent qu'en attendant, un médecin de premier plan soit appelé. Mais ils arrivaient trop tard. Le personnel de l'hôpital n'avait procédé à aucun des changements recommandés par le Dr Reynolds : mon état s'était dégradé durant la nuit et une infection s'était déclarée. Le jeudi matin, l'un des hommes, le général de brigade Aslam, appela le Dr Reynolds. « Malala est au plus mal », lui dit-il.

Je souffrais de septicémie. J'avais développé la CIVD (coagulation intravasculaire disséminée), c'est-à-dire que mon sang ne coagulait plus, ma pression artérielle était très basse et l'acidité de mon sang avait augmenté. Je n'évacuais plus l'urine, mes reins souffraient et mon taux de lactate avait augmenté. Apparemment, tout ce qui pouvait se gâter avait mal tourné. Le Dr Reynolds allait prendre l'avion

du retour à Birmingham – ses bagages étaient déjà
à l'aéroport. Mais quand on lui annonça la nouvelle,
elle se proposa d'aider et deux infirmières de son
hôpital de Birmingham restèrent avec elle. Elle revint
à Peshawar le jeudi à l'heure du déjeuner et annonça
à mon père que j'allais être transportée par avion
dans un hôpital militaire de Rawalpindi, qui avait
la meilleure unité de soins intensifs. Il ne comprit
pas comment une enfant aussi mal en point pouvait être transportée ainsi, mais Fiona lui assura que
c'était une pratique très courante et qu'il n'avait pas
à s'inquiéter. Il lui demanda s'il y avait le moindre
espoir pour moi. « S'il n'y avait pas d'espoir, je ne
serais pas là », répondit-elle. Mon père raconta qu'à
ce moment-là, il ne put retenir ses larmes.

Un peu plus tard, une infirmière vint me mettre
des gouttes dans les yeux. « Regarde, *khaistar*, dit ma
mère. Le Dr Reynolds a raison, les infirmières mettent
des gouttes dans les yeux de Malala. Elles ne feraient
pas cela s'il n'y avait aucun espoir. »

L'une des autres filles sur qui on avait tiré, Shazia, avait été amenée au même hôpital, et le Dr Reynolds alla l'examiner aussi. Elle rapporta à mon père
que Shazia allait bien et l'avait suppliée : « Soignez
Malala ! » On nous emmena à l'héliport en ambulance, escortés par des motos et des gyrophares. Le
vol dura soixante-quinze minutes. Le Dr Reynolds
n'eut même pas le temps de s'asseoir. Elle fut si occupée pendant tout le trajet avec les différents appareils
que mon père raconta qu'elle donnait l'impression de
se battre. Mais elle faisait un travail qu'elle accomplissait depuis des années : la moitié du temps, au

Royaume-Uni, elle transportait des enfants gravement malades ou blessés. Et le reste du temps, elle s'en occupait en soins intensifs. Mais elle n'avait jamais connu une situation compliquée comme celle-ci. Non seulement Peshawar était dangereux pour les Occidentaux, mais après m'avoir « googlée », elle se rendit compte que ce n'était pas une affaire ordinaire. « Si quoi que ce soit lui était arrivé, on aurait tout mis sur le dos de la femme blanche, raconta-t-elle par la suite. Si elle était morte, j'aurais tué la Mère Teresa du Pakistan. » À peine eûmes-nous atterri à Rawalpindi que nous fûmes emmenés en ambulance sous escorte militaire dans un hôpital appelé Institut de cardiologie des forces armées. Mon père était alarmé – comment allaient-ils savoir s'occuper de blessures à la tête ? Fiona Reynolds lui assura que c'était la meilleure unité de soins intensifs du Pakistan, avec un équipement de pointe et des médecins formés en Angleterre. Ses propres infirmières de Birmingham l'y attendaient déjà et elles avaient expliqué aux infirmières de cardiologie les procédures spécifiques pour les blessures au crâne. Elles passèrent les trois heures suivantes auprès de moi, modifiant le traitement antibiotique et les transfusions auxquelles je semblais mal réagir. Finalement, elles déclarèrent que j'étais stabilisée. L'hôpital avait été totalement isolé. Il y avait un bataillon de soldats qui le gardait et même des tireurs d'élite sur les toits. Personne n'était autorisé à entrer. Les médecins devaient porter un uniforme. Les patients ne pouvaient recevoir de visites que de leurs proches, qui subissaient tous une fouille stricte. Un major assigné à mes parents les suivait partout.

Mon père avait peur. Mon oncle n'arrêtait pas de répéter : « Fais attention : certains de ces gens pourraient bien être des agents secrets. » Ma famille reçut trois chambres dans la résidence des officiers. Tous les téléphones portables furent confisqués, paraît-il pour des raisons de sécurité, mais peut-être aussi pour empêcher mon père de parler aux médias. Chaque fois que mes parents voulaient faire à pied le court trajet entre la résidence et l'hôpital, il fallait d'abord appeler par talkie-walkie pour faire dégager le chemin, ce qui prenait au moins une demi-heure. Ils étaient même flanqués de gardes quand ils traversaient la pelouse pour gagner la salle à manger. Aucun visiteur ne pouvait entrer – même le Premier ministre Ashraf, quand il vint me voir à l'hôpital, n'y fut pas autorisé. La sécurité semblait ahurissante, mais au cours des trois dernières années, les talibans avaient réussi à infiltrer et à attaquer les installations militaires les plus étroitement surveillées – la base navale de Mehran, la base aérienne de Kamra et l'état-major de l'armée au bout de la rue. Nous risquions tous un attentat perpétré par les talibans. On fit savoir à mon père que même mes frères ne seraient pas épargnés. Il était très inquiet, car à cette époque, Khushal était encore à Mingora, même s'il fut plus tard amené à Rawalpindi pour les rejoindre. Il n'y avait pas d'ordinateurs ni de connexion Internet dans la résidence, mais le cuisinier, l'aimable Yassin Mama, apportait à ma famille les journaux et tout ce dont ils avaient besoin. Yassin leur déclara qu'il était fier de cuisiner pour eux. Ils furent si touchés de sa bonté qu'ils partagèrent notre histoire avec lui. Il voulait alléger leurs peines grâce à sa cuisine. Comme ils n'avaient plus d'appétit, il essayait de les tenter avec les plats les plus délicats, des sauces et des sucreries. À un repas, Khushal déclara que la table lui paraissait vide parce qu'ils n'étaient que quatre. Ils avaient l'impression de ne pas être au complet.

C'est dans l'un des journaux apportés par Yassin que mon père lut pour la première fois certaines des réactions internationales suscitées par l'attentat dont j'avais été victime. Apparemment, le monde entier s'indignait. Ban Ki-moon, le secrétaire général des Nations unies, le qualifiait d'« acte lâche et haineux ». Le président Obama l'avait décrit comme « répréhensible, révoltant et tragique ». Mais les réactions au Pakistan n'étaient pas toutes aussi positives. Tandis que certains journaux me décrivaient comme une « icône de la paix », d'autres répandaient les habituelles théories conspirationnistes, certains blogueurs allant jusqu'à mettre en doute la réalité de l'attentat. Toutes sortes d'histoires furent inventées, notamment dans la presse ourdoue, disant par exemple que j'avais critiqué le fait que les hommes se laissent pousser la barbe. L'une des personnes les plus véhémentes à mon encontre était le Dr Raheela Qazi, une députée membre du Jamaat Islami. Elle me qualifiait de laquais à la solde de l'Amérique et montrait la photo de moi assise à côté de l'ambassadeur Richard Holbrooke pour prouver que j'étais « de mèche avec les autorités militaires américaines » !

Le Dr Fiona Reynolds fut d'un grand réconfort pour ma famille. Comme ma mère parle seulement pachto, elle ne pouvait comprendre ce qui se disait, mais Fiona levait le pouce en l'air quand elle sortait de ma chambre en ajoutant « bon ». Outre sa fonction de médecin, elle devint une messagère. Elle prenait le temps de tout expliquer et attendait que mon père traduise pour ma mère. Mon père était stupéfait et ravi – dans notre pays, peu de médecins prendraient la peine d'expliquer quoi que ce soit à une femme illettrée. Ils apprirent que le monde entier se proposait de me soigner, notamment l'Amérique, où l'hôpital Johns-Hopkins m'offrait le traitement. Des personnalités me proposèrent également leur aide, notamment le riche sénateur John Kerry, qui était souvent venu en visite au Pakistan, et Gabrielle Giffords, une membre du Congrès sur qui on avait tiré en pleine tête durant une réunion électorale en Arizona. Nous recevions des soutiens d'Allemagne, de Singapour, des Émirats arabes unis et de Grande-Bretagne.

Pas une seule fois, on ne demanda à mes parents leur avis. D'autant qu'ils étaient trop choqués pour prendre une décision. Toutes les décisions étaient prises par l'armée. Le général Kayani demanda au Dr Javid Kayani si je devais être envoyée à l'étranger ou non. Le chef des armées consacra une surprenante quantité de temps à cette question : selon le médecin, la discussion dura six heures ! Peut-être plus que tout autre dirigeant, il comprenait les implications politiques qu'aurait eues mon décès. Il espérait également parvenir à un consensus national pour lancer une attaque généralisée contre les talibans. Mais ceux qui le connaissent bien disent que c'est un homme compatissant. Son propre père était un soldat du rang

qui était mort jeune, le laissant, en tant qu'aîné, responsable de ses sept frères et sœurs et de sa mère.
Quand il devint chef de l'armée, la première mesure
du général Kayani fut d'améliorer les logements, les
rations et l'éducation des soldats du rang plutôt que
des officiers.

Le Dr Fiona Reynolds déclara qu'il était probable
que j'aie des difficultés d'élocution et une faiblesse
dans les membres du côté droit, ce qui impliquait
une rééducation poussée que le Pakistan n'était pas
en mesure de me fournir. « Si vous tenez à ce que
tout se passe au mieux, emmenez-la à l'étranger »,
conseilla-t-elle.

Le général Kayani exigea que les Américains ne
soient aucunement impliqués, à cause des relations
difficiles entre les deux pays depuis l'affaire Raymond
Davis, le raid sur la maison de Ben Laden ainsi que la
mort de soldats pakistanais à un poste-frontière, provoquée par un hélicoptère américain. Le Dr Kayani
proposa Great Ormond Street, à Londres, et des
hôpitaux spécialisés à Édimbourg et à Glasgow.
« Pourquoi pas votre propre établissement ? »
demanda le général. Le Dr Kayani s'attendait à cette
question. Le Queen Elizabeth Hospital de Birmingham est connu pour soigner les soldats blessés au
combat en Afghanistan et en Irak. Son emplacement
en dehors du centre-ville permettait également la discrétion. Il appela son patron, Kevin Bolger, le directeur de l'hôpital. Il convint rapidement que c'était la
meilleure chose à faire, même si plus tard, il confia :
« Jamais nous n'aurions imaginé que cela allait mobiliser tout l'hôpital. »

Me déplacer, une mineure étrangère, jusqu'au Queen Elizabeth Hospital ne fut pas une tâche facile et Bolger se retrouva rapidement empêtré dans les pinaillages de la bureaucratie anglaise et pakistanaise. Pendant ce temps, l'heure continuait de tourner. Même si mon état avait été stabilisé, on estimait qu'il fallait me transporter sous quarante-huit heures, soixante-douze tout au plus. Finalement, le feu vert fut donné et il fallut désormais résoudre le problème des modalités de transport et de son financement. Le Dr Kayani proposa d'accepter une offre de la Royal Air Force, qui avait l'habitude de transporter des soldats blessés depuis l'Afghanistan. Mais le général Kayani refusa. Il convoqua le médecin en pleine nuit pour un rendez-vous chez lui – le général avait l'habitude de travailler tard – et expliqua, en enchaînant les cigarettes comme à son habitude, qu'il refusait qu'une armée étrangère participe à l'opération. Il y avait déjà assez de théories conspirationnistes autour de mon attentat, de gens prétendant que j'étais un agent de la CIA et ce genre de choses, et le chef des armées ne voulait pas les alimenter. Cela mit le Dr Kayani dans une position délicate. Le gouvernement britannique avait proposé son aide mais il lui fallait une demande officielle du gouvernement pakistanais. Mon gouvernement était réticent à formuler cette demande, de peur de perdre la face. Heureusement, c'est à ce stade que la famille régnante d'Arabie saoudite intervint. Elle proposa son jet privé qui était médicalisé. Je devais quitter le Pakistan en avion pour la première fois de ma vie à l'aube du lundi 15 octobre.

***

Mes parents ignoraient tout de ces négociations, même s'ils savaient que des discussions étaient en cours pour un transport à l'étranger. Naturellement, ils pensaient qu'ils m'accompagneraient où que l'on m'emmène. Ma mère et mes frères n'avaient pas de passeports ni de cartes d'identité. Un dimanche après-midi, mon père fut informé par le colonel que j'allais partir le lendemain matin pour la Grande-Bretagne et qu'il serait le seul à m'accompagner. On lui expliqua qu'il y avait un problème administratif et que, pour des raisons de sécurité, il ne devait même pas dire au reste de la famille qu'il partait. Mon père partage tout avec ma mère et il était hors de question qu'il garde secrète une telle chose. Il lui annonça la nouvelle avec le cœur lourd. Ma mère était avec Faiz Mohammad, qui fut furieux et inquiet pour sa sécurité et celle de mes frères. « Si elle est toute seule avec deux garçons à Mingora, n'importe quoi peut leur arriver ! » Mon père appela le colonel : « J'ai informé ma famille et ils ne sont pas contents. Je ne peux pas les laisser. » Beaucoup de monde s'en mêla et essaya de convaincre mon père de m'accompagner, y compris le colonel Junaid et les Dr Kayani et Reynolds. Mais mon père resta très ferme même s'il était clair désormais qu'il créait des difficultés. Mon père expliqua au Dr Kayani : « Ma fille est maintenant en sécurité et part pour un pays sûr. Je ne peux pas laisser ma femme et mes fils seuls ici. Ils courent de grands risques. Ce qui est arrivé à ma fille est arrivé et, à présent, elle est entre les mains de Dieu. Je suis un père – mes fils sont aussi importants pour moi que ma fille. »

Le Dr Kayani demanda à voir mon père en privé. « Êtes-vous sûr que c'est pour cette seule raison que vous ne venez pas ? » demanda-t-il. Il voulait être sûr que personne n'exerçait de pression sur lui. « Ma femme m'a dit : "Tu ne peux pas nous abandonner" », répondit mon père. Le médecin lui posa la main sur l'épaule en lui disant que l'on prendrait soin de moi et qu'il devait lui faire confiance. « Ce n'est pas un miracle que vous vous soyez trouvé là quand Malala a été victime de cet attentat, dit mon père. — Je crois que Dieu envoie la solution en premier et le problème ensuite », répondit le médecin. Mon père signa un certificat faisant du Dr Fiona Reynolds ma tutrice durant mon voyage au Royaume-Uni. Il était en larmes quand il lui donna mon passeport et lui prit la main : « Fiona, je vous fais confiance, prenez soin de ma fille. » Puis ma mère et mon père vinrent me dire au revoir à mon chevet. C'est aux alentours de 23 heures qu'ils me virent pour la dernière fois au Pakistan. Je ne pouvais pas parler, j'avais les yeux fermés et seule ma respiration indiquait que j'étais en vie. Ma mère pleurait, mais mon père essaya de la rassurer, car il estimait qu'à présent, j'étais hors de danger. Toutes les dates butoirs – les premières vingt-quatre heures sont dangereuses, les premières quarante-huit heures sont cruciales, les premières soixante-douze heures sont critiques – avaient été dépassées sans incident. L'œdème avait diminué et mes analyses étaient meilleures. Mes proches étaient convaincus que les deux médecins britanniques allaient me donner les

meilleurs soins possibles. Quand mes parents rentrèrent se coucher, le sommeil fut long à venir.

Après minuit, on frappa à leur porte. C'était l'un
des colonels qui avait essayé de convaincre mon père
de laisser ma mère et de partir au Royaume-Uni. Il
déclara à mon père qu'il fallait absolument qu'il m'ac-
compagne sinon je ne voyageais pas. « Je vous ai dit
hier soir que le problème était réglé, répondit mon
père. Pourquoi m'avez-vous réveillé ? Je ne quitterai
pas ma famille. » Un autre officier fut appelé pour
lui parler :

— Vous devez y aller, vous êtes son père, et si
vous ne l'accompagnez pas, elle pourrait ne pas être
acceptée à l'hôpital en Angleterre, dit-il.

— Ce qui est fait est fait, répliqua mon père. Je ne
changerai pas d'avis. Nous la rejoindrons tous dans
quelques jours quand les papiers seront en règle.

— Allons à l'hôpital, il y a d'autres documents à
signer, dit alors le colonel.

Mon père devint soupçonneux. Il était minuit passé
et il avait peur. Il ne voulait pas partir seul avec ces
officiers et exigea que ma mère vienne aussi. Il était si
angoissé que durant tout le trajet, il répéta inlassablement le *kalma*, un verset du Saint Coran. Il fut récité
par le prophète Yunus quand il était dans le ventre de
la baleine. Ce verset nous rassure en nous disant qu'il
y a une issue aux problèmes et aux situations dangereuses si nous gardons la foi. Une fois à l'hôpital, le
colonel déclara à mon père qu'il fallait signer d'autres
documents pour que j'aie l'autorisation de partir au
Royaume-Uni. Mon père se sentait si nerveux et avait
si peur à cause du secret pesant sur cette organisation,

de tous ces hommes en uniformes partout et de la vulnérabilité de ma famille qu'il avait paniqué et fait une montagne de cette question, qui n'était en fait qu'une bévue de l'administration.

Mes parents revinrent à la résidence avec le cœur lourd. Mon père ne voulait pas que je me réveille dans un pays étranger sans ma famille à mes côtés. Il craignait que je sois désorientée. Mon dernier souvenir serait celui du bus scolaire et il redoutait que je me croie abandonnée.

On m'emmena à 4 heures du matin, le lundi 15 octobre, sous escorte armée. Les routes de l'aéroport avaient été fermées. Des tireurs d'élite avaient été postés sur les toits des bâtiments qui les bordaient. L'avion des Émirats attendait. On me raconta que c'était le summum du luxe avec un grand lit moelleux, seize sièges de première classe et un mini-hôpital à l'arrière, avec des infirmières européennes sous les ordres d'un médecin allemand. Je regrette beaucoup de ne pas avoir été consciente pour profiter de tout cela. L'avion partit pour Abu Dhabi, où il refit le plein, puis pour Birmingham, où il atterrit en fin d'après-midi. Pendant ce temps, mes parents attendaient à la résidence. Ils pensaient que leurs passeports et visas étaient en cours et qu'ils me rejoindraient sous quelques jours. Mais ils n'avaient pas de nouvelles. Ils n'avaient ni téléphone ni accès à un ordinateur pour savoir où j'en étais. L'attente semblait interminable.

# CINQUIÈME PARTIE

## Une deuxième vie

وطن زما زه د وطن يم ـ كه د وطن د پاره مرم خوشحاله يمه

*Watan zama za da watan yam
Ka da watan da para mram khushala yama !*

« Je suis une patriote et j'aime mon pays
Et pour cela je serais prête à tout sacrifier ! »

## 23

# La fille avec une balle
## dans la tête, Birmingham

Je repris connaissance le soir du 16 octobre, une semaine après l'attentat. J'étais à des milliers de kilomètres de chez moi, incapable de parler, avec un tube dans la gorge pour m'aider à respirer. On m'emmenait en soins intensifs après un nouveau scan et j'oscillai entre conscience et sommeil jusqu'au moment où je me réveillai totalement.

La première chose qui me vint à l'esprit à cet instant fut : « Dieu merci, je ne suis pas morte. » Mais je n'avais pas la moindre idée de l'endroit où j'étais. Je savais que je n'étais pas dans mon pays natal. Les infirmières et médecins parlaient anglais, même s'ils paraissaient tous venir de pays différents. Je leur parlais, mais personne ne pouvait m'entendre à cause du tube dans ma gorge. Au début, je voyais très flou de l'œil gauche et tout le monde avait deux nez et quatre yeux. Toutes sortes de questions me venaient en tête. *Où suis-je ? Qui m'a amenée ici ?*

*Où sont mes parents ? Mon père est-il en vie ?* J'étais terrifiée.

Le Dr Kayani, qui était là à mon réveil, raconte qu'il n'oubliera jamais mon expression effarée et apeurée. Il me parla en ourdou. La seule chose que je compris, c'est qu'Allah m'avait accordé une nouvelle vie. Une jolie dame coiffée d'un foulard me prit la main et dit : « *Asalaam aleikum.* » Puis elle commença à réciter des prières en ourdou et des versets du Coran. Elle me dit qu'elle s'appelait Rehanna et qu'elle était l'aumônier musulman de l'hôpital. Sa voix douce et ses paroles apaisantes me firent sombrer de nouveau dans le sommeil. Quand je me réveillai, je vis que j'étais dans une curieuse pièce verte sans fenêtre et brillamment éclairée. C'était une chambre de soins intensifs du Queen Elizabeth Hospital. Tout était propre et étincelant, pas comme à l'hôpital de Mingora. Une infirmière me donna un crayon et un bloc-notes. Je n'écrivais pas correctement. Les mots me venaient dans le désordre. Je n'arrivais pas à espacer les lettres. Le Dr Kayani m'apporta un alphabet pour que je puisse désigner les lettres. Les premiers mots que je composai furent « pays » et « père ». L'infirmière me dit que j'étais à Birmingham, mais j'ignorais absolument où c'était. C'est seulement plus tard qu'on m'apporta un atlas pour que je puisse voir que c'était en Angleterre. Je ne savais pas ce qui s'était passé. Les infirmières ne me disaient rien. Pas même mon nom. Étais-je encore Malala ? Ma tête me faisait si atrocement souffrir que les piqûres de calmants n'arrivaient pas à atténuer la douleur. Je ne cessais de saigner de l'oreille gauche. Infirmières et médecins allaient et venaient sans arrêt.

Les infirmières me posaient des questions et me disaient de cligner deux fois des yeux pour dire oui. Personne ne m'expliquait ce qui se passait ni qui m'avait amenée à cet hôpital. Je me dis qu'elles ne le savaient pas elles-mêmes. Je sentais que le côté gauche de mon visage ne fonctionnait pas correctement : si je regardais les infirmières ou les médecins trop longtemps, mon œil gauche se remplissait de larmes. Je n'entendais pas de l'oreille gauche et ma mâchoire ne bougeait pas. Je fis signe aux gens de se placer de mon côté droit.

Puis une gentille dame, le Dr Fiona Reynolds, vint m'apporter un ours en peluche blanc. Elle me dit que je devrais l'appeler Junaid et qu'elle m'explique-rait pourquoi plus tard. Comme je ne savais pas qui était Junaid, je l'appelai Lily. Elle m'apporta aussi un cahier rose pour que je puisse écrire. Les deux premières questions que j'écrivis furent : *Pourquoi je n'ai pas de père ?* et *Mon père n'a pas d'argent. Qui va payer tout ceci ?*

« Ton père est en sécurité, répondit-elle. Il est au Pakistan. Ne t'inquiète pas pour l'argent. » Je répétai ces questions à quiconque venait. Tous répondirent la même chose. Mais je n'étais pas convaincue. Je n'avais pas la moindre idée de ce qui m'était arrivé et je ne faisais confiance à personne. Si mon père allait bien, pourquoi n'était-il pas là ? Je croyais que mes parents ignoraient où je me trouvais et risquaient de me chercher dans les bazars de Mingora. Je pensais qu'ils n'étaient pas sains et saufs. Durant ces premières journées, je ne cessai de divaguer dans cet état onirique. J'avais des visions fugaces d'un lit où j'étais allongée, entourée d'hommes, innombrables, et je demandais : « Où est mon père ? »

Il me semblait qu'on m'avait tiré dessus, mais je n'étais pas sûre que ce soit un rêve ou un souvenir. J'étais très angoissée par ce que tout cela allait coûter. L'argent des récompenses avait été presque entièrement dépensé dans l'école et l'achat d'un lopin de terre dans notre village du Shangla. Chaque fois que je voyais les médecins discuter ensemble, je croyais qu'ils disaient que je n'avais pas d'argent. Que je ne pourrais pas payer mes soins. L'un des médecins était un Polonais qui avait toujours l'air triste. Je croyais que c'était le propriétaire de l'hôpital et qu'il était malheureux parce que je ne pouvais pas payer. Du coup, j'écrivis sur mon cahier :

*Pourquoi êtes-vous triste ?*

— Non, je ne suis pas triste, répondit-il.

*Qui va payer ?*

— Ne vous inquiétez pas, votre gouvernement paiera.

Après cela, il souriait toujours quand il me voyait.

Tout était si confus dans mon esprit. Je croyais que le Dr Fiona Reynolds m'avait offert un ours vert et qu'on l'avait remplacé plus tard par un blanc. *Où est le nounours vert ?* demandais-je constamment, alors qu'on me répétait à chaque fois qu'il n'y avait jamais eu de nounours vert. Le vert était probablement le reflet des murs de la chambre de soins intensifs mais encore aujourd'hui je reste persuadée qu'il y a eu un nounours vert.

Je n'arrêtais pas d'oublier les mots en anglais. Dans un mot griffonné à l'intention des infirmières, j'écrivis : *De la ficelle pour nettoyer les dents.* J'avais l'impression d'avoir quelque chose de coincé entre les dents et je voulais du fil dentaire. En fait, c'était ma langue qui était ankylosée. Seules me calmaient les visites de Rehanna. Elle prononçait des prières de guérison et je commençais à bouger les lèvres en même temps qu'elle et à articuler *Amin* (notre *amen*) à la fin. La télévision restait éteinte, sauf une fois, pour me permettre de regarder *MasterChef*, l'émission de cuisine que je suivais à Mingora, mais tout était flou. Plus tard, j'appris que les gens n'étaient pas autorisés à m'apporter des journaux ou à me dire quoi que ce soit, car les docteurs craignaient que cela me traumatise.

J'étais terrifiée à l'idée que mon père soit mort. Puis le Dr Fiona Reynolds m'apporta un journal de la semaine précédente où figurait une photo de mon père parlant au général Kayani et une silhouette voilée, derrière lui, assise à côté de mon frère. Je n'en voyais que les pieds. *C'est ma mère !* écrivis-je. Plus tard dans la journée, le Dr Kayani arriva avec son portable. « Nous allons appeler tes parents », dit-il. Mes yeux brillèrent d'excitation. « Il ne faudra pas pleurer », me dit-il. Il était un peu bourru, mais très gentil, comme s'il me connaissait depuis toujours. « Je vais te donner le téléphone et il faudra être forte. » J'opinai. Il composa le numéro, parla, puis me passa l'appareil.

C'était la voix de mon père. Je ne pouvais pas parler à cause du tube dans ma gorge. Mais j'étais tellement heureuse de l'entendre. Je ne pouvais pas sourire à cause de mon visage paralysé, mais c'était comme si j'avais eu un sourire intérieur. « Je vais venir bientôt, promit-il. À présent, repose-toi, et dans deux jours, nous serons là. » Plus tard, il me confia que le Dr Kayani lui avait également donné pour consigne de ne pas pleurer, car cela nous aurait démoralisés tous les deux. Le docteur voulait que nous soyons un exemple l'un pour l'autre. L'appel ne dura pas longtemps car mes parents ne voulaient pas me fatiguer. Ma mère me donna sa bénédiction.

Je continuais de croire que mes parents n'étaient pas avec moi parce que mon père n'avait pas l'argent pour payer mes soins. C'était pour cela qu'il était encore au Pakistan, pour vendre notre terre au village et aussi notre école. Mais notre terrain était petit et les bâtiments de l'école étaient loués, alors que pouvait-il vendre ? Peut-être qu'il sollicitait un prêt auprès de gens riches.

De leur côté, même après ce coup de téléphone, ils n'étaient pas totalement rassurés. Ils n'avaient pas réellement entendu ma voix et étaient encore coupés du monde extérieur. Les gens qui venaient les voir leur adressaient des comptes-rendus contradictoires. L'un d'eux était le général de division (GOC Swat), chef des opérations militaires dans le Swat. « Nous avons de bonnes nouvelles de Grande-Bretagne, dit-il à mon père. Nous sommes très heureux que notre fille ait survécu. » Il avait dit « nous » et « notre » car désormais, j'étais la fille de la nation. Il informa mon père qu'ils continuaient les enquêtes de voisinage dans tout le Swat et qu'ils surveillaient les frontières. Les gens qui m'avaient prise pour cible faisaient partie d'une bande de vingt-deux talibans, la même qui avait voulu attenter à la vie de Zahid Khan, deux mois plus tôt.

Mon père ne dit rien, mais il était indigné. L'armée répétait depuis une éternité qu'il n'y avait pas de talibans à Mingora et qu'ils avaient tous été chassés. À présent, ce général lui disait qu'il y en avait vingt-deux dans notre ville depuis au moins deux mois. L'armée avait également soutenu à l'époque que Zahid Khan avait été blessé dans une querelle de famille et non pas par les talibans. À présent, ils disaient que j'avais été victime des mêmes talibans que lui. Mon père eut envie de demander : « Vous saviez qu'il y avait des talibans dans la vallée depuis deux mois. Vous saviez qu'ils voulaient tuer ma fille et vous ne les avez pas arrêtés ? » Mais il avait conscience que cela ne le mènerait nulle part.

Le général n'avait pas terminé. Il déclara à mon père que, si j'avais bien repris connaissance, j'avais de gros problèmes de vue. Mon père fut dérouté. Comment cet homme pouvait-il avoir des informations qu'il n'avait pas eues ? Il craignit que je sois devenue aveugle. Il imaginait sa fille bien-aimée, le visage rayonnant, errant dans des ténèbres perpétuelles en demandant : « *Aba,* où suis-je ? » La nouvelle était si affreuse qu'il ne put la répéter à ma mère, même s'il est généralement incapable de garder un secret, surtout vis-à-vis d'elle. Il préféra prier Dieu : « C'est inacceptable. Je lui donnerai l'un de mes yeux. » Puis il craignit qu'à quarante-trois ans, ses yeux ne soient plus aussi bons. Il dormit à peine cette nuit-là. Le lendemain matin, il demanda au major chargé de la sécurité s'il pouvait emprunter son téléphone pour appeler le colonel Junaid. « On m'a dit que Malala n'y voyait plus, lui dit-il, désemparé. — C'est absurde, répondit le médecin. Si elle peut lire et écrire, comment voulez-vous qu'elle soit aveugle ? Le Dr Reynolds me tient informé et l'une des premières phrases que Malala a écrites était pour demander où vous étiez. »

***

Très loin de là, à Birmingham, non seulement je pouvais voir, mais je demandais un miroir. *Miroir*, écrivis-je sur le cahier rose. Je voulais voir mon visage et mes cheveux. Les infirmières m'apportèrent un petit miroir blanc que j'ai encore. Je fus désemparée quand je me vis. Mes longs cheveux, que je passais des heures à coiffer, avaient disparu et tout le côté gauche de ma tête avait été tondu. *Maintenant j'ai des cheveux*

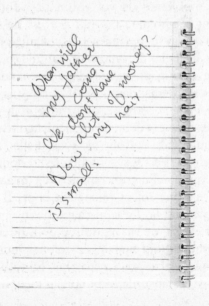

*petits*, écrivis-je dans le cahier. Je crus que les talibans me les avaient coupés. En fait, c'étaient les médecins pakistanais qui m'avaient rasé le crâne sans aucune pitié. Mon visage était déformé comme si on l'avait tiré vers le bas d'un côté. J'avais une cicatrice sur le côté de l'œil gauche. *Qui m'a fait ça ?* écrivis-je, encore un peu hésitante. Je voulais le savoir. *Qu'est-ce qui m'est arrivé ?*

J'écrivis aussi : *Arrêtez lumières*, car leur éclat me donnait mal à la tête.

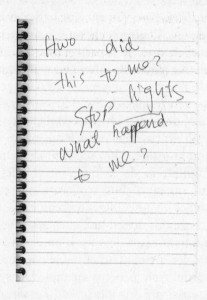

— Quelque chose de grave t'est arrivé, dit le Dr Fiona Reynolds.

*On m'a tiré dessus ? On a tiré sur mon père ?* demandai-je.

Elle m'expliqua que l'on m'avait tiré dessus dans le bus scolaire. Que deux de mes camarades avaient aussi été blessées, mais je ne reconnus pas leurs noms. Elle m'expliqua que la balle était entrée sur le côté de mon œil gauche, où il y avait encore une cicatrice, qu'elle était descendue jusqu'à mon épaule gauche quarante-cinq centimètres plus bas et s'y était logée. Elle aurait pu m'emporter l'œil ou pénétrer dans le cerveau. C'était un miracle que je sois encore en vie.

Cela ne me fit rien, je fus peut-être juste effleurée par un petit « alors ils ont osé » satisfait. Mon seul regret était de ne pas avoir pu leur parler avant qu'ils me tirent dessus. Désormais, ils n'entendraient jamais ce que j'avais à dire. Je ne nourrissais même pas la moindre pensée méchante envers l'homme qui m'avait attaquée. Je n'avais aucune pensée de vengeance. Je voulais juste rentrer dans le Swat. Retourner chez moi.

Après cela, de vagues images commencèrent à défiler dans mon esprit, mais je ne savais pas si c'étaient des rêves ou la réalité. Mon souvenir de l'attaque est tout à fait différent de ce qui s'est vraiment passé. J'étais dans un autre bus scolaire avec mon père, des camarades et une fille prénommée Gul. Nous rentrions chez nous quand brusquement étaient apparus deux talibans vêtus de noir. L'un d'eux avait braqué un pistolet sur ma tête et la balle minuscule qui en était sortie avait pénétré en moi. Dans ce rêve, ils avaient aussi tiré sur mon père. Ensuite, tout est noir. Je suis allongée sur une civière et il y a une foule d'hommes, innombrable, et je cherche mon père du regard. Je finis par le repérer et j'essaie de lui parler, mais les mots n'arrivent pas à sortir. D'autres fois,

dans le rêve, je suis dans tout un tas d'endroits différents, dans le marché Mohammad Ali Jinnah d'Islamabad, au marché de Cheena, et on me tire dessus.
J'ai même rêvé que les médecins étaient des talibans.
À mesure que je reprenais vie, je réclamais davantage
de détails. Les gens qui venaient n'avaient pas le droit
d'apporter leur téléphone, mais le Dr Fiona Reynolds
avait toujours son iPhone, puisqu'elle est urgentiste.
Quand elle le posa, je le pris et cherchai mon nom sur
Google. C'était difficile, car avec ma vision troublée,
j'avais du mal à trouver les bonnes lettres. Je voulais
aussi relever mes e-mails, mais je ne parvins pas à me
rappeler le mot de passe.

Le cinquième jour, je recouvrai la voix, mais elle
m'était étrangère. Quand Rehanna vint, nous par-
lâmes de l'attentat d'un point de vue musulman.

— Ils m'ont tiré dessus, dis-je.

— Oui, en effet, répondit-elle. Beaucoup de gens
dans le monde musulman ne peuvent croire qu'un
musulman a commis un tel acte. Par exemple, ma
mère dirait qu'ils ne peuvent pas être musulmans.
Certains se qualifient de musulmans mais leurs actes
ne relèvent pas de l'islam.

Nous avons discuté des différentes raisons pour lesquelles surviennent les événements, de ce qui m'était
arrivé et du fait que l'islam mentionne le droit à l'instruction pour les femmes et pas uniquement pour les
hommes. Je militais donc pour mon droit en tant que
musulmane d'aller à l'école. Une fois que j'eus récupéré
ma voix, je parlai à mes parents grâce au téléphone du
Dr Kayani. J'avais peur que ma voix paraisse étrange.

— Est-ce que ma voix sonne différemment ? demandai-je à mon père.

— Non, dit-il. Tu as la même voix et elle ne peut que s'améliorer. Tu vas bien ?

— Oui, mais j'ai tellement mal à la tête, c'est insupportable.

Mon père s'inquiéta vraiment. Je crois qu'il finit avec une migraine pire que la mienne. À chaque conversation, il me demandait : « Ta migraine va mieux ou elle a empiré ? » Après cela, je répondais toujours : « C'est pareil. » Je ne voulais pas le tracasser et je ne me plaignis pas même quand on m'enleva les agrafes sur le crâne et qu'on me fit d'énormes piqûres dans le cou. « Quand allez-vous venir ? » demandais-je constamment. Depuis une semaine, ils étaient consignés dans la résidence militaire de l'hôpital de Rawalpindi sans savoir quand ils auraient la possibilité de venir à Birmingham. Ma mère était tellement désespérée qu'elle déclara à mon père : « S'il n'y a pas du nouveau demain, je vais entamer une grève de la faim. » Plus tard le même jour, mon père alla trouver le major chargé de la sécurité et lui rapporta la menace de ma mère. Le major sembla alarmé. Le colonel fut appelé et dix minutes plus tard, on annonçait à mon père que l'on organisait le transfert à Islamabad en fin de journée. Là-bas, à n'en pas douter, on pourrait tout arranger. Quand mon père revint trouver ma mère, il lui annonça : « Tu es une femme merveilleuse. Depuis le début, je croyais que c'étaient Malala et moi les activistes, mais c'est toi qui sais comment manifester, en fait ! »

On les installa, à Islamabad, à Kashmir House, une résidence réservée aux parlementaires. La sécurité était toujours tellement stricte que lorsque mon père demanda un barbier pour se faire raser, un policier resta assis tout du long pour veiller à ce que l'homme ne l'égorge pas. Au moins, on leur rendit leurs téléphones et nous pûmes converser plus facilement. Chaque fois, le Dr Kayani appelait mon père à l'avance pour lui dire à quelle heure il pouvait me parler et s'assurer qu'il était libre. Mais quand le médecin appelait, la ligne était généralement occupée, mon père étant constamment au téléphone ! Je récitai les douze chiffres du numéro du mobile de ma mère et le médecin fut stupéfait. C'est à ce moment-là qu'il constata que ma mémoire était intacte. Mes parents ne savaient toujours pas quand ils allaient venir me voir. Le Dr Kayani ne comprenait pas non plus pourquoi ils tardaient tant. Quand ils expliquèrent qu'ils ne savaient pas, il passa un coup de téléphone, puis il leur assura que le problème ne venait pas de l'armée mais du gouvernement civil.

Plus tard, il apparut que, plutôt que d'accélérer les procédures pour permettre à mes parents de rejoindre leur fille hospitalisée à Birmingham, le ministre de l'Intérieur, Rehman Malik, espérait prendre l'avion avec eux afin de donner une conférence de presse conjointe à l'hôpital, ce qui nécessitait quelques préparatifs. Il voulait aussi s'assurer qu'ils ne demanderaient pas l'asile politique en Grande-Bretagne, ce qui aurait été embarrassant pour son gouvernement. Finalement, il leur demanda tout de go si c'était leur intention. Ce fut drôle, car ma mère n'avait pas la moindre idée de ce que signifiait le mot « asile », et mon père n'y avait même pas songé – il avait d'autres soucis en tête. À Kashmir House, mes parents reçurent la visite de Sonia Shahid, la mère de Shiza, la femme qui avait organisé le voyage des filles de ma classe à Islamabad. Elle pensait qu'ils étaient partis avec moi en Angleterre et quand elle apprit qu'ils étaient toujours au Pakistan, elle fut horrifiée. Ils lui apprirent qu'on leur avait dit qu'il n'y avait pas de billets d'avion pour Birmingham. Sonia vint de Peshawar dès qu'elle eut connaissance de mon attaque. Elle fut d'un grand réconfort pour ma mère. Sonia leur apporta plus tard des vêtements, car ils avaient tout laissé dans le Swat, et elle obtint le numéro du bureau du président Zardari. Ils appelèrent et laissèrent un message. Le soir même, le président appela mon père et lui promit que tout serait arrangé. « Je sais ce que cela fait d'être séparé de ses enfants », dit-il, faisant allusion aux années qu'il avait passées en prison.

Quand j'appris qu'ils seraient à Birmingham sous deux jours, j'eus une demande à formuler. « Apportez-moi mon cartable, suppliai-je. Si vous ne pouvez pas aller le chercher dans le Swat, ce n'est pas grave, achetez-moi de nouveaux livres, parce qu'en mars, c'est le grand examen. » Évidemment, je voulais être la première. Je tenais surtout à mon manuel de physique : c'est une matière difficile pour moi et il fallait que je révise mes équations, car je ne suis pas très bonne en maths et elles sont difficiles à résoudre.

Je croyais que je serais rentrée chez moi en novembre.

\*\*\*

Au final, dix jours s'écoulèrent avant l'arrivée de mes parents. Ces dix jours à l'hôpital sans eux me parurent compter comme cent. Je m'ennuyais et je dormais mal. Je regardais la pendule dans ma chambre. C'est grâce à cela que je me rendis compte que pour la première fois de ma vie je me réveillais de bonne heure. Chaque matin, je trépignais jusqu'à 7 heures, moment de l'arrivée des infirmières. Elles et le Dr Reynolds jouaient avec moi. Comme le Queen Elizabeth Hospital n'est pas un établissement spécialisé, elles avaient fait venir un responsable des jeux de l'hôpital pour enfants. L'un de mes préférés était Puissance 4. Je faisais généralement match nul avec le Dr Fiona Reynolds, mais je battais tous les autres. Les infirmières et le personnel de l'hôpital avaient de la peine pour moi, toute seule loin de mon pays, et ils étaient très gentils, particulièrement Yma Choudhury, la joviale directrice des opérations, et Julie Tracy, l'infirmière-chef qui venait à mon chevet et me tenait la main.

Comme la seule chose avec laquelle j'étais venue du Pakistan était un foulard beige que le colonel Junaid m'avait offert, elles allèrent acheter des vêtements pour moi. Elles ignoraient totalement combien j'étais conservatrice ou ce que voulait porter une adolescente de la vallée du Swat. Elles allèrent chez Next et aux British Home Stores et revinrent avec des sacs de tee-shirts, de pyjamas, de chaussettes et même de soutiens-gorge. Yma me demanda si je voulais un *shalwar kamiz* et j'acquiesçai. « Quelle est ta couleur préférée ? » demanda-t-elle. C'était le rose, évidemment.

Elles s'inquiétaient de mon manque d'appétit. Mais je n'aimais pas la nourriture de l'hôpital et j'avais peur qu'elle ne soit pas halal. Les seules choses que j'absorbais étaient des milk-shakes médicaux nutritifs. L'infirmière Julie découvrit que j'aimais les biscuits apéritifs au fromage et elle m'en apporta. « Qu'est-ce que tu aimes ? demanda-t-elle. — Le poulet rôti », répondis-je. Yma découvrit qu'il y avait un Kentucky Fried Chicken halal à Small Heath et elle allait là-bas chaque après-midi m'acheter du poulet et des frites. Un jour, elle me prépara même un curry.

Pour m'occuper, on m'apporta un lecteur de DVD. Le premier film qu'on me donna était *Joue-la comme Beckham*, pensant que l'histoire d'une jeune fille sikh défiant les normes de sa culture et jouant au football me plairait. Je fus choquée quand les filles enlèvent leurs maillots pour s'entraîner en soutien-gorge de sport et demandai aux infirmières d'éteindre. Après cela, on m'apporta des dessins animés et des films de Disney. Je regardai les trois films de la série des *Shrek* et *Gang de requins*. Comme je voyais toujours flou de l'œil gauche, je le couvrais quand je regardais un film et comme mon oreille gauche saignait, je devais y mettre constamment du coton. Un jour, je demandai à une infirmière : « Qu'est-ce que c'est que cette bosse ? » en posant la main sur mon ventre. Il était enflé et dur et je ne comprenais pas pourquoi. « C'est le sommet de ton crâne », répondit-elle. Je fus choquée.

Après avoir commencé à reparler, je me remis également à marcher pour la première fois. Je n'avais éprouvé aucun mal dans les bras et les jambes lorsque j'étais couchée, hormis la raideur dans mon bras gauche, touché par la balle, aussi je ne m'étais pas rendu compte que je ne pouvais pas marcher correctement. Mes premiers pas furent tellement difficiles que ce fut comme si j'avais couru cent kilomètres. Les médecins me dirent que je m'en sortirais, qu'il me fallait simplement beaucoup de rééducation pour que mes muscles réapprennent à fonctionner.

Un jour arriva une autre Fiona, Fiona Alexander, qui m'expliqua qu'elle était responsable des relations presse de l'hôpital. Je trouvai cela amusant. Je n'imaginais pas l'hôpital central du Swat doté d'un bureau de presse. Jusqu'à sa visite, j'ignorais absolument tout de l'attention que je suscitais. Quand j'avais quitté le Pakistan, il devait y avoir un embargo sur l'information, mais des photos avaient « fuité » avec l'annonce de mon transfert en Grande-Bretagne, et les médias découvrirent rapidement que j'étais à Birmingham. Un hélicoptère de Sky News ne tarda pas à tourner au-dessus de l'hôpital et une foule de deux cent cinquante journalistes à se masser devant, certains venant même du Japon ou d'Australie. Heureusement, comme Fiona Alexander avait été journaliste pendant vingt ans et rédactrice au *Birmingham Post*, elle savait exactement quels biscuits leur donner à grignoter et comment les empêcher d'entrer. L'hôpital entreprit de publier chaque jour mon bulletin de santé.

Des gens venaient simplement pour essayer de me voir. Ministres, diplomates, politiciens et même un émissaire de l'archevêque de Canterbury. La plupart apportaient des bouquets, certains tout à fait exquis. Un jour, Fiona m'apporta un sac de cartes, de jouets et de dessins. Comme c'était l'Aïd el-Kébir, ce que nous appelons le Grand Aïd, notre principale fête religieuse, je crus que c'étaient des musulmans qui me les avaient envoyés. Puis je vis les cachets de la poste, 16 octobre, 17 octobre… des jours auparavant. Je compris que cela n'avait rien à voir avec l'Aïd. Tout était envoyé par des gens du monde entier, principalement des enfants, qui me souhaitaient un prompt rétablissement. Je fus étonnée. « Tu n'as encore rien vu », me dit Fiona en riant. Elle me raconta qu'il y avait quantité d'autres sacs, environ huit mille cartes au total, beaucoup simplement adressées à Malala, hôpital de Birmingham. L'une était même envoyée à « la fille avec une balle dans la tête, Birmingham », et elle était pourtant arrivée. Il y avait des propositions d'adoption, comme si je n'avais pas de famille, et même une demande en mariage. Rehanna me dit alors que des milliers et des milliers de personnes et d'enfants du monde entier m'avaient soutenue et avaient prié pour moi. C'est alors que je me rendis compte que des gens m'avaient sauvé la vie. J'avais été épargnée pour une raison. Des gens m'avaient également envoyé des cadeaux. Il y avait des boîtes et des boîtes de chocolat et des nounours de toutes formes et de toutes tailles. Le cadeau le plus précieux fut peut-être le paquet envoyé par les enfants de Benazir Bhutto, Bilawal et Bakhtawar. C'étaient deux châles qui avaient appartenu à feu leur mère Benazir. J'y enfouis le nez et essayai de respirer son parfum. Plus tard, en les examinant de plus près, je trouvai sur l'un d'eux un long cheveu noir qui lui avait appartenu, et cela me le rendit encore plus cher.

Je m'aperçus que les talibans n'avaient réussi qu'à donner une dimension mondiale à mon combat. Alors que j'étais allongée dans ce lit et que j'attendais de faire mes premiers pas dans un nouveau monde, Gordon Brown, l'envoyé spécial des Nations unies pour l'Éducation et ancien Premier ministre de Grande-Bretagne, avait lancé une pétition sous le slogan « Moi, Malala » exigeant qu'aucun enfant ne soit plus déscolarisé en 2015. Il y avait des messages de dirigeants, de ministres et de stars de cinéma, ainsi que de la petite-fille de Sir Olaf Caroe, le dernier gouverneur britannique de notre province. Elle exprimait sa honte de ne pouvoir lire et écrire en pachto, alors que son grand-père parlait cette langue couramment. Beyoncé m'avait écrit une carte et l'avait postée sur Facebook. Selena Gomez avait rédigé un tweet à mon sujet et Madonna m'avait dédié une chanson. Il y avait même une carte de mon actrice et personnalité engagée préférée, Angelina Jolie. J'avais hâte de tout raconter à Moniba.

Je ne me rendais pas compte à l'époque que je n'allais pas rentrer chez moi.

## 24

### « Ils lui ont volé son sourire »

Le jour où mes parents s'envolèrent pour Birmingham, je quittai les soins intensifs pour la chambre 4, salle 519, qui avait des fenêtres, si bien que je pus regarder dehors et voir l'Angleterre pour la première fois. « Où sont les montagnes ? » demandai-je. Comme le temps était brumeux et pluvieux, je crus qu'elles étaient peut-être cachées. J'ignorais encore que c'était un pays où le soleil ne brille pas souvent. Tout ce que je voyais, c'étaient des rues et des maisons. Les maisons étaient en briques rouges et se ressemblaient toutes. Tout semblait très calme et ordonné, et c'était étrange de voir les gens mener leur vie comme si rien ne s'était passé.

Le Dr Kayani m'annonça que mes parents arrivaient et inclina mon lit de manière à ce que je sois redressée pour les accueillir. J'étais tout excitée. Durant les seize jours depuis ce matin où j'étais sortie en courant de notre maison de Mingora en criant au revoir, j'avais séjourné dans quatre hôpitaux et parcouru des milliers de kilomètres. J'avais l'impression que c'étaient seize années qui s'étaient écoulées. Puis la porte s'ouvrit et des voix familières me dirent « *jani* » et « *pisho* » et on m'embrassa les mains de peur de m'étreindre.

Incapable de me maîtriser, je pleurai toutes les larmes de mon corps. Tout ce temps seule à l'hôpital, je n'avais pas vraiment pleuré, même quand j'avais reçu toutes ces piqûres dans le cou ou qu'on m'avait enlevé mes agrafes dans le crâne. Mais à présent, je ne pouvais plus m'arrêter. Mes parents aussi pleuraient. C'était comme si tout le poids avait été enlevé de mon cœur. Je sentais que tout irait bien, désormais. J'étais heureuse de voir mon frère Khushal, car j'avais besoin de quelqu'un avec qui me chamailler. « Tu nous as manqué, Malala », dirent mes frères, bientôt davantage intéressés par mes peluches et mes cadeaux ; très vite, Khushal et moi nous disputions au sujet de mon ordinateur. Je fus déstabilisée par l'allure de mes parents. Ils étaient fatigués par leur long vol depuis le Pakistan, mais ce n'était pas tout : ils avaient l'air vieillis et je vis qu'ils avaient tous les deux des cheveux gris. Ils essayèrent de ne pas le montrer, mais je vis qu'ils étaient eux aussi choqués par mon apparence. Avant qu'ils entrent, le Dr Kayani les avait prévenus que la fille qu'ils allaient voir n'était qu'à 10 % remise et qu'il restait encore 90 % à faire. Mais ils ne se doutaient pas que la moitié de mon visage était paralysée et que je ne pouvais pas sourire. Mon œil gauche était exorbité, ma chevelure avait disparu, ma bouche penchait d'un côté quand j'essayais de sourire, et cela ressemblait plus à une grimace. C'était comme si mon cerveau avait oublié que j'avais une moitié gauche de visage. J'étais sourde d'une oreille. Et je parlais comme un bébé.

Mes parents furent logés dans une résidence universitaire avec des étudiants. Les responsables de l'hôpital estimèrent que ce serait peut-être trop intrusif pour eux de séjourner ici car ils seraient assiégés par les journalistes et qu'il fallait me protéger à ce stade critique de ma convalescence. Ils n'avaient pas grand-chose avec eux à part les vêtements qu'ils portaient et ceux que la mère de Shiza leur avait donnés, car lorsqu'ils avaient quitté le Swat le 9 octobre, ils ignoraient qu'ils n'y retourneraient pas. Quand ils arrivèrent dans leur chambre à la résidence, ils pleurèrent comme des enfants. J'avais toujours été une enfant si joyeuse. Mon père se vantait à tout le monde que j'avais « un sourire et un rire célestes ». À présent, il se lamentait auprès de ma mère : « Ce beau visage symétrique, ce visage rayonnant n'est plus, elle a perdu son sourire et son rire. Les talibans ont été très cruels, ajouta-t-il. Ils lui ont volé son sourire. On peut donner à quelqu'un des yeux ou des poumons, mais on ne peut pas lui rendre son sourire. »

Le problème venait d'un nerf facial. Les médecins ne savaient pas jusqu'à quel point il était endommagé, s'il pourrait se réparer seul ou s'il avait été coupé. Je rassurai ma mère en lui disant que ce n'était pas grave si mon visage n'était pas symétrique. Moi qui avais toujours été soucieuse de mon apparence, de ma coiffure ! Mais quand on voit la mort, les choses changent. « Peu importe que je sourie ou cligne des paupières comme il faut, lui dis-je. Je suis toujours moi, Malala. L'important est que Dieu m'ait donné ma vie. » Pourtant, chaque fois qu'ils venaient à l'hôpital et que je souriais ou riais, le visage de ma mère s'assombrissait comme si un nuage était passé dessus. C'était comme un miroir inversé – quand il y avait du rire sur mon visage, c'était la détresse qui se peignait sur le sien.

Mon père regardait ma mère qui avait cette grande question dans les yeux. *Pourquoi est-elle ainsi ?* Cette enfant qu'elle avait mise au monde et qui souriait depuis quinze ans ? Un jour, mon père lui demanda :

— Pekai, dis-le-moi franchement, qu'en penses-tu ? C'est ma faute ?

— Non, répondit-elle. Tu n'as pas envoyé Malala voler ou commettre des crimes. C'était une noble cause.

Quand bien même, mon père craignait qu'à l'avenir, chacun de mes sourires ne soit qu'un rappel de l'attentat. Ce n'était pas la seule chose qu'ils trouvèrent changée en moi. Dans le Swat, j'étais une enfant très fragile et sensible qui pleurait pour la moindre chose, mais à l'hôpital de Birmingham, même quand je souffrais atrocement, je ne me plaignais pas.

La direction de l'hôpital refusait les visiteurs, bien qu'étant inondée de demandes, car on voulait que je puisse me consacrer à ma rééducation dans l'intimité. Quatre jours après l'arrivée de mes parents, se présenta à l'hôpital une délégation de ministres des trois pays qui m'avaient aidée : Rehman Malik, le ministre de l'Intérieur du Pakistan, William Hague, le ministre des Affaires étrangères britanniques, et Cheikh Abdallah Ben Zayed, le ministre des Affaires étrangères des

Émirats arabes unis. Ils ne furent pas autorisés à venir me voir, mais les médecins leur firent un compte-rendu et ils virent mon père. Celui-ci fut contrarié par leur venue, à cause du vœu formulé par Rehman Malik : « Dites à Malala de sourire à son peuple. » Or c'était l'une des seules choses que je ne pouvais faire.

Rehman Malik révéla que mon agresseur était un taliban du nom d'Ataullah Khan, qui avait été arrêté en 2009 durant l'opération militaire dans le Swat, mais relâché au bout de trois mois. Selon les médias, il avait un diplôme de physique de l'université Jahan-zeb. Malik prétendait que le projet de m'abattre avait été conçu en Afghanistan. Il disait qu'il avait promis une prime d'un million de dollars pour l'arrestation d'Ataullah et s'était engagé à le retrouver. Nous en doutâmes, étant donné que personne n'a jamais été capturé, pas même l'assassin de Benazir Bhutto ; pas même l'auteur de l'accident d'avion du général Zia ; pas même l'assassin de notre premier Premier ministre Liaquat Ali Khan.

Seules deux personnes avaient été arrêtées après mon attentat : notre pauvre chauffeur Usman Bhai Jan et le comptable de l'école, qu'Usman Bhai Jan avait appelé pour l'informer du drame. Il avait été relâché quelques jours plus tard, mais Usman Bhai Jan était toujours détenu par l'armée, qui disait avoir besoin de lui pour identifier des suspects. Cela nous contrariait beaucoup. Pourquoi avaient-ils arrêté Usman Bhai Jan et pas Ataullah ?

Les Nations unies annoncèrent qu'elles déclaraient le 10 novembre, un mois et un jour après l'attentat, Journée de Malala. Je n'y prêtai guère attention, car je me préparais pour une grande opération, le lendemain, destinée à réparer mon nerf facial. Les médecins ayant fait des tests et le nerf n'ayant pas réagi aux impulsions électriques, ils avaient conclu qu'il était coupé et il fallait m'opérer rapidement, sinon mon visage resterait paralysé. L'hôpital donnait des comptes-rendus réguliers de mon état aux journalistes, mais ils ne furent pas informés de cette opération.

On m'emmena au bloc le 11 novembre et c'est le Dr Richard Irving qui opéra. Il m'avait expliqué que ce nerf contrôlait le côté de mon visage et que sa fonction était d'ouvrir et de fermer mon œil gauche, de bouger mon nez, de redresser mon sourcil et de me faire sourire. Suturer le nerf était une tâche délicate qui prit huit heures et demie. Le chirurgien nettoya d'abord mon conduit auditif des tissus cicatriciels et des fragments d'os. Il découvrit que mon tympan gauche était endommagé. Puis il suivit le nerf facial depuis l'os temporal où il pénètre dans le crâne jusqu'à sa sortie et ôta en chemin d'autres fragments d'os qui empêchaient ma mâchoire de s'ouvrir. Il découvrit que deux centimètres de nerf manquaient entièrement à l'endroit où il sort du crâne et il le fit passer devant mon oreille au lieu de derrière, son emplacement normal, afin de compenser la portion manquante.

L'opération se passa bien, même s'il fallut attendre trois mois avant que le côté gauche de mon visage retrouve petit à petit sa mobilité. Je devais faire des exercices chaque jour devant le petit miroir. Le Dr Irving m'expliqua qu'en six mois, le nerf se remettrait à fonctionner, même si je ne serais jamais totalement la même. À mon grand plaisir, je pus rapidement sourire et plisser les yeux, et semaine après semaine, mes parents constatèrent que mon visage était de plus en plus expressif. Ce visage était le mien, mais je voyais que c'étaient mes parents qui étaient les plus heureux de le récupérer. Le chirurgien déclara par la suite que c'était la plus grande réussite qu'il avait constatée en vingt ans de chirurgie faciale et j'étais à 86 % rétablie.

L'autre agréable conséquence fut le soulagement de mes migraines. Je recommençai à lire. Je commençai par *Le Magicien d'Oz*, choisi parmi la collection de livres que m'avait envoyée Gordon Brown, l'ancien Premier ministre. J'adorai lire l'histoire de Dorothy tentant de retourner chez elle et aidant en chemin des créatures dans le besoin comme le bûcheron de fer sans cœur et le lion sans courage. Elle doit surmonter de nombreux obstacles pour atteindre son but et je songeai : si tu veux parvenir à un objectif, tu rencontreras beaucoup d'épreuves, mais tu devras continuer. Je fus enthousiasmée par le livre, que je lus rapidement, et ensuite, j'en parlai à mon père. Il fut très content, car il se dit que si j'étais capable de raconter et d'enregistrer de tels détails, c'est que ma mémoire devait bien fonctionner. Mes parents se faisaient du souci à ce sujet, car je leur disais que je ne me rappelais rien de l'attentat et que j'oubliais régulièrement les prénoms de mes amis. Ils n'étaient pas très subtils. Un jour, mon père demanda : « Malala, pourrais-tu nous chanter quelques *tappas* pachtounes ? » Je chantai un poème que nous aimions : « Quand tu commences ton voyage au bout de la queue d'un serpent, tu le finis sur la tête dans un océan de poison. » Pour nous, cela faisait allusion au fait que les autorités pakistanaises se retrouvaient désormais dans des ennuis qu'elles s'étaient créés toutes seules en voulant manipuler les militants. C'est alors que je déclarai : « Il y a un *tappa* que j'aimerais bien réécrire. » Mon père fut intrigué. Les *tappas* sont des dictons séculaires que l'on ne modifie pas.

— Lequel ? demanda-t-il.

— Celui-ci, dis-je : « Si les hommes ne peuvent gagner la bataille, ô mon pays, que les femmes se lèvent et te fassent honneur. »

كه دزلمو نه پوره نه شوه
گرانه وطنه جینکی به دي گتی ز

Je voulais le modifier ainsi : « Que les hommes gagnent ou perdent la bataille, ô mon pays, les femmes se lèveront et elles te feront honneur. »

كه دزلمو نه شوه كه نه شوه
گرانه وطنه جینکی به دي گتی

Il éclata de rire et répéta l'anecdote à tout le monde comme il fait toujours.

Je m'acharnai à la rééducation avec le kinésithérapeute pour que mes bras et mes jambes fonctionnent de nouveau et je fus récompensée le 6 décembre par ma première sortie de l'hôpital. Comme j'avais dit à Yma que j'adorais la nature, elle fit le nécessaire pour que deux employés nous emmènent, ma mère et moi, faire une visite aux jardins botaniques de

Birmingham, non loin de l'hôpital. On ne laissa pas mon père venir, de crainte qu'il soit reconnu, ayant été beaucoup vu dans les médias. Malgré tout, je fus ravie, c'était ma première sortie dans le monde extérieur et je voyais Birmingham et l'Angleterre. On me donna comme instruction de m'asseoir à l'arrière de la voiture, au milieu et non pas près d'une vitre, ce qui fut agaçant, car je voulais tout voir de ce pays que je ne connaissais pas. Je ne me rendais pas compte qu'on essayait de protéger ma tête d'un cahot imprévu. Quand nous arrivâmes dans les jardins et que je vis toutes les plantes et les arbres, cela me rappela brutalement mon pays natal. Je n'arrêtais pas de dire : « Celui-là pousse dans ma vallée » et : « Nous avons aussi celle-ci. » Je suis très fière des magnifiques plantes de ma vallée. C'était étrange de voir tous ces autres visiteurs pour qui c'était une promenade ordinaire. Moi, j'avais l'impression d'être Dorothy arrivée au bout de son voyage. Ma mère était si excitée qu'elle appela mon père. « Pour la première fois, je suis heureuse », dit-elle. Mais comme il faisait un froid glacial, nous allâmes dans un café et prîmes du thé et un assortiment de gâteaux à la crème.

Deux jours plus tard, j'eus mon premier visiteur extérieur à la famille : le président du Pakistan, Asif Ali Zardari. L'hôpital ne voulait pas de sa visite car cela allait susciter la frénésie des médias, mais mon père pouvait difficilement refuser. Non seulement M. Zardari était notre chef d'État, mais il avait dit que le gouvernement paierait tous mes frais hospitaliers, qui allaient finir par représenter près de 235 000 euros. Ils avaient loué un appartement pour mes parents au centre de Birmingham afin qu'ils puissent quitter la résidence universitaire. La rencontre eut lieu le samedi 8 décembre, et elle avait les allures d'un film de James Bond.

Depuis l'aube étaient rassemblés à l'extérieur quantité de journalistes qui pensaient naturellement que le président viendrait me voir à l'hôpital. Au lieu de quoi, je fus emmitouflée dans une grosse parka violette avec capuche, emmenée par l'entrée du personnel à une voiture de l'hôpital jusqu'au bâtiment administratif. Nous passâmes sans nous faire remarquer devant les journalistes et les photographes, qui pour certains étaient perchés dans les arbres. Ensuite, j'attendis dans un bureau en jouant sur un ordinateur contre mon frère Atal, que je battis, alors que c'était la première partie que je faisais sur ce jeu. Quand Zardari et son entourage arrivèrent dans deux voitures, on les fit entrer par l'arrière. Il arriva avec une dizaine de personnes, dont son directeur de cabinet, son attaché militaire et le haut-commissaire du Pakistan, qui avait succédé au Dr Reynolds dans le rôle de mon tuteur officiel au Royaume-Uni en attendant l'arrivée de mes parents.

Le président reçut comme consigne de ne pas parler de mon visage. Il vint ensuite me voir avec sa plus jeune fille, Asifa, qui a quelques années de plus que moi. Ils m'apportaient un bouquet de fleurs. Il me toucha la tête, un geste traditionnel, mais mon père eut peur, car je n'avais rien d'autre que de la peau et pas d'os pour la protéger, et la tête sous mon voile était concave. Ensuite, il s'assit avec mon père, qui lui déclara combien nous avions de la chance que j'aie été transportée en Grande-Bretagne. « Elle aurait peut-être survécu au Pakistan, mais elle n'aurait pas eu de rééducation et serait restée défigurée, dit-il. À présent, son sourire va revenir. »

M. Zardari ordonna au haut-commissaire d'attribuer à mon père un poste d'attaché à l'Éducation afin qu'il ait un salaire et un passeport diplomatique et qu'il n'ait pas besoin de demander l'asile pour rester en Grande-Bretagne. Mon père était soulagé, car il se demandait comment il allait subvenir à ses besoins. Gordon Brown, en tant qu'émissaire spécial des Nations unies, lui avait également demandé d'être son conseiller, un poste sans salaire, et le président répondit qu'il n'y voyait aucun inconvénient et qu'il pouvait faire les deux.

Après le rendez-vous, M. Zardari me décrivit aux médias comme « une remarquable jeune fille qui fait honneur au Pakistan ». Mais tout le monde ne fut pas aussi positif dans mon pays. Même si mon père avait essayé de me le dissimuler, je savais que certains disaient que c'était lui qui m'avait tiré dessus, ou encore que je n'avais jamais été attaquée et que tout avait été mis en scène pour que je puisse partir vivre à l'étranger.

\*\*\*

La nouvelle année 2013 fut heureuse : je pus quitter l'hôpital au début du mois de janvier et vivre enfin à nouveau avec ma famille. Le haut-commissariat pakistanais nous avait loué deux appartements meublés donnant sur un square du centre de Birmingham.

Ils étaient au dixième étage d'un grand immeuble, plus haut que nous n'avions jamais encore habité. Je taquinai ma mère qui, après le séisme, alors que nous habitions au troisième étage, avait dit qu'elle ne voulait plus jamais vivre dans un immeuble. Mon père me raconta qu'à leur arrivée, elle avait tellement eu peur qu'elle avait dit qu'elle allait mourir dans l'ascenseur.

Nous étions heureux d'être de nouveau en famille. Mon frère Khushal était plus agaçant que jamais. Les garçons s'ennuyaient à devoir rester cloîtrés en attendant que je termine ma convalescence, loin de l'école et de leurs amis, même si Atal était enthousiasmé par tout ce qui était nouveau. Je me rendis compte qu'à présent, je pouvais les traiter comme bon me semblait sans me faire rabrouer. C'était un hiver glacial et alors que je regardais par les grandes baies vitrées la neige tomber, je regrettai de ne pas pouvoir aller courir et poursuivre les flocons comme nous le faisions chez moi. Parfois, nous allions nous promener pour me redonner des forces, mais je me fatiguais facilement.

Dans le square se trouvaient une fontaine et un café avec une vitrine par laquelle on voyait des hommes et des femmes mélangés bavarder d'une manière impensable dans le Swat. L'appartement était près d'une rue célèbre pour ses commerces et clubs de strip-tease, Broad Street. Nous allâmes dans les boutiques, même si je n'aime toujours pas faire du shopping. Le soir, nous avions les yeux hors de la tête en voyant les femmes légèrement vêtues, leurs minijupes, leurs minishorts et leurs jambes nues juchées sur des talons vertigineux. Ma mère fut si horrifiée qu'elle s'écria : *Gharqa shoma !* – « Je me noie ! » et supplia mon père : « Je t'en prie, emmène-moi à Dubaï. Je ne peux pas vivre ici ! » Plus tard, nous en rîmes. « Ont-elles les jambes en acier pour ne pas sentir le froid ? » demanda ma mère. On nous conseilla de ne pas sortir sur Broad Street tard les soirs de week-end, car cela pouvait être dangereux. Cela nous fit rire. Comment cela pouvait-il être dangereux en comparaison de l'endroit d'où nous venions ? Y avait-il des talibans qui décapitaient des gens ? Je n'en parlai pas à mes parents, mais je tressaillais chaque fois qu'un homme d'allure orientale s'approchait. J'avais l'impression que tout le monde avait une arme.

Une fois, je contactai par Skype mes camarades restées à Mingora qui me dirent qu'elles gardaient ma place dans la classe. Le professeur avait apporté ma copie de l'examen d'histoire pakistanaise que j'avais passé le jour de l'attentat. J'avais eu 75 sur 75. Mais comme je n'avais pas passé les suivants, c'était Malka-e-Noor qui était la première de la classe. Bien que j'aie reçu des cours à l'hôpital, j'avais peur de prendre du retard. À présent, la compétition était entre Malka-e-Noor et Moniba. « On s'ennuie à rivaliser entre nous sans toi », me dit Malka-e-Noor.

Je reprenais des forces chaque jour. Mais les opérations n'étaient pas terminées. Restait à me recoudre le sommet du crâne. Les médecins s'inquiétaient aussi de mon audition. Quand nous nous promenions, je n'arrivais pas à comprendre ce que me disaient mes parents dans la foule. Et dans l'oreille, j'avais un petit bruit, la seule chose que j'arrivais à entendre parfaitement. Le samedi 2 février, je retournai à l'hôpital pour être opérée, cette fois par une femme ! Elle s'appelait Anwen White. D'abord, elle ôta le fragment d'os logé dans mon ventre, mais après l'avoir examiné, elle décida de ne pas le replacer car il ne s'était pas bien conservé et il y avait un risque d'infection. À la place, elle procéda à ce que l'on appelle une cranioplastie au titane (à présent je connais quantité de termes médicaux !) et me fixa au crâne, avec huit vis, une plaque de titane moulée tout spécialement pour s'adapter et protéger mon cerveau.

Pendant que je subissais l'opération, le Dr Irving, le chirurgien qui avait réparé mon nerf, trouva une solution pour mon tympan abîmé. Il inséra dans ma tête, près de l'oreille, un petit appareil électronique appelé implant cochléaire et m'expliqua que dans un mois, on ajouterait la partie externe qui me permettrait d'entendre. Je restai dans le bloc pendant cinq heures et subis trois opérations, mais je n'eus pas la sensation d'avoir subi une grosse intervention et je rentrai à l'appartement cinq jours après. Quelques semaines plus tard, quand le récepteur fut adapté dans mon oreille gauche, j'entendis *bip-bip* pour la première fois. Au début, tous les bruits avaient une sonorité très robotique. Mais cela s'améliora rapidement.

Nous autres, êtres humains, nous ne savons pas à quel point Dieu est grand. Il nous a donné un cerveau extraordinaire et un cœur sensible et aimant. Il nous a offert deux lèvres pour parler et exprimer nos sentiments, deux yeux qui voient un univers de couleurs et de beauté, deux pieds qui marchent sur la route de la vie, deux mains qui travaillent pour nous, un nez qui respire les parfums, et deux oreilles pour entendre les mots d'amour. Comme je le découvris avec mon oreille, on ne connaît le pouvoir qu'il y a dans chaque organe que lorsqu'on le perd.

Je rends grâce à Allah pour ces médecins qui se sont donné tant de mal, pour ma convalescence et pour nous avoir fait naître dans ce monde où nous devons parfois lutter pour survivre. Certains choisissent la bonne voie, d'autres la mauvaise. Une balle tirée par un homme m'a frappée. Elle a fait gonfler mon cerveau, m'a privée de mon audition et coupé le nerf de mon visage en l'espace d'une fraction de seconde. Et après cette seconde, des millions de personnes ont prié pour que je survive et des médecins talentueux m'ont rendu mon corps. J'étais une gentille fille et dans mon cœur, il n'y avait que le désir d'aider les gens. Il ne s'agit ni d'argent ni de distinction. J'ai toujours prié Dieu : « Je veux aider les gens, je T'en prie, aide-moi à le faire. »

Un taliban tire trois balles à bout portant sur trois filles dans une camionnette et n'en tue aucune, c'est assez improbable. L'une d'elles, Shazia, frappée deux fois, a reçu une bourse de l'Atlantic College du pays de Galles et elle est également venue étudier au Royaume-Uni, comme Kainat. Je sais que Dieu m'a retenue au bord de la tombe. J'ai l'impression que cette vie n'est pas la mienne, que c'en est une nouvelle. Des gens ont supplié Dieu de m'épargner et je l'ai été dans un but, pour consacrer ma vie à aider autrui. Quand on parle de mon attentat et de ce qui s'est passé, j'ai l'impression que c'est l'histoire de Malala, une fille comme une autre ; je n'ai pas l'impression que cette histoire parle de moi.

*Épilogue*

## Un enfant, un professeur,
## un livre, un stylo…

*Birmingham, août 2013*

En mars, nous avons quitté l'appartement pour une maison louée dans une rue arborée, mais nous avons l'impression de camper. Toutes nos affaires sont encore dans le Swat. Il y a dans tous les coins des cartons remplis de lettres et de cartes envoyées par des gens du monde entier, et dans une pièce un piano dont aucun de nous ne sait jouer. Ma mère se plaint des fresques de dieux grecs et des angelots sculptés qui la contemplent.

Notre maison paraît grande et vide. Elle est protégée par un portail électrique en fer, et parfois nous avons le sentiment d'être dans ce que nous appelons au Pakistan une *sub-jail*, une sorte de maison d'arrêt de luxe. À l'arrière s'étend un vaste jardin avec quantité d'arbres et une pelouse verte où nous jouons au cricket, mes frères et moi. Il n'y a pas de toit en terrasse où monter, pas d'enfants qui se livrent à des combats de cerfs-volants dans les rues, pas de voisins qui viennent emprunter un bol de riz ou à qui emprunter trois tomates. Seul un mur nous sépare de la maison voisine toute proche, mais c'est comme si elle était à des kilomètres.

Si je regarde dehors, je vois ma mère se promener dans le jardin, la tête couverte d'un voile, qui donne à manger aux oiseaux. On dirait qu'elle chante, peut-être le *tappa* qu'elle aime tant : « Ne tue pas de colombes dans le jardin. Si tu en tues une, les autres ne viendront plus. »

Elle donne aux oiseaux les restes de notre dîner de la veille et elle a les larmes aux yeux. Nous mangeons à peu près la même chose ici que chez nous – du riz et de la viande au déjeuner et au dîner, alors que le petit déjeuner consiste en œufs au plat, chapatis et parfois miel, une tradition amorcée par mon petit frère Atal, même si sa découverte préférée à Birmingham sont les sandwichs au Nutella. Mais il y a toujours des restes. Gâcher la nourriture contrarie ma mère. Elle se rappelle tous les enfants à qui nous donnions à manger chez nous pour qu'ils n'aillent pas à l'école le ventre vide, et elle se demande ce qu'ils deviennent à présent.

À Mingora, quand je rentrais des cours, je ne trouvais jamais la maison inoccupée. À présent, je n'en reviens pas d'avoir prié le ciel de m'accorder une journée de calme et un peu d'intimité pour faire mes devoirs. Ici, je n'entends que le chant des oiseaux et la X-Box de Khushal. Je fais des puzzles toute seule dans ma chambre en regrettant de ne pas avoir de visites.

Nous n'avions pas beaucoup d'argent, et mes parents savaient ce que c'était que la faim. Ma mère ne fermait jamais sa porte à personne. Un jour, une pauvre femme se présenta, affamée et assoiffée, dans notre rue. Ma mère la fit entrer et lui donna à manger. Cette femme déclara, rayonnante : « J'ai frappé à chaque porte du *mohalla* et c'est la seule qui était ouverte. Dieu fasse que votre porte reste toujours ouverte, où que vous soyez. »

Ma mère se sent seule – elle aime la compagnie et toutes les voisines avaient l'habitude de se réunir l'après-midi dans notre cour et les femmes qui travaillaient dans les autres maisons venaient s'y reposer. À présent, elle passe son temps pendue au téléphone avec les gens restés au pays.

C'est difficile pour elle, ici, car elle ne parle pas du tout anglais. Notre maison est pourvue de tout le nécessaire, mais quand elle est arrivée, tout était mystérieux pour elle et il a fallu lui montrer comme utiliser le four, la machine à laver et la télévision par câble.

Comme d'habitude, mon père ne l'aide pas en cuisine. Je le taquine : « *Aba,* tu parles des droits des femmes, mais c'est maman qui fait tout ! Tu ne débarrasses même pas la table. »

Il y a des bus et des trains, mais nous ne savons pas trop comment les utiliser. Les courses au Cheena Bazaar manquent à ma mère. Elle est plus heureuse depuis que Shahida Choudhury peut l'y conduire. Elle a une voiture et l'emmène faire des courses mais ce n'est pas pareil, car elle ne peut pas parler de ses emplettes avec ses amies.

Dès qu'une porte claque, ma mère sursaute – le moindre bruit la fait sursauter. Elle pleure souvent, puis elle me prend dans ses bras. « Dieu merci, Malala est vivante », dit-elle. Désormais, elle me traite comme si j'étais la benjamine plutôt que son aînée.

Mon père pleure aussi. Il pleure quand j'écarte mes cheveux et qu'il voit la cicatrice sur ma tête, il pleure quand il se réveille de sa sieste de l'après-midi en entendant des voix d'enfants dans le jardin et en se rendant compte, à son grand soulagement, que l'une d'elles m'appartient. Il sait que des gens disent que c'est sa faute si j'ai été attaquée, qu'il m'a poussée sur le devant de la scène comme un père obsédé de tennis qui veut faire de son enfant un champion, comme si je n'avais pas ma propre volonté.

C'est difficile pour lui. Le fruit de vingt ans de travail est resté là-bas : l'école qu'il a construite à partir de rien et qui compte aujourd'hui trois bâtiments, mille cent élèves et soixante-dix professeurs. Je sais qu'il est fier de ce qu'il a créé, lui, un garçon pauvre d'un petit village perdu entre les montagnes Noire et Blanche. Il dit : « C'est comme si j'avais planté un arbre et l'avais soigné : j'ai le droit de m'asseoir sous son feuillage. »

Son rêve dans la vie est d'avoir une très grande école dans le Swat qui offre une éducation de qualité, de vivre paisiblement et d'avoir la démocratie dans notre pays. Dans le Swat, il est parvenu à gagner le respect et un statut dans la société grâce à toutes ses activités et à l'aide qu'il a apportée aux gens. Jamais il n'a imaginé vivre à l'étranger et il est contrarié que des gens prétendent que nous voulions venir habiter au Royaume-Uni. « Quelqu'un qui a fait dix-huit ans d'études, qui a une belle vie, une famille, tu le chasses comme tu sors un poisson de l'eau, pour avoir parlé de l'éducation des filles ? » Parfois, il dit que nous sommes passés du statut de personnes déplacées internes à celui de réfugiés en exil.

Souvent, durant les repas, nous parlons du pays et nous essayons de raviver nos souvenirs. Tout nous manque, même la rivière pestilentielle. « Si j'avais su que cela arriverait, dit-il, j'aurais jeté un dernier regard en arrière, tout comme le Prophète quand il a quitté La Mecque pour se rendre à Médine. Il n'a cessé de regarder en arrière. »

Déjà, certaines choses du Swat sont devenues des histoires d'un pays lointain, quelque chose que nous aurions lu dans un livre.

Mon père passe beaucoup de son temps à donner des conférences sur l'éducation. Je sais que c'est étrange pour lui que maintenant, les gens veuillent le rencontrer à cause de moi, et non l'inverse. J'ai longtemps été sa fille. À présent, il est mon père. Quand il s'est rendu en France pour recevoir le prix Simone de Beauvoir pour la liberté des femmes en mon nom, il a déclaré à l'assistance : « Dans la partie du monde où je vis, la plupart des gens sont connus grâce à leurs fils. Je suis l'un des rares pères qui a la chance d'être connu pour sa fille. »

\*\*\*

Un joli petit uniforme neuf est accroché à la porte de ma chambre, vert bouteille au lieu de bleu roi, celui d'une école où personne n'imagine se faire attaquer ou exploser. En avril, j'ai été suffisamment rétablie pour reprendre les cours à Birmingham. C'est merveilleux d'aller en classe et de ne pas avoir peur comme à Mingora, de ne pas avoir à regarder autour de soi en chemin au cas où un taliban surgirait.

C'est une bonne école. Les matières sont les mêmes que chez moi, mais les professeurs utilisent Power-Point et des ordinateurs à la place de la craie et des tableaux. Nous avons des matières différentes – musique, dessin, informatique et économie ménagère, où nous apprenons à cuisiner – et nous faisons des travaux pratiques en sciences, ce qui est rare au Pakistan. C'est toujours la physique que je préfère, même si c'est là que j'ai les moins bonnes notes ! J'adore m'instruire sur Newton et sur tous les principes qui gouvernent l'Univers.

Mais comme ma mère, je me sens seule. Il me faut du temps pour me faire des amies comme celles que j'avais au pays, et les filles de l'école me traitent différemment. Les gens disent : « Oh, c'est Malala. » Ils me voient comme « Malala, militante des droits des filles ». À l'école Khushal, j'étais simplement Malala, la fille hypersouple qu'ils avaient toujours connue, qui adorait raconter des blagues et dessiner pour expliquer les choses. Sans oublier : la fille qui se chamaille toujours avec son frère et sa meilleure amie !

Je crois qu'il y a toujours dans chaque classe une fille bien élevée, une fille très intelligente ou géniale, une qui est adorée de tous, une autre très belle, une timide et une qui a mauvaise réputation… mais ici, je n'ai pas encore compris laquelle est laquelle.

Comme il n'y a personne à qui je peux raconter mes blagues ici, je les garde pour moi et je les raconte à Moniba quand nous nous parlons sur Skype. Ma première question est toujours : « Quelles sont les nouvelles de l'école ? » J'adore apprendre qui se dispute avec qui, et qui s'est fait gronder par quel professeur. Moniba est première aux derniers examens.

Mes camarades gardent une place à mon nom, et à l'école des garçons, Sir Amjad a accroché un grand poster de moi à l'entrée, qu'il dit saluer chaque matin en allant dans son bureau.

Je décris à Moniba la vie en Angleterre. Je lui parle des rues avec leurs rangées de maisons identiques, contrairement à notre pays, où tout est différent et pêle-mêle, et où une cabane en pierre et en torchis peut côtoyer une maison aussi grande qu'un château. Je lui raconte que ce sont de belles et solides demeures qui pourraient résister à des crues et à des tremblements de terre, mais qui n'ont pas de toit plat sur lequel jouer. Je lui dis que j'aime l'Angleterre parce qu'ici, les gens suivent les règlements, qu'ils respectent les policiers et que tout est à l'heure. Le gouvernement dirige et personne ici ne connaît le nom du chef des armées. Je vois des femmes qui font des métiers que nous n'imaginerions pas dans le Swat. Ici, elles sont policières ou vigiles. Elles dirigent de grandes entreprises et s'habillent exactement comme elles veulent.

\*\*\*

Je ne pense pas souvent à l'attentat, mais tous les jours, un regard dans le miroir suffit à me le rappeler. L'opération du nerf a fait son maximum. Je ne serai jamais plus la même. Je ne peux pas cligner complètement l'œil, mais le gauche se ferme souvent quand je parle. L'ami de mon père, Hidayatullah, lui dit que nous devrions en être fiers. « C'est la beauté de son sacrifice », dit-il.

La police n'a pas réussi à retrouver Ataullah Khan mais elle enquête toujours et veut m'auditionner.

Bien que je ne me souvienne pas précisément de ce qui s'est passé ce jour-là, j'ai parfois des flash-back inattendus. Le pire s'est produit en juin quand nous étions à Abu Dhabi, en route pour l'*umrah*, le pèlerinage en Arabie saoudite. Je suis allée dans une galerie marchande avec ma mère, car elle voulait acheter une burqa spéciale pour prier à La Mecque. Je n'en voulais pas et j'ai dit que je porterais simplement mon voile, puisqu'il n'est pas spécifié qu'une femme doit porter la burqa. Alors que nous marchions dans la galerie, brusquement, j'ai vu quantité d'hommes autour de moi. J'ai cru qu'ils me guettaient avec des armes et allaient m'abattre. J'étais terrifiée, mais je n'ai rien dit. Je me suis répété : « Malala, tu as déjà affronté la mort, c'est ta seconde vie, n'aie pas peur. Si tu as peur, tu ne pourras pas avancer. »

Nous croyons que lorsque nous voyons pour la première fois la Kaaba, la construction cubique recouverte d'un voile noir à La Mecque, qui est notre lieu le plus sacré, Dieu exauce n'importe quel souhait qui nous tient à cœur. Quand nous avons prié à la Kaaba, nous avons demandé la paix au Pakistan et l'éducation pour les filles, et j'ai été surprise de me trouver en larmes. Mais quand nous sommes sortis de la Kaaba pour aller dans les autres lieux saints du désert où le Prophète a vécu et prêché, j'ai été choquée que ces endroits soient jonchés de bouteilles et d'emballages. C'était à croire que les gens n'ont pas le sens de la préservation historique. J'ai pensé qu'ils avaient oublié le hadith qui dit qu'une vie de propreté constitue la moitié de la foi.

\*\*\*

Mon univers a tellement changé. Sur les étagères du salon de notre maison de location trônent des récompenses émanant du monde entier – Amérique, Inde, France, Espagne, Italie, Autriche et quantité d'autres pays. Je suis même la plus jeune personne à avoir été pressentie pour le prix Nobel de la paix. Quand je recevais des prix pour mon travail à l'école, j'étais heureuse, mais ceux-ci sont différents. Je suis comblée mais je sais le chemin à parcourir pour permettre à tous les enfants d'accéder à l'éducation. Je ne veux pas qu'on pense à moi comme la fille qui a été attaquée par les talibans, mais comme celle qui lutte pour l'éducation. Je consacrerai ma vie à cette cause.

À mon seizième anniversaire, j'étais à New York pour prononcer un discours aux Nations unies.

Prendre la parole dans l'immense salle où tant de dirigeants du monde entier se sont succédé était intimidant, mais je savais ce que je voulais dire. C'est l'occasion où jamais, me dis-je. Quatre cents jeunes étaient venus de partout pour m'entendre, de l'Afghanistan au Nigeria, mais quand j'ai levé les yeux, j'en imaginais des millions. Je n'ai pas écrit le discours avec à l'esprit les ambassadeurs auprès des Nations unies mais pour toutes les personnes de bonne volonté. Je voulais toucher tous les gens vivant dans la misère, les enfants forcés à travailler, les victimes du terrorisme ou de l'ignorance. Au fond de mon cœur, j'espérais toucher chaque enfant pour qu'il puise du courage dans mes paroles afin de défendre ses droits.

Je portais l'un des châles blancs de Benazir Bhutto par-dessus mon *shalwar kamiz* rose préféré et j'ai exhorté les dirigeants du monde à offrir une éducation gratuite à tous les enfants de la planète. « Prenons nos livres et nos stylos, ai-je dit. Ce sont nos armes les plus puissantes. Un enfant, un professeur, un livre et un stylo peuvent changer le monde. »

J'ignorais l'impact de mon discours jusqu'au moment où le public me fit une ovation debout. Ma mère était en larmes et pour mon père, ce jour-là, je suis devenue la fille du monde entier.

Quelque chose d'important s'est produit là-bas aussi. Ma mère s'est laissé prendre en photo en public pour la première fois. C'était un grand sacrifice pour elle qui a respecté le *purdah* toute sa vie et n'avait jamais offert son visage à l'objectif.

Au petit déjeuner du lendemain, Atal m'a dit à l'hôtel : « Malala, je ne comprends pas pourquoi tu es célèbre. Qu'est-ce que tu as fait ? »

À New York, il était plus emballé par la statue de la Liberté, Central Park et par son jeu préféré, les Beyblades !

\*\*\*

J'ai reçu des messages de soutien du monde entier pour mon discours, mais mon propre pays m'opposa son silence. Sur Twitter et Facebook, mes frères et sœurs pakistanais se tournèrent contre moi. Ils m'accusaient d'être seulement motivée par une « soif

adolescente de gloire » et disaient des choses comme :
« Oubliez l'image de votre pays, oubliez l'école. Elle
[Malala] va finir par obtenir ce qu'elle cherche, une
vie de luxe à l'étranger. »

Cela m'est égal. Je sais que les gens disent cela parce
qu'ils ont cru aux promesses que leur ont faites beaucoup de dirigeants et de politiciens dans notre pays,
alors que tout a empiré de jour en jour. Les attentats
terroristes ont traumatisé tout le pays. Les habitants
ont perdu confiance les uns dans les autres. Que chacun sache que son soutien m'importe peu, pourvu
qu'on soutienne la paix et l'éducation pour tous.

La lettre la plus surprenante que j'ai reçue après
mon discours provenait d'un chef taliban récemment
évadé de prison. Il s'appelait Adnan Rachid et c'était
un ancien de l'armée de l'air pakistanaise emprisonné
depuis 2003 pour avoir tenté d'assassiner le président
Musharraf. Il disait que les talibans m'avaient visée non
pas à cause de ma campagne pour l'éducation, mais
parce que j'essayais de « dénigrer [leurs] efforts pour
établir le système islamique ». Il disait qu'il m'écrivait
parce qu'il était ébranlé par l'attentat dont j'avais été
victime et aurait aimé pouvoir me prévenir. Il disait
que les talibans me pardonneraient si je revenais au
Pakistan, portais une burqa et allais dans une madrasa.

Les journalistes me pressèrent de lui répondre,
mais je songeai : *Qui est cet homme pour dire cela ?*
Les talibans ne sont pas nos dirigeants. C'est ma vie,
et c'est moi qui décide de la manière dont je la mène.

Mohammad Hanif écrivit un article soulignant que
le point positif de cette lettre du taliban était qu'ils

revendiquaient un attentat qui, pour beaucoup de gens, n'avait jamais eu lieu.

Je retournerai au Pakistan, mais quand je dis à mon père que je veux rentrer au pays, il trouve des excuses. « Non, *Jani*, ton traitement n'est pas terminé », ou bien : « Ces écoles sont bonnes, tu devrais rester à apprendre davantage pour savoir utiliser au mieux tes arguments. »

Il a raison – je veux apprendre à bien me servir des armes de la connaissance. Ensuite, je serai en mesure de mieux me battre pour ma cause.

Aujourd'hui, nous savons que l'éducation est notre droit fondamental. Pas seulement en Occident : l'islam aussi nous a accordé ce droit. L'islam dit que chaque fille et chaque garçon doit s'instruire. Dans le Coran, il est écrit que Dieu veut que nous possédions le savoir, que nous comprenions pourquoi le ciel est bleu, l'immensité des mers et les étoiles.

Je sais que c'est un combat d'envergure : sur la planète, il y a 57 millions d'enfants qui ne sont pas scolarisés, dont 32 millions de filles. Malheureusement, mon pays, le Pakistan, est l'un des pires : 5,1 millions d'enfants ne vont même pas à l'école primaire, alors même que notre Constitution dit que tout enfant a le droit d'aller en cours. Nous avons presque 50 millions d'adultes analphabètes, dont deux tiers sont des femmes comme ma propre mère.

On continue à tuer des filles et à faire sauter des écoles. En mars, une école de filles de Karachi que nous avions visitée a été attaquée. Une bombe et une grenade ont été jetées dans la cour de récréation au moment même où allait commencer la remise des prix. Le directeur adjoint Abdur Rasheed a été tué et huit enfants entre cinq et dix ans ont été blessés. Un enfant de huit ans est resté invalide.

Quand ma mère a appris la nouvelle, elle a longuement pleuré. « Quand nos enfants dorment, nous ne voulons même pas déranger un cheveu de leur tête, dit-elle, mais il y a des gens qui ont des armes, qui leur tirent dessus ou leur jettent des bombes, peu leur importe que les victimes soient des enfants. »

L'attentat le plus choquant a eu lieu en juin dans la ville de Quetta, où un terroriste kamikaze a fait sauter un car transportant quarante filles qui allaient à l'université. Quatorze d'entre elles ont été tuées. Après quoi, les agresseurs ont suivi les blessées à l'hôpital et ont abattu plusieurs infirmières.

Les talibans ne sont pas les seuls à faire des victimes. Parfois, ce sont des drones, parfois la guerre, parfois la faim. Parfois sa propre famille. En juin, deux filles de mon âge ont été assassinées à Gilgit, qui est un peu plus au nord du Swat, pour avoir publié en ligne une vidéo où elles dansaient sous la pluie, vêtues du costume traditionnel et la tête voilée. C'est leur beau-frère qui les a apparemment abattues.

Aujourd'hui, le Swat est plus paisible que d'autres régions du monde, mais nous avons encore des militaires partout, quatre ans après que les talibans ont été chassés. Fazlullah est toujours en liberté et notre chauffeur de car toujours assigné à résidence chez lui. Notre vallée, autrefois un paradis pour les touristes, est maintenant considérée comme un endroit terrifiant. Les étrangers qui veulent la visiter doivent obtenir une autorisation de l'armée à Islamabad. Hôtels

et boutiques d'artisanat sont vides. Il s'écoulera longtemps avant que les touristes reviennent.

Au cours de cette dernière année, j'ai vu beaucoup
d'autres endroits, mais ma vallée demeure pour moi
le lieu le plus beau du monde. Je ne sais pas quand
je la reverrai, mais je sais que cela arrivera. Je me
demande ce qu'est devenu le noyau de mangue que
j'ai planté dans notre jardin au mois de Ramadan. Je
me demande si quelqu'un l'arrose afin qu'un jour,
les générations futures puissent en savourer les fruits.

Aujourd'hui, je me suis regardée dans un miroir et
j'ai commencé à réfléchir. Naguère, je priais Dieu de
m'accorder quelques centimètres de plus, mais Il a
préféré me faire toucher le ciel, à une altitude qui ne
peut pas se mesurer. Aussi lui ai-je accordé les cent
prières *rakat* que j'avais promises si je grandissais.

J'aime mon Dieu. Je remercie mon Allah. Je Lui
parle toute la journée. C'est le plus grand. En me
donnant cette envergure qui me permet de toucher
les gens, Il m'a aussi donné de grandes responsabili-
tés. La paix dans chaque foyer, chaque rue, chaque
village, chaque pays – tel est mon rêve. L'éducation
pour chaque garçon ou fille du monde. Pouvoir m'asseoir sur une chaise et lire mes livres avec mes camarades à l'école est mon droit. Voir chaque être humain
sourire de bonheur, c'est ce que je souhaite.

Je m'appelle Malala. Mon monde a changé, mais je
suis restée la même.

## LA FONDATION

Mon objectif en rédigeant ce livre était de faire entendre ma voix au nom des millions de filles qui souffrent dans le monde entier. Mais ma mission pour aider les filles ne se termine pas avec la fin de ce récit. Ma mission, notre mission exige que nous agissions radicalement pour éduquer les filles et leur donner le pouvoir de changer leur vie et leur environnement.

C'est la raison pour laquelle j'ai mis sur pied la fondation Malala.

Pour la fondation Malala, chaque fille et chaque garçon a le pouvoir de changer le monde à condition que l'occasion lui en soit donnée. Pour l'offrir aux filles, la fondation aspire à investir dans des initiatives pour donner des moyens à des collectivités locales, développer des solutions innovantes reposant sur des approches traditionnelles, et offrir non pas simplement l'alphabétisation, mais les outils, les idées et les réseaux qui peuvent aider les filles à prendre la parole et à forger un avenir meilleur.

J'espère que vous serez nombreux à rejoindre cette cause afin que nous puissions travailler ensemble pour faire de l'éducation et de l'émancipation des filles une véritable priorité.

Rejoignez ma mission.

Pour en savoir plus, connectez-vous sur www.malala-fund.org.

Suivez-nous aussi sur www.facebook.com/MalalaFund et www.twitter.com/MalalaFund.

GLOSSAIRE

*Aba* – Terme affectueux signifiant « père » en pachto.

ANP, Awami National Party – Parti nationaliste pachtoune.

*Ayat* – Verset du Saint Coran.

*Badal* – « Vengeance ».

*Bhabi* – Terme affectueux signifiant littéralement « épouse de mon frère ».

*Bhai* – Terme affectueux signifiant littéralement « mon frère » en ourdou.

Chapati – Galette plate non levée à base de farine et d'eau.

Charia – Loi islamique.

Djihad – Guerre sainte ou lutte intérieure.

*Dyna* – Camionnette à hayon ouvert.

FATA, *Federally Administered Tribal Areas* – Zones tribales sous administration fédérale, les sept agences entre le Pakistan et l'Afghanistan soumises à un système de gouvernement indirect amorcé à l'époque britannique.

Hadith – Paroles du Prophète, la paix soit avec Lui.

Hadj – Pèlerinage religieux à La Mecque, l'un des cinq piliers de l'islam, que tout musulman en ayant les moyens doit accomplir une fois dans sa vie.

*Haram* – Interdit par l'islam.

*Hujra* – Lieu de réunion traditionnel pachtoune pour les hommes.

Imam – Prêcheur local.

ISI – Inter-Services Intelligence, la plus importante agence de renseignement du Pakistan.

Jamaat Islami – Parti de l'islam, parti social-conservateur.

*Jani* – « Chérie ».

*Jani mun* – « Âme sœur ».

*Jirga* – Assemblée tribale.

JUI, Jamiat Ulema-e-Islam – Assemblée du clergé islamique, parti religieux conservateur qui demande l'application stricte de la loi islamique (charia) et est étroitement lié aux talibans d'Afghanistan.

*Kafir* – Infidèle.

*Khaistar* – Beauté.

Khan – Seigneur local.

KPK, Khyber Pakhtunkhwa – Littéralement « région des Pachtounes », anciennement province de la Frontière-du-Nord-Ouest, l'une des quatre provinces du Pakistan.

*Lashkar* – Milice locale.

LeT, Lashkar-e-Taiba – Armée des Purs, l'un des groupes militants les plus anciens et les plus puissants du Pakistan. A commencé à combattre dans le Cachemire et est étroitement lié à l'ISI.

*Maulana,* mufti – Dignitaire islamique.

*Melmastia* – Hospitalité.

*Mohalla* – District.

MQM, Muttahida Quami Movement – Parti basé à Karachi représentant les musulmans ayant fui l'Inde lors de la partition.

PDI – Personne déplacée interne.

PML(N), Pakistan Muslim League (Nawaz) – Parti conservateur fondé comme succession de la Ligue musulmane, qui était l'unique grand parti au Pakistan lors de la partition mais qui fut interdit en 1958 avec tous les autres partis.

*Pashtunwali* – Code de conduite traditionnel des Pachtounes.

*Pir* – Saint héréditaire.

*Pisho* – « Chaton ».

PPP, Pakistan Peoples Party – Parti de centre gauche fondé par Zulfikar Ali Bhutto en 1967 et plus tard dirigé par sa fille Benazir. Actuellement codirigé par son mari Asif Zardari et leur fils Bilawal.

*Purdah* – Pratique de ségrégation entre les sexes. Être dans l'intimité ou porter le voile.

*Quami* – « National ».

*Sabar* – « Patience ».

*Sayyed* – « Saint homme ».

*Shalwar kamiz/salwar kamiz* – Costume traditionnel porté par les hommes et les femmes.

*Swara* – Pratique consistant à résoudre un conflit tribal en offrant une femme ou une fille.

*Shaheed* – « Martyr ».

*Talib*, taliban – Étudiant en religion.

*Tappa* – Genre de poésie populaire pachtoune en deux vers, le premier de neuf syllabes, le second de treize.

*Tarbur* – Littéralement « cousin », mais utilisé par ironie pour dire « ennemi ».

TNSM, Tehrik-e-Nafaz-e-Shariat-e-Mohammadi – Mouvement pour l'application de la loi islamique, également appelé les talibans du Swat, fondé en 1992 par Sufi Mohammad et plus tard repris par son gendre Maulana Fazlullah.

TTP, Tehrik-e-Taliban Pakistan – Talibans du Pakistan.

*Umrah* – Minipèlerinage qui peut être accompli à tout moment durant l'année.

# CHRONOLOGIE
## DES PRINCIPAUX ÉVÉNEMENTS
## AU PAKISTAN ET DANS LE SWAT

14 août 1947 – Le Pakistan est fondé en tant que première nation du monde pour les musulmans.
L'état princier du Swat rejoint le Pakistan, mais conserve son statut spécial.

1947 – Première guerre avec l'Inde concernant le Cachemire.

1948 – Mort du fondateur du Pakistan, Muhammad Ali Jinnah.

1951 – Le premier Premier ministre du Pakistan, Liaquat Ali Khan, est assassiné.

1958 – Le général Ayyub Khan prend le pouvoir lors du premier coup d'État militaire au Pakistan.

1965 – Deuxième guerre avec l'Inde.

1969 – Le Swat devient une partie de la province de la Frontière-du-Nord-Ouest.

1970 – Premières élections nationales au Pakistan.

1971 – Troisième guerre avec l'Inde. Le Pakistan oriental fait sécession et devient le Bangladesh.

1973 – Zulfikar Ali Bhutto devient le premier Premier ministre élu.

1977 – Le général Zia ul-Haq prend le pouvoir après un coup d'État militaire.

1979 – Pendaison de Bhutto.

Invasion soviétique de l'Afghanistan.

1988 – Le général Zia et des hauts gradés de l'armée sont tués dans un accident d'avion.

Tenue des élections. Benazir Bhutto devient la première femme Premier ministre du monde islamique.

1989 – Retrait final de l'URSS d'Afghanistan.

1990 – Le gouvernement de Benazir Bhutto est limogé, accusé de corruption et de malversations.

1991 – Nawaz Sharif devient Premier ministre

1993 – Nawaz Sharif est forcé de démissionner par l'armée.

Deuxième gouvernement Benazir Bhutto.

1996 – Les talibans prennent le pouvoir à Kaboul.

Le gouvernement de Benazir Bhutto est à nouveau limogé après des accusations de corruption.

1997 – Nawaz Sharif forme un second gouvernement.

1998 – L'Inde procède à des essais nucléaires. Le Pakistan en fait autant.

1999 – Benazir Bhutto et son mari Asif Ali Zardari sont convaincus de corruption. Benazir Bhutto part en exil à Londres avec ses enfants, et Zardari est emprisonné.

Le général Pervez Musharraf prend le pouvoir grâce à un coup d'État.

2001 – Attentats du 11-Septembre perpétrés par al-Qaida sur le World Trade Center et le Pentagone.

Début des bombardements américains en Afghanistan. Le gouvernement taliban est renversé.

Oussama Ben Laden s'enfuit au Pakistan par Tora Bora.

2004 – L'armée pakistanaise commence ses opérations contre les militants dans les FATA.

Première attaque au Pakistan d'un drone américain.

Zardari est libéré de prison et part en exil.

2005 – Maulana Fazlullah lance sa radio FM dans le Swat.

Un énorme séisme fait plus de 70 000 victimes.

2007 – L'armée attaque la Mosquée rouge à Islamabad – plus de 150 personnes sont tuées.

Benazir Bhutto rentre au Pakistan et échappe de peu à un attentat.

Fazlullah instaure des tribunaux islamiques. Musharraf envoie l'armée dans le Swat.

Apparition des TTP, les talibans du Pakistan.

Assassinat de Benazir Bhutto. Son parti, le PPP, est laissé en héritage à son fils et à son mari.

2008 – Le PPP remporte les élections. Zardari devient président et Musharraf part en exil à Londres.

2007-2009 – Les talibans étendent leur influence sur tout le Swat.

15 janvier 2009 – Fazlullah annonce que toutes les écoles de filles doivent fermer dans le Swat.

Février 2009 – Le gouvernement pakistanais accepte un accord de paix avec les talibans.

Avril 2009 – L'accord est rompu lorsque les talibans s'emparent du Swat et gagnent le Buner voisin.

Mai 2009 – L'armée pakistanaise lance une opération militaire contre les talibans dans le Swat.

Juillet 2009 – Le gouvernement déclare que les talibans ont été chassés du Swat.

Décembre 2009 – Le président Obama annonce l'envoi de 33 000 soldats supplémentaires en Afghanistan, portant le nombre total de soldats de l'OTAN à 140 000.

2010 – Des crues massives dans tout le Pakistan font environ 2 000 victimes.

2011 – Le gouverneur du Punjab, Salman Taseer, est assassiné.

Ben Laden est tué à Abbottabad.

Malala reçoit le Prix national de la paix.

9 octobre 2012 – Malala est victime d'un attentat.

2013 – Le gouvernement PPP est le premier de l'histoire à
  terminer son mandat malgré son extrême impopularité.
  Musharraf revient et est arrêté.
  Les élections ont lieu malgré les menaces et les atten-
  tats des talibans. Nawaz Sharif est triomphalement élu
  Premier ministre pour la troisième fois.

12 juillet 2013 – Malala prononce un discours aux Nations
  unies à New York lors de son seizième anniversaire et
  demande l'éducation gratuite pour tous les enfants.

## INTERVIEW DE MALALA YOUSAFZAI
## PAR JUDY CLAIN, SON ÉDITRICE

**Judy :** Malala, comment allez-vous ? Ça fait plaisir de vous entendre.

**Malala :** C'est un plaisir pour moi aussi.

**J. :** Comment allez-vous ? C'est de nouveau le Ramadan !

**M. :** Tout se passe bien. Le Ramadan se déroule très agréablement.

**J. :** Cela fait un an que votre livre a été publié dans le monde entier. Diriez-vous que vous avez une vie « normale », à présent ?

**M. :** L'école se termine vendredi pour les vacances d'été. En ce moment, j'ai les journées normales de n'importe quelle étudiante. Ma mère ou mon père viennent me réveiller le matin. Je n'arrive jamais à me lever toute seule ! Au lycée, tout le monde me traite comme une élève ordinaire. Depuis le temps, je me suis fait beaucoup d'amies. Quand je rentre des cours, j'aime bien me reposer un peu, parce qu'il y a toujours une interview ou un projet dont s'occuper. Voilà donc comment se passent mes journées. Et si je n'ai pas beaucoup de choses à faire, je passe le temps en écoutant les informations ou de la musique. En dehors de cela, je fais simplement mes devoirs.

**J.** : Quand vous regardez en arrière, que pensez-vous des semaines que vous avez passées à promouvoir votre livre devant quantité de gens, des interviews que vous avez données et de vos entrevues avec la reine et bien d'autres personnalités ?

**M.** : Au début, c'était très agréable, mais quand on répète constamment la même chose, au bout d'un moment, ça devient un peu lassant. Mais les personnes que j'ai rencontrées étaient très gentilles, et elles m'ont donné l'énergie de m'exprimer et de faire passer le message qui me tient à cœur. Les gens étaient toujours enthousiasmés de me voir et de me poser des questions. C'est leur amour et leur enthousiasme qui m'ont donné la force et la volonté de répéter constamment la même chose.

**J.** : Parlez-moi de vos parents. Comment se débrouille votre mère ? Qu'est-ce qui a changé pour elle ? Pensez-vous que c'est pour elle que la situation a le plus changé ?

**M.** : Au début, et encore maintenant, elle a eu du mal à vivre dans cet endroit nouveau, si différent en termes de traditions et de culture. Elle ne sait pas parler anglais. Elle va effectivement au marché, mais elle a besoin qu'on l'aide pour prendre un taxi, pour parler aux commerçants. Elle ne trouve pas beaucoup de gens avec qui se lier. Chez nous, au Pakistan, les voisins sont comme des frères et des sœurs. Ils viennent chez vous, vous allez chez eux. Au Royaume-Uni, c'est tout à fait différent. Ici, les gens n'ont pas ce comportement de voisins qui se fréquentent. Ce n'est pas un esprit de communauté.

**J.** : Et vos frères ?

**M.** : Atal va bien. Il s'est très rapidement habitué à l'Angleterre. Il s'est adapté bien plus vite que nous. Kushal aussi, mais il lui faut un peu plus de temps. En dehors de cela, mes frères sont toujours de petits coquins qui adorent se chamailler avec moi. Et je réponds parfois. Mais je me dis toujours que je dois riposter quand ils s'en prennent à moi.

J. : Qu'est-ce qui est le plus surprenant pour vous dans la vie en Occident, loin du Pakistan ?

M. : Je me dis toujours qu'au Royaume-Uni – probablement pas dans tous les pays occidentaux –, les gens suivent les règles du code de la route et ne klaxonnent pas à tout va ! C'est calme et silencieux. C'est très agréable et très surprenant qu'il existe un pays où tout le monde observe le code de la route.

J. : C'est drôle. Et qu'est-ce qui vous manque le plus du Pakistan ?

M. : Beaucoup de choses. Mes amis, mon école. Ce qu'on éprouve le dernier jour de classe quand on retrouve ses amis et qu'on évoque ses souvenirs. Les autres occasions où nous avons été ensemble au cours des douze ou treize dernières années. Cela me manque parce que je n'ai pas pu passer ce dernier moment d'école avec mes amies.

J. : Êtes-vous toujours en contact avec votre meilleure amie, Moniba ?

M. : Dans mon lycée de Birmingham, je me suis fait de nouvelles amies, mais je n'ai trouvé personne qui soit comme Moniba. Même si celle-ci a des qualités et des défauts – mais après tout, moi aussi, j'ai mes faiblesses ! –, nous nous sommes acceptées et nous étions toujours ensemble. Dans mon nouveau lycée, beaucoup d'amies me soutiennent et sont pleines d'affection, mais je pense qu'il est important d'avoir quelqu'un qui est capable de vous encourager quand l'espoir vous manque. Qui peut être avec vous quand vous êtes triste. Et qui peut aussi être avec vous quand vous êtes heureux.

J. : Moniba a-t-elle voulu que vous lui racontiez votre audience avec la reine ? S'intéresse-t-elle à ce genre de choses et cela fait-il partie des sujets que vous abordez avec elle ?

**M. :** Nous ne parlons pas des gens que je rencontre ou de mes déclarations. Parfois, elle me dit : « Malala, tu ne partages rien de tout cela avec moi et ce sont d'autres qui me le racontent. Je suis ton amie, et c'est moi qui devrais être au courant avant tout le monde. Comment veux-tu que je dise que tu es ma meilleure amie ? » Je lui réponds : « Tu es ma meilleure amie, parce que je te fais part de ce que j'éprouve. Je te dis aussi beaucoup de choses que personne d'autre ne sait. Ces rencontres, comme l'audience avec la reine, je ne crois pas que ce soit intéressant ! C'est pour cela que je ne t'en parle pas ! »

**J. :** Quand vous pensez à tout ce qui vous est arrivé : devoir quitter le Pakistan, commencer une nouvelle vie à Birmingham, voir sortir votre livre, mettre sur pied la Fondation Malala… qu'éprouvez-vous ?

**M. :** Tout d'abord, j'ai été sincèrement surprise par le soutien et l'affection des gens. Je n'imaginais pas qu'on puisse se mettre à pleurer rien qu'en me voyant. J'ai vu des réactions de toutes sortes. Certains se contentaient de me dire : « Malala, qu'il ne vous arrive rien ! Que votre séjour ici soit agréable ! » D'autres : « Malala, nous sommes avec vous. » Et d'autres pleuraient, tout simplement. Ils étaient incapables de parler. Ils me donnaient une carte, un livre, demandaient une photo. Certains me serraient dans leurs bras. Parfois, je me disais : « Pourquoi les gens s'intéressent-ils à moi ? Qu'est-ce que j'ai fait ? J'ai fait quelque chose de bien pour la société ou bien il faut que je le fasse ? Est-ce qu'on attend quelque chose de moi ? » Ce que j'ai fait jusqu'ici pour l'instruction des filles, ce n'était que le début. À présent, je dois en faire de plus en plus. C'est un objectif capital dans ma vie. Je ne peux pas y parvenir d'un seul coup, mais je peux le faire étape par étape. Et je vais le faire. Alors quand je vois le soutien des gens, je suis réellement heureuse, mais je sens que j'ai une responsabilité. Que les gens attendent quelque chose de moi et ont l'espoir que je le fasse. J'espère donc que je serai en mesure de les satisfaire. J'ai aussi rencontré des gens célèbres et très intéressants. C'était très enthousiasmant parce que nous avons une image particulière de ces célébrités. Nous croyons qu'elles ne sont pas comme nous, qu'elles ne mènent pas une existence normale. Mais les superstars, les hommes politiques, les chanteurs ou les acteurs sont comme nous : ce sont des êtres humains.

J. : Racontez-moi votre visite sur la frontière syrienne. Cela a dû être une expérience très émouvante.

M. : Il y a des moments de ma vie dans le Swat et au Royaume-Uni que je n'oublierai jamais. Mon voyage en Jordanie a été l'un des plus... je ne sais pas comment le dire mais je ne l'oublierai jamais. Lorsque je suis allée sur la frontière, je ne m'attendais pas à voir ces foules de gens qui fuyaient la Syrie pour entrer en Jordanie. Je ne pensais pas qu'il y aurait des femmes pieds nus, des enfants pieds nus, sans manteaux, ignorant où ils allaient, s'ils auraient ou non un toit, s'ils retrouveraient un foyer ou non. Ils ne savaient même pas s'ils auraient à boire et à manger. Et quand je suis arrivée, j'ai vu cela de mes propres yeux : des enfants, des femmes, des hommes, sans toit, qui ne savaient pas où aller. Qui ignoraient s'ils trouveraient quelqu'un pour les aider. Qui voulaient seulement manger et être en sécurité. Et je me disais simplement que les gens qui sont en sécurité, ceux qui ne sont pas dans le besoin, devraient payer pour leurs privilèges. Ces réfugiés ne demandent pas le luxe ni une grande maison moderne, ils veulent simplement la paix. Ils demandent un endroit où on les traitera sans discrimination, où ils auront à manger, où il n'y a pas de guerre et où la population n'est pas terrifiée au quotidien, où elle n'est pas bombardée.

J. : Vous étiez là-bas avec votre père, Malala ?

M. : Oui, mon père était là, ainsi que toute l'équipe de la Fondation Malala.

J. : Comment avez-vous parlé avec les gens ? Il y avait tellement de monde et bien sûr tous savaient qui vous étiez, mais comment avez-vous pu communiquer avec eux ?

M. : Eh bien, j'ai aidé quelques-unes de ces femmes. Elles voyageaient avec leurs enfants et transportaient d'énormes ballots de vêtements et d'affaires indispensables. Comme je ne supportais pas de voir ces petits enfants porter des charges aussi lourdes, j'en ai aidé. J'ai vu des quantités de tout petits enfants qui ne savaient pas où aller, mais qui s'amusaient, jouaient et gambadaient. Et j'ai rencontré des garçons et des filles à qui j'ai demandé comment la situation affectait leurs études ; ils m'ont répondu qu'ils n'étaient pas allés en cours depuis trois ans. C'est long et cela peut avoir de graves conséquences pour leur avenir. Donc, œuvrer pour l'enseignement est très important. C'est une urgence. C'est pour cela que nous avons lancé là-bas, avec la Fondation Malala, un programme pour aider les enfants à suivre un enseignement de qualité.

J. : Craignez-vous pour votre sécurité ? Je sais que vous êtes toujours un peu philosophe à ce propos.

M. *(elle rit)* : Non, je ne m'inquiète pas pour ma sécurité. À vrai dire, je pense à la sécurité des gens dans le monde entier, surtout des pauvres du Moyen-Orient, parce que leur situation est tout à fait désespérée. Ce ne sont pas des milliers, mais des millions et des millions de personnes qui sont sans abri, qui sont forcées de quitter leur pays et qui souffrent à cause de la guerre. Je me fais beaucoup de souci pour eux et je pense que nous devrions leur apporter sécurité et paix. Nous devrions tous nous unir dans cet objectif. Il importe que nous réfléchissions à des solutions plus radicales à ces problèmes, parce qu'un pays n'est rien sans sa population. Que fait-on de la terre s'il n'y a personne qui l'habite ? Les dirigeants, les hommes politiques et les présidents devraient songer à la population de leur pays car c'est elle qui les a élus pour qu'ils lui procurent protection, subsistance et justice.

J. : Qu'espérez-vous pour l'année prochaine ? Que souhaiteriez-vous accomplir ?

M. : J'ai de très nombreux projets et beaucoup de grands rêves. J'espère qu'avec la Fondation Malala nous allons pouvoir lancer d'autres programmes et toucher d'autres pays où les enfants n'ont pas accès à l'enseignement. Nous voulons aller sur place et communiquer sur l'importance de l'éducation dans les collectivités, pour que les habitants et les enfants comprennent à quel point c'est important pour leur génération. En outre, nous travaillons sur le terrain en construisant des écoles et en veillant à ce qu'elles bénéficient d'un personnel enseignant qualifié et d'installations adaptées. Ce sont de grands projets que nous espérons réaliser. Nous voulons travailler en Inde et dans d'autres pays du Moyen-Orient où se trouvent des communautés d'enfants réfugiés, dans certains pays africains et aussi au Pakistan. Nous avons de nombreux projets pour l'année prochaine.

J. : Ce sont vos grandes espérances, mais qu'en est-il de vos petits espoirs personnels, ceux que nourrit Malala ?

M. : J'espère avoir de bons résultats à mes examens l'an prochain et que j'obtiendrai des A et des A+.

J. : Y a-t-il quelqu'un dans le monde que vous considérez comme une véritable source d'inspiration ?

M. : J'ai fait la connaissance de nombreuses personnes qui sont des exemples, mais je n'en connais aucune en particulier. Quand je rencontre quelqu'un, j'essaie toujours d'en retirer quelque chose et d'apprendre à être plus courageuse et plus humaine. Chaque fois que je fais la connaissance d'une nouvelle personne, j'apprends quelque chose. J'ai rencontré Craig Kielburger, qui a lancé Free the Children, et je m'en suis inspirée. C'est à douze ans qu'il a monté son association avec d'autres garçons ; à présent, son travail a porté ses fruits dans le monde entier. Le rêve qu'il a fait à douze ans s'est réalisé. Il le voit et le constate. Alors je me dis que les rêves que je fais aujourd'hui vont se réaliser et que je pourrai voir de plus en plus de filles et de garçons aller à l'école, acquérir une instruction convenable. Il m'a donné l'espoir d'y parvenir.

J. : L'espoir, c'est très important. Et je sais que vous rêvez toujours de retourner au Pakistan, n'est-ce pas ?

M. : Oui, le Pakistan et ma province me manquent. C'est une très belle région. Je sais que les gens pensent qu'il y a des terroristes là-bas et que la situation est dramatique, mais il n'en demeure pas moins que le Pakistan est un pays magnifique. Nous avons quatre saisons, des montagnes, des glaciers, des forêts, des collines et des déserts. Le Pakistan est magnifique. J'espère que la paix viendra, et que je pourrai retourner là-bas et continuer mon travail. J'ai commencé à penser à l'enseignement et à la Fondation Malala au moment où on a tiré sur moi. Je rêvais que chaque enfant bénéficie d'instruction, lorsque je voyais ce qui se passait autour de moi au Pakistan, les enfants qui allaient travailler chez des gens, faire leur lessive ou leur vaisselle. Je voulais voir ces enfants avec des livres dans les mains, les voir apprendre et aller en cours, porter un uniforme – cela a toujours été mon rêve. Et j'espère que je retournerai au Pakistan et que ce rêve se réalisera.

J. : À votre avis, vos frères veulent-ils retourner là-bas ?

M. : Nous le voulons tous, mais je ne sais pas trop pour Atal, le benjamin. Il sera tout à fait différent de nous. Il lui arrive de parler de son pays, mais pas beaucoup, à cause de son âge. C'est un gentil garçon, et comme il n'a pas passé beaucoup de temps dans le Swat, il n'a aucun mal à s'adapter à ce nouveau pays. Mais j'espère qu'il n'oubliera pas la beauté du Pakistan.

J. : Certains plats de votre pays vous manquent ?

M. : Nous sommes bien situés, ici. À Birmingham, il y a beaucoup de gens originaires du Pakistan et d'Inde, nous n'avons donc aucun problème pour manger de la cuisine halal, indienne et pakistanaise. Mais à Shangla, comme la plupart des habitations sont en torchis et qu'il n'y a ni gaz ni fourneaux comme ici, tout est assez différent. Au Pakistan, on cuisine au feu de bois, on étale des nattes sur le sol et on reste assis dessus toute la soirée pour manger. On ne s'assoit pas sur des sièges. J'ai passé beaucoup de temps là-bas et j'ai longtemps vécu dans cet univers. C'est pourquoi se mettre autour d'une table et se servir d'un couteau et d'une fourchette pour manger d'une manière traditionnelle et guindée, comme c'est l'usage au Royaume-Uni, cela ne me plaît pas autant. Surtout quand ce sont des plats que j'avais l'habitude de manger avec les doigts. Et, bien sûr, il y a des aliments qu'on ne peut acheter qu'au Pakistan.

J. : Vos sentiments envers les talibans ont-ils changé ?

M. : Non. Ce n'est pas mon état d'esprit. Quand j'entends ce qu'on raconte – que des talibans ont tiré sur une fille nommée Malala –, pour moi, ce n'est qu'une histoire, je ne la relie pas du tout à ma vie. Je suis toujours la même. Mes rêves et mes espoirs n'ont pas changé et j'espère que je serai toujours capable de poursuivre mon voyage et d'être celle que j'ai toujours voulu être, aider les gens, faire en sorte que chaque enfant aille à l'école. Je désire que la

Fondation Malala reçoive davantage de dons. Envoyer ne serait-ce qu'un seul enfant à l'école, c'est déjà accomplir quelque chose d'important. Cette fille ou ce garçon grandira et enverra ses propres enfants à l'école. Donc, même si nous ne parvenons à envoyer qu'un seul enfant à l'école, ce sera un grand pas de franchi. Je ferai pour mon pays tout ce qui est en mon pouvoir.

## REMERCIEMENTS

L'année passée m'a permis de connaître la grande haine de l'homme et la bonté infinie de Dieu. Tant de gens m'ont aidée qu'il faudrait tout un livre pour donner leurs noms, mais je voudrais remercier tous ceux qui, au Pakistan et dans le reste du monde, ont prié pour moi, tous les écoliers, étudiants et soutiens qui se sont levés quand je suis tombée, chaque pétale des bouquets et chaque mot des cartes et des lettres qui m'ont été envoyés.

J'ai beaucoup de chance d'avoir un père qui a respecté ma liberté de pensée et d'expression et m'a fait participer à sa caravane pour la paix, ainsi qu'une mère qui nous a encouragés non seulement moi mais aussi mon père dans notre combat pour la paix et l'éducation.

J'ai aussi eu la chance d'avoir de bons professeurs, notamment Mlle Ulfat, qui m'a enseigné, outre ce qu'il y a dans les livres, des choses comme la patience, la tolérance et les bonnes manières.

Beaucoup de gens ont qualifié mon rétablissement de miraculeux, et pour cela, je voudrais particulièrement remercier les médecins et infirmières de l'hôpital central du Swat, le CMH de Peshawar et l'AFIC de Rawalpindi, surtout mes héros que sont le colonel Junaid et le Dr Mumtaz, qui ont exécuté l'opération nécessaire au bon moment, faute de quoi je serais morte. Je remercie le général de brigade Aslam, qui a protégé mes organes vitaux de défaillances après l'opération.

Je suis extrêmement reconnaissante au général Kayani, qui s'est aimablement soucié de mes soins, et au président Zardari et à sa famille, dont l'affection et l'attention m'ont permis de garder la force. Je remercie le gouvernement des Émirats arabes unis et le prince de la couronne Mohammad Bin Zayed de m'avoir permis d'utiliser leur ambulance aérienne.

Le Dr Javid Kayani m'a fait rire durant les journées sinistres et a été comme un père pour moi. C'est l'homme qui a permis mes soins au Royaume-Uni et m'a offert une rééducation de premier ordre. Le Dr Fiona Reynolds a été un grand réconfort pour mes parents au Pakistan et pour moi en Grande-Bretagne, et je la remercie également d'avoir osé me dire la vérité sur ma tragédie.

Le personnel du Queen Elizabeth Hospital de Birmingham a été stupéfiant. Julie et son équipe d'infirmières ont été exceptionnellement aimables avec moi, et Beth et Kate n'ont pas été seulement des infirmières, mais des sœurs affectueuses. J'aimerais remercier en particulier Yma Choudhury, qui s'est beaucoup occupée de moi et s'est assurée que j'avais tout ce qu'il me fallait, allant même jusqu'à faire des courses quotidiennes chez KFC.

Le Dr Richard Irving mérite une mention toute spéciale pour l'opération qui m'a rendu mon sourire, ainsi que Mme Anwen White, qui a réparé mon crâne.

Fiona Alexander a non seulement magnifiquement géré les médias, mais elle est allée bien plus loin en organisant notre scolarisation, à moi et à mes frères, et toujours avec le sourire.

Rehanna Sadiq a été d'un merveilleux réconfort avec sa thérapie spirituelle. Je remercie Shiza Shahid et sa famille pour leur incroyable gentillesse en m'aidant à mettre sur pied la fondation Malala – et son cabinet, McKinsey & Cie, pour l'avoir soutenue dans cette entreprise.

Je remercie tout le monde chez Edelman, notamment Jamie Lundie et sa collègue Laura Crooks. Mon père serait devenu fou sans vous !

Je remercie également Gordon Brown, qui a utilisé cette tragédie pour lancer un mouvement mondial pour l'éducation, et Ban Ki-moon pour son soutien depuis le début.

Je remercie l'ancien haut-commissaire du Pakistan à Londres, Wajid Shamsul Hasan, et surtout Aftab Hasan Khan, chef de la chancellerie, et son épouse, Erum Gilani, qui ont été un grand soutien. Nous étions des inconnus, et ils nous ont aidés à nous adapter à ce pays et à trouver un endroit où habiter. Je remercie également le chauffeur Shahid Hussein.

Pour le livre, nous remercions tout particulièrement Christina, qui a transformé en réalité ce qui n'était qu'un rêve. Jamais nous n'aurions imaginé qu'une dame qui n'était pas du Khyber Pakhtunkhwa ou du Pakistan pourrait faire montre d'un amour et d'une compréhension aussi remarquables de notre pays.

Nous avons eu énormément de chance d'avoir un agent littéraire comme Karolina Sutton, qui s'est engagée dans ce projet et notre cause avec une telle passion, ainsi que l'incroyable équipe d'éditeurs Judy Clain et Arzu Tahsin, déterminés à raconter notre histoire du mieux possible. Merci également à Nicole Dewey pour son incroyable soutien et son hospitalité, et pour nous avoir fait nous sentir chez nous aux États-Unis.

Je remercie Abdul Hai Kakar, mon mentor et le grand ami de mon père, qui a relu attentivement le livre, et l'ami de mon père Inam ul-Rahim, pour ses précieuses contributions sur l'histoire de notre région.

Je voudrais également remercier Angelina Jolie pour sa généreuse contribution à la fondation Malala.

Je remercie tous les professeurs de la Khushal School qui ont aidé l'école à poursuivre sa mission et l'ont entretenue en l'absence de mon père.

Nous remercions Dieu pour le jour où une dame du nom de Shahida Choudhury est entrée dans ma chambre : elle est devenue un incroyable soutien pour notre famille et nous avons appris auprès d'elle ce qu'est un vrai bénévole.

Enfin et surtout, je voudrais remercier Moniba d'être une aussi bonne amie et de me soutenir.

*Malala Yousafzai*

Tout étranger qui a eu la bonne fortune de visiter le Swat saura à quel point ses habitants sont hospitaliers, et je voudrais remercier tous ceux qui m'ont aidée là-bas, en particulier Maryam et les professeurs et élèves de la Khushal School, Ahmad Shah à Mingora et Sultan Rome pour m'avoir fait visiter le Shangla. J'aimerais aussi remercier le général Asim Bajwa, le colonel Abid, le major Tariq et l'équipe de l'ISPR pour avoir facilité ma visite. Merci à Adam Ellick pour m'avoir fait part de ses réflexions.

Au Royaume-Uni, le personnel du Queen Elizabeth Hospital n'aurait pu être plus serviable, notamment Fiona Alexander et le Dr Kayani. Mon agent David Godwin a été merveilleux comme toujours, et c'était un véritable privilège d'avoir des éditeurs comme Judy Clain et Arzu Tahsin. Je remercie également Martin Ivens, mon rédacteur en chef au *Sunday Times*, de m'avoir accordé le temps pour cet important projet. Mon mari et mon fils n'auraient pas pu être plus compréhensifs, car ce livre a monopolisé toute ma vie.

Par-dessus tout, je remercie Malala et sa merveilleuse famille pour avoir partagé cette histoire avec moi.

*Christina Lamb*

# Table